我们的时代

OUR TIMES

第 1 部

王强 著

人民文学出版社

图书在版编目（CIP）数据

我们的时代. 第一部/王强著. —北京：人民文学出版社，2019
（2021.1重印）
ISBN 978-7-02-015290-2

Ⅰ. ①我… Ⅱ. ①王… Ⅲ. ①长篇小说—中国—当代 Ⅳ. ①I247.5

中国版本图书馆 CIP 数据核字（2019）第 150350 号

策划编辑　胡玉萍
责任编辑　涂俊杰
装帧设计　陶　雷
责任校对　杨益民
责任印制　徐　冉

出版发行　人民文学出版社
社　　址　北京市朝内大街 166 号
邮政编码　100705
网　　址　http://www.rw-cn.com

印　　刷　天津千鹤文化传播有限公司
经　　销　全国新华书店等

字　　数　336 千字
开　　本　680 毫米×960 毫米　1/16
印　　张　25.75　插页1
版　　次　2019 年 12 月北京第 1 版
印　　次　2021 年 1 月第 3 次印刷

书　　号　978-7-02-015290-2
定　　价　49.60 元

目　录

CONTENTS

引子

/

商业的本质

站在镜子前，裴庆华最后一次审视着自己的着装。他把领带结正了正，又调整了夹在西装翻领上的微型麦克风，身旁的工作人员再一次检查了别在裴庆华腰带上的发射器，随即用拇指与食指摆出一个"OK"的手势。裴庆华刚拿起矿泉水瓶想在登场前喝口水，助理神情严肃地快步走近，把拿着的手机举到他面前低声说："裴董，那个人刚给您打了电话。"

裴庆华问："哪个人？"

助理忙把屏幕最上端的那条通话记录点开，指着显示出来的联系人，看一眼已转身离去的工作人员，才用压得更低的嗓音吐出一个字："萧！"

其实裴庆华已从助理的反应猜出其所指的那个人会是谁，因为知晓他这个手机号的人屈指可数。裴庆华淡淡地问："他怎么说？"

"他还是坚持让您把他的名字撤下来。"

"哦。"裴庆华应一声。

"裴董，他刚才口气很冲，说如果您仍然对他的要求置若罔闻，他就会……"

"他会怎么样？"裴庆华眉毛一扬。

助理略一迟疑接道："他说他将诉诸法律，跟您法庭上见。"

"哦。"裴庆华又应一声，苦笑着摇摇头。

这时另一位工作人员走过来冲裴庆华躬身说："裴董，不好意思打断一下，接下来就该您了，请您跟我来。"

裴庆华刚要迈步，助理拿着的手机忽然一通振动，助理看一眼来电显示，对裴庆华说："是谢董。"裴庆华略加犹豫，示意工作人员稍等一下，然后接过手机。

这时一个女声急切地问："老裴，你已经到会场了？"

"对。"

"还没轮到你上台演讲？"

"对。"

"那还好。我刚听说有人对邀请你做这个演讲有些看法，他们曾经要求主办方改请别人。"

"他们的考虑是……？"

"还不是因为你的经历相比别人有些特殊。"

裴庆华笑道："你指的是我……底儿潮？"

对方也笑："难道你还有什么更特殊的经历连我都不知道？"

"谢航，晚了，我这就要上台了。"

"老裴你误会了，我不是劝你取消演讲，是建议你在演讲中有针对性地做一些澄清，因为他们此刻很可能就坐在主席台上。"

"澄清？完全没必要，这些对我都无所谓，你以为我会在乎？"

对方叹口气说："唉，你真是越来越像谭启章了……"

裴庆华笑问："你指的是现在的谭启章？"

对方发出一串笑声，说："当然不是，我是说你特像正当盛年的谭启章……"

这笑声让裴庆华恍惚间又一次忘记了对方的实际年龄，不由得暗叹谢航不仅驻颜有术而且驻音有方。

裴庆华随工作人员沿甬道走到台口的帷幕侧后站定，听到主持人正故作兴奋地说："各位领导、各位嘉宾，同学们，2016 年正值我校一百零五年校庆，十位出自我校的杰出校友每人慷慨捐赠一千零五十万元人民币，联袂设立'时代奖学金'，自今年伊始用于专项奖励应届毕业生中的品学兼优者。他们的这一盛举必将载入我校史册，并激励广大同学自强不息，不愧于这一伟大的时代。今天我们万分荣幸地邀请到1990 届硕士毕业生裴庆华先生，他作为这十位杰出校友的代表，莅临大会为我们献上一场精彩的主旨演讲。在此，我想特别说明的是，裴庆华先生不仅同其余九位校友一样在相关领域取得了卓越非凡的成就，更比别人多经历了几分坎坷，所以他的人生道路格外精彩。下面隆重有请裴庆华校友，大家欢迎！"

在满场掌声中裴庆华健步走上台，半途与退场的主持人握手，又向主席台上就座的诸位颔首致意，随即走到台中央的讲坛站定。他环顾台下上千张年轻的面孔，开口说："刚才我纯属客套，问主办方有什么特别的话题希望我不要漏掉，他说还真有，我说那你写给我吧，他就给我写了这张纸条，上面只有四个字——商业模式。我干脆拿它做开场白，这样肯定不会辜负主办方所托。"

台上台下不少人发出善意的笑声，裴庆华接着说："冠冕堂皇的话我没兴趣，倒不如给各位讲两个故事。早前有个大学毕业生觉得最快的赚钱途径莫过于赚比他有钱的人的钱，便到一处涉外公寓当售楼员，不久又加入一家高端地产经纪公司做中介，每卖出一套上千万的房子大概能赚十几万块钱。但他很快发现这模式有个悖论，他赚的钱越多，比他有钱的人就越少，他的客户群就越小，结果是路越走越窄。这个人马上掉转方向，他意识到应该赚比他没钱的人的钱，于是就搞了个同城租房的网站，起初是面向北漂和学生提供群租和拼租。后来他越来越有钱，而客户群也从低收入者扩展到高收入者，直到涵盖高端公寓的长租乃至豪华别墅的分时租赁。

"第二个故事说的也是个大学毕业生,也在思考赚什么人的钱。他的结论是赚比他聪明的人的钱,于是便搞了个社交网站,为事业有成的精英人士搭建社交网络,结果网站的用户数和访问量寥寥无几。因为没他聪明的人搞不懂这网站有何玄妙,而比他聪明的人很少上网。他向一位前辈倾诉烦恼,前辈听后哈哈大笑,说只有傻子才想赚聪明人的钱!他一下子顿悟,立刻反其道而行之,改为赚比他傻的人的钱。现在他做的是一家视频点播网站,人气很旺,个中缘由不用我多说,你们懂的。"

说到这里,裴庆华环顾台下问道:"哪位同学能告诉我,这两个故事说明了什么?"

台下响起几声不着边际的回应,裴庆华刚要自问自答却听后排有个男生高声道:"人往高处走,钱从低处来!"

裴庆华不禁喝彩:"说得好!比我总结得更加简洁透彻!我本想说的是,无论社会阶层是金字塔形还是纺锤形分布,我们都应该朝高处着眼、向低处着手。这位同学,会后可否来找我切磋一下,咱们也许有缘合作。"全场的目光都投向那个男生,并引发一阵窃窃私语。裴庆华接道,"这两个其实不是故事而是真事,前者那家同城租房网站是我投的,后者那个视频点播网站是由我们十位校友中的另一位投的。从这两个例子可以看出,中国互联网的现状就是极少数聪明人在赚大多数愚蠢人的钱。当然聪明与愚蠢、穷与富应该打上引号,因为都是相对而言。其实不只是互联网,也不只是当下的中国,古今中外但凡可持续的、成气候的商业模式都不外如此。"

会场一片寂静,只间或从某个角落响起一两声咳嗽。裴庆华暗自惊讶自己怎么会一改往日风格,如此语不惊人誓不休。也许是被刚才那通电话刺激的,令他对台上那些道貌岸然,自以为完美无瑕,却对他人挑剔苛责的家伙极度反感,才会越发地特立独行。他有意多停顿片刻才再次开口:"怎么样,听上去是不是有些悲哀?有些残酷?但这就是商业的实质。我之所以不愿意整天谈什么商业模式，就是因为所谓模式无非是各种诱人骗人的粉饰与包装，其用意都在于掩盖它万变不离其宗的实质。无论有名有姓的富人，还是无影无形的资本，都竭力把自己的聪明粉饰为朴拙，而把穷人的种种愚蠢吹捧成追求人生价值，这样的请君入瓮时时处处都在上演而且愈发精湛。各位同学，听了这些，难道你们就没什么想问我的?"

又是刚才那个男同学应声发问："学长，你不也正是这样做的吗?"

裴庆华笑着抬手一指："我越来越欣赏你了，咱们一定要好好聊聊。"他扭头看一眼立在帷幕侧后的助理，助理立刻会意，转身向台下座席走去。裴庆华继而说，"好吧，你的质问很有道理，接下来我就和各位谈谈我亲历的创业、我体悟的人生……"

裴庆华拿起讲坛上的矿泉水喝了一口，从讲坛后面信步走出来说道："别梦依稀咒逝川，故园二十六年前……那个时候的我和今天的你们一样，脑海里各种憧憬，内心里各种忐忑，一方面盼望早日成为somebody（人物），另一方面又生怕自己沦为 nobody（废物）。幸运的是我碰巧遇上了信息革命，从最初的个人电脑时代到互联网时代，再到如今的移动互联网和正处于萌芽中的万物互联，我都有幸参与其中，并伴随时代一同成长。过去的三十年信息技术与全球化是对中国影响最大的两股浪潮，既然是浪潮，就会把一批一批的人推到潮头浪尖，也会把一批一批的人远远抛在后面。这两股浪潮同时也是两把强有力的刻刀，它们重新塑造了我们这个国家、我们这个民族、我们每一个人，自然也塑造了我。如今回想起来很有意思，你们能猜到我这辈子拥有的第一个'可穿戴智能电子设备'是什么吗?"裴庆华用拇指和食指比画出一个大致的形状与尺寸，面带微笑揭晓谜底，"BP 机!"

台下的大多数同学都很配合地发出会心的笑，但也有若干人的脸上浮现出一缕茫然，显然不知寻呼机为何物。裴庆华不禁有些感慨地说："这几位同学可以去问问你们的父母，也许你们降生的消息就是他们用寻呼机告知亲朋好友的。过去的三十年可能是中国历史上从未有过的大变局时代,上一代人苦心孤诣也求之不得的东西,下一代人却熟视无睹甚至弃之如敝屣;下一代人认为理所应当、天经地义的权利,上一代人却要付出惨痛的代价来争取。同样,上一代人那种唾手可得的快乐与满足,下一代人却只有在虚拟世界才能找到。每一代人都有各自的机遇也有各自的挑战,既有各自的幸运也有各自的劫数。我想与你们分享的便是我与你们的父兄所经历的那个时代……"

一
/

马斯洛五层次需求

与 BP 机最初接触时的裴庆华也经常被人唤作同学,他那时年方二十四岁。那是一个摩托罗拉 Bravo 型号的数字式寻呼机,扁方的六面体,比火柴盒大点儿有限,通体黑色,显示窗开在最小的侧面上,一排液晶条只能显示数字和字母。裴庆华仔细地把它别在腰带上,然后便热切地期盼它哗哗响起,可惜它发挥功用的次数极为有限,倒是往往在裴庆华奋力蹬自行车的时候硌到他的胯骨,有几回甚至在他上厕所时差点儿滑脱到便池里,惊得他一头冷汗。

当然也有令他一头热汗的时候。这天临近中午,裴庆华正拿着铝制饭盒下楼去所里的食堂,腰间的 BP 机忽然响了,他低头一看,小小的显示窗里是一串数字"99–81–00"。裴庆华回手从屁股上的裤兜里掏出一个小本子,把饭盒夹在腋下,双手打开代码本翻查,很快便找出这几组数字对应的意思——"99"代表"先生","81"代表姓氏"萧","00"代表"请复台",破译过来便是"萧先生请您给寻呼台回电话"。裴庆华一边琢磨会不会是萧闯在逗闷子,一边走到一楼的传达室窗口拿起窗台上的电话开始拨号。

寻呼小姐很快接通，裴庆华问："刚才有人呼75362？"

"是的先生，有位萧先生给您留言。"

"留的什么？"

"萧先生的留言是……"寻呼小姐忽然卡住，裴庆华等了片刻正诧异着要追问，却听见寻呼小姐哆嗦着吐出两个字，"想死！"

"想什么？死？!"裴庆华难以置信，忙问道，"他用哪个电话呼的我？"

"很抱歉，萧先生没说要留电话号码，我们不便向您提供。"寻呼小姐的声调还没恢复正常。

裴庆华顾不上和寻呼小姐再费口舌，又气又急地挂断电话。他从记在代码本后面空白页上的几个常用号码里找到萧闯家楼下那个公用电话，拨过去，占线！他一摸兜，自行车钥匙不在身上，便转身冲向楼梯，刚跨上几级又猛地刹住，心想骑车太慢何况还要跑上四楼去取钥匙。他又回身向楼外冲，经过那部电话时脑子里闪了一下要不要通知谢航，这时才想起谢航今天不在单位，天知道到哪儿去找她。

裴庆华冲出楼门又跑过不大的院子，出了院门的他站在保福寺这条不宽的马路边，朝东西两个方向不停张望，平日随处可见的黄色"面的"竟然难觅踪影。他狠跺一下脚，骂一句该死的墨菲定律，真是怕什么来什么。本想非常时刻破费一把却偏偏不让他如愿，正恨恨间一辆"小公共"滑到他面前。

"木樨地啦，320沿线，到头儿两块，上车就走啊！"卖票的立在车门处，胳膊勾在车窗框上探出身子吆喝。

裴庆华往车里瞟一眼，几乎满座，连中间的折叠椅都放下坐着人，暗想"上车就走"应该所言不虚，便一招手跨上去。只剩离车门最近的那个座位还空着，除非再无空座，否则卖票的绝不肯把这个座位让出来。裴庆华一边坐下，一边从衬衫口袋里捻出一块钱递给卖票的。

"到哪儿？"卖票的站在车门内侧的台阶上先接过钱再发问。

"魏公村。"

"一块五!"卖票的又伸出手。

裴庆华瞪他一眼,开始发挥平常没少演练的老北京儿化音:"昨儿晚上还一块呢,今儿涨的价?"

卖票的便作罢,伸出的手就势朝后面座位上虚晃一下:"中关村,后排有下车的没有?往前挪挪啊。"

总算坐稳了的裴庆华终于长长呼出一口气,这才感到浑身都被汗水湿透。衬衫里的背心黏糊糊地贴在前胸后背上,额角的汗不住地往下淌,他抬手去擦,却听到咣当一阵金属撞击声,手上什么东西碰到座位前面的横杆。惊愕间他赫然发现,原来自己左手还拿着那个饭盒,里面叮咚作响的是那把勺子,而这一路连跑带奔竟浑然不觉。

"小公共"在中关村拐上白颐路一直向南,裴庆华运气不错,车上没什么人下车,司机中途也就没怎么停车揽客,但心里担忧萧闯的他仍然嫌车开得太慢。一到魏公村裴庆华就跳下车,快步奔入一个路口向西疾走,很快就到了萧闯家的小区。这是一个由五栋楼房组成的家属院,均为六层,八十年代初建成入住。离院门最近的一栋便是萧闯家所住的楼,最边上的单元一楼拆墙打洞变身为小卖部,窗户顶部伸出个"公用电话"的小牌子,裴庆华猜萧闯就是从这儿打的传呼。他往里瞥一眼没看到人,便加快脚步继续走。萧闯家的单元门外空地上有几个人,被围在中间的是穿草绿色制服的民警,他跨坐在自行车的后座上,双脚踏着脚蹬子,手里捏着大檐帽一脸烦躁地扇。裴庆华一见民警已经到场,暗暗叫声不好,急忙冲进楼门,一步两个台阶向上跑。萧闯家住顶楼,等裴庆华呼哧带喘地爬上来就看到萧闯家门口围着不少好事者,他的心脏似乎要跳出来,顾不上歇口气便拨开众人往里挤。

萧闯家的大门洞开,围观的人却不敢进去只能旁听,紧靠着门框的就是看管公用电话的老于头儿,他伸出胳膊拦住裴庆华,问道:"你谁啊?警察不让进。"

裴庆华用手中的饭盒拨开老于头儿的胳膊,回一声:"我住这儿。"随后径直走了进去。

萧闯的家是两室一厅,所谓的厅其实也是个没有门的"室",权当一间屋用。裴庆华听到有人声从萧闯的房间里传来,走到门口往里探看,站在地当中正口沫四溅训话的是一位大妈,裴庆华认得此人是居委会的曹主任;还有一位年纪轻轻的民警斜倚在写字台前,似曾见过他在周围查访,大概是负责这一区域的"片儿警",此刻正低头专心致志地摆弄一个魔方;萧闯则抱着膝盖蜷缩着坐在床头柜一侧的墙角里,正垂头丧气地挨训,三个人居然都没发觉裴庆华的出现。裴庆华一见萧闯还全须全尾地活着,一颗心落了地,浑身的神经立时松弛下来,也不出声,静观事态发展。

曹大妈一手叉腰一手指着萧闯说:"你以为我们多稀罕监视你哪!你爸妈长年累月不在家,我们这是替他们照顾你、管教你!人家寻呼台发现异常情况马上联系咱们派出所,是不是为你好?人家老于头儿发现你言语可疑马上向咱们街道反映,是不是为你好?你倒还有理了,七个不服八个不忿的……"

片儿警停下手上的动作,握着魔方的右手伸出来,跷起食指正告萧闯:"去年夏天的事忘了?想想那段时间你都干什么了?你什么身份难道忘了?你一直是我们所里的重点控制对象。你难道还有情绪?趁早端正态度!"

曹大妈又说:"人家单位不要你,把你退回学校;人家学校不要你,把你退回街道;我们街道没说不要你吧?还不都是为你好、对你负责!你自己也得对自己负责啊,哪能整天胡思乱想的,你说你对得起谁?!"

片儿警又看一眼手里的魔方,嘀咕道:"邪门儿了,以前还能弄成一个面儿来着……"然后便气呼呼地把魔方扔回萧闯的床上,厉声说,"你有什么想不开的!你知道你这是什么性质吗?要是搁十几年前,你这就是打算'自绝于人民'!你今天要是不把问题交代清楚,这事没完!"

裴庆华眼见事态趋于严重，脑中灵光一闪便开口说："你们闹误会了……"屋里的三个人同时惊愕地扭过头，既惊讶何时多出一个人，更诧异这人的说辞从何而来。裴庆华咽口唾沫，忐忑地接道，"萧闯他留的言不是'想死'，而是'想死……你了'。"

　　"拉倒吧你。"曹大妈首先反应过来，"差着两个字儿呢，人家寻呼小姐能听错？再说了，就算电话有杂音寻呼小姐没听全，于大爷当时就在萧闯旁边听着呢，人家能听错？谁不知道于大爷耳朵最好使、记性还特棒！"

　　裴庆华心想，老于头儿真是罕有的把兴趣所在与能力所长都与本职工作完美结合的人，只是不知门外那些也常在老于头儿那里打电话的人闻听此言作何感受。裴庆华正走神，冷不防片儿警又发现了新疑点，他皱紧眉头冷峻地问裴庆华："想谁？想你？！你是干什么的？哪个单位？"

　　"我住这儿，原来和萧闯一个学校的。"裴庆华并未意识到问题之严重，如实回答。

　　"你……一个大男人，他……想死你了，你们俩还住一块儿，这不是要流氓吗？！"片儿警扭头问曹大妈，"他们这样已经多久了？"

　　曹大妈也被事态的急转直下弄得措手不及，她搞不懂案情怎么一下子变得复杂又严重，搞不好自己也受牵连落个失察责任，愣愣地说："这房子是萧闯爸妈的，这大个子大概是临时借住吧。之前见过几次，骑自行车早出晚归的……"

　　片儿警把一直夹在腋下的黑色人造革文件夹拿在手上，拉开侧面的拉链，摊开来准备记录，他严肃地提醒曹大妈："您把事情想简单了。"他冲裴庆华一扬下巴，"说吧，什么时间开始的，有没有其他人参与？"他忽然又想到什么，忙对曹大妈布置任务，"辛苦您下去一趟，把小崔叫上来，我一个人应付不过来，得和他分头问这俩小子，要不他们该串供了。"

　　曹大妈愣愣地点下头，但腿脚却不听使唤，钉在原地不动；萧闯瞪大眼睛张皇地望望片儿警又望望裴庆华,这时候他才真的害怕了。裴庆华更是懊恼不已,不仅没替萧闯解围反倒把自己陷了进去,正不知如何申辩,忽听身后传来清丽的女声:"不是想他,是想我。"

四个人都向房门口看去,一个女孩平静地站在那里,目光笃定地扫过他们,最后落在片儿警脸上。女孩微微一笑冲他点下头,不知算是致意还是强调自己刚说的话不容置疑。女孩穿一件翻领的耐克 T 恤衫,下面是一条苹果牌牛仔裤,脚上是一双雷宝牌(后来改成锐步 Reebok)的运动鞋,浑身上下透着爽利。曹大妈虽然弄不清这些品牌的名堂,但也知道价码不菲,正咂舌就听到片儿警开口发问:"你哪个单位的?"

"我叫谢航,FESCO 的,外企服务总公司,我是萧闯的女朋友;这位是裴哥,我和萧闯的学长。那个寻呼机是我的,裴哥临时借去用,萧闯不知道,他给寻呼台留言'想死你了'是对我说的,不是对裴哥说的。"谢航不疾不徐娓娓道来,说完先后瞟裴庆华和萧闯一眼,意味着口径就此统一。

片儿警眯起眼睛,冷不丁问道:"你呼机号是多少?"

"126 呼 75362。"谢航不假思索地答道。

裴庆华一愣,这个号码他只是前些天告诉过萧闯,随口对在场的谢航说了句你有事也可以呼我,当时并没见谢航特意记下,后来谢航也从未呼过他,没想到她对数字这么敏感,难道真能"过耳不忘"?

忽然片儿警的一声呼喝吓裴庆华一跳:"于大爷,您在外面呢吧?麻烦您下楼打个传呼,126 呼 75362,我听听这呼机响不响……"说话间他死死盯住谢航的脸。老于头儿颠儿颠儿跑进来把片儿警的吩咐煞有介事地重复一遍,刚喜滋滋地要转身去完成这一光荣使命却又被叫住:"哦,不用了于大爷,才想起来,我这本子上记着呢,寻呼台给过我这个呼机号……"老于头儿颇为失落地在门口讪讪地站住,不肯再回到大门外,就势把待遇从旁听升格为旁观。

连曹大妈都看穿了片儿警这一惊一乍打草惊蛇的招数,忍不住说:"我看这姑娘讲的是实话。"

"不见得,我待会儿就让寻呼台查一下机主到底是谁。"片儿警虽然没能从谢航坦然的表情上发现丝毫破绽,但仍不肯罢休。

曹大妈显然不愿看到事情闹大,言之凿凿地说:"我认得这姑娘,老来找萧闯,俩人手拉手好得不得了,萧闯和这大个子不可能有那方面的事儿。"不待片儿警表态她又扭头数落萧闯,"我说你这孩子也真是的,有话不会好好说啊,什么死呀活呀的,就算是死呀活呀的你倒是把话说全啊,你看看,给我们大伙儿惹了多大麻烦!"

谢航马上笑盈盈地说:"阿姨,萧闯老这样,毛毛躁躁的常捅娄子,以后我和您一块儿说他。"然后又转向片儿警,"警察叔叔,真不好意思,大热天的还让您跑一趟,我代他跟您说声对不起。"

片儿警脸一红:"别这么叫,我不比你大多少……"又心有不甘地问曹大妈,"您看……就这么算了? 总得跟我回去签个字吧?"

"还签什么字啊,就是虚惊一场啥事没有,这不挺好嘛。"曹大妈边说边推着片儿警的肩膀往外走,到门口见老于头儿还意犹未尽地左瞧右看便说了句,"走吧,看热闹能当饭吃啊!"

那三个人走了,剩下的这三个人你看看我、我看看你,谁都不知道该说什么。萧闯穿着皱皱巴巴的文化衫,上面龙飞凤舞地写着四个字"我毕业了",百无聊赖之际他探手从床上拿过魔方,两三下先拼成一个面,又很快把相邻的四个面拼出横长竖短的"T"字图案。接着十指扣在魔方表面各处翻看,同时嘴唇翕动像是默念着什么。然后停下动作,闭上眼睛做个深呼吸,随即十指一阵令人眼花缭乱的舞动令魔方旋转翻飞,此刻已经无从感觉时间的长短。萧闯忽然一扬手把魔方扔回床上,睁开眼睛,看到的是一个六面精准完成的魔方。裴庆华和谢航好像对此都已经习以为常,淡漠地看着萧闯。萧闯从地上站起来踢一下椅子,咬牙切齿地骂道:"笨蛋,连一个面儿都弄不出来,也配教训我!"

这还是裴庆华和谢航自打进门后听到萧闯说出的第一句话,两人相视一笑。裴庆华问谢航:"你什么时候来的? 怎么这么巧?"

"该来的时候来的,就这么巧。"谢航莞尔一笑。

"哎，对了，你怎么记得我的呼机号？你一次都没呼过我吧？"

不等谢航回答，萧闯已经很不屑地说："区区八位数，去掉呼台的号就只剩五位，这还用得着专门记？什么脑子！"

裴庆华被气笑了："哎，我怎么感觉咱们仨好像不是一个学校出来的……"

谢航刚想宽慰裴庆华，萧闯又一脸认真地抢先说道："哥们儿，跟你说过不止一次，虽然咱们是同校同系，但你和我们的情况不一样。你那一届正好赶上很多高中从两年改三年，重点高中都没有毕业生就参加高考，像你这号欠发达地区的非重点高中的学生才考上了，你呀纯属捡漏。"

裴庆华被噎得怔住，恨恨地作势冲萧闯一扬手，叮咚作响之际谢航才注意到裴庆华手里拿着东西，诧异道："老裴你怎么还带个饭盒？"

"还不是这小子惹的祸，害得我饭都没吃，抱着个空饭盒折腾到现在。"裴庆华又问谢航，"你从哪儿过来的？你怎么知道他出事了？"

"我哪儿知道他出事呀，今天是 FESCO 给我们去外企前搞的上岗培训，就在友谊宾馆，我以为他们能讲些有价值的真货，结果全是些大道理。什么不卑不亢啊、国格人格啊，中午下课我就溜了。才一站地离这儿多近啊，我就来找萧闯，看到楼下和门口都围着一帮人，那个老头儿告诉我说是他……"谢航冲裴庆华用口型无声地说出"想死"二字，随即不放心地望向萧闯。

裴庆华笑着晃晃手里的饭盒："行了，就凭这小子又有心思损我就说明他没什么事，我回去了，下午还要政治学习呢。"

谢航刚要送裴庆华下楼，又担心萧闯身边不能离开人，正犹豫间听见萧闯嘟囔道："还不去送送你裴哥，叫得多亲啊，也不嫌腻得慌。"

谢航气得刚要回击，裴庆华冲她使个眼色："你看，他都有心思吃醋了，没事的。"谢航明白裴庆华有话要说，便狠狠瞪萧闯一眼，随裴庆华出了门。

俩人从六楼往下走，谢航小声说："老裴，你觉得他会不会真想不开？刚才都把我吓死了。"

"昨天晚上我和他聊了一宿，以为没事了，结果来这么一出。"裴庆华叹口气，"其实都怨这小子那张破嘴。去年夏天那点儿事本来学校都替他遮掩过去了，'双向选择'的时候他和502所谈得挺好，人家也要他了，结果报到没几天他自己又把那点儿事都嚷嚷出来了。502所参与那么多重大工程，又红又专是必须的，当然对这种问题看得很重，人家二话没说立刻退档。萧闯去找学校就业指导中心的老师，又把人家惹翻了，学校不肯再帮他找工作，说毕业分配环节已经结束，把档案转到街道让他自谋职业。大学毕业生本来是干部身份，这下变成工人了，唉……"

"其实，萧闯真在乎什么身份吗？"

裴庆华看谢航一眼："这你还不了解，他就是较劲，不服气凭什么单位和学校有权决定他的命运，凭什么比他笨的人却能决定他的生死。昨晚上他唠叨好几遍'万念俱灰'，我说你有什么可灰的，吃住不愁，过一阵子想出国就抬脚走人。可我呢，除了你家客厅这张床还能去哪儿？一天没工作立刻就得喝西北风。他呀，就是各方面条件太优越，闲得没事就钻牛角尖儿。"

谢航歪着脑袋问："老裴你跟他讲这些有用吗？"裴庆华顿时泄了气，谢航幽幽的像是自言自语，"哀莫大于心死，真不想看他这样下去，心疼死我了。"

两人下到楼门口，裴庆华收住脚步，严肃地看着谢航："你等我一下，我脑子慢，得把思路捋一捋。"

谢航笑了："您可是正宗嫡派的硕士，我们都是小学士，您脑子还慢？"

"得看和谁比。你们北京的不稀罕读硕士，要么出国要么去外企。哦对了，最烦你们动不动'您'啊'您'的，乍一听真以为是尊称，其实都是损人的。你别打岔，刚捋清楚又乱了。"裴庆华望着远处默默地想了想，忽然问，"你记得马斯洛那一套吧？"

谢航一愣："马斯洛,分析人的不同层次需求的那个? 好像是五层吧……"

"对,五层,生理需求、安全需求、社交需求、被尊重的需求,最高层次是自我实现。"裴庆华又把饭盒夹在腋下,扳起手指头,"萧闯有点儿太虚无缥缈,总惦记什么实现自我,要求别人都尊重他。这些需求的层次太高,他整颠倒了,不能从上往下,应该从下往上,他要能认识到还有哪些低层次的需求没有满足,就不会成天钻牛角尖儿了。"见谢航若有所思,裴庆华又点一句,"他要是自己认识不到,咱们就得帮他认识。"

谢航自以为已经明白裴庆华所指,有些不自然地挤出一丝笑容,岔开话题:"你现在回去已经没饭吃了吧?"

"当然啦,只能吃精神食粮了,下午所里政治学习,学马克思。"

"马克思、马斯洛,这么多姓马的,姓马的总能搞出一套一套的。"谢航故作轻松地打趣道。

"而且今年是马年,我的本命年!"说完,裴庆华刚要转身离去又扭头问,"你下午还要回去接着培训?"

谢航摇头:"当然不回去了,好不容易溜出来,回去万一被抓个正着怎么办?"

裴庆华扬下手:"好,尽量多陪陪萧闯,能陪多久陪多久。"

谢航看着裴庆华的身影拐过楼角不见了,才喃喃地重复道:"能陪多久陪多久……"

从一楼到六楼,谢航这次上得比以往每次都慢,她一边迈步一边琢磨着裴庆华所说的话,琢磨着马斯洛的一层到五层需求分析,琢磨着萧闯。她清楚萧闯的需求,也清楚自己的需求,她只是需要下个决心,那个对她具有重大意义的时刻是否该来得这么早、这么突然。

走进萧闯的房间,谢航一愣,她本以为萧闯要么在弄吃的,要么躺在床上发懒,没想到萧闯正站在书柜前发呆。谢航问:"你饿不饿?"

萧闯像没听见,抬手把书柜的玻璃门打开,先把几本最厚最沉的工具书搬出来重重地掷到地上。谢航惊问:"你要干吗?"

萧闯又扔出一摞书才闷闷地说:"扔东西,都用不着了,看着烦。"谢航刚要劝阻,不料萧闯却已经停手,他绕过谢航走到房间外面的过道上,看着那间关闭的房门说:"我爸妈的房间就不动了,都是他们的东西。"又转头看着拉上半边布帘的客厅,"这里有些是老裴的东西,给他留着吧。"

谢航害怕了,又问一遍:"你要干吗?"

萧闯惨兮兮地看着谢航,忽然一副哭腔说:"没意思,没活头,没希望,什么都没了……"

谢航大声说:"你有我啊,有你爸妈啊!你可以找工作,咱们也可以一起出国,怎么就没希望了?!"

萧闯嘶喊道:"他们不让!你想怎么样他们偏不让你怎么样!咱们拗不过他们……"

"那就慢慢来,一点儿一点儿来,咱们才二十二岁,有的是时间。这点挫折就垮了,那你这辈子还'闯'什么?!"

萧闯无声地走回自己房间,坐到床边悲戚地说:"太远了,咱们等不到。我想让今天和昨天不一样,想让明天和今天不一样,我等不了十年二十年……"

谢航身子一震,就在这一瞬间她下了决心,不一定能让明天和今天不一样,但她一定能让今天和昨天不一样。

她走到窗前,看着窗外说:"这么大的太阳,你不嫌晒啊?"然后随手把窗帘拉上,又担心风把窗帘吹开,便弯腰从地上捡起一本《辞海》把窗帘的下摆压住。萧闯对谢航的举动视若无睹,面无表情地呆坐着。谢航走到床边坐下,夸张地用手在脸前扇风,过一会儿说:"热死了,你家楼顶太薄,都快烤焦了。"

萧闯有些不高兴:"我的心都凉透了,你却还嫌热。"

"真的,不信你摸。"谢航拽过萧闯的手贴在自己脸上,俩人同时惊讶地看一眼对方,因为脸确实滚烫,手确实冰凉。

萧闯把自己的手抽回来,朝门口一指:"电扇在厅里,老裴怕热,你要想吹风可以搬到屋里来。"

谢航不理会,低头搓弄自己的手指,忽然啪的一声,她把自己的腰带扣解开,抽出腰带放到一边,腰带扣的重量拖着腰带从床边滑到地上,又发出啪的一声。谢航见萧闯仍旧一副无动于衷的样子就干脆说:"这条牛仔裤太热了,我能脱掉吗?"

萧闯扭过脸怔怔地盯着谢航,渐渐地他的眼珠开始活泛起来,眸子里出现了亮光,并且越来越亮,又有了灵气、有了渴望,他就这样从一个"死人"变成"活人",又从"活人"变成"男人"。谢航紧张地注视着萧闯的每一分变化,直到萧闯忽然咧开嘴坏笑着问:"你以前不是只许我碰上边吗?"

谢航咬一下嘴唇,郑重地说:"从今天开始,都可以。"

两人笨拙地摸索了好一阵,谢航忽然说:"放首歌吧,太静了,我紧张。"早就紧张得不行的萧闯忙起身把写字台上的双卡录音机的播放键按下,房间里很快回响起韦唯和刘欢唱的《亚洲雄风》。等听过几遍"山是高昂的头",萧闯正觉得自己已经高昂起来,却听见谢航又说:"换首歌吧,太闹了,我紧张。"萧闯只得又起身把这盘磁带停下,按下另一个卡带的播放键。片刻之后响起的是毛阿敏在这年元旦晚会上唱的《90就灵》。听着毛阿敏一遍遍地重复"90就灵",萧闯却绝望地发现自己越来越不灵。他沮丧、惶惑、羞愤,他想怎么样却偏偏不能怎么样,他再一次垮了、放弃了,任由自己随波逐流。谢航忽然嚷起来:"哎呀什么东西啊,都弄到我身上了,你快擦掉……"萧闯慌忙随手抓过什么就草草在谢航身上擦拭一番,然后颓唐地歪倒在一边。

过了好一阵,谢航轻声问:"你会记住今天吗?"等了一会儿不见萧闯回应,她又问,"你会一直记得吗?"

萧闯瓮声瓮气地说:"这次不算,没弄好。"

"我觉得挺好,我会一直记住今天的。"

"好什么?根本没成!"与其说萧闯是生谢航的气,不如说他是生自己的气。

"怎么没成？反正我是成功了。"谢航得意地晃晃脑袋。

"你根本不懂，对于女的来说只谈得上好与不好，谈不上成与不成！"

"你才根本不懂。"谢航反驳道，"我问你，今天是不是和昨天不一样？你想不想明天能成一次？那样明天是不是也和今天不一样？"

"明天，明天你又能来找我？你白天不上班了？晚上老装在。"

谢航见萧闯一脸急切的样子就微微一笑："总能想办法嘛，但起码你要有念想，有念想就能有办法。"这时房间里忽然响起咔嗒一声，把两人都吓了一跳，原来是磁带放到尽头播放键自动弹起。谢航喃喃道："我完全没印象刚才都放了什么歌……"

"这录音机太老了，连自动翻面的功能都没有，等我挣了钱立马换台新的。"萧闯信誓旦旦地说。

谢航一听高兴地撑起上身，凑近萧闯说："你想挣钱？那太好了！"

萧闯满眼疑惑："挣钱这事不是很自然吗，有什么好不好的？"

"当然好啦，你以后每天就想想我，也想想怎么挣钱，就不会再胡思乱想了。"

萧闯凝视着谢航的眼睛，表情越来越严肃，谢航又不由得担心起来，忙问："你又怎么啦？"

"谢航我问你，你刚才做的这些，是不是拿我当病人，拿你自己当药了？"

谢航低下头，手指下意识地把床单一点点抚平，过一阵才说："没有，我哪儿有你说的那么高尚。我也喜欢，我也想。"

顷刻间萧闯感觉周身开始发热，他贴着谢航的耳朵小声说："我又想了……"

等到萧闯再次歪倒在一边，他浑身上下湿淋淋的，真像是经过了一场彻底的洗礼，昭示着他的人生从此不同。

谢航望着天花板，皱紧眉头呻吟道："疼死我了……"

萧闯碰一下谢航的胳膊："这才算第一次。"

"不,第二次。"

"好吧,你的第一次,我的第二次。"

"不,你的第二次,也是我的第二次,以后咱俩的次数必须永远一样,谁也不许比谁多!"谢航咬紧牙关执拗地又问一句,"你听到没有?"

萧闯正要下床,脚心刚好踩在滚到床下的魔方上,把他硌得连声叫唤着跑进厕所里。

二

/

锋芒初露

其实如果那位年轻的片儿警果真去寻呼台查证,就会发现那部寻呼机的机主既不是裴庆华也不是谢航,而是林益民。林益民中等年纪、中等身高,虽然精瘦精瘦的,但在研究院众多研究所的众多研究人员当中却称得上标准身材。相比之下,谭启章在众人眼中就显得有些胖,以至于荣获昵称"谭胖子"。待日后谭启章成为万众景仰的风云人物之时,有很多人颇为不解:谭总身材很标准啊,怎么会传说当初外号"谭胖子",充其量只是稍许"健壮"而已,难道那个年代对于胖瘦就如同今日一般苛刻挑剔?内在缘由其实再简单不过,群体不同,时代不同,标准自然不同。

政治学习刚完,林益民和谭启章走回两个人的办公室,林益民把门关严,抱怨道:"老谭,你以后安排别人读'报子'好不好?我'口此'不灵的,费力得很。"

谭启章拿过暖瓶倒水,笑道:"就是要你多练练口齿,才专门让你负责读报纸。"

"研究室又不是只有我一个副主任，你叫他们几个也轮换着读嘛。"

谭启章认真起来："你现在不抓紧练习，将来怎么上得了台面？公司开大会就我一个人发言？产品介绍会你也不亮相？"

"那也可以用别的方法来练嘛。"林益民接过水杯，脸色忽然变得黯然，"还开大会呢，你别做梦了，公司在哪里？产品在哪里？"

研究室的主任办公室不大，靠着门是文件柜，里面塞满乱七八糟的书籍、资料和图纸，仔细看还能发现几个获奖证书。一面墙摆着一排沙发，弹簧早已坏掉，一坐就陷进去，角落里挨着垃圾桶摞着几台计算机机箱和几块印刷线路板，上面覆满灰尘；另一面墙是两张办公桌，谭启章和林益民面对面坐。

林益民接着唠叨："从去年六月到现在，报纸念了足有一年多吧，还要念多久？哪年哪月是个头？"他忽然起身搬着椅子挪到谭启章的桌子侧面，坐下后压低声音问，"你听说过'赤马红羊'没有？"见谭启章摇头，林益民接着说，"马年、羊年都有说头，'赤马'指的是丙午马年，'红羊'指的是丁未羊年，总会有大事情发生。你知道上一个丙午马年是哪一年？1966年。"林益民说完还意味深长地重重点了下头。

沉默了好一阵，谭启章若有所思地念叨："今年又是马年……"他忽然眉头一扬，提高嗓门说，"往前推十二年，1978年也是马年，那可是个好年头啊，咱们这代人的好日子都是从那年开始的。"

"对的，1966年开始乱，乱了十年多；1978年开始好，好了十年多。今年又是马年，你感觉……会是向前走还是向后退？"林益民问完就专注地看着谭启章。

谭启章踌躇片刻，缓缓开口："改革开放十几年了，要想往后退，不那么容易吧。几代人的心气儿刚热乎起来，谁敢轻易给浇灭喽。总不能让几代人又没有奔头吧……"

"老谭，原来我念了那么多报纸，你根本没有好好听啊。你说说看，这是向前走还是向后退？"林益民说到激动处不由得站起身在房间里来回走。

"老林,你不要转来转去,看着就晕。对了,我昨天碰到季老师了。"

"哪个季老师?"

"物理所的,十年前就和陈老师几个人一起开公司,他们可是绝对的先驱。不过季老师现在不干公司了,他说自己不是做生意、搞企业的料,眼下正张罗组织一个民营企业家联谊会,说要专门为民营企业家摇旗呐喊。对了,他还问我咱们这个技术服务中心什么时候正式改挂公司的牌子。"

"那你怎么说的?"

"我说……不着急,顺势而为。"谭启章微微一笑。

"是啊,我也觉得还是再看看。我听说市里有个人公开讲'外资越多越反动',费那么大力气请进来的外资都成了反动,咱们要是搞个民营、内资那还不得被一锅端啦?"

两个人再次陷入沉默,房间里寂静无声,可以听到外面走廊里的脚步声和话语声逐渐热闹起来,人们陆续收拾东西下班了。谭启章首先站起身,拿着水杯走到窗前,推开窗户把剩下的茶水向外一泼,说了句:"跟着感觉走吧。"

下楼走到自行车棚,谭启章先打开车锁推着车走过来,招呼林益民说:"一起走吧,路上还能再聊会儿。"

林益民连忙摆手:"别别,那样又不知道几点才能到家了,先是你顺路送我,然后我特意送你,话哪里有聊完的时候。结果又是你送我、我送你,那还不如在办公室坐着聊呢。"

谭启章也就笑笑作罢。忽然他瞥见裴庆华拎着一个暖瓶从水房走进楼里,不由得纳闷道:"那是小裴吧,他怎么这时候打水?放一晚上不都凉了,应该早晨打嘛。"

"估计他晚上要留下来用功吧,预备泡方便面的。"林益民说完又想起什么,推车靠近谭启章小声说,"小裴不错,有悟性,自己也知道努力。不过像他这样的名校高才生咱们很难留得住,十有八九是要出国的。"

谭启章原本已经跨上自行车,一听这话便立刻下来,一边把车推回棚里一边说:"老林你先回吧,我上去和小裴聊聊。"

刚来所里四个多月的裴庆华还没分到专属自己的办公桌,只能在大实验室里打游击。实验室的布局大体呈"回"字形,两圈实验台,外圈靠着四面墙,内圈就像房间中央的一个岛。裴庆华特意选择离门最远而又面朝门的位置,所以当谭启章刚推开门他就立刻站起身说:"谭老师,还没回去呢?"

谭启章一边绕着实验台走过来一边应道:"待会儿再回,反正家里也没人。闺女跟她妈妈在姥姥家,这不放暑假了嘛,给她放放风。你怎么还没走?"

"想再看会儿书。我现在临时住在朋友家里,就是个睡觉的地方,回去早了打扰人家。"

"说反了吧?我看你是怕人家打扰你。"谭启章笑着拍拍裴庆华的肩头示意他坐下,随口问,"看什么书呢?"

裴庆华面前的实验台上摊着不少东西,最醒目的是一本挺厚的大16开书籍,旁边放着一块微型计算机的主板和几块小些的线路板,下面凌乱地垫着几张摊开的报纸,还有几个装有若干集成电路芯片的小塑料盒。右手边架着一只电烙铁、一卷焊锡和一块松香。他拿起打开的书合上递给谭启章,谭启章看一眼封面,是本《微机系统 EISA 总线结构与应用》,不由得赞许道:"小裴你挺用功啊,不错不错。"

裴庆华忙自谦道:"您过奖了。学校里教的都是好些年前的东西,这方面技术发展太快,以前的 ISA 总线还是 16 位,下一步要搞 32 位的,只能自己边学边练。"

谭启章把书随手翻翻就放回到实验台上,又问:"你那些同学现在都在哪儿?和你一样搞科研的多吗?"

"去哪儿的都有,有留校的,有去外企的,也有去深圳的,主流还是以科研院所为主吧。"

"出国的多吗?"

"嗯——有一些,不算很多。"

"你没考虑也出去?"谭启章看着裴庆华的眼睛。

裴庆华很坦然地笑着说:"我条件不够,那些出国的要么是家里条件好,要么是成绩特出色,这两条我都不太沾边。"

谭启章也笑了:"小裴你还挺谦虚。不过,留在国内发展也不错,咱们所不会像以前那样就限于几个国家级的项目,攻攻关、评评奖,咱们也要走向市场,把科技转化为生产力,把知识转化为财富。前些年那种'搞导弹的不如卖茶叶蛋的'肯定一去不复返了,今后一定是知识阶层拥有财富。"

裴庆华点点头但没说什么。谭启章瞥见实验台上放着部寻呼机便伸手拿过来,寻呼机的链子碰巧钩到电烙铁上,电烙铁摇晃一下,一小球炽热的焊锡滴落到报纸上。

谭启章打量一眼寻呼机,问道:"这就是原先林老师用的那个?"

"对,林老师前一阵去香港出差,就把这个寻呼机留给我了,我想是为确保万一技术服务中心的用户有急事可以找到人。"

"怎么不挂在腰带上?"

裴庆华有点儿不好意思:"坐着的时候挂上它感觉硌得慌。"

谭启章笑了:"你最好尽早习惯挂着它,估计不用还给林老师了。"见裴庆华面露疑惑就解释说,"林老师很快要配'大哥大'了。"

裴庆华发出一声惊呼:"哇!那个很贵吧?咱们室可真有实力。"

谭启章把寻呼机递给裴庆华,转身向门口走,笑着说:"不是咱们室有实力,是林老师他们家有实力。"他扭头又补充一句,"他们家是温州的。"

等谭启章关上门走远,裴庆华急忙把电烙铁和垫着的报纸挪开,露出最下面掩藏的秘密——一本书,刚才滴下来的焊锡球已经把几层报纸洞穿,书的封面上已被烧出一个小孔。裴庆华赶紧把书拍打几下,书的封面上赫然印着——《留学 GRE 3000 词汇选编》。

　　裴庆华收拾好正想继续背单词，寻呼机响了，一看又是一串数字——"99-81-03"。他掏出代码本查到"03"代表"请回家"，这还是萧闯头一次"请"他回家。裴庆华先是有些错愕，想了想才转过弯来，不禁苦笑一下，明白这恰恰意味着"非请勿回"，萧闯的家今后再也不是他想待就待、想回就回的了。

　　按说凭裴庆华的资历绝对够不上配寻呼机，他连自己的办公桌都没有；凭裴庆华的实力更绝对买不起寻呼机，那种数字寻呼机的价格将近两千元，超过他整一年的工资，每月还要交几十块的服务费，尚无立锥之地的他岂能负担得起。这部寻呼机之所以到他手里说起来算是一种机缘。

　　所里前两年在科研院所争相开办公司的风潮里也开了一个"微机应用技术服务中心"，挂着所里的名，实际上就是谭启章负责的研究室几个人在搞，小打小闹揽一些微机安装、培训和维修的活儿。随着中国计算机市场逐渐起步，美国的几家公司先后采取不同策略进入中国，其中的康朴公司算是后知后觉、动作慢的，等他们拿定主意却又赶上美国对中国搞制裁，严格限制高科技产品出口，只能迂回绕道香港，在美国看到的商务合同与出口许可证上都是香港"客户"的名称，然后再暗中销往内地。虽然合同都是传真到香港签，但服务却只能在内地做，总不能大小故障都把电脑发到香港去修。如此一来康朴公司就注意到谭启章他们的技术服务中心，虽然这个小招牌不起眼，但研究所那块大招牌却极醒目，让人绕不开、放不下。谭启章他们对这宗天上掉下来的大生意如获至宝，惊喜之余又不免担心自己能不能接得住。传真、电话谈过几轮，康朴终于要派人从香港到北京直接登门洽谈，谭启章和林益民顾不上兴奋，心里和脸上只剩紧张，说是洽谈其实就是实地考察评估，成败在此一举。

　　一大早林益民就带几个人把所里的会议室布置一番，谭启章去请所领导露个面。所长表示会谈环节就不参与了，中午可以出面请客人们吃顿饭。谭启章还想请所长给院里打电话，争取院里的外事办或科技局能来个人壮壮门面，所长抬眼看看他，回了句"没必要吧"，他也就只好作罢。谭启章刚从所长那里出来，就见林益民慌慌张张跑过来，还没收住脚就急着说："刚来的电话，他们已经从西苑饭店上车了，七个人！"

谭启章一惊："七个人，怎么来这么多？打狼呢?!"

"是啊，原先估计也就来三四个人，咱们这边差不多也是，你、我、所长、院里再来个人，四对四，这样对等嘛。"

谭启章苦着脸说："什么四对四，是二对七，所长不肯出面，院里也没人来。"

"啊？那也太……"林益民一听更急了，"能不能把情况跟所长再说说？"

"没用，人家就是因为架子大才不肯来，更不会来替咱们充数。"谭启章想一下便果断地说，"这样，你我分头去物色三四个人来，要能拿得出手、上得台面的。五分钟之后你骑车到科学院南路的南口接康朴的车，把他们带过来。"林益民刚要转身，谭启章又叫住他，"还不把蓝大褂换喽，叫来的人也都要注意着装。"

裴庆华刚从水房拎着四个暖瓶回到实验室，小戚忽然走过来绕着他上下打量，然后说："小裴，把你西装借我穿穿，有外事任务。"说着就把身上的蓝色工作服脱下搭在椅背上。

裴庆华不明就里："戚老师，你早晨不是穿外衣来的吗？"

"哎呀跟你说了别叫我戚老师，我也就比你早来半年。"小戚又解释，"刚才林老师让我陪他一起接待外商，我那件外衣要是穿出去不仅丢咱们所的脸，简直丢国家的脸。"

裴庆华来所里报到刚过几天，没什么具体实验任务分派给他，他只是表面上看资料、暗地里背单词，所以一直没穿俗称"蓝大褂"的工作服。身上是他有生以来的第一件西装上衣，这是他临上班前萧闯特意带他到王府井的红都西服店买的,花了一百五十八元,其中五十八元还是萧闯借给他的。裴庆华虽然心疼,但既然小戚已经挑明是"工作需要"且事关"国家形象",也就只得不太情愿地脱下,忍不住问:"这衣服你要穿到哪儿去?"

"就在会议室,中午以前保证完璧归赵。"说着,小戚抓过西装掉头跑了。

谭启章在会议室检查各处细节有无纰漏,陆续有几个人进来,都是被他和林益民临时抓差的,他刚要把注意事项叮嘱一番,却看见小戚穿着裴庆华的西装走进门,不由得立刻皱起眉头,问道:"这衣服是你自己的?"

小戚低头看看吊在自己身上的西装,努力把手从长长的袖子里伸出来,尴尬地说:"不是,刚借来的。"

"这衣服太大,你根本撑不起来嘛。跟谁借的?"谭启章又问。

"这衣服是我的。"门外忽然有人应道,原来裴庆华实在放心不下自己唯一的奢侈品,生怕有什么闪失,跟过来查探究竟。

谭启章看一眼裴庆华又看一眼小戚,吩咐说:"换过来,我看看。"

小戚挺狼狈地把西装脱下递给裴庆华,裴庆华歉疚地接过来穿上,谭启章做手势让他原地转一圈,然后点头:"挺精神嘛。你这会儿有事吗?没事就留下来列席,不用说话,光听就行。"

裴庆华懵懂间点点头。小戚局促地问谭启章:"谭老师那我呢?"

谭启章盯着小戚皱皱巴巴、白里透黄的衬衫看了一会儿,又默数一下会议室里的人头,有些勉强地说:"你要是真想听就留下听听,"小戚登时面露喜色,谁知谭启章又跟一句,"不过你别坐在前排。"

没多久,林益民骑车在前开道、两辆摘掉顶灯的皇冠出租车在后尾随,一路人马进了所里的院门。五个美国人、两个香港人被迎到会议室,寒暄之后由谭启章操作投影仪介绍所里和技术服务中心的概况,胶片是用英文写的,谭启章用汉语阐述,一个香港人有一搭无一搭地翻译几句,沟通倒还顺畅。康朴总部来的几个美国人看来挺满意,没提几个问题就转入实质性内容,商讨技术服务中心将要承担的服务内容与责任范围,并直截了当表示未来康朴公司每在中国市场售出一台微机就将拨付技术服务中心五百五十元作为用户支持服务费用。谭启章和林益民不约而同心算着一千台、一万台会是多少钱,两人竭力按捺内心的狂喜,故作平静地在记事本上做着记录。随着商谈的深入,涉及的问题越来越细节,进度也越来越慢,当谈到有关产品故障报修流程时不得不停下,因为竟被一个英文单词卡住。

谭启章求援似的看向林益民,林益民惭愧地摇头,香港翻译似乎也拿不准对应的中文意思是什么,干脆一耸肩膀:"reproducible defects, defects 的意思就是缺陷、故障,reproducible 的意思嘛……就是 reproducible 啦。这个缺陷或者故障,要么是 reproducible 的,要么就是不 reproducible 的嘛。"见两人愈发一头雾水,香港翻译就把手中的英文原版用户服务合约推到他们眼前,指着其中一段说:"这个是很基本的啦,做这一行都应该知道啦,就像我说 taxi,不用讲中文你也知道我的意思啦。用户说你的产品有问题,首先要判断它是不是 reproducible,然后才知道该怎么样办。如果连这个也不懂,根本没法做服务的啦。"香港翻译随即扭脸向率队的美国人嘀咕几句,美国人听完立刻用怀疑的目光望着谭启章,这回不用翻译谭启章和林益民也猜得到香港人说的绝对不是好话。

正在情急无助之时,忽然从最边上的位置传出一个声音:"谭老师,这个词的意思应该是'可重现'。"众人循声看去,裴庆华的脸不由得红了,但声调还算平稳,他接着说,"比如用户说他做一个操作,机器就会黑屏,如果他当着我们的面再操作一次结果机器同样会黑屏,这个故障就属于可重现的;如果试几次都没再黑屏,这个故障就不属于可重现的,这两种情况应该按不同的方法处理,我想大概就是这个意思。"

谭启章长舒一口气,来不及对临阵单骑救主的裴庆华表示嘉许便对康朴方面说:"好了,这一点已经表述清楚,没有问题,咱们继续往下。"

康朴率队的美国人却好奇地通过翻译问裴庆华是什么人,谭启章回答:"他是刚到我们所里来的硕士毕业生。"

香港翻译并没把这话直接翻译过去,反而带点挑衅意味地说:"这样的东西应该谁都知道,不应该只有一个人知道的啦。"然后才把裴庆华的背景介绍给美国人。

谭启章和林益民的脸色都变得不大好看,彼此对视一眼,都明白此刻不宜发作,但一时又想不出该如何回应。正在尴尬之际,裴庆华对翻译不紧不慢地说出一句:"我是技术服务中心的工程师,我知道就够了。"说完就笃定地看着翻译,脸上是一副似笑非笑的表情。

在场听得懂中国话的人都愣了,香港翻译张了张嘴却没发出声音,率队的美国人又好奇地问他裴庆华说的什么,翻译又张了张嘴才压低声音很快地说了句英语。美国人听后睁大眼睛望着裴庆华,点了下头,裴庆华也听出那个香港人还算如实翻译,便微笑着也向美国人点了下头。

谈判后,谭启章经过裴庆华身边时抬手在他的后背上拍了拍,没说什么;再后来林益民要去香港参加康朴搞的培训,临走前特意到大实验室当着众人的面把寻呼机留给裴庆华,也没说什么。至于裴庆华自己更没想太多,只是觉得这个本命年看样子还行。

三

/

连襟与妯娌

　　林益民家的晚饭一般到八点多钟才吃，一方面因为两口子下班都晚，另一方面是因为双胞胎女儿学业挺重，经常要学到很晚才睡，如果饭吃得太早还得再加顿夜宵，徒增一笔开销。

　　吃过晚饭，林益民在擦拭煤气灶，旁边洗碗的妻子忽然说："还是差个厅。"林益民没听懂，妻子不耐烦地补充道，"我是说这两居室好是好，要是再有个厅就更好了。我如今最大的愿望就是吃饭和睡觉的地方能分开，一天三顿都在床边吃，做梦都是满鼻子的饭菜味儿。"

　　"那还不好？"林益民打趣道，"当年上学的时候吃不饱，恨不能搬到食堂去睡，闻着泔水味都觉得胃里不那么空了。你呀就是不知足，四口人挤十二平方米的日子忘了？"

　　"你知足？要是知足你还整天惦记着下海开公司。"

　　林益民正要回应妻子的抢白，外面有人敲门，两人都有些奇怪，妻子说："估计是邻居来收水电费。"

　　林益民问句"谁呀"，走过去把门打开。此时门口站着个人，左手拎个黄绿色的帆布旅行包,右手拎个黑色的人造革公事包,拇指和食指之间捏着个信封,想必是按照信封上的地址一路打听来的。林益民仔细认了认,惊讶地叫道:"益富,你怎么来了?"林益富走进门,脸上挂着局促的笑,林益民对愣怔的妻子说:"这是益富啊,我老家的堂哥,八六年来过咱们家。"

妻子匆忙打过招呼便走进房间把床上的东西草草拾掇一下,该遮掩的都用被子一盖,然后给已坐到桌边的林益富倒水,顺脚把一盆换洗衣服蹬进床底下。林益民看看已经褪色的旅行包和已经开裂的公事包,忍不住问:"益富你怎么这副打扮?上次来还西装革履的呢。"

林益富却答非所问地说:"你这个家我还是头一次来,蛮好找。"

林益民见状便提醒妻子去看看孩子下学期的课程预习得如何,随后关上房门又问:"这次来北京是办事还是路过?"

"我打算住些天,然后再想下一步怎么办。"

"住些天?"林益民更为诧异,"你的工厂谁管着呢?"

"不用我管,我把工人都遣散了,把工厂交给镇上了。"林益富苦着脸说。

"啊?!你不开工厂了?那镇上给你多少钱?"

林益富又苦笑一下:"我没要钱,他们也不会给。"沉默一阵,林益富才说:"这次打击假冒伪劣太厉害,说是北京专门发了文件,省里、市里和县里都派了工作组到镇上,关了好些作坊和门市,还抓了十几个人……"

"唉,谁让你们那里假冒伪劣搞得遍地都是,不整治你们整治谁?"

"国有工厂就不产假冒伪劣?国营商店就不卖假冒伪劣?"林益富忽然梗起脖子愤愤地说,"口号就是'严厉打击私营企业假冒伪劣违法行为',你听听,究竟是打击假冒伪劣还是打击私营企业?我们从来不敢奢望被一视同仁,只希望能给留条活路,现在看来是没指望了。"

林益民也陪着叹口气,又看看林益富的打扮,试探道:"家里的钱……也都被收了?"

"那倒没有。"林益富用脚踢一下旅行袋,"我是觉得用这些家什不会引人注意。"

林益民笑了:"像你这样才更引人注意呢。对了,你吃饭没?要不要先吃点东西?然后我带你去找旅社或者招待所。"

林益富忽然扭捏起来,嗫嚅道:"最好不去外面住,我不想让他们查到我在哪里。"

"他们在抓你?你是逃出来的?"林益民又是一惊。

"不是不是,我又没犯法,他们凭什么抓我。我们那些家里工厂比较大的都躲出来了,谁也不知道谁在什么地方,还是小心一点好。"

林益民把妻子拽到厨房商量,妻子登时不满道:"就图省钱?!他好歹是个老板吧。"林益民忙解释不是钱的问题,妻子听完其中内情倒挺平静,显然并不比他更胆小怕事,只是迟疑地说:"大夏天的这么热,大人孩子都是裤衩背心的,在家里住多不方便。"

"先凑合两天再说,估计他也不会在一个地方住久的。"林益民哄道。

又回复到像住集体宿舍时的样子,妻子带两个女儿挤在大房间的那张双人床上,林益民和林益富则睡小房间属于女儿的两张单人床。夜里林益富又给林益民详细讲了不少温州那边的风波动荡,林益民不禁唏嘘不已。

林益富最后说:"明天我想给家里打个电话,用你家电话行吗?"

"我家这个是分机,打不了长途。"刚想说明天到所里办公室打,林益民又觉得不妥,万一被同事甚至领导碰到免不了费口舌遮掩,便改口说,"还是去邮电局吧。"

黄庄邮电局在白颐路西侧,小庭院里种些花花草草,北面的小房子主要办集邮业务,西面朝东的大房子是主营业室。星期天上午人不少,林益民带林益富在长途窗口办好手续,听到工作人员叫"姓林的,到3号亭",两人便找到编号3的小隔间,林益民本想让林益富独自进去,转念一想自己站在外头被熟人看见不太好,也想听听温州那边情况,便跟着林益富挤进小隔间。

林益富把话筒压在耳朵上等电话接通后并不开口,而是夸张地干咳两声,然后就一直默默地站着,表情凝重,时不时下意识地点点头。林益民莫名其妙,又过一阵,林益富干咳两声,随即就把电话挂了。林益民问:"怎么回事?没接通,还是人不在?"

"通了,说完了。"

"可你什么也没说啊?"

"我不用说话,听着就行。"林益富把手搭在小隔间的门把上,低声说,"我老婆让我多在外面走走,不要急着回家。又有两个老板被抓,说是偷税漏税,有个和我家关系不错的老板也跑了,说可能去了广州那边。"走出小隔间林益富忽然很是伤心地叹口气,"唉,以后要是还能开工厂,再不做电路开关这种东西了,太不吉利,开关开关,开几年就关掉,再开几年又关掉……"

林益民听了也有些难过,心想星期一见到谭启章得马上和他聊聊,看眼下这种形势,既然有钱不是件好事,赚钱这事还是先放一放吧。

正在走神的当口,有个戴红袖标的忽然挡在林益富面前质问:"你暂住证呢?"

林益富一脸愕然,林益民抢前一步解释:"他是我亲戚,刚到北京,玩几天就回去。"

那人不理林益民,盯着林益富追问:"你身份证呢?"

林益富下意识地摸兜,嘟囔说:"没带在身上。"

"你跟我去做个登记!"那人伸手就拉林益富的胳膊。

林益民情急之下抬手把那人的手拨开,挡在他和林益富中间,对林益富说:"你去窗口把长途费结一下,记得把押金拿回来。"然后掏出自己的工作证举到那人眼前说,"有什么事你可以到单位找我。"

那人定睛看了看,撇下嘴,用手一指墙上悬挂的横幅,林益民才注意到以往什么"大干六十天""比学赶帮超"之类的语句不见了,取而代之的是"彻底清理非法进京务工经商人员,确保亚运会圆满成功"。林益民醒悟到自己这是撞到枪口上了,邮电局正是外来务工人员经常来汇款、打电话的地方,在此守株待兔远比扫街排查事半功倍。林益富结完账不敢过来,远远站着不动,林益民不再理睬那个戴红袖标的,走过去搭着林益富的肩膀一起走出营业室。

林益富心有余悸地颤声说:"北京不欢迎我,我得赶快走。"

林益民刚想说句安慰话却忽然张口结舌地立定,手下意识地从林益富的肩头滑落,因为迎面站着的人他认识,是裴庆华。

就在同一瞬间,裴庆华和林益民都察觉到对方与自己其实同样尴尬和意外,显然对方也不希望在此时此地遇到熟人。林益民仗着自己的身份首先发问:"小裴,来邮电局办事?"

裴庆华扭身向右边一指,就势把手里的东西往身后遮了遮,嘴上说:"林老师,我来看看邮票,上个月刚发一种秦始皇陵铜车马的小型张,不知道还有没有。"

林益民故意和林益富拉开些距离,尽量自然地笑着说:"你还集邮?好啊,兴趣挺广泛嘛。"随后匆忙扬手道别,往院外的白颐路走去。

裴庆华顾不得猜测林益民有何不可告人之处,先瞧瞧自己手里的袋子,特意伸直胳膊离远些再看,确信林益民应该看不到里面的内容,这才稍稍放宽心,抬脚走进营业室。

等裴庆华寄完信,萧闯正从北面的小房子钻出来,手里拿着刚买到的秦始皇陵铜车马小型张。裴庆华看到便笑:"幸亏你路上提过这小型张的名字,不然我刚才真说不上来。"

萧闯一怔,裴庆华忙摆手敷衍过去,萧闯也不以为意,问道:"你的资料寄了?"

"嗯,真够贵的,心疼。"

"你个抠老西儿,把学校申请资料一总寄给简英,再让她替你给学校寄去,这样比你分别寄给美国那些学校已经省不少钱了。"萧闯数落道。

“简英花钱，我也心疼。”裴庆华讪笑。

萧闯捶他一拳：“你真会过日子。哎，你在这儿等我，我进去问问装电话的事儿。”

裴庆华猛然想起刚才一时慌乱竟忘了要给家里寄钱的事，便回身走进营业室。他现在每个月能攒下五十块钱，一个季度可以寄一百五十元，给爸妈一百元，给姐姐五十元，这种分配方式他在上一封家信中就明确说明了。姐姐比他大七岁，丈夫经常外出跑运输，去年年底在内蒙古车翻进沟里，死了，孤身一人的姐姐只好重回娘家住。爸妈身体都不好，姐姐的全部心思便都放在二老身上。

不一会儿萧闯也出来，没好气地说：“我家不归这儿管，还得回魏公村邮电局排号。人家还说就算他们想给我装也没法装，马上几个局都要改程控，得等改完以后再开始装。”

“你真下决心装电话？很贵吧？”

“初装费五千，抢钱呐，挨宰还得排号。”萧闯悻悻地骂了句又说，“我爸妈一直让我装，我不想被他们随时查岗所以一直没答应。现在嘛，为了方便谢航找我，我豁出去了。”

裴庆华不断地咂舌：“五千……”

“哎，要不你也出点儿血？”萧闯用胳膊肘拱一把裴庆华，逗他说，“虽然这钱我爸妈巴不得出，你作为使用者也应该分摊一部分初装费吧。”

裴庆华很认真地想了想，一本正经地说：“这个电话作为你家的固定资产，完全属于你家所有，我只是偶尔使用，所以初装费我不该出，倒是可以出使用费，计次或者计时都行。”

“好你个抠老西儿，把我当成老于头儿啦?!”萧闯笑骂道，“那你先说说你睡的那张床应该怎么出使用费？该计次还是计时？”

裴庆华又认真地想了想，然后嘿嘿一笑觍着脸说：“既然床给我免费使用，电话就依照先例也免费吧。”

裴庆华只比萧闯大两岁却高三届，个中缘由便是萧闯时常拿来讥消他的那一条——裴庆华正好赶上最后一届两年制高中，萧闯有时还会对着裴庆华悲天悯人地说一句："基础差不怪你，毕竟少念一年书，底子薄啊。"裴庆华硕士读了两年半就通过答辩，所以萧闯本科毕业的时候裴庆华已经硕士毕业快半年了。按说他俩并无太多交集，可萧闯与裴庆华的关系却远远好过他与任何同级同班男生的关系，用他的话说他与裴庆华是连襟，并从连襟成为兄弟。

　　萧闯他们班有二十六个男生、四个女生，僧多粥少得令人发指，然而入校两年之后尘埃落定，四朵金花各有所属，其中来自北京的女生有两位——谢航和简英，萧闯争得谢航，而简英的男朋友便是裴庆华。谢航和简英在高中时就认识，后来更是好得情同姐妹，因此萧闯第一次见到裴庆华时便伸出手说咱俩是连襟。而落败的众男生对萧闯简直视作寇仇，后来竟污蔑是萧闯把简英介绍给研究生班的裴庆华，都骂他是"吃着碗里的卖着锅里的"，挤对得萧闯连宿舍都住不下去干脆搬回家了，但这也让他与同为胜利者的裴庆华越走越近。裴庆华毕业时必须办离校手续，可他在北京无处可去，研究所里根本没宿舍给他，正想和要比他晚半年毕业的同屋室友商量能否继续在宿舍偷偷住下去，室友直白地告诉他没戏，说我比你更盼着你早点毕业，你前脚走我后脚就把女友带来同住，原来室友觊觎他那张床为时已久。苦思无计，裴庆华想到萧闯宿舍里空出来的那张床，他问萧闯，萧闯说你脑子没病吧，我在那儿都住不下去，他们能容得下你？肯定立马向系里举报你，你卷铺盖走人也就罢了，我还得落个"擅自容留校外闲杂人员夜宿"的罪名，难道你还嫌我背的处分不够多？裴庆华唉声叹气一筹莫展，萧闯便说那你到我家住吧，在厅里给你搭张床。裴庆华大喜过望，原本只想先解决半年住处问题，不承想得了个中长期解决方案。

　　不知日后是记忆有误还是蓄意不提，其实裴庆华这辈子拥有的第一个"可穿戴智能电子设备"并不是那台数字式寻呼机，而是一块电子表，卡西欧的，是简英临出国前从爸妈四处筹措来给她换美金的钱里拿出两百多元为裴庆华买的。简英念完大三就到印第安纳大学留学,谁都没想到她会这么快就走,包括她自己。去年夏天美国使馆发签证简直像发疯,据说是来一个签一个,爸妈让简英也去碰碰运气,谁知一碰就成了。随后的日子便是一阵仓皇忙乱,裴庆华帮简英跑前跑后,跑着跑着忽然发现已经跑到了机场,即将分别两人才意识到关于未来还一句都没商量。简英拿出一个盒子,从里面拿出那块电子表给裴庆华戴上,裴庆华心疼得够呛,既心疼钱更心疼简英。机场墙上挂着几个显示世界主要城市时间的时钟,简英对照着把电子表设置成纽约时间,叮嘱裴庆华:"记住,你不许把表改成北京时间,就让它一直这样错着。印第安纳和纽约是一个时区,什么时候你的表和当地时间对上,咱们就又在一起了。"裴庆华明白简英的意思,搜肠刮肚想找出一些海誓山盟的话语,可说出口的却是一句技术性问题:"夏令时怎么调?美国和中国是同一天改夏令时吗?"

　　简英走了,谢航也早就想走,学校录取通知书拿到了、护照也办好,但萧闯不想走。萧闯的父母是外经贸部的,常年派驻美国,他一个人在北京优哉游哉,担心到美国反而受父母钳制。谢航没办法只好把留学搁置一边,安心找工作,去了外企。现在萧闯整天闷在家里无所事事寻死觅活,谢航又开始旁敲侧击动员他,说人挪活树挪死,你到美国不一定非得和你爸妈在一个城市嘛,美国那么大,纽约到洛杉矶比北京到乌鲁木齐还远,他们怎么管你?萧闯听了就走到墙上贴的世界地图前面,比画着手指丈量距离,觉得倒不妨看看西北角的西雅图和西南角的圣迭戈有什么大学可以申请。

　　要申请留学就必须有成绩单,萧闯按照裴庆华的指点回到学校,在主干道西面的一个绿色小楼找到办理成绩单的地方,屋子里、楼道里人满为患,萧闯挤过去报上姓名和学号、做完登记便又挤出来跑到楼外等着。在走廊和楼梯他看到几个相识的同学但都懒得打招呼,头一低就过去了。估计快到了又跑上楼,结果远没叫到他,只好又出去等,如此这般几趟下来终于轮到他,一位老师核对过信息便上下打量他几眼,然后拨电话像是请示什么人，挂上电话又打量他几眼，这才说："没法给你开成绩单。"

"什么?"萧闯愕然。

"你得先交培养费。"

"什么培养费?"萧闯又一脸愕然。

"国家花那么多钱培养你，你不为国家服务就出国，所以你得把培养费还给国家。"

"以前没听说啊……多少钱?"萧闯已经把钱包掏出来拿在手里。

老师笑了："怎么着，你兜里装着一万块钱呢?"

"什么? 一万?"萧闯惊呼。

"对啊，每年两千五，国家培养你四年，是不是一万? 今年刚实行的政策，你运气好赶上了。"老师心情愈发地好。

萧闯还没从打击中缓过神来，嘀咕道："上哪儿找一万块啊……"

老师又一笑："不过你的情况比较特殊，就算交了培养费也不一定能开成绩单。"

"为什么?"

"国家规定本科毕业生的服务期是五年，服务一年就可以少交两千元培养费，但这只适用于已经开始工作的同学，你好像不属于这种情况吧? 我刚才特意问教务处，他们也说不知道该怎么办。"

"不是我不想工作，是单位不让我工作，让我回家!"萧闯猛然爆发，"就是因为国家不许我服务，没办法我才想出国!"

老师被吓一跳，全没了刚才的兴致，摆手说："反正办不了，要不你等开学以后到教务处去说吧，现在放假，没人拿主意。"

萧闯完全想不起自己是怎么离开绿色小楼、怎么走出校门的，等他被街上的汽车喇叭声惊醒才发现自己站在一处书报亭前，眼睛直勾勾地盯着压在纸板上的一部公用电话。

萧闯拨谢航的电话，没人接，他漫无目的地朝前走，直到又遇见一处公用电话便又拨一次，这次通了。谢航问清原委之后忙安慰几句，又试探着说:"其实出国不一定办留学,也可以办探亲吧。你就说要去看你爸妈,还能不让你去? 可以到美国以后再申请学校。你说呢?"

仿佛茫茫黑夜中出现一颗闪烁的星,萧闯又打起精神挤上公共汽车往家的方向奔,他要先去街道办事处打探一下。萧闯在紫竹院下车,一路打听找到一座不起眼的小楼,门口不断有人进出,他探头探脑往里走,遇到一位像是工作人员的就问:"劳驾,想了解办护照的事找谁?"

"进门第一间屋,先去那儿咨询。"

萧闯转身找到咨询的地方,见一位戴眼镜的人刚空下来就过去问,对方喝口水说:"带上户口本、身份证到公安局的出入境管理处领表,好像在王府井八面槽那一带,填完表让单位出具意见、盖个章,拍照片交上去,然后等着。"

"要是……没单位呢?"萧闯惴惴地问。

对方看他一眼:"学生吧? 让学校出具意见、盖章。"

"也没学校,已经毕业了。"萧闯愈发忐忑。

对方又看他一眼:"那你档案在哪儿? 人才中心?"

"在……街道。"

"哦,那就由管片儿派出所出具意见。"对方再一次看看萧闯,问道,"你家地址? 叫什么名字? 我这就打电话帮你问问。"

萧闯犹豫片刻,不太情愿地如实报出,对方让他稍等就走进里屋。此时萧闯的心怦怦打鼓,有一瞬间都想撒丫子逃之夭夭,却连拔腿迈步的力气都没有。等那人再次出现在萧闯面前,他一看那张脸就知道完了,对方神情严肃地说:"刚问了,像你这样的情况派出所不会同意申请护照,这里面的原因你自己应该清楚。"

"凭什么啊?"萧闯没想到自己的嗓音竟带着哭腔,"我去看我爸妈不行吗?"

"他们可以回来看你。刚才派出所的同志还说,建议我们街道向你父母所在单位反映一下你的情况,希望你父母能够尽早回来,一起对你加强教育……"

那人好像又说了什么但萧闯根本没听进去,他扭头就跑,脑子里嗡嗡响成一片,恍惚中竟感觉有好多杂沓的脚步声在追赶他,但他不敢回头,一路向东再向北跑回了家。

萧闯坐在家属院外面的马路牙子上,望着过往的车辆和行人发呆。他羡慕所看到的每一个人,觉得他们都是自由的,都能去他们想去的地方、能做他们想做的事,而自己却不能,他想干的每件事都有人制止,他想去的每一个方向都有人横在路中央阻拦。萧闯难过地低下头,地上有几只蚂蚁正忙碌地往一处地砖缝隙里搬东西,他无聊地捡起一根小树枝挡住其中一只,任凭蚂蚁几次转换方向他都轻而易举把它挡住,又故意在蚂蚁即将到达目的地时把它拦在砖缝前。萧闯发现自己是个彻头彻尾的可怜虫,任人主宰、无能为力,所能做的只是去欺负比自己更弱小的蚂蚁;而为难他的那些人其实也都是些微不足道的小人物,各自也有绕不过去的坎儿,而他萧闯则是送上门去供他们欺负的一只蚂蚁。他越想越委屈、绝望,竟然有一大滴泪珠掉下来砸在地砖上,他已经不记得上一次流泪是何年何月,小学还是初中?他赶紧手忙脚乱把脸上和地上的痕迹都擦掉,却不防有一双穿着平跟小皮鞋的脚忽然出现在他眼前。

谢航低头满眼疼惜地看着他,他仰脸呆呆地看着谢航,不知该说什么。谢航穿着西服裙和衬衫,小西服上衣搭在肘弯里,脸上沁着汗珠,她轻声问:"去问过了,能办护照吗?"

萧闯摇头。谢航伸出手拉萧闯起来,萧闯的腿麻了一时没站稳,谢航被他拽个趔趄差点摔趴下,还没说什么却听见萧闯恼羞成怒地嚷:"别拉我,摔死我算了!"

谢航颤声说:"都怪我不好,不该跟你提出国的事。"

"别什么都往自己身上揽,又不是你不给我开成绩单,又不是你不给我办护照。"萧闯还是气鼓鼓的。

"怎么能让你开心点儿?"谢航发愁道,"不能出国就不出呗。我以前想出国来着,后来你说不出国,我不是在北京也过得好好的。"

"我又没拦着你，你想出国就出呗。"萧闯赌气说。

"哎呀我又没说是你拦着，是我自己乐意。你不能想开点儿吗？不能让自己开心点儿吗？"

"开心？要是你碰上这些事，要是你发现所有人都和你作对，你能开心？"

"能啊，怎么不能？出不去、没工作、没钱挣，照样可以开心。"

萧闯愣愣看着谢航，慢慢地眼睛又开始一点点亮起来，问道："怎么开心？"

谢航挽住萧闯的胳膊，笑眯眯地说："走，回家！忘掉那些人怎么和你作对，就想着我怎么和你成双作对！"

窗帘被风吹开，一股清凉的风涌进来，谢航侧头看一眼床头柜上的时钟，萧闯说："不用管，我不呼老裴他不回来。"

"那也不能让人家在外面待太晚吧？"

"无所谓，反正老裴在哪儿都是背单词、刷题，只要不耽误他回来睡觉就行。"

谢航望着天花板忽然轻笑出声，萧闯诧异地扭脸看她。谢航没头没脑地说："需要与被需要，都是一种需要；拥有与被拥有，都是一种拥有。"

萧闯想了想似懂非懂，忽然坏笑着跟一句："满足与被满足，都是一种满足。"

谢航拱他一下，嗔道："讨厌！你根本不明白。"

"我只要明白你对我好就行了。"萧闯憨憨地回应。

"嗯，明白就好。你记着，任何时候、任何地方，只要你想要我在你身边，我就一定会在你身边。"

"那怎么可能，你不上班啦？"

"不上班就不上班，工作大不了不要，有什么了不起……"谢航忽然侧起身子说，"哎对了，我今天才知道原来外企服务公司压榨我们有多狠，外商给我们开的工资，我们自己只能得到百分之三十五，而外企服务公司竟然拿走百分之六十五!"

"啊?!这也太过分了!我知道外企服务公司要从你们身上扒皮,可这何止是扒皮,简直是敲骨吸髓!"萧闯愤然道,"不在他们那儿干了,太黑了!"

谢航静静地看着萧闯,脸上浮现出一丝难以捉摸的笑意,萧闯被盯得发毛,抓一下脸上又抹一下身上,以为粘着什么东西。谢航见他不知所措的样子便开心地说:"我就喜欢你现在这样,虽然没工作、一分钱不挣,但就是有股子硬气,特帅!"

四

/

三人行

　　谢航从公司回到家便往床上一躺，两只脚耷拉在床外，冲天花板大喊一声："爸，瞧你给我起的破名字，我要改名！"

　　应声而至的不是爸而是妈，诧异地问："怎么了航航？挺好的名字干吗要改？"

　　"好什么好？难听死了！"

　　"谢——航，多好听啊，叫了二十多年也没谁说不好听。"

　　"你倒过来念！"

　　"航——谢，怎么了？没毛病啊。"

　　谢航没好气地说："这还没毛病？毛病大啦！听得清的以为叫沆瀣，听不清的以为叫螃蟹，什么破名字，必须改！"

　　"谁没事儿吃饱撑的把名字倒过来念？"爸爸手拿锅铲走进来。

　　谢航一听更来气，忽地坐起身："老外的名字都是倒着念！我要印名片，英文名字必须是名在前、姓在后！"

　　爸爸歪头想想："那也不对，'航'是二声，'沆'是四声，怎么会念成沆灃?"

"喂！老谢同志,您见过谁的英文名字上标汉语拼音声调?"谢航斜睨着眼睛一副鄙夷的神情。

爸爸不由得气馁,晃晃锅铲说:"唉,起名字那会儿谁能想这么多这么远……"

妈妈坐到谢航身边搂着她的肩膀说:"你爸先是想给你起名叫谢芳,当时特有名的女演员,但我没同意。你爸那时候甭提多喜欢她了,没准儿现在还喜欢呢。"

"胡扯！现在还有啥可喜欢的?她都跟我一样老了。"爸爸下意识地抻平身上的围裙又掸了两下。

妈妈立刻狠狠白他一眼:"啥意思?我也跟你一样老了。"

"喂,老谢老沈,我可还在这儿呢。"谢航抗议道,"别东拉西扯,讨论我的名字呢。"

爸爸有些得意地说:"你知足吧,我好歹是动了脑筋、花了心思才给你挑的这个名字,你看看咱楼里跟你差不多大的女孩,不是叫红就是叫军……哎,叫谢军也不错,国际象棋下得那么好,明年没准儿能拿世界冠军。"

妈妈拆穿爸爸:"别吹了,你动什么脑筋、花什么心思了?当时大喇叭里成天都是'大海航行靠舵手',你就挨个儿捋,'谢大'不行、'谢海'不行,得,就叫谢航了。"

谢航的鼻子都被气歪,恨恨地说:"好啊,原来我的名字是这么来的。行,这名字我不改了,我干脆自己另起一个英文名,而且一定要'A'开头,谢这个'X'排得太靠后,至少我要让名字排到前面。"

"爱叫啥叫啥,反正我们就叫你航航。"爸爸冲妈妈挥一下锅铲,"老沈,赶紧盛饭,吃完饭还得看《围城》呢,李媛媛演得真好。"

"还是陈道明演得好,你看他那傻呆呆的书生气,跟你一个德行。"妈妈跟出去,谢航又躺倒在床上,冥思苦想哪个英文名字好,还得是"A"字头。

餐桌上摆好三菜一汤和三碗饭,三个人都已就座,老谢却不动筷子,不知从哪儿掏出一卷长长的纸条,捻开来递到老沈眼前,喜滋滋地说:"刚拿到这个月的工资条,真涨了十块钱,从这个月开始每月就是一百五啦!"显然他是按捺大半天专门等到这个全家聚齐的庄严时刻才宣布这一特大喜讯的。

老沈接过工资条确认各项数目明细,脸上最初的喜悦很快散去,淡淡地说:"估计单位每月又会多扣你十块钱买国库券,最后拿到手里还跟以前一样。"

老谢见状不禁颇为失落,有些尴尬地说:"不会的不会的,退一步说,买成国库券也是咱们的钱嘛,到时候连本带息一起拿回来也不错。"

一直没插话的谢航这时起身回自己房间拿来一个鼓鼓囊囊的信封,递给老沈说:"妈,我这三个月的工资,替我收好。"

老沈接过信封从里面抽出厚厚一沓印着四位领袖像的百元大钞,惊呼一声:"怎么这么多?!"

老谢也忙伸过脑袋看,狐疑地嘀咕道:"这得有三四千块吧……"

"不知道,我没点。"谢航满不在乎,自顾自开始夹菜开吃。

老沈粗略点过一遍,从中抽出几张递给谢航:"你也不能全给我吧,自己身上总得留点儿钱哪。"

"早留好了。"谢航歪头坏笑,"哪儿能都给你呀,我也得有私房钱,跟我爸学的。"

老谢顾不上为自己辩解,追问道:"你每月工资多少?"

"一千七!"谢航摇头晃脑地说。

话音未落就先听到咣当一声闷响接着啪嗒一声脆响,原来是老谢左手中的碗掉在桌上而右手里的筷子掉在地上,被这个钱数惊呆的他甚至都没想到掩饰自己的失态与尴尬。倒是老沈还算镇定地帮他把碗扶正,又弯腰捡起筷子去厨房冲了冲拿回来。

老谢扭头对谢航喃喃地说:"我上了三十年的班,你上了三个月的班,你的工资比我多十倍……"他仰脸叹口气,"从 1963 年到 1979 年,每月六十二块工资我拿了十六年,一分钱没涨过。你呀,就是赶上好时候了。"谢航闷头吃饭。老谢把老沈手里的信封拿过来,又看看自己那张工资条,心里五味杂陈,像自我安慰又像自我证明似的说:"我如今也有些横向课题项目,不止这点工资。"

"我还有车补呢。"

老沈听谢航一说忙接口道:"我们也有交通补助,每个月三块五。"

"我是每个月一百五!"谢航不禁笑出声,"而且我还会有奖金,那可比工资多多了,也许是美金也许是港币。"

老谢忍不住担忧:"你在公司到底做什么?人家凭什么给你这么多钱?"

"Marketing Representative,市场代表。"

"啥?以前只知道党代表、军代表,市场代表是干什么的?"老沈问。

"代表公司向客户推广销售公司的产品。"谢航一字一顿地说。

"这名字语法不通啊,"老谢摇头,"党代表是代表党指导工作,军代表是代表解放军监督生产,你代表公司推销产品那应该叫公司代表嘛,你又不能代表市场。"

谢航哭笑不得无从理论,老沈皱起眉头:"闹半天就是卖东西的,你上了四年大学结果跑去站柜台?就因为给钱多?"

"哎呀我跟你们说不清楚。吃饭吃饭。"谢航挥着手中的筷子不耐烦地说。

"我和你爸都特想知道你每天上班都干啥,要是我们能变成小蜜蜂藏在你头发里跟你去上班就好了。"老沈笑眯眯地憧憬道。

"啊?想扎死我呀,整天顶俩蜜蜂,亏你想得出,而且人家看见办公室进来蜜蜂肯定得轰出去。"谢航白老沈一眼。

"那我和你爸不进去,我们俩就趴在窗户上看你在里面干什么。"

老谢板着脸咕哝一句:"越说越不像话!"

谢航想象老沈描述的画面,哈哈笑道:"太传神了!不过你们趴在玻璃上也看不到我,我周围没窗户,离得远着呢。"

"啊?小黑屋呀,这条件也太差了。"老沈惊呼。

"我们办公室占一整层楼,四周有窗户的房间要么是会议室要么归老板用,中间特别宽敞的一大片地方就是我们办公区,每人分配一个小隔断,互不干扰。"

老谢和老沈对望一眼,显然仍不得要领,老谢转而问:"怎么让你一个女孩子做销售,不能搞技术吗?"

"我们这次新招的一共六个人,三男三女,老板说做销售的不能都是男生,又说我比那两个女的更适合做销售,结果我就成了市场代表。"

其实谢航所言不完全准确,因为她并不知道详情,老板的结论是她比那两个女的和那三个男的都更适合做销售,谢航更不知道为了她的归属还导致经理层发生过争执。

外企服务公司把谢航派遣到 IEM——国际领先的信息技术巨头,同一拨来的三男三女经过三个月的试用和实习,几个部门的经理要汇总做一次评估。前几年派来的几批大多各色人等背景资历参差不齐,流向涵盖公司几乎各种岗位,当然也有不合格而退回的,但这一批有所不同,清一色名牌大学的佼佼者,公司设定的岗位也明确只有两个:市场代表和系统工程师。

针对另外五个人的评估都还算顺利,主持评估的是主管人力资源的高级经理,一个姓陈的美籍华裔,他事先有意在排序时把谢航留到最后。果然如他所料,轮到讨论谢航的环节时一上来便出了岔子,主管商务的一位美国来的白人经理直接揭出能否改派谢航做他的个人助理,他愿意在下一批聘用时从商务部拿出一个人员编制做交换。在座的除陈经理之外都非常惊讶,陈经理私下已经获悉商务经理有此念头,这时便说还是先回顾一下谢航的表现,从而评判她是否有资格留在 IEM,如果有,最后再讨论她的岗位分派。几个人都说好,随即默默地都看着商务经理,意思是既然你对她如此青睐,自然应当先说。

商务经理并未立即开口,而是起身从会议桌中部拿起一摞A4纸随意分为厚薄不一的几沓,稍加整理又摊回桌面上,用手一指请大家定眼观瞧。众人都探身看,只见每沓纸都错落有致地让下面那沓的顶部露出寸许,就像竖着握在手里的一把扑克牌,每张牌的上沿都将将露出花色和大小,众人一头雾水不解商务经理作何把戏。商务经理这才郑重开口:"商务部白天黑夜都会收到很多传真,每天早晨迎接我的都是一大摞,以前都是乱糟糟扔到我桌上,但自从航来了以后我每天早上见到的就是这样,让我能一目了然看到每份传真来自哪家公司哪个人、主题是什么以及接收时间,我可以马上拣出最重要的传真予以处理。再加上航为我做好的那杯咖啡,让我每天都能拥有一个完美的开始。对了,说到咖啡,你们知道航是一个多么细心的人吗?我告诉她咖啡只放奶不放糖,但开始几次奶不是多了就是少了,直到有一次我说不多不少恰到好处,从那以后我的咖啡就一直那么好喝,再没变过。你们知道航是怎么做到的吗?她发现我习惯咖啡里加很多很多奶,一直加到咖啡颜色和她手背皮肤的颜色一致就对了,请问有谁这样为你们做过咖啡?"

房间里沉寂片刻,一个人说:"我也发现航很注重细节。"另一个人说:"她确实是个很有条理的人,可能与她接受的工科训练有关。"

"航不仅让我每天有个好心情,她还让我有了一些改变。我每次叫她做什么,她都会问我一句'最晚什么时候要',我总是回答'越快越好',但下一次她照样问我'最晚什么时候要',这样好几次之后我忽然想,我叫她做的每件事真的都重要到非得'越快越好'吗?她不只为我一个人服务,难道我的事真比她手上其他事都有更高的优先级吗?"商务经理居然露出一副忏悔的神情,"航让我觉得,要么我是一个以自我为中心的人,认为我的事情比所有人的都重要;要么我是一个不太称职的人,分辨不出事情的轻重缓急。所以她后来每次问我'最晚什么时候要’，我都会先想一下，然后告诉她一个大致时间。你们知道吗，现在她已经不常问我这个问题，因为她自己已经总结出规律，什么事情需要什么时间做好，只有从未遇到的特殊情况她才会又问我。"

一位从美国来的白人女主管冲商务经理挤了下眼睛，笑道："我发现了，你现在确实比以前好打交道。"

"航会把事情按优先级排序，"另一位说，"而且我注意到她习惯于‘多任务并行处理’。"

"是的。"那位白人女主管附和道，"你们发现了吗，航在办公室里各处办事的路线都是优化的，她是那种为少走一步路而宁愿多动几下脑筋的人。"

陈经理笑道："我想这可能又是她在学校受到的训练，她的专业是制造工艺与流程，用最优化方法获得最大效益大概已经成为她的思维定式。"

白人女主管又说："航不仅敢于提出问题也敢于提出请求，至少以我的观察她因此比别人得到了更多指点以及更多资源。"

陈经理看表格上每一项评估指标下面都已经记得满满当当的评语，便扫一眼众人说："很显然我们对于航是否有资格留在 IEM 已经达成一致，下面讨论把她放在哪个岗位。我认为应该让她做销售，刚才提到的做事主动、有条理、懂得判断事情的优先级、习惯用最小代价获取最大回报，这些都是一名优秀销售人员的宝贵素质。尤其她现在敢于问她老板‘你最晚什么时候要’，将来就敢于问她的客户‘你最晚什么时候签合同’，这对于每个季度末按时结单非常关键，我们太需要能主导客户而不被客户主导的销售人员了。"

"但 IEM 需要很多像航这样的市场代表，而我只需要一个像航这样的助理。"商务经理双手合十恳求道，"请把航给我。我相信还会有同样出色的年轻人来 IEM 做销售，但我不相信还能遇到像航这样出色的助理。"

白人女主管又冲商务经理挤一下眼睛："还记得你刚说过的话吗？

不要总以自我为中心。"

商务经理忽然抬高嗓门："难道你们都没意识到，航为我们做这些并非为了取悦我们，她每次为我整理好传真、每次进来看看咖啡是不是凉了、每次提醒我会议五分钟后开始，都不是为了取悦我，就是很单纯地觉得我需要她做这些，而她也愿意为我做这些，这种关切几乎出于她的本能。你们没感受到吗，航的身上有一种母性的光辉。"

在座的人都忍不住笑，一个年过半百的秃顶男人大谈特谈一个二十出头的女孩所散发出的母性，这画面确实比较喜感。片刻过后陈经理说："你讲的这点更加证明航应该做销售而不是助理，需要她关切的不只是你，更包括我们的客户。航不用取悦客户，她发自内心对客户的关切一定可以赢得客户的心。我确信，即便在这六个人中只选择一个做市场代表，也应该是航！"

在那个时期的 IEM 或者大多数外企里，人事经理相对于业务部门主管往往比较强势，因为这些主管大多刚从国外轮派到中国这一陌生环境，不仅不如人事经理熟悉当地法规，连自己与家属的衣食住行、子女上学都需要人事经理操持，所以那时人事经理是名副其实管人的，而后来则逐渐沦为办事的，因为随着外企自下而上的本地化，同样洞悉本地情况的业务部门主管已经不再依赖于人事部门的提点和关照。

当一脸委顿的商务经理不再固执己见，一位香港来的经理第一次开口说道："刚才好像有人提到航的专业是制造工艺与流程，我猜想你们一定都会同意航加入我的团队，因为我负责的就是全中国的制造业。"

百无聊赖的萧闯探头往布帘后面的客厅瞄一眼，只见裴庆华正像往常一样坐在茶几旁边的地上用功，不过与往日摆放的 GRE 备考资料不同，茶几上摊着一张像是图纸的东西。

萧闯凑过来盯了一会儿没看出所以然，便问裴庆华："研究什么呢这是？"

裴庆华把纸挪个角度使其正对萧闯："简英刚租的房子，又四处捡了几样 N 手家具，信里给我画了一张户型图。你看看，有没有什么问题？"

"干吗自己租房子，学校没宿舍？印第安纳那地方应该地广人稀吧……"

"我也不懂，好像学校提供的宿舍更贵，自己找省些钱，就是条件差一点儿。"

"差的不是一点儿吧，这是相当的差，房间这么小，家具这么少，"萧闯一撇嘴，"比起我无偿、免费、仗义、友情提供给你的这个房间差太多了。"

"不是说房子，是布局，你看出毛病没有？"

"巴掌大的地方，就这么几样东西，能有多大毛病？"萧闯很不以为然。

"亏你还是工科的……"裴庆华拿起一支笔在图上指点，"首先，床头不该摆在窗户正下方，这是大忌，外面的光线和声音都会对睡眠造成干扰，何况还可能有异物打破玻璃掉进来，后果更不堪设想；其次，根据图上分析简英应该会从这一侧下床，走到门口打开房门沿客厅这面墙走到卫生间，在这条路径上不该放置家具或大件物品，否则起夜的时候很可能发生磕碰，你看紧靠门口这个可能是床头柜也可能是个箱子，绝对是隐患，必须挪开。"萧闯看眼图又看眼裴庆华，冷哼一声。裴庆华不以为意，自顾自接着说，"我准备替她重新设计一下，也画个图，再标注上刚才提的这些一起寄给她，光有文字不够形象。"

"用得着吗？没准儿你的信还没到简英已经又换房了，起码家具很可能连扔带捡全变了，你这纯粹是无用功。"

"即便这样，我列出的所有原则仍然同样适用，她后续可以参照执行。"

萧闯俯下身凑近裴庆华的脸端详一番，认真地说："老裴，我认为你不适合当简英男朋友……"裴庆华一凛，正要问个究竟，只听萧闯慢悠悠地说,"你适合当简英她爸。"

裴庆华闻言不禁赧然,但很快以其人之道还治其人之身:"照我看谢航也不该做你女朋友,应该当你妈。"

萧闯没料到裴庆华如此反戈一击,愣愣的像是在咂摸这话里的深意,然后有些尴尬地一笑:"想想还真是,你和谢航倒像是一路人,都挺会照顾人的。"

裴庆华见气氛不对忙转移话题:"对了,你这儿有军大衣没有,借我穿一天。"

"军大衣,你要干吗? 我又没说撵你出去露宿街头。"

"后天上午 GRE 考试报名,海淀这边好像已经排不上了,我打算去经贸大学碰碰运气,明天下班回来拿上东西就过去,估计得在外面排一宿。哎,你有马扎没有? 起码我不用站一宿。"萧闯没多问,径直回房间翻箱倒柜,裴庆华跟过来说,"四月份考的那次成绩一般,这次再努一回,就是不知道成绩来不来得及送到我申请的那几所学校。"

萧闯从大衣柜最下面抱出一件军大衣,神色黯然地说:"我倒是不用受这些罪,报也是白报、考也是白考,反正出不去,我就在家里混吃等死算了。"

星期天上午裴庆华浑身是土、满脸疲惫开门进来,谢航系着围裙从厨房探身出来察看,被裴庆华的模样吓一跳,赶紧迎上来接过他手里的马扎和文件夹,问道:"萧闯说你去报名了,报上没有? 路上骑车摔的?"

"报上了。"裴庆华倒杯水咕咚咕咚一饮而尽,脱下军大衣搁在凳子上,惊魂未定地说,"跟打仗一样,人山人海,那叫一个乱,早上一开门所有人一起往里拥,把弹簧门都给挤坏了,要不是我这体格肯定报不上。想想都后怕,万一有人摔倒很可能会被后面的人踩死。"

"报上就好,没白辛苦一趟。我正摊鸡蛋呢,待会儿叫萧闯一块儿吃。"谢航说完就回厨房。

裴庆华刚躺到床上想歇一会儿就听见萧闯的房门开了。萧闯大摇大摆走进厕所声音嘹亮地小便,回来瞥见裴庆华就揉着惺忪的眼睛说:"哟,你回来啦。"

裴庆华勉力从床上起身,也揉着涨红的眼睛说:"你可真行,睡觉睡到自然醒,就等着饭来张口。"他指一下军大衣,"肩膀上破个口子,可能是被钉子剐的。"

"钉子,哪儿来的钉子?"萧闯还没彻底清醒。

裴庆华又把对谢航讲的再叙述一遍,然后说:"那场面太震撼了,我当时就感觉所有人拼命也要出国似的。"

"所有人?胡扯,我就不想出国,现在这样多好,你以为都像你似的穷折腾。"

"瞧你这点出息!"裴庆华忽然莫名地烦躁,苦熬一宿又从人堆里拼杀出来的他感觉神经快要崩溃。

"我,怎么了?"萧闯脖子一梗,"你羡慕还来不及呢,有谢航天天陪我,我快乐赛神仙,夫复何求?"

怒其不争的裴庆华脱口而出:"你这是玩物丧志!"

话一出口裴庆华就知道糟了,但悔之晚矣,谢航正端着一盘三个荷包蛋立在厨房门口,怒目圆睁地瞪着他。素来伶牙俐齿的谢航又羞又恼竟一时无言以对,最终只恨恨地甩出一句:"你不会用成语就别用!"

萧闯见状忙打圆场:"老裴的语文是体育老师教的,甭跟他一般见识。"一边说一边搬出小折叠桌打开架在过道上。

裴庆华嘿嘿讪笑一声:"我们那种地方哪儿有体育老师,不过我五年级的语文真是自学的,因为老师自己只上到四年级。"

"不用解释,我知道你什么意思!"谢航气咻咻地把盘子往桌上一蹾。

"我没那个意思,我就是觉得萧闯再这样下去就废了……"

"我哪儿废了?"萧闯脖子又是一梗。

谢航盯着裴庆华:"这不正是当初你希望的吗,你也想看到他开心起来,不再胡思乱想。"

"但我当初指的不是这方面,你误解了我的意思。我是希望你能让他不再跟人较劲,脚踏实地找一份事做。"

"当初,什么当初?"萧闯虽然懵懂但也起了疑。

谢航把萧闯伸向荷包蛋的筷子拨开:"你能先去刷牙吗,不然对得起这荷包蛋吗?"

萧闯听话地走到洗手台刷牙,裴庆华也进厨房用凉水冲了把脸。等三个人重新坐定,裴庆华仍然觉得话在嘴边不吐不快,便说:"我就是觉得萧闯你这么聪明这么有才华,再这样待下去就彻底荒废了。"

谢航直冲裴庆华使眼色,萧闯已经把大半个荷包蛋塞进嘴里,咕哝道:"你以为你有出息、你没荒废?你一个堂堂硕士在国家级研究所,就整天打开水、背单词,这不算荒废?"

"我当然没觉得我有什么出息,但起码应该有个目标、有个奔头。"裴庆华底气泄掉不少,头也低下去,"其实读硕士那两年多我已经发现自己不是搞学术做研究的料,唉,出国也未必能混出个样,就是为了跟简英会合。"

"这挺好啊,为了跟自己喜欢的人在一起,当然值得付出一切努力去争取。"谢航一脸满足的样子,"这个目标我和萧闯已经实现了。"

"那就应该争取实现下一个目标,人这一辈子怎么能只有一个目标?"

萧闯用筷子一指:"哈哈,老裴你还说我这人太理想化,原来咱俩是一丘之貉,我是永远对现状不满,你是永远对现状不满足。"

"不满的人多了,我们单位的几个头儿也都对现状不满。"裴庆华扭头望着窗户外面,出神地说,"我觉得不会一直这样下去吧,总不能让咱们整整一代人找不到出路、看不到希望……"

萧闯忽然仰起脸吟诵:"面对大河我无限惭愧——我年华虚度——空有一身疲倦——和所有以梦为马的诗人一样——岁月易逝——一滴不剩……"

谢航有些伤感，抚摸着萧闯的手问："又想起海子了？"

萧闯的眼睛里充满苦闷与痛楚，摇着头说："海子死了，中国的诗歌就死了，咱们这个时代已经不会再有诗歌；一个民族不再有诗歌，这个民族的心也就快死了。不管你怎么忙忙碌碌，也只是一堆行尸走肉；不管你怎么歌舞升平，也只是苟延残喘……"

房间里一片沉默，死一样的沉默。

制造沉默的是萧闯，打破沉默的也是萧闯，只见他自嘲地一笑："你们以为我真的只知道钻牛角尖儿、好高骛远。实话告诉你们，我只是不甘心，过不去我自己这道坎儿。一旦我想开了，我比你们俩更豁得出去！"

五

/

抉择时刻

希望总是出现在几近绝望之时。

这年入冬较往年早,气温也低一些,但在一片肃杀中有一股热潮已经暗自涌动。十一月下旬的一天,林益民一早就急切地问刚进办公室的谭启章:"昨天的会怎么样?"

谭启章笑道:"我真后悔昨天晚上没去你家找你,本来是怕被你缠住聊个通宵,结果我自己还是一宿没睡着。"

"怎么样?有好事?"林益民一听更急不可耐。

"人民大会堂啊,那地方是闹着玩儿的,谁想去就能去?真没想到人家能让民营企业家联谊会在那儿开,而且……"谭启章瞟一眼早就关严的房门,压低声音说,"还去了几个大人物,一个政治局常委、一个副总理、一个副委员长,是科委主任念的获奖名单,看着别人一个个神气活现上台领奖,我真感觉自己就是个可怜的旁观者……"

"这么说风向变了?"林益民喜出望外之际又不免将信将疑。

"嗯,要不然这些民营企业老板哪有这种登堂入室的机会。我猜这个会就是要传达一个明确的信号，科技人员开公司赚钱不仅无罪而且光荣。"谭启章笃定地说。

"那……所长什么态度？"

"说起来还得感谢季老师，要不是他特地请咱们所长务必去现场听一听，我不知道还得费多少力气才能做通所长的思想工作。"谭启章又下意识地瞟一眼房门，"所长昨天回来路上就跟我说，看来咱们所在这方面落后了、保守了，搞得好像能人都在计算所似的。他明确说，咱们这个技术服务中心应该改叫公司，让咱俩带头走出去，做出样子给所里人看看，也让他们计算所看看。"

林益民习惯性地把椅子搬到谭启章桌子侧面，坐下说："不单是改个公司名字，关键是咱们和所里究竟是什么样的关系，人怎么办、钱怎么算，这些都得谈清楚。"

谭启章直视林益民的眼睛："我先问你，干不干？ 是继续小打小闹地干，还是破釜沉舟地干？"

"当然干，而且豁出去大干！"林益民猛地站起身，"难道你想下半辈子还这样混下去，一直当个旁观者，看人家发财致富、青史留名？"

谭启章也站起身，伸出手说："老林，那咱俩就携手干一场！从此改变咱们的命运、改变亲人和员工的命运，再往大里说，争取改变国家的命运！"两人的手紧紧握在一起，谭启章的情绪越发激昂，"老林，咱们运气不错啊！ 前半生虽说没躲过动乱可起码没遇到战乱，但后半生不仅赶上了好时候还碰巧做对了好行当。想想看，第一次工业革命把世界带入了蒸汽时代，中国错过了；第二次工业革命把世界带入了电气时代，中国又错过了；但即将把世界带入信息时代的这第三次工业革命，中国不能再错过也不会再错过。信息时代靠什么？ 当然靠电脑，各行各业、男女老幼、时时处处都离不开电脑。咱们做电脑这行的就是在正确的时间站在了正确的位置上，这不仅是上天赐给的机遇更是上天赋予的责任和使命！ 咱们不但不能让中国再一次被世界远远抛在后面，还要让中国走在信息化的前列，引领世界走向未来！ 咱们不干，谁干?! 现在不干,什么时候干?!"

林益民激动得说不出话,只能再一次用力握住谭启章的手。谭启章忽然想起什么,四下搜寻道:"此时此刻真该有一壶酒。"

"那就以茶代酒。咦——暖瓶呢?哦对了,小裴刚拿去打开水。"林益民说完就和谭启章不约而同看向房门。

很快,一阵夯实的脚步声由远及近,到门外定住,而后听见裴庆华隔着门说:"林老师,暖瓶放在门口了,出来时小心别踢到。"随即脚步声再次响起,又渐渐消失。

屋里的两个人对视一眼,都不再惦记取水倒茶,谭启章先说:"人和钱这两条是关键,但最关键的是人。要有搞技术的,更要有跑市场的,搞技术的比比皆是,跑市场的就得从头学起。"

"对,要反应快、肯吃苦,形象也不能太差,要上得了台面、撑得起门面。"林益民补充道。

"但最重要的是——靠得住。"谭启章的思虑更深一层。

裴庆华一进门就发现萧闯有些反常,脸上总藏不住几分诡谲的笑意,他略加思索便试探道:"谢航晚上要来?你不会又要攒我去看夜场电影吧?"

"瞧你说的,哥们儿我是那种不仗义的人吗?哪儿能连着让你出去刷夜。"萧闯故作神秘地说,"来信啦……"

"谁的,简英?"

"不是,她的信都是小信封,这个是大信封。"萧闯继续卖关子。

"学校?"裴庆华忽然紧张起来,"哪个大学来的?"

萧闯慢条斯理地说:"别急,先谈谈条件。我替你收了大半年的信,你怎么也得意思意思吧?"

"房东替房客收取信件是理所应当,没听说这项还要单独收费的。"

"喂,房客付房租也是理所应当,从没听说住了小一年半分不掏的呢。"

裴庆华伸出手:"一码归一码,关于房租的事咱们择日再谈,现在你我还是房东房客的关系,你先把我的信交出来。"

萧闯上下打量着裴庆华:"你这抠老西儿不做生意真是太屈才了。"他转身回房间从被子底下抽出一个大信封。

裴庆华愈发紧张,竟然不敢接,嘴上问:"能看出哪所大学吗?"

"普渡大学。"

"普渡?也在印第安纳州?"

萧闯看一眼信封上的地址,点下头。

裴庆华手心里都是汗,声音有些发抖:"你估计,是给了还是拒了?"

"嗯——听说要是拒了的话就一张纸,应该很薄,这封看着挺厚的。"

"算了,你替我拆吧,你手气好……别拿手撕啊,用剪刀剪开……"萧闯刚把几张纸抽出来,裴庆华又急切地说,"头一张,你不用全看,就告诉我头一句话的头一个字母是'C'还是'T'?"

萧闯用手遮住大半张信纸,一点点挪开:"是'C'!"

"哈哈,我成功啦!我拿到录取通知书啦!普渡要我啦!"裴庆华扑上去把信抓过来看,"还真是这样,如果头一句是'Congratulations'(祝贺你)那就是给了;如果上来是'Thank you'(感谢你的申请)那就一定是拒了。"

"好事儿啊,那我也'Congratulate'你一下,看来你和简英很快就要团聚了。"

裴庆华已快步走到墙上挂的世界地图前找到美国印第安纳州,抑制不住欣喜地说:"这州没多大,普渡大学离简英的印第安纳大学肯定不远,这真是老天成全我们。普渡、普渡,这名字谁翻译的?太贴切了,渡我出苦海、渡我过太平洋……"

萧闯有些落寞:"按说该为你高兴,为你和简英高兴,按说我肯定更愿意和谢航住而不是和你住,可如今你真的要走,我怎么居然好像还有点儿舍不得呢?"正喜不自胜的裴庆华竟好像全没听见,萧闯兀自苦笑一下,提高声音问,"那你下一步什么打算?"

裴庆华一怔,总算从憧憬回归现实,想了想反问道:"你说,是不辞职办护照容易,还是辞了职再办容易?"

"你算是问对人了,"萧闯哭丧着脸答疑解惑,"不辞职的话得找你们单位给你签字盖章;如果辞职,你的档案应该会转到人才服务中心,让他们签字盖章。按说是第二种比较容易吧。"

"总之都得先跟单位谈,要么同意我办护照,要么同意我辞职,没错吧?"裴庆华并未期待萧闯的确认,接着自说自话,"所里应该会放我,顶多再换个人给他们打开水……"

裴庆华在大实验室如坐针毡熬了没多久就又起身出来探查,刚才他借打开水的机会去过研究室主任办公室两次,两次都是门开着人不在,他内心惶惶地在四楼和二楼走了几遭,再次溜近门旁听到里面有人说话,他紧张地把台词又默诵一遍,这才长舒一口气站到门口。

里面的谭启章和林益民正兴奋地谈论什么,谭启章一眼看到裴庆华便叫道:"小裴,你来得正好,省得我们去叫你了,快进来。"

裴庆华步履僵硬地走进来站在办公桌旁边,林益民大声说:"小裴,咱们技术服务中心改名了,叫'北京市华研科技发展有限公司',怎么样? 咱们中华科研人员开的公司,华研,好不好听? 大不大气?"

谭启章不待裴庆华回应又说:"这可不单单是改个名字,咱们那个中心不是独立法人,连自己的账都没有,这回成立公司就是把自主经营、自负盈亏、自我发展的章程彻底明确下来。"

裴庆华有点晕,心想这名字改得真不是时候,那该找谁辞职、找谁签字呢,嘴上就不由自主地问:"那我还是所里的人吗?"

林益民与谭启章对望一眼,会心一笑说:"你看,我就猜到大家会有顾虑。"随即转向裴庆华,"小裴,你还是所里的人,一切待遇都不变,将来评高级职称、累积工龄都不受影响。你要和华研公司签一份聘用合同,在公司工作,另拿一份工资外加奖金,你说这是不是好事?"

"我的档案还是在所里?不用转到人才服务中心?"裴庆华还在琢磨谁负责盖章。

谭启章也笑:"小裴你的心思够细的,是不是已经做过功课了?咱们所里的人到公司来,档案还是在所里;将来咱们从社会上招聘的人,档案就放在人才服务中心。"

林益民接道:"所里的人如果想来,我们也是要择优录用的哟。不过对于你小裴,我和谭老师都很希望能投身到公司,我俩都很看好你。"

此时,裴庆华已经大体理顺关系,却犹豫应该如何张口,谭启章还以为裴庆华是被突如其来的发展机遇以及领导的器重砸蒙了,症状类似于范进中举,便试图把节奏调整一下,说道:"小裴,不用着急表态,你先回去好好考虑一下。我和林老师准备找将来公司的几位骨干分头谈一次话,你正好来了就先跟你讲几句,咱们另外找时间再细聊。"

"哦,好的,那我先回实验室了。"裴庆华机械地转身走出办公室。

梦游一般走到楼梯口,经过一扇打开的窗户,忽然一阵冷风迎面扑来,裴庆华才一下子回过神。不对啊,自己是要找领导辞职的,怎么还没开口就被莫名其妙打发了?他把脸凑到窗口,眯起眼睛看着外面的院子和马路,一片萧索中看不到任何生机与色彩,他狠下心转头又走向室主任的房间。

裴庆华重新站在门口,一口气说道:"谭老师、林老师,我是来向所里提出辞职的,我已经接到普渡大学的录取通知书,准备去再念个硕士,也可能直接转博士,我女朋友已经在那边等我。请两位老师批准我的申请。"说完便走到桌边,从腰带上取下那部数字式寻呼机,放在林益民眼前。

这下换作林益民和谭启章被搞得措手不及,林益民率先从懵懂中反应过来,他气得一拍桌子:"小裴,你这是演的哪一出?要是不愿意来公司就明说嘛,辞什么职?"

"你误会了,他应该是准备辞职才来找咱们的,和公司没关系。"谭启章纠正道,然后很不高兴地看着裴庆华,"小裴,你既然要辞职,为什么刚才来的时候不明说?"

裴庆华很是无辜:"我刚要说,您就说正要找我,然后你们就说开公司的事了……"

谭启章回想一下,勉强笑道:"好像真是这样,那冤枉你了。"他站起身把裴庆华拉到沙发前,按着他的肩膀让他坐下,走过去关上门说,"那咱们现在重新来一遍,你已经正式表达了辞职的想法,我们也明确表达了希望你加入公司的愿望,下面咱们好好谈一谈。"

裴庆华一坐下就发觉自己的处境很难受,这沙发的弹簧早已失效,坐垫瘪瘪的、硬邦邦的,整个人陷下去像蹲在坑里。局促间听见谭启章问道:"你刚才说哪所大学?"

"普渡大学。非常棒的学校,尤其是这个专业,在我们系同学的心目中不次于麻省理工。"

谭启章点头认同:"我在卡内基梅隆做过访问学者,中间好像隔着个俄亥俄州,都是好学校、好地方。"他扭脸冲林益民笑道,"哎,还记得那年我刚回来时跟你说的话吗?"

"当然,怎会不记得,你当时说了两句话,第一句是你差一点就不回来了,第二句是如果你回来干不出个样你还会走。"林益民又反问,"你还记得我怎么跟你说的吗?"

"当然,怎会不记得,你当时也说了两句话,第一句是要干咱们一起干,第二句是要走咱们一起走。"

房间里一时沉默,谭启章和林益民都沉浸在回忆里,这些年的意气与期盼、挫折与无奈齐齐涌上心头,他们深知被压抑许久的能量一旦释放出来将意味着什么,但裴庆华不可能理解这些,他与他们不是一代人。

谭启章语气和缓地说:"小裴,你还没去美国,我这个过来人给你讲讲当时的感触。完全不同的世界，那种差异是我在这边无论如何想象不到的，冲击和震撼就这么强烈。但冷静下来我就想，这些和我有关系吗？有一分一毫我的贡献在里面吗？没有。我就是来享受的、来沾光的、来蹭的，人家鄙视我、排斥我再自然不过。那边好不好？好；该不该去？该。但我为什么回来，因为我不甘心！小裴，如果你到那边能心安理得待下去，不觉得有一种空落落的滋味儿，只能说明我今天看错了人。"

裴庆华咽口唾沫，沙哑着干涩的嗓音说："我觉得我应该会回来吧，我知道国内有更多更好的机会，所以我先出去开阔一下眼界、长长见识，不说别的，单单拿个更高的学历回来也值得。"

"你属什么？"谭启章冷不丁问。

"我？属马，六六年的。"

"我比你正好大二十岁。大学毕业我二十一岁，你算算是哪一年就知道我赶上了什么。从二十岁到三十岁这十年是我最好的年华，也是中国最乱的年代，可想而知我有多倒霉。但实际上我并不觉得自己有多惨，为什么？因为一切都是相对的，我一看周围的人都一样，国家几代人都被耽误了，相对于封闭在这个时空坐标系里的个人而言其实谈不上什么耽误。"

趁谭启章拿起茶杯喝水的工夫，林益民插话说："小裴你是受过高等教育的人，相对论这个思维你应该有。"

裴庆华下意识地点头，又听谭启章问道："你打算念几年？"

"嗯——快的话三年拿到博士，慢的话五年吧。"

"好，就算五年完成学业。你刚才说女朋友已经在那边，所以你还会娶妻生子，孩子太小的时候肯定被拴住走不开，所以等你成家立业可以回国一展身手恐怕是十年之后。也就是说，有至少十年你会和中国处在不同的坐标系。想想看，十几亿肯吃苦、肯动脑的中国人如果没有了束缚终于可以一门心思奔好日子，十几年之后会是什么样？到那时候你才回来，不担心太晚了吗？现在看是你主动跳出这个坐标系，将来再看更像是你被甩出这个坐标系的。如果你耽误了这十年,损失可要比我和林老师耽误的那十年大得太多太多。咱们今天可以做个约定,就用你和小戚作为参照,看看十年后你们俩相比如何。"裴庆华正掂量这些话的分量,谭启章口气忽而一转,"唉……其实关键在于你这辈子想怎么过,看你想要的是什么。是想在这边做一名开拓者还是去那边做一个享受者,是想在这边做一名参与者还是去那边做一个旁观者。如果你想成为后者,那就当我今天什么都没说吧。"

房间里一时沉寂,谭启章走回自己的桌子坐下,翻看桌上摊着的微机市场报告,林益民也对裴庆华视而不见,裴庆华实在耐不住尴尬便没话找话地问:"咱们公司能做起来吗?"

林益民没好气地回一句:"不做怎么知道?!"

谭启章反问:"你觉得我和林老师行不行?你觉得你自己行不行?"

裴庆华只得换个问题:"咱们公司打算做什么?"

"四通现在有2401打字机、联想现在有汉卡、北大新技术公司现在有激光照排,但在刚起步的时候他们根本想不到做这些。咱们的条件比他们都好,一上来就有个明确的方向,就是做康朴电脑在中国的总代理,这个起点比他们都高。"谭启章信心满满。

"那我具体做什么?"

"跑市场,跑销售!"

裴庆华不由得踌躇:"可我以前根本没跑过,不知道该怎么跑。"

林益民笑道:"我们也不知道该怎么跑。"

谭启章严肃地望着裴庆华:"小裴,你不觉得对你来说这正是机会所在吗?什么叫开拓者?这就叫开拓者!"

谭启章的一腔豪言壮语对裴庆华并没有起到醍醐灌顶的功效,他神思恍惚地回到家。开门的是谢航,她劈头就问:"怎么样,辞了没?"

萧闯站在过道上冷哼一声:"谢航今天可不是冲我来的,是冲你老裴来的。"

裴庆华在两个人的注视下默默走到厅里,脱下厚重的外衣放在床上,有气无力地说:"辞倒是辞了,但他们没说同意也没说不同意。"

谢航与萧闯对视一眼,用料事如神的口吻说:"怎么样?让我猜着了吧,他们肯定来这手,一个字——拖,事业单位都这样,毫无效率可言。"

"今后倒不一定是事业单位了,我们所刚成立一家公司,他们想让我去公司干。"

"公司?干什么的公司?让你去公司干什么?"谢航和萧闯连声追问。裴庆华把情况大致一说,谢航笑道:"康朴?那是我们 IEM 的竞争对手啊,不过他们的产品和市场都比较低端。让你做销售?那以后咱们就成同行了……"

"那以后你们就更有共同语言了。"萧闯阴阳怪气地说。

谢航白了萧闯一眼,又问裴庆华:"你的想法是……?"

"还能是什么想法?傻子都知道该怎么做,除非他脑袋被驴踢了!"萧闯毫不客气,"他们让你去公司做销售纯粹是利用你,而且是毫无成本的利用,死马当活马医,你做不好对他们也谈不上多大损失。但反过来你却不一样,人家学校要了你,人家简英等着你,过了这村就没这个店,你的机会成本太高了。甭跟他们废话,坚决辞职,坚决出国!"

"不过现在去公司倒也可能是个机会,我感觉这半年市场在起步,今后几年咱们国家一定会掀起一波信息化的浪潮,这么多单位都要买计算机,看来咱们是赶上好时候了。"谢航从另一个角度分析道。

"你可别害他!将来他倒打一耙说都是你撺掇的。"萧闯拽一把谢航的衣襟。

谢航不理他,盯着裴庆华说:"其实你们头儿说的那句话是对的,关键看你自己想要什么。你不是也说过其实你对博士什么的不是特别看重,也未必想走学术这条路嘛,所以留学只是个途径,目标是和简英在一起。其实和简英会合也只是个阶段性目标,最终的目标是你们俩既能在一起又都能事业有成，所以晚一点儿会合也并非不好。"

两位"医生"争执不休，"病人"总算插了句话："我们头儿今天提到几家公司倒是让我有点动心，像联想和北大新技术公司。也就短短三五年吧，当初没人、没钱、没产品，如今都是好些亿的知名大公司，想想确实挺来劲。你们也知道我家里条件一般，出国留学是花钱，留下进公司是挣钱，肯定应该先挣钱再花钱吧。"

"哥们儿，你是光看见贼吃肉，没看见贼挨打，这三五年里关张的公司多了，你们头儿怎么不提？"

谢航说："做不下去的公司肯定有，不过现在肯定是个不错的时机。你想我进 IEM 才几天，人还没认全呢，居然已经有公司想挖我跳槽，说明这个市场已经大到做不过来。"

萧闯忽然生气道："算了，你们两位都是职业人士，我一个没见识的无业游民跟着起什么哄……"说完就拧身要走，谢航忙一把搂住他的胳膊。

裴庆华见因自己的事闹得人家小两口不愉快，不由得歉疚地说："我还是自己再考虑考虑吧。"

"哎老裴，我倒有个不算主意的主意，你想不想听？"谢航见裴庆华一副虚心受教的样子便又问，"你想不想'并行处理'？"两个男生都一头雾水，谢航却抛出第三个问题，"普渡什么时候开学？"

"通知书上说明年春季开学，不过也写了如果我有困难可以和学校商量改为秋季报到。"

"所以，你的头儿跟你搞拖延战术，你也可以跟学校搞拖延战术，这样就可以把现在要做的抉择推迟到半年以后。这期间你一方面办护照办签证，一方面看你们公司的发展情况，到时候无论你决定走还是留都不会有什么遗憾。"

裴庆华眼睛一亮，但随即又为难道："可是办护照仍然需要找头儿签字，如果他不同意我还是得辞职。"

"就拿这件事当试金石，看看你们领导究竟对你怎么样。护照是一个人的旅行证件,凭什么不给办?"谢航说到此处特意抚慰地在萧闯后背上拍了拍,又接道,"你已经为了跟他们办公司推迟和女朋友团聚,如果他们仍然丝毫不肯替你考虑,这样的人不值得一起走下去。"

萧闯一听"女朋友"三个字便问:"这么大的事,你不问问简英什么意见?"

裴庆华早已在考虑这个问题,不必问也知道简英会怎么想,而他要么顺从简英尽快过去团聚,要么就此与简英发生分歧甚至争吵,前者他于心不甘,后者非他心所愿。过去一年半的经验教训已让他深知,通过漫长的国际通信讨论这种敏感而复杂的问题绝对弊大于利,尤其是如果过一段时间去投奔简英,此时这场跨洋争吵岂不是有害无益。所以"拖"也许不是最好的办法,但至少不是最坏的。

"先等等再说吧。就算我把现在的想法写信告诉她,也许信还没寄到,我自己的想法已经变了。唉,这种长延时的半双工通信真耽误事,要是隔着太平洋也能实时双工通信,就像面对面一样该多好。"裴庆华忽然想起什么,盯着两人问,"我能拜托你们俩一件事吗?"

谢航一听立刻举起右手,竖起中间三根手指说:"老裴你放心,我向毛主席保证,一定不会透露给简英。"

萧闯一撇嘴:"我和简英根本就没联系。还假模假式拜托我们俩,你就明说拜托谢航不就完了吗……"

裴庆华冲谢航一拱手:"暂且替我隐瞒一段时间,我和简英安定团结的大好局面就靠你了,千万千万。"

萧闯捅一下谢航:"亏你还号称和简英情同姐妹呢,就这么胳膊肘往外拐,老裴怎么收买的你?"

"呸!我这是为简英好,懂不懂啊你?难道你巴不得他俩吵起来?"

"不对,我越琢磨越不对。"萧闯坏笑道,"单为咱们俩方便着想,你也应该和我一起劝老裴赶紧去美国才对,你这么希望他留在这儿,啥意思?"

谢航沉下脸:"胡说八道什么! 这可是老裴长这么大要做的最重要决定,你就不能正经点儿?"

夜深人静的时候裴庆华又把简英留给他的那只电子表拿在手上,按一下侧面突出来的一个小按钮,荧荧的背光亮起,液晶显示出此刻的时间是十三点一刻。简英在做什么? 辗转于食堂与教室之间? 抑或宿舍与实验室之间? 她会猜到此刻的自己仍在床上辗转反侧吗?

裴庆华把表塞回枕头下面,双手扒在两边的床沿,这张行军床窄窄的,比担架宽不了多少。在无边的暗夜中他想象自己漂泊在一片漆黑的水面上,万里之遥的那一边是美国的印第安纳,近在咫尺的这一边是北京的白颐路。那一边有简英,有普渡大学,有明媚的蓝天白云,有一栋栋花园洋房,遥远却清晰;而眼前的这一边却是一片看不清、一片未知数。但让他觉得无法理解的是,就在一片混沌中仿佛有个巨大的存在,那个存在带有巨大的吸引力,让他身不由己又义无反顾地投身进去……

六

/

初入商海

康朴公司的高层代表又分别从美国和香港飞到北京，这次他们反客为主，把商谈的地点定在下榻的西苑饭店。林益民挺高兴，说省去了洒扫庭除的麻烦，谭启章却说康朴是想为自己营造主场，让咱们在不熟悉的环境中不自在不自信，看来这次比上次来者不善，这话让林益民方才的轻松瞬间全无。为以示隆重并展示实力，谭启章下决心请所长出面向院里车队要了一辆新添置不久的奥迪100，但确定与会人员时又遇到麻烦。除去司机车里只能挤进四个人，而要去的人是五个，裴庆华见状马上表态他不用坐车，因为魏公村离西苑饭店近在咫尺，溜达着就到了。

裴庆华并未如他所说的溜达过去，他是骑车去的，把车停到首都体育馆南门外，然后穿过马路就进了西苑饭店。因为担心穿得过丁臃肿有碍观瞻，裴庆华只在西装和衬衫之间加了一层羊毛衫，一路顶风骑过来冻得够呛，但他在会议室没坐多久就开始冒汗，既是因为空调强劲，更是因为商谈的气氛一上来就近乎剑拔弩张。

康朴方面的四个人上次都见过,还是那个主谈,还是那个翻译,裴庆华也和上次一样坐在最边上。康朴主谈的美国人明确说,选择华研公司的前身"微机应用技术服务中心"做维修服务,是因为看重研究院和研究所的牌子,客户会天然地信任由国家级科研单位的科研人员做服务,但客户会接受科研人员做销售吗?那个翻译还公报私仇一指裴庆华说,这不是负责维修的工程师嘛,现在也要做销售了?

谭启章回应道:"我们过去这段时间不仅为客户做服务,也在为我们自己做市场调查,我很乐意把一些结论与你们分享。第一,经过五六年的市场培育,现在中国主要城市大大小小的单位基本都有至少一台微机。我说的主要城市包括直辖市、省会城市、计划单列市和沿海开放城市,大概四十个;我说的单位是指拥有去年开始搞的统一机构代码的企事业单位,要有自己独立的银行账户。所以今后五六年不再是向没有微机的单位卖微机,而是向已有微机的单位卖更多微机,现在有一台的卖他一百台,有十台的卖他一千台。第二,微机的维修率与使用率成正比,没修过的微机未必是质量好,更可能是根本没用过,常来修微机的说明经常用微机,微机使用率高的单位可能买更多更新的微机。第三,微机客户的品牌忠诚度非常低,只要有懂行的人向他推荐更新更好的品牌,他很容易听进去,所以不少单位是有几台微机就有几个不同品牌。"

"简单讲就是两句话,"林益民忍不住插嘴,"第一,今后买微机的单位都是曾经修过微机的;第二,替他修微机的人让他买啥他就买啥。"说完就摆出一副"你看着办"的架势。

翻译花不少力气才把这些话的含义解释清楚,康朴的人问:"你们有详细的数据吗?"

"当然,我们用 FoxBase 编了客户数据库系统,这是非常宝贵的资料,我相信这些客户不仅会找我们修微机,也会找我们买微机。"林益民答道。

"我们委托你们向客户提供支持服务,所以这些客户资料也应该属于我们。"康朴方面立刻提出质疑。

谭启章笑道:"应该给你们的已经给了。但请注意,我们不仅为康朴微机提供维修服务,还有很多客户拿着各种品牌的微机来找我们,这些资料我们用不着给你们吧。"他转头问林益民,"康朴的业务量占总量的多少?"

"不到四分之一。"

康朴的几个人互相交换一下眼色,主谈的人又问:"你们对北京以外的覆盖率太有限,刚才你提到四十个城市,那些地方怎么办?"

"我们已经在不少地方有了合作者,有时候他们把机器送过来给我们修,有时候我们把备件发过去。他们可以做我们的下一级代理商,有的可以做经销商直接把货买回去销售。"

康朴主谈的人摇头:"我们双方过去这段时间合作得很好,你们不仅修我们的机器也卖我们的机器,我们当然欢迎。但你们提出的要求与目前的实力不相称,我们可以授权你们代理康朴产品,但不会授权做总代理。"

"我们要做就做总代理,要么不做。"谭启章强硬起来。

"但我们现在已经有一些代理商,这会对他们的业务带来冲击,我们不会同意。"

谭启章微微一笑:"咱们双方合作半年多了,都很清楚康朴的产品卖了多少,再看看 AST 卖了多少,难道你们满意现在那几个代理商的表现?"

"但你们也无法承诺能卖出多少,我的理解没错吧?"康朴的人反问。

"我们不会占用大量资金向你们压货,所以这种承诺只是个数字游戏而已。但我可以承诺的是,不出两年,我们一定让 AST 把康朴视作在中国的头号对手!"谭启章的这句豪言却只换来康朴方面再一次摇头,他的脸色立刻变得很难看,近乎咬牙切齿地说,"既然做不成总代理,那康朴的机器我们以后也不管修了!"

"那怎么可以?!"康朴的人一听就炸了,"我们是签了协议的,协议期内你们不可以擅自终止服务!"

林益民忽然笑道:"那好,我们就继续为康朴的客户提供服务,但我们会对每一位客户说,你这台机器的毛病我们已经遇到太多了,康朴的质量确实不行,我们都修不过来,你们以后可千万别再买康朴电脑。"

"你们这是讹诈!"翻译竟然忘了自己的角色,猛地跳将起来,被林益民微笑着提醒还是先把本职工作做好,他只得向几位莫名其妙的美国人翻译一遍。

康朴的几个人开始用英语商量,裴庆华竖起耳朵竭力想听个大概,但不得不气馁自己的听力水平实在是力不从心,不由得发愁到了美国如何听得懂导师的课。现场会商很快结束,主谈的人很不情愿地问:"那几个代理商怎么办?"

谭启章的脸上立马重新浮现出笑容,回道:"具体问题具体分析。"

翻译不知是闹情绪还是不懂这种中国特色的套话,竟卡住了。裴庆华便说了句:"Case by case。"

谭启章接着说:"有的肯定不适合继续做代理,可以继续做的我们愿意把他们接纳为一级代理,并尽量不挤压他们现有的利润空间。"

对方几个人再次交换一番眼色,主谈的人说:"还有一个很重要的前提条件,如果你们不做出承诺那我们将不得不结束一切形式的合作。"

"我清楚,是要求我们不得与任何微机厂商进行类似合作,对吧?"谭启章很郑重地说,"没问题,我们可以接受这一排他性条款。"

不料康朴的人竟露出一丝诡谲的笑容,摇头说:"单单排他是不够的,还要排除你们自己。你们第一步是修我们的产品,第二步是卖我们的产品,第三步很可能是做你们的产品,而这是我们不愿意看到的。所以你们要承诺今后不会推出你们自己的品牌。"

这次轮到谭启章摇头:"是担心我们模仿甚至抄袭你们?这样的

思维有问题,如果自己跑得不够快那迟早会被后面的人超越,可能限制住所有人不许超过你们吗?一家有远见的公司应该时刻盯着前方,去努力追赶领先你的人,而不是防着后面。"

康朴的人又一笑:"我们当然会盯着前面,但也必须防着后面,我们肯定不希望看到今天的合作者未来成为竞争对手。"

"我们两家只是合作关系,各自都是独立的,我们当然有权利决定自己的业务方向,做不做华研品牌、什么时候做,是我们自己的事。"谭启章毫不退让。

"当然,我们不会也不能干涉你们,但我们现在考虑的是要不要与你们继续合作。"康朴的人已经作势收拾东西要结束商谈。

"总该有个期限吧?"谭启章忽然问。

康朴的人立刻停住动作,反问:"你觉得几年合适?太短没意义,你们本来短时间内也不可能推出自己的品牌,关键是两三年以后。定五年,怎么样?"

谭启章再次摇头:"我们之间的总代理协议也是有期限的,可能两年也可能三年,到期后可能续约也可能不续约,所以另外定一个期限没有意义。这样吧,我们可以承诺在双方合作期内不会推出自己的品牌。"

康朴主谈的人想了想,郑重地向谭启章伸出右手。

坐在奥迪100的后座上,林益民对谭启章叹口气:"你最后答应的那条把咱们限死喽……"

"是吗?我可不这么认为。"谭启章微微一笑,"等到咱们已经有实力推出自己品牌的时候,还犯得着央求康朴继续合作吗?真到那一天,恐怕是康朴反过来求咱们接着卖他的电脑吧……"

裴庆华并未听到这段对话,他当时正骑车沿白颐路向北回所里上班,萦绕在他脑海里的不是与康朴的总代理协议,而是他今天才看到的另一个谭启章。这个谭启章不仅与平素那个总是笑呵呵的谭老师大相径庭,也与数月前首次与康朴商谈时那个温和谦恭的谭主任判若两人,今天的谭启章时而近乎强词夺理，又能旋即委曲求全，简直令裴庆华大开眼界。他不禁浮想联翩，也许商场真可以把一个人的潜能都激发出来，甚至脱胎换骨变成完全不同的另一个人。

谢航一进家门就听出爸妈又在看电视剧《渴望》，忙蹑手蹑脚溜进自己房间关上门。谁知刚躺一会儿就听见外面回响起毛阿敏"悠悠岁月，欲说当年好困惑"的歌声，显然刚播完一集，心想自己又别想清静了。果然老沈很快推门进来，手上抱着一件厚厚的羽绒服。

"航航我问你，这都几月份了为什么还不穿羽绒服？你想把自己冻死啊！"

谢航极不情愿地翻身坐起，见老沈把羽绒服摊在床上便噘起嘴："不想穿。这领子上被你用毛线加的护领，多难看多土啊……"

"难看？你穿了四年也没谁说难看，怎么今年就难看了？"

"以前我是穷学生，现在上班了，能一样吗？"

老沈忽然盯住谢航的脸问道："航航，你一般到家就要去卫生间鼓捣半天卸妆，可有时候到家已经没妆了，怎么搞的？"

谢航心里一惊，暗想"群众"的眼睛真是雪亮的，稍不留神就被抓住破绽，忙掩饰道："要是晚上有正式场合我都会事先补妆，这样到家就需要卸妆。像今天这样在公司忙一天，妆早花了，用不着卸，加完班在洗手间洗把脸，别吓着出租车司机就行了。"老沈还要再问，正巧外面传来李娜唱的《好人一生平安》，谢航忙推着老沈说，"下一集开演了，快去快去，宋大成和刘慧芳要打起来了……"

老沈撑住门框回头更正道："瞎扯，宋大成才不会打刘慧芳呢，不是东西的是那个王沪生……"

总算又是一个人了，但谢航仍旧心神不宁，心想总不能每次从萧闯那儿回自己家还得再化一次妆吧，看来出去租房已经刻不容缓，得立即提上议事日程。

谢航主动到厅里陪爹妈一起看《渴望》，边看边极尽百般逢迎之能事，这一集结束时气氛正温馨融洽，她便借机说道："咱们家离我公司太远，现在又开始分段修四环路，今天这儿挖开明天那儿堵上，上下班太不方便了，我想……在公司周围找找看，能不能租个房子住，就不用这么辛苦。"

老谢一听便予以否定："你一个女孩子自己跑外面租房子住，我们不放心。"

"那我这样天天黑灯瞎火打车你们就放心？"

"别打'面的'，打'夏利'安全点儿。"老谢貌似很有经验的样子。

"现在天天来回打车的钱拿来租房还有富余呢。"谢航适时说道。

不出所料，老谢老沈显然同时开始心算，各自验证属实后便都没有反驳。老沈转而指出："你现在就经常不回来住。"

谢航早有准备："我们公司老搞 offsite meeting，就是有会不在办公室开，到外面找个酒店，封闭式的，晚上都住在那儿不许回家。外企特喜欢这一套，有时候是培训，有时候是部门会议。我每次可都提前告诉你们了。"

"唉，真是乱花钱。"老谢深感痛心。

"又不是花你的钱，你瞎操什么心。"老沈白老谢一眼。

老谢对谢航说："可以先找着，不用急，房子啊房东啊我们都要去看，各方面都没问题再租。即便租了房也应该以回家住为主，那边就是个落脚点，加班太晚或者第二天一大早有事才在那边住。"

谢航喜不自胜地点头，老沈又说："我也会经常去那边看看，给你做做饭、收拾收拾屋子。"谢航的心登时凉了半截，又听老沈问，"你和你班上那个男同学，现在怎么样啊？"

"挺好，还那样。"谢航敷衍道。

"什么时候带来家里看看，我和你爸到如今就在你们班那张毕业合影里见过他，半边儿脸还被挡住了。"

谢航含糊其词地说："人家现在忙着呢，等他什么时候工作轻松一些再说吧。"

老谢有些不快:"什么工作至于忙成那样,比总理还忙?"

"就跟你知道总理多忙似的。"老沈又白老谢一眼,"刚开始工作,忙点儿好,总比在家闲着强。"谢航听了心里咯噔一下。

萧闯最近倒确实没闲着,他把书柜里的《辞海》《古文观止》《唐诗三百首》之类的成天抱在手里翻看,很快又觉得思路不对,便跑到街上的小书店查找有关广告和品牌形象方面的书籍。他一天到晚摇头晃脑双眉紧锁冥思苦想,叼着圆珠笔的嘴总在无声地念念有词,好几张纸上都被写满只有他自己明白的词句。裴庆华这阵子正忙于四处给客户送礼顾不上萧闯,所谓的"礼"无非是华研公司印制的 1991 年的挂历、台历和效率手册,直至忽然意识到萧闯这种异常表现已经持续好几天,便问:"你怎么像走火入魔似的,琢磨什么呢?"

萧闯从一摞书下面抽出一张裁下来的《北京日报》递过来,然后继续踱步思考。裴庆华看了眼,原来是一家名叫亚苏的公司向社会公开有奖征集宣传语,他把报纸还给萧闯:"这公司干什么的?"

"高科技小家电,空气清新器之类的。"

裴庆华心不在焉地"哦"了一声。

萧闯卡在截止日期之前把应征方案寄出以后反倒更忙了,每天两次跑到楼下在寒风中伫立等候邮递员,其余时间都守候在刚装的电话旁严阵以待,晚上谢航来都似乎难以转移他的注意力。谢航笑道:"你还真上心了。估计得有几千人像你一样上心吧,所以你的方案被选中的概率就是几千分之一。"

"对别人是几千分之一,对我就是百分之百。"萧闯一脸肃穆地说。

"哎,你的方案是什么呀?"

"结果公布出来你自然就知道了。"萧闯笃定地直视前方。

谢航已经很久没见过萧闯如此专注于一件事,既为他高兴又担心即将到来的坏消息会让他再一次失落,忐忑间不知说什么好。

转眼进入新的一年。这天裴庆华疲惫不堪地爬上六楼,进门就对萧闯诉苦:"累死我了,一路骑到酒仙桥,又到大北窑,然后再骑回来,关键是全白跑,颗粒无收,一家也没谈下来。"

萧闯面无表情地看着裴庆华:"很正常,本来你追求的也不是成功率。我跟你不一样,做一件就要成一件。"裴庆华被噎得直瞪眼,萧闯却转而问,"去四季青是骑车方便还是坐公交方便?"

"你还是打车去吧。"裴庆华没好气地回一句。

萧闯歪头想一下:"嗯,也对。"

"哎,你去四季青干什么?"

萧闯若无其事地答道:"亚苏请我去他们公司一趟,要给我发奖。"

"啊? 你的方案真被选上啦? 行啊你萧闯,真有两下子!"裴庆华狠狠拍着萧闯的肩膀,又问,"报纸上公布的?"

"没那么快,今天刚收到他们的信,下午电话也来了,说记者要在他们公司采访发奖过程。"

裴庆华还在兴奋不已:"哎,谢航知道了吗? 赶紧打电话,给她一个惊喜。"

"这算什么惊喜,意料之中的事儿。"萧闯似乎不太情愿地接过裴庆华递过的电话。

"哎,你到底提的什么方案? 快让我领教领教。"裴庆华急不可耐地问。

萧闯便把电话先挂上,漫不经心地说:"我提了两个,第一个就俩字,'好湿',他们说太短,没看上;第二个长,'谁不爱亚苏? 人人 buy 亚苏',他们喜欢这个,就选为三个获奖方案之一了。"裴庆华轻声重复一遍,似乎难解其中之玄妙,萧闯有些不屑地说,"意思就是'谁不爱亚苏? 人人买亚苏','不爱'连读起来谐音很像英文的'buy'——'购买',就成了双关语'谁买亚苏? 人人买亚苏'。"

裴庆华恍然大悟地"哦"了一声。

萧闯从亚苏公司载誉归来那天谢航和裴庆华都尽量早地赶到家,萧闯早已把十张百元大钞展示在桌上,又一指盖着块手绢的电话机说:

"装机费这笔投资已经收回五分之一。"

谢航开心地直拍巴掌:"钱倒是次要的,关键是你这次旗开得胜,太厉害了,那么多方案里真的就选中你的,太神了。"

裴庆华盯着奖金咂舌:"十个字,换回一千块,真赶上一字千金了。"

谢航催问在亚苏公司的见闻,萧闯描述道:"他们公司可真够破的,其实就是四季青的一个仓库,老裴你们那个华研不会也那么寒酸吧?一共去了三个获奖的,说实话我真不觉得那两个方案有什么好。亚苏的老板姓鲁,四十岁上下吧,和我聊了几句就说咱们居然是校友,我就说学长好。他问我做什么工作,我说在家待着,他就说他们公司要成立一个企划部,问我愿不愿意来。"

"多好啊,老板点名要你,这么器重你当然去啦。"谢航摇着萧闯的肩膀说。

裴庆华笑道:"我估计他瞧不上,嫌人家公司太寒酸。"

萧闯说:"倒不是因为这个。在场的有他们公司几个人,估计是秘书、助理或者宣传之类的,都被鲁总指使得屁颠儿屁颠儿的。我当时就想,换了我肯定不干,这不跟孙子似的嘛,还不如在家待着自在呢。"

谢航难掩失望地说:"唉,谁不是孙子啊,在哪儿都一样。不信你问老裴,像咱们这样刚进入社会的都得从底层干起,我之前是每天收发传真倒咖啡,老裴开始的时候不也天天打开水嘛。"

"我现在仍然天天打开水。"裴庆华憨憨地笑道。

"哎对了,你们听说过有个叫何阳的人吗?"谢航兴奋地说,"四处给人想点子、出主意,靠动脑筋动嘴皮子挣了不少钱呢。我觉得萧闯就你这脑子肯定比他更好使,要不你也试试走这条路?"

萧闯一撇嘴:"我知道有这么个人,但我没兴趣给别人当参谋做顾问。我的点子再高明,听不听、做不做、怎么做都是人家的事,我干着急也没用,这种活儿我才不干。你还不了解我吗,我这个人天生就是拿主意的,不是出主意的。"

见萧闯一脸的不以为然，谢航只得口气一转："我只是忽然想到了就随口一说。没关系，你这么棒，干什么成什么，将来有的是机会。"

裴庆华眼下的境遇与萧闯正相反，萧闯是手到擒来、马到成功，裴庆华则是人困马乏、徒劳无功，唯一的成果是把因私出国护照申请表填完了。他把表揣在兜里转悠了两天，等到听说林益民刚和国家教委一个下属机构签了近百台康朴微机的合同，估计谭启章的心情正好，他便瞅准时机来敲门。

华研公司至今还没在外面找到营业和办公的地方，所以一切照旧。裴庆华走进室主任办公室，林益民正兴高采烈地和谭启章聊着，谭启章招呼裴庆华："小裴，听到好消息了吧？林老师这一单可不小。"

裴庆华忙赔笑说："当然啦，什么时候我要是也能找到这样的客户就好了。"谭启章和林益民自然要说几句勉励的话，裴庆华一再点头之后便把护照申请表掏出来递给谭启章，"谭老师，这是我填的表，您看看，要是同意的话就签个字，然后我去找所里人事处盖章。"说完就惴惴地望着谭启章。

谭启章认真地把申请表浏览一遍，说："事先办好护照是对的，这样工作上需要出国的时候随时就能走，省得临时手忙脚乱还可能耽误事。"他拿起笔在"出境事由"一栏点了点，"现在勾的是'自费留学'，如果先要因为商务出去，会不会有问题？"

对面的林益民探身过来看一眼："应该没影响，那是办签证的时候才有区别，跟护照关系不大。"

谭启章确认道："出境目的地填的是美国？"裴庆华紧张地点头，谭启章又问林益民："将来要去美国开会之类的情况肯定不少，康朴总部在那边，但会不会最先去的是香港？或者新加坡？这就和出境卡上填的不一致了。"

"出境卡可以变更，没关系，先填美国吧，有需要的话再改。"林益民很肯定地说。

"那就好。"谭启章不再多问,提起笔就在申请表的"单位意见"一栏写上"同意"二字并签好名,然后拿在手里看了看,递给裴庆华,"去人事处盖章吧,如果有什么问题就请他们来找我。"

裴庆华双手接过申请表时仍然难以置信,怎么会如此顺利?和他设想的完全不同,演练多遍预备对付谭启章的软硬两手都彻底落空,谭启章这次既没有动之以情晓之以理地规劝,更没有利用手中的权力为难甚至要挟,反而自始至终在设身处地为他着想,这让裴庆华简直感激涕零,恨不能为华研肝脑涂地。更让裴庆华意外的是,似乎谭启章早就把他出国留学的事抛诸脑后,在潜意识里已经认定他将来出国的原因会是商务公干,这与其说是谭启章对他的信任,毋宁说是他自信,而这种自信又从何而来呢?如果按照谢航的说法以此作为试金石,测试的结果显然是千足金,足以证明谭启章和林益民值得信赖、值得托付、值得追随。

没再容他多想,显然认为这事早已了结的林益民连叫两声他的名字:"我正要找你呢,广州有家公司主动联系咱们,说对康朴的产品有兴趣,本来想找康朴香港公司,后来知道咱们是康朴在中国的总代理就想接触一下。我这几天走不开,要不你跑一趟?"

裴庆华巴不得有为华研尽忠效命的机会,连忙应承:"好,我先去订车票,详细的情况您回头再给我讲一下。"

"别坐火车了,坐飞机吧,带上康朴的样机,他们肯定要检测一下性能。"林益民交代着。

裴庆华骑车从颐宾楼的机票代售点买机票回来,刚进大实验室小戚就凑过来问:"你要去广州?头一回坐飞机吧?"见裴庆华点头小戚又叮嘱说,"飞机上的东西都特贵,你想啊,专门跟着飞机搬到天上能不贵吗?空姐送来的吃喝都得花钱买,还不给发票。所以你上飞机之前最好吃饱喝足,要飞三个小时呢。"

懵懂间裴庆华点了点头,林益民正好走进来听到几句,便在小戚的后脑勺上轻拍一记:"你小子又欺负老实人呢吧,该干啥干啥去!"小戚忙一缩脖子溜了。林益民告诉裴庆华："你别听他胡扯，飞机票那么贵当然包含餐饮，空中小姐推车送来的餐食和饮料都是免费的，你就放心享用吧。"

　　林益民找另一个同事谈完之后又招呼裴庆华，示意他随自己出去。裴庆华跟着走到楼道里，林益民把广州出差的事布置妥当，又很认真地说："第一次坐飞机确实有些事项应该提前讲给你。除了餐饮免费这条外，关于卫生间也要注意。首先是门，有把手的好办，抓住把手一拧一拉就开了；有很多是没把手的，光光的一张门板，怎么开？你会看见门中间有一条竖的门缝，在门缝处往里一推就开了，门的顶部和底部都是滑轨，门缝处是合页，这样设计的好处是节省空间。再有，你坐的飞机估计不是波音757就是麦道82，这两种飞机都是细长条，经济舱的卫生间都在机尾，一左一右。你知道飞机上的水很宝贵，虽然主要靠舱内外气压差冲水但毕竟还是要用水，所以飞机上的卫生间也是分男女的，男卫生间里面有个专门的小便池，这样可以节水。记住，面朝机头的方向，男左女右，到时候可别进错了。"

　　听着林益民这一番谆谆教诲，裴庆华仿佛回到了大学课堂，深感条理清晰、逻辑严谨，令他不禁也很认真地回应道："林老师，我都记住了。"

七

/

若不惦记将来，谁能撑过现在？

裴庆华不得不佩服林益民见多识广，他扒着候机室的窗户依稀看到廊桥外停靠的飞机侧面涂有"BOEING 757"字样，等坐到机舱里从前座靠背袋子里翻出安全须知研读，机型正是波音 757-200，他扭头向飞机后部张望，果然在机尾处有一左一右两个卫生间。起飞不久，空姐先送一轮饮料接着便是一轮餐食，尽情享用的裴庆华越来越确信林益民所言不虚。没多久，灌下的两杯之前极少尝到的可口可乐便开始发挥效能，他起身向机尾走去。

左边洗手间正好出来一位男士，已等在门口的另一位男士便推门进去，裴庆华上下打量这扇门，果然没有把手，他暗赞这种向内凹进的折叠门确实节省空间，不影响外侧通行。这时走过来一位女乘客，年纪轻轻与谢航相仿，冲裴庆华微笑致意，他忙也笑一下算是回应。很快，右边的门打开，出来一位中年妇女，那女孩见裴庆华纹丝不动便提醒说："您不用吗？"

裴庆华一边摇头一边摆手，嘴上说："我等这边。"

女孩怔一下也没多问便闪身进去。等过一阵，左边迟迟不见动静，倒是右边的门又开了，女孩出来见裴庆华还在等就用手支住门礼貌地想把他让进去，裴庆华又一摆手说："我是这边。"

女孩不解地望着裴庆华，目光里满是诧异。这时等在后面的一位男士见状便挤过来二话不说站进门里，女孩忙把支住门的手撤回来，那位男士一把关上门从里面闩死。此刻轮到裴庆华一脸诧异，他看看女孩又看看两边的门，就在一瞬间他恍然大悟，自己上了林益民的当！而他在这一瞬间的表情变化乃至心理活动全被女孩看在眼里，女孩也顿时恍然大悟，她歪着头问："你以为这边只能女的用？你以为飞机上厕所分男女？"

裴庆华简直无地自容，但他硬撑着狡辩道："我不上厕所，坐累了活动活动。"

女孩意味深长地"哦"一声，忽然抿嘴一笑："那我也活动活动。"

这时左边的门终于开了，耗时许久的那位男士如释重负地走出，女孩立刻皱起眉头用手掩住鼻子，但眼睛却不怀好意地盯着裴庆华，裴庆华尴尬地把脸转向一边，假模假式地做几下扩胸运动。女孩恶作剧地赞许道："你挺有毅力的。"

右边的门开，男士出来后对门边的裴庆华和女孩视而不见，傲然离去。裴庆华再也把持不住，刚探进一只脚却听女孩在身后说："哈哈，今天你和我都长见识了。"

等裴庆华忐忑地出来时女孩已经不见，他回到座位上开始生林益民的气更生自己的气，想不通向来为人师表的林老师竟然也一肚子坏水。他抻直脖子向前张望，长长的机舱里只见一排排后脑勺，哪里分辨得出女孩在何处。而他直到飞机落地都再也没敢去卫生间，他可不想又看到女孩那双不怀好意的眼睛。

在传送带边上等候托运的机箱时裴庆华抽空去了趟卫生间，刚走出来就听后面一个声音说："喂，地上的厕所分男女吗？"

裴庆华打个激灵，回头便看到那个女孩正冲他露出一副坏笑，手里拖着个挺大的行李箱,裴庆华咕哝一句:"无聊!"便快步逃开了。

白云机场离市区不算远,裴庆华一出来就被一拥而上拉客的人缠住,打听下来住宿价格与公司的出差标准倒还接近,他便挑一位看上去最老实和善的女人跟着走了。

旅社在三元里,离机场挺近。在一个双人间住下,裴庆华忙拆开层层包装检查托运的机箱,还好没什么磕碰,他从随身行李中取出事先卸下来包好的几块金贵的板卡和硬盘安装到机箱里,才想起应该打电话报个平安。

到值班台拨了萧闯家的号码,聊过几句萧闯便说谢航正好也在广州,还把酒店总机和房号都告诉裴庆华,说你们联系一下在广州见个面呗。裴庆华嘴上答应,心想没两天就又在你家见面了,便没将这事放在心上。此时满心期盼的是第二天与广州那家公司达成实质性的成果,眼下他迫切需要一点业绩来证明自己。

九十年代初,广州做电脑这行的多集中在华南理工大学外面的五山路一带,等第二天上午裴庆华辗转赶到那家公司时才意识到白云区与天河区相距很远,而等中午时分走出那家公司他已意识到他与"成功"这个字眼相距更远。

裴庆华上当了,准确地说是林益民先上的当。裴庆华进门时便发现这家公司里到处是 AST 和长城电脑的宣传招贴,店堂里这两种牌子的微机更是摆得林林总总,对方坦承已经有两套班底分别代理 AST 和长城的产品,但很有兴趣把其中一个品牌换成康朴。裴庆华便满怀希望地帮他们测试康朴主机的各项性能指标,同时回答有关区域代理和价格政策的问题。起初听他们不断抱怨"显示卡速度太慢"或者"风扇噪音太大",裴庆华还念及"褒贬才是买家"的古训耐心解释,后来见对方迟迟不肯明确表态便追问:"给什么折扣你们才愿意做我们的代理?"对方手一摊:"康朴的牌子还没做起来,你们给的价格又没什么吸引力,账期要求还那么严,我们不想折腾。"裴庆华不高兴地说:"你们折腾的是我。我扛着机器从北京大老远飞过来，所有测试数据你们都拿到了、价格也都摸清了，然后说不想折腾，这也太没诚意了吧？"对方手又一摊："又不是我们要你过来，我们只是打了个电话先咨询一下，结果你就跑过来，我们总不能不让你来吧。这赖谁呢？"

裴庆华满腔怨愤扛着机箱沿五山路漫无目的地走，心里反复念叨"这赖谁呢"，赖对方狡诈？赖林益民轻信？还是赖自己运气太差或者入错了行？其实各方都是一路人，要赖就赖所有人都太想赚钱了。

无意间经过一处不小的门脸，这家显然比左邻右舍高些档次，门楣上方一块 LED 显示屏不断滚动播报各种整机、板卡、汉卡、工控机和外设的价格，而隔壁多是在硬纸板上潦草写上几行字。裴庆华的目光停在门边竖的一块招牌上，白底黑字写着"诚征品牌商"，他胸中又鼓起一口气，摸摸已经饿瘪的肚子，迈步走进去。

里面几个人都转头看他，其中一个走过来，裴庆华表明来意："我是北京华研公司的，康朴电脑在中国的总代理，想看看你们有没有兴趣代理我们的产品。"

那人停住脚步，迟疑地和另外几位都转向同一个人，裴庆华便知那人定是当家的，于是走近前伸出手。当家的也伸出手握了，说："康朴听说过，华研没听说过，不过无所谓啦。关键是机器怎么样，好卖的话我们当然愿意做啦。"

裴庆华把机箱卸在一张桌子上，拆开包装说："你们可以现场测一下性能。"

当家的用广东话吩咐几句，有人便动手搬来显示器、键盘之类，裴庆华帮着把各种线缆接好，刚拿出一盒软盘就听当家的说："让他们测就好，我们到里面喝茶。"

"不用我的系统盘吗？"

当家的一摆手："系统盘谁能没有，要不怎么做生意？"

往后走有一间隔出来的小屋，一张茶几上堆满数周的电脑商情和数天的残羹剩饭，裴庆华被请到一张小沙发坐下，当家的有一搭无一搭向他打听康朴公司和华研公司乃至中关村一条街上的动态,裴庆华很想了解对方公司的基本情况却总被当家的以各种问题打断。聊了一会儿有人进来和当家的用广东话对谈,裴庆华一概不懂,只听出"鸡""咩""哞"几个音,正奇怪怎么都是畜禽,当家的已经起身要送裴庆华:"今天幸会,我们考虑一下。"

裴庆华虽然觉得有些突兀,但毕竟自己擅自登门实属唐突在先,也就不求有什么意外收获,跟着当家的走出来。当家的一拱手:"好啦,以后再联系。"

忽然,裴庆华惊讶地发现刚才那张桌子上空空如也,主机连同显示器一整套系统都无影无踪,他脑袋嗡的一声,问道:"我的机器呢?"

"什么机器?"当家的一脸诧异。

"我带来的机器。"

当家的转问另外几个人:"你们有谁看到他刚才是带着机器进来的?"几个人的脑袋立刻摇得像拨浪鼓。

"你们想干什么?!"裴庆华怒不可遏,"我明明扛着机箱进来的,你们刚才还在测试,现在睁眼说瞎话!"

当家的黑了脸:"你想干什么,讹上我们了?也不看看这是什么地方,还不赶紧走人!"说话间已经有几个人从不同方向凑上来。

裴庆华情急之中用眼睛四下找寻,瞥见敞开的弹簧门拉手上虚挂着一根链条锁,想必是用于下班之后锁上地锁同时的双保险,他手疾眼快把链条锁抄在手里,冲最近的一张桌子用力一甩,锁头啪的一声砸在桌面上,立时现出一个凹坑。他趁势大喊:"谁过来?!今天要出两条人命,一条是我的,另一条是你们谁来?!"

那几个打工仔一时被镇住,裴庆华人高马大的身形加上手里的链条锁确实不容小觑,他又朝另一张桌子猛抢一记,桌子贴面瞬间开裂,随即又喊一声:"我的机器呢?给我拿出来!"

僵持间门外已经有几个人停住脚向里张望,当家的见状咕哝一句,很快角落里一扇不起眼的小门吱呀一声打开,一个人抱着那台主机走出来，放在桌上说："之前那个电源插座没有过电保护，怕把你的机器烧坏才搬去里面做。谁稀罕你的机器！"

裴庆华警惕地挪过去，手里一直扬着那根链条锁，他稍稍低头仔细查看，立刻就发现端倪。他昨晚在装完板卡和硬盘重新拧紧机箱螺钉之后，特意在螺钉十字槽里涂了点松香，而如今丁点儿松香的痕迹都不见了。他愈发恼怒大骂一句，喝道："谁拆的机器？打开！拿走了什么都给我装上去！"

那人没动地方，裴庆华瞪着血红的眼睛冲上去，那人立刻转身逃到小门里面。另一个小个子手上拿着一把螺丝刀畏畏缩缩地走过来，在裴庆华的怒目而视之下拧下螺钉打开机箱，裴庆华发现插槽上的内存条全都不翼而飞，登时大吼："内存条呢？装回来！"

当家的不知何时不见了，而跑回门里的那个人却再次出现，手里拿着四个短小的内存条。裴庆华冲他一挥链条锁："内存条上我都做了记号，你甭想偷换！小心装好，要是磕掉一根针脚有你好看！"

在他的眼皮底下装好内存、盖上机箱，重新包装完毕，裴庆华一使劲将机箱扛上肩头，手拎链条锁快步冲出门。在不明真相的路人注视下，他拦住辆"的士"钻进去。当车开走的瞬间，他回头又看一眼这家店的招牌。

裴庆华沮丧地回到住处，放下东西便出门找吃的，他从早上到现在还粒米未进。在巷口找到一间很小的铺面，点了一份干炒牛河，虽然搞不清"牛河"为何物但他觉得这名字看着就霸气，与自己此刻河马一般的胃口很般配。端上来发现与家乡的焖面有些形似，顾不得细究抄起筷子风卷残云吃完。真好吃啊！日后裴庆华总说中国最好吃的东西在广州，旁人都连声附和，殊不知他指的就是这一盘干炒牛河，而他后来尽管多方寻找、四处品尝却再也吃不到同样味道的干炒牛河了。

心满意足地踱进旅社的小门，值班台里的人一边把房间钥匙递给他一边问姓不姓裴，然后把登记本转个角度让他看上面记的一串号码，说有位姓谢的小姐让他回电话。

裴庆华忙借电话拨过去，谢航劈头就问："我呼你怎么没反应？"

"我收不到，呼机没开漫游。"

谢航哭笑不得："不知道是你抠还是你们公司抠……萧闯说你也在广州，问你找我没有，我说没有，等我有时间再呼你，结果害得我只好又找萧闯要你的电话。哎，你这住的是哪儿啊？我让总机转你房间，她说你房间没电话。"

裴庆华瞥一眼值班台里的人，小声说："一家小旅馆，条件和咱学校的宿舍差不多。"

"啊？房间里没厕所没淋浴，那能住吗？"谢航难以想象，"要不你搬到我住的酒店来吧，我用 IEM 的名义给你订间房，房费折扣特大。"

"一晚上多少钱？"

"好像三百多，具体我没问。"

裴庆华试探道："那打完折多少钱？"

"这就是打完折的！标准价高多了。"

裴庆华兀自苦笑："我们公司住宿标准才三十五块钱，你这一天就顶我十天的，我可住不起。"

谢航便不再勉强，转而提议："那你明天早晨过来一起吃早餐吧，这么巧都在广州，怎么也该见个面。"

裴庆华忸怩着推托："早上我可能赶不过去……"

"反正我的房费里已经含了两份早餐，特棒，据说标准是每位六十八元。"谢航洞悉裴庆华的心思，又补一句，"不吃白不吃，你看着办，爱来不来。"

"来，我一定来！"裴庆华忙不迭地说。

谢航住在环市东路上的花园酒店，裴庆华一进大堂就被满墙金碧辉煌的巨幅壁画所震慑，经端详似乎是《红楼梦》主题。等他在荔湾亭餐厅找到谢航时不禁感叹："我这一路走过来的感觉，简直就是刘姥姥初进大观园。"

"那你再看看这个,"谢航笑着把广式早茶的点心菜单推到裴庆华面前,"见识一下人家的花样,这才叫眼花缭乱。"她又抬手指向四周的排档,"还有好多没列在上面,你去走一圈,想吃哪种直接点。"

"有干炒牛河吗?"裴庆华一边扫视菜单一边问。

"当然,不过那个太撑人了吧,还不如把肚子留出来多吃几种别的。"谢航冲他眨一下眼睛,"知道我为什么叫你来吗?两个人可以多选一些种类,这样我也能每种都品尝一下。对了,这个模式在制造业就叫多品种、小批量。"

裴庆华欣赏一番,选择困难症又犯了,干脆让谢航负责:"还是你点吧,什么都行,反正我一概没吃过。"他压低声音说,"在广州吃东西真好,不过在广州做生意真难……坏人太多。"

谢航一惊,等裴庆华把昨天的遭遇粗略述说一番之后她安慰道:"在商场上什么都可能碰上,早碰上比晚碰上要好。"

裴庆华心有余悸地说:"白白被人耍也就罢了,居然差点被抢,和我预想的完全不一样。"

"说明预想太脱离现实,你真应该在中关村多走一走,那才是坑蒙拐骗每天都在上演的地方。"

"我上班就在中关村,没感觉啊,都是挺老实巴交的科研人员。"

"实验室和商场是两个根本不同的空间。你们公司没给你搞过培训?"谢航摇头,"外企这方面真的很先进很专业,首先培训各种教训各种坑,商务洽谈和合同中的各种陷阱,连住酒店第一时间留意紧急出口位置都培训到了。"

"倒是有位老师培训我怎么坐飞机,不过他也是骗我玩儿的。"裴庆华憨笑,随即认真地说,"但你想过没有,你们能活下来靠的是培训,而像我这样的要想活下来靠什么?"

"悟性?历练?"

裴庆华摇头:"靠的是命硬。"说完自己挺开心地笑了。

"我真觉得老裴你挺有天赋的,像那个在螺钉槽里抹松香,我就根本想不到。"谢航说，"我反而觉得，像你这样自己摸爬滚打出来，一定比我们这些培训出来的更厉害。"

"我可没想那么多，能活着出来就不易。"裴庆华苦笑一下，"我的运气跟萧闯一比实在太差了，当然，脑子比他更差。"

"你是说他被亚苏选中的方案？"谢航掩口笑道，"那个真是他运气好，因为吧，我觉得他的方案有问题。"裴庆华不由得一怔，谢航解释说，"谐音是双向的，'不爱'连读听着像英语的'buy'，反过来'buy'听着就像'不爱'，那他的宣传语岂不成了'谁不爱亚苏？人人不爱亚苏'？"

裴庆华反复念叨几遍，确实发现正如谢航所说，急道："那你怎么不提醒他？"

"怎么提醒？他事先不肯说，我和你一样都是在他中选之后才知道的。既然亚苏没发觉有问题，我干吗说出来惹萧闯不开心，他好不容易才从低谷里走出来。"谢航忽然正色道，"老裴，你绝不可以把这个告诉萧闯！你要是胆敢走漏半句，我就把你和普渡大学的事告诉简英！"裴庆华忙唯唯诺诺地应承。

各种美点佳肴不断地上，大快朵颐的同时裴庆华对另一些东西也产生了兴趣，他问谢航："你刚才说 IEM 的培训很丰富，有没有教材资料之类的能让我也开开眼界？"

谢航想了想："那些东西每一页上都写着'仅限内部使用'……我得挑选整理一下，太敏感的肯定不能给你，尽量帮你找找吧，不一定有用。"

"肯定有用，开卷有益嘛，我是一张白纸，像进酒店先找紧急出口我就不知道……哎对了，这家酒店为什么给你们公司特大的折扣？"

"我们公司大嘛，而且出差人次特别多，还经常在酒店开年会、搞活动，所以就和这些在当地最高档的酒店签协议，公司承诺每年来多少人住多少晚，酒店承诺给我们多大的折扣。"

"那为什么非要找当地最高档的酒店呢？这么贵的地方，打完折还是很贵啊。"裴庆华想着就心疼,"要是住经济实惠的地方,打完折不就更划算了嘛。"

谢航笑道:"住高档酒店对公司形象有好处啊,客户还有合作伙伴都会相信我们公司的实力,像我这样的小员工也很有自豪感,这不只是住宿费,还是公关宣传费,比打广告更划算更直接,一举多得何乐而不为?"

裴庆华若有所思继而若有所悟,他问:"你们在各地都有这样签了协议的酒店? 那你们公司是不是有一个名单,每个地方签约酒店是哪个、什么样的折扣或者价钱?"

"应该……有吧。"谢航猜不透裴庆华用意,"大概在行政或者财务手里,订房和结算都归他们管,我只负责住。"

"那你能不能想办法帮我搞到这个单子? 不全也没关系,不是最新的也行。"

"你要干吗?"谢航狐疑地看着裴庆华。

"我们公司也可以去找这些酒店谈协议嘛,照这个单子按图索骥,到哪儿该找哪家谈、谈到多少算合适,一清二楚。"

谢航忍不住笑道:"老裴,就你们公司现在那点儿实力,人家都不知道你们是谁。"

裴庆华一本正经地说:"今天肯定不行,估计今年都不行,但没准儿明年人家就知道我们是谁了,明年不行就后年……"

"老裴,你忘了昨天的悲惨遭遇了? 你们公司现在的出差标准每天才三十五块钱,就算后年再找花园酒店谈协议,是不是惦记得也有点儿太早了? 你是不是更该考虑现在的事儿?"

裴庆华勉强挤出一点笑容:"若不惦记将来,谁能撑过现在?"

这句随口而出的话给了谢航很大的震撼,甚至后来一直记得。她仔细看了看对面坐着的这个人,这个昨天肩扛电脑沿着五山路踽踽独行、今天从简陋的住处跑来蹭吃蹭喝的人,心里惦记的却是有朝一日让自己的公司也像今日的 IEM 一般,这样的人究竟可笑还是可敬甚至可畏呢？谢航轻轻叹口气："老裴我挺佩服你的，萧闯的内心要是有你一半强大就好了，就不会跌倒之后这么久还爬不起来。"

裴庆华自嘲道："我压根儿不知道跌倒是什么滋味儿，因为长这么大我还没站起来过。"

"呸！你就装吧。"谢航转而又问，"你哪天回北京？今天有什么安排？"

"机票那么贵，来一趟当然多待几天，反正我食宿都不怎么花钱。今天我打算再去天河转转，看看当地行情，多走几家公司。"

"我们 IEM 今天下午在这儿有个发布会，针对华南地区制造业市场搞的信息化方案，你要是没特别的事就听听呗。你不是说开卷有益嘛，这可比纸面上的培训教材更生动。"

"真的？那太棒了，这么好的开眼界机会，我必须凑热闹。"裴庆华随即关切地问，"那你是不是还得赶紧准备？别陪我了，我已经吃饱了。"

谢航莞尔一笑："我发现你的抗打击能力真挺强，昨天刚被骗被抢，今天还想去天河扫街。"

裴庆华居然脸红了："说出来你可能不信，经过昨天那两场，我反倒觉得好像比之前心气儿更高了。"

"啊，老裴你受虐狂啊？"

"因为我发现，我们公司的人和那帮家伙不一样，如果市场上像他们那样的人占大多数，那我们也许真有机会，而且没准儿机会还不小。"裴庆华笑呵呵地说。

谢航再一次盯着裴庆华看一会儿，没说话，她见桌上的东西所剩无几，而裴庆华确实已经撑得再也吃不下，便招呼服务员结账。服务员拿来账单站在一旁，谢航问："我可以签房卡记账吗？"服务员点头说当然可以。

谢航拿出钱夹从里面取出房卡，裴庆华眼尖，看到钱夹里露出一张带有繁琐花边的卡片便好奇地问："那个是什么？"

"哪个？你指这个？"谢航顺着裴庆华的视线把那张卡片掏出来递给他，"运通卡。"

裴庆华接过运通卡两面翻看，不解地问："这是干什么的？会员卡？"

"广义上确实可以算作一种会员卡，准确地说是信用卡。"谢航笑道，"消费的时候刷它记账，然后再还款，这样就不用随身带很多现金，挺适合经常出差的人。"

"哦，这就是所谓的信用卡，听说过，却没见过。"裴庆华也笑，"我看这上面有个古罗马还是古希腊的雕像，还以为是什么博物馆的卡呢。"

谢航把运通卡和房卡一并收进钱夹，又说："这个是我们 IEM 给办的公司卡，你回北京可以问问中行或者工行能不能申请个人卡，我建议你去办一张，出差用起来很方便。"

"不管个人还是公司，只要能证明自己有足够的实力和信用，就能办下来这种卡吧？"裴庆华见谢航点头又接道，"你信不信？将来我们华研公司也可以给员工配上这种公司卡。"

"我当然信，干吗不信？"谢航笑着反问，裴庆华却很清晰地察觉到谢航并未把他的话当真。

下午发布会快结束时谢航在会场里找到裴庆华，问他感觉如何，裴庆华连声说棒极了，大开眼界。谢航笑说待会儿吃完饭别急着回你那个小旅社，我再带你开开眼界。

原来谢航所说的开眼界是带裴庆华到酒吧坐坐。从花园酒店出来穿过环市东路，对面有一片规模不小的工地，谢航扬手一指："正在盖的是广州世界贸易中心。"再往前不远就能看到文化假日酒店，谢航领着裴庆华拐进一座绿树掩映的房子。

找到一张小桌坐下，服务生拿来酒水单，裴庆华又不禁咋舌："一瓶啤酒十八块，北京才卖八毛钱。"

谢航笑着更正："是你们魏公村的小铺里卖八毛，在北京的酒吧也卖十八,没准儿更贵。"

虽然明知会是谢航买单可裴庆华仍然有些心疼,谢航的心思却已经转到正在台上唱歌的歌手。他个子挺高,面孔白皙,脸上挂着很阳光的笑容,唱歌间隙不时与酒吧里的客人插科打诨。谢航笑着对裴庆华说:"这人挺逗的,脑子特快。"

裴庆华说:"你是来听歌还是听相声?"

"你也挺逗。"谢航又一笑,"哎,我觉得你们俩都适合在北京发展,你们在广东都会水土不服。"

"是吗?你认识他?"裴庆华也来了兴趣。

"不认识,他刚才说他叫戴钧,估计现在没谁认识。"谢航很肯定地又说,"但我感觉他将来一定会火,而且不一定继续唱歌。"

裴庆华没看出这位歌手有什么过人之处,刚想请教谢航,但歌手已经开始唱那支裴庆华读研究生时百听不厌的歌——齐秦的《外面的世界》。

"外面的世界很精彩,外面的世界很无奈……"裴庆华的心好像被轻轻触动,他想到简英,想到简英身处的那个世界。外面的世界中的简英与他越来越远,他和简英究竟是谁在衷心地祝福谁,谁又依然在等待谁呢……

八

/

投名状

四月底的周六,灰头土脸的裴庆华一进门就看到萧闯和谢航正站在过道上恭候自己。他拍拍身上的土说:"我的天哪,这沙尘暴刮的,幸亏我是顺风从北往南骑,要不然这会儿还回不来呢。"

谢航忙捂住口鼻跑去拿来一条湿毛巾递给裴庆华,萧闯笑道:"老裴你这寿星老儿架子够大的,让我们等这么半天,要不是谢航拦着我,我早都把蛋糕吃了。"

裴庆华接过湿毛巾出门掸掸身上的土又进来,抱歉地一笑:"多谢二位记挂着,我也想早点儿溜回来,被头儿抓住谈事。其实这生日真无所谓,又不是整数大日子。"

"二十五还不算大日子?不仅逢五,而且你平安度过本命年,更得好好庆贺一下。"谢航纠正道。

三个人围着小折叠桌坐定,每人面前一碗长寿面,中间是一个不大的生日蛋糕。萧闯首先表功:"这长寿面是我亲手做的,切面也是我亲自去买的。"

谢航指着蛋糕嘿嘿一笑:"这蛋糕是我从丽都带过来的,一路精心呵护,生怕被沙尘弄脏了。"

裴庆华这时真有些感动,他冲两人一拱手:"啥也别说了,眼泪哗哗的……"

"别呀,这种关键时刻哪儿能不说啊。你先许愿,然后再发表一下感言。"谢航怂恿道。

萧闯解围说:"先吃面条还是先吃蛋糕?依着我还是先吃面条吧,凉了再一坨就不好吃了。"

"你呀是怕我们肚子里有了蛋糕就该更嫌你的面条不咋地了。"谢航揶揄道。

裴庆华按萧闯的意思先吸溜吸溜开吃面条,不时赞一句,又忍不住用筷子夹着鸡蛋端详:"都有蛋糕了,面条里就不用再卧鸡蛋了,太奢侈。"

萧闯嘴里满满的只好用筷子点戳裴庆华。谢航把碗里的鸡蛋拨给萧闯,然后去厨房拿来三个小碟准备让裴庆华切蛋糕。

就在裴庆华拿起餐刀将要动手时谢航忽然叫停,又跑去拿来刚买不久的奥林帕斯傻瓜相机,说:"差点儿忘了拍照,这么重要的历史瞬间必须记录下来。"

萧闯鼓捣几下设置好自拍,然后三个人与蛋糕拍了张合影。谢航忽然有些伤感地叹口气:"要是简英也在就好了,现在是三缺一。"

裴庆华的脸色立时黯淡,萧闯嘱咐谢航说:"这张合影记得多洗几张,让老裴给简英寄去,证明咱们没虐待他。"

谢航盯着裴庆华问:"简英没给你寄张生日贺卡?去年好像寄了……"

裴庆华支吾道:"应该会寄吧,大概在路上……国际邮件就是这么不靠谱,我们康朴的货就经常延误,你们 IEM 有没有这样的问题?"

谢航见裴庆华顾左右而言他,便振作情绪倡议道:"老裴你刚才许的什么愿我们就不问了,你今天整整二十五,就说说你三十岁的时候要达到什么目标吧。"

正在切蛋糕的裴庆华不太情愿地摇头。萧闯起哄："咱们仨都说，老裴你长者优先。"

"那我亏了，我离三十就剩五年了，你们还有七年。"裴庆华仍然摇头。

"你能不能别什么事都算计得这么清楚？"萧闯忍不住数落他。

"老裴，你离目标更近，所以你应该看得更清晰嘛，不像我们俩还迷茫着呢。你就说说呗。"谢航显然不肯轻易放过这一话题。

裴庆华一边把盛好蛋糕的小碟子送到二人手里，一边歪头想想，敷衍道："我三十岁的目标嘛，就是五子登科——妻子、孩子、票子、房子、车子。"

"真是个农民，还是晋西北的。你能不能有点儿出息？"萧闯毫不掩饰对裴庆华的鄙夷。

裴庆华满不在乎，反问道："那你的目标呢？让我见识见识你的出息。"

萧闯昂首挺胸，信誓旦旦地说："我在三十岁以前，必须能养得起谢航！"

"拉倒吧！谢航养你还差不多。你能不能现实点儿，争取三十岁的时候工资撵上谢航？"裴庆华觉得还不解气再补一句，"要不更现实点儿，三十岁开始挣工资？"

又被准确戳到痛处的萧闯登时泄了气，鼓起眼睛怒视裴庆华却无以回击。

"老裴你的眼光真有问题，"谢航挺身而出打抱不平，"我就坚信萧闯在三十岁的时候肯定比我挣得多，不信咱们可以打赌。"

"拉倒吧，我可不上当，到时候你们小两口联手摆我一道，我肯定输。谢航你三十岁的时候辞职回家生小孩，萧闯随便找个临时工干干，他挣的不就比你多了嘛。"裴庆华被自己难得的聪敏所折服，兀自笑了。

萧闯狠狠瞪裴庆华一眼,转而问谢航:"那你呢,你三十岁的目标是什么?"

"我刚才不是说了嘛。"

"你说什么了?"

"我说我三十岁的时候你肯定比我挣得多。"

裴庆华立刻指出:"那是萧闯的目标,不是你的。"

谢航头一扬:"萧闯的目标就是我的目标。"

屋子里瞬间冷场,萧闯被谢航的话感动得无以复加,搜肠刮肚思索如何回应;裴庆华思忖人家告白之时自己这个灯泡着实多余,只有大口大口闷头吃蛋糕。

谢航见状忙另寻话题,问道:"哎对了,明天是校庆,你们想不想回学校看看?"

萧闯刚堆砌好的辞藻顷刻被搅扰一空,他气鼓鼓地反问:"你觉得我会去吗?"

谢航赔着小心问:"咱们又不去找那些管政工的老师,就回去见见同学,也不愿意啊?"

"我愿意见的同学都在这屋里呢,你还想让我见谁?"萧闯再次瓮声瓮气地反问。

谢航一吐舌头,转脸眼巴巴望着裴庆华。裴庆华嗫嚅道:"回去见到老师同学,好像没什么可说的。"

"喂,今年是逢十的大庆,又是咱们毕业以后的第一次校庆,你们怎么都这态度啊?你们对母校也太没感情了。"谢航实在忍不住抱怨道。

"母校,有当母亲的那样跟自己孩子过不去的吗?!"萧闯不再克制,"谢航我告诉你,我不但这次不回去,以后也决不回去,你要想回随你便,别扯上我!"

裴庆华一看这架势忙插话:"按说是应该回去,但我估计无论本科还是研究生的同学恐怕都见不到几个,刚工作没几年肯定都各忙各的,当然也有像我这样混得不好没脸回去的。"

"哎呀你们男生的思维怎么都这么复杂啊……"谢航抓狂道,"就是回去凑凑热闹,多简单的一件事,就像春节去庙会一样嘛。"

"你如今是 IEM 的市场代表,挣的比所有人都多,你当然巴不得回去显摆。"萧闯说完就把脸扭到一边。

谢航闻言立刻堵到萧闯面前直视他的眼睛,萧闯再一次扭脸回避,谢航按捺住火气说:"看在老裴今天过生日的分上,我不想和你吵。我明天也不回学校了,但是萧闯你要明白,你不要以为我必须把你的好恶同样作为我的好恶!"

萧闯垂下头无声地收拾起桌上的碗碟,捧着要去厨房洗涮。谢航说:"你放那儿吧,我待会儿洗。"

"你不是要回家吗?"萧闯走到半路转回身诧异地问。

"你这是在撵我走吗?"

"不是不是,我刚才以为你不高兴了肯定就懒得搭理我,直接回家了。"萧闯忙不迭地解释。

"讨厌!我都跟家里说好了,今天不回去。"谢航嗔道。

裴庆华条件反射地起身去拿外衣和自行车钥匙,谢航忙招呼萧闯:"老裴又要躲出去,萧闯你看你把人家欺负成什么样了!"

萧闯忙过去按住裴庆华:"老裴,看在你今天过生日的分上,就不用去电影院刷夜了,外面还刮大风呢。"

"这……方便吗?"裴庆华迟疑地问。

第二天上午三个人兵分两路同时向北进发,裴庆华骑车,萧闯和谢航招手拦了辆"面的"。裴庆华骑到白颐路北端 302 路公共汽车的中关村起点站时,萧闯和谢航已经等了一阵,谢航向身后的祥云体育用品商店一指:"老裴你真不进去看看吗?里面运动服的牌子可全了。"

裴庆华跨在自行车上说:"我进去过,太贵。"

"你又不赶时髦,质量好的运动服能一直穿好几年,其实挺划算的。"

"咱俩标准不一样,你觉得划算,我觉得算了,这儿的运动服主要贵在牌子上,都是进口名牌。"裴庆华又问,"你们就一直在这家逛?"

萧闯一撇嘴:"谢航买衣服比做衣服都慢。"

裴庆华笑道:"你们逛一家店,我要逛一条街,咱们就此拜拜。"然后冲两人一挥手,脚下一蹬开始向南骑行。

从中关村到白石桥的这条大路沿途种有三组白杨树,路的东西两侧各一组,路中间还有一组,将双向的车流隔离开。每组大树又分成错落有致的两排,两排树之间各是一条排水沟。每到夏天时节枝叶繁茂遮天蔽日,形成一条名副其实的林荫大道。

没蹬几下裴庆华就注意到路东一座不起眼的房子,上面挂的大牌子是北大新技术公司,更醒目的是从楼上垂下来的宣传语:"告别铅与火,迎接光与电",裴庆华自然知道这就是北大的王选带人搞激光照排机的地方。

前面要经过一个丁字路口,裴庆华干脆从车上下来推行,这个路口向西不远便是北大南门,他依稀能望见长征食堂的门脸。很快又是一个丁字路口,不过这个与刚才北面那个不同,这里分出一条路一直向东,通到裴庆华上班地点所在的保福寺,这个丁字路口正处于中关村一条街乃至整个中国科技产业的最核心。东北角有两家公司的招牌最大,一家是希望电脑,一家是中国大恒,马路对面则是鼎鼎有名的科海公司。路西则是一排很拥挤的门面,像中自公司、康拓公司都扎堆其中。往南一点的路东有一座三层楼,一楼和三楼是四通,二楼是联想,两家公司一个赛一个大的招牌把楼面到楼顶包得严严实实。再往南就是颐宾楼,商贾云集之地。裴庆华在路边锁好车,走进这几个最红火的门市徜徉,既看各色货品更看各色人等,既看卖货的也看找货的,这里的芯片、电脑和炸鸡都是美国的,面孔、人声和欲望都是中国的。

裴庆华逛了好一阵才出来,推车到路西再上车南行,经过黄庄邮电局附近便注意到这一带的商家已经从芯片和电脑转为通信设备,耳边萦绕的都是"摩托罗拉寻呼机,随时随地传信息"。再往南走,似乎科技气息渐渐让位给生活气息,音像店开始出现,店门口的音箱里播放的都是诸如伍思凯的《特别的爱给特别的你》和黄家驹的《光辉岁月》。

时间已到中午,裴庆华把车停在黄庄修车铺门口,让师傅把松了的闸皮紧一紧,顺便在旁边的黄庄包子铺买了十个包子,一口一个吃完,人和车的状态都焕然一新便继续南行。

弥漫的生活气息很快又被浓郁的文教气息取代,夹在人大附中与人民大学之间的大华衬衫厂门口总算又见到诸如大洋图像这样的科技公司的踪影。穿过三环路便是友谊宾馆,裴庆华骑进去兜了一圈,因为康朴曾经有意在友谊宾馆开设办事处,所以他格外留意,果然在各座小楼门口见到不少美国和港台厂商的铭牌。

从友谊宾馆出来裴庆华加快了骑行的速度,北京理工大学和中央民族学院一闪而过,行经魏公村萧闯家的路口时他过家门而不入,直奔北京图书馆新馆。骑到白石桥和首都体育馆的路口才停下,往东能看到西苑饭店,往南能看到新世纪饭店,这两处已经汇聚了不少家国外厂商的驻华机构,但裴庆华没打算再去一探究竟,他的中关村电子一条街走马观花之旅至此已到终点。

裴庆华回顾他这一趟骑过来大概十里路的样子,脑海中竟立刻蹦出"十里洋场,冒险家的乐园"这句话,内心不禁怦然一动,都是十里,仅仅是机缘巧合?难道不是天意开示?这十里白颐路如今不也正是创业者的乐土吗?他又回想这一路所看到的各种画面,脑海中竟然是一抹抹的蓝色,或深或浅、或明快或沉郁,四通、联想是蓝色,英特尔、摩托罗拉是蓝色,而世界上最广阔的海洋和天空不也是蓝色的吗?海阔凭鱼跃,天高任鸟飞,这蓝色难道不正是对他的一种召唤吗?

中关村这块天地确实够广阔的,以至于同一时间也在白颐路沿途走访的谭启章和林益民,与裴庆华几次相向而行却始终不曾碰到。

星期一刚上班裴庆华就急匆匆来敲室主任的门,谭启章和林益民都在，裴庆华进门就说："谭老师、林老师，咱们得尽快在一条街上找个能被人看得到的门脸，不能老窝在这研究所的院子里，虽然咱们离中关村的直线距离也就一两百米，可实际上是内外两重世界。"

谭启章与林益民对视一眼，笑着问："小裴，你有什么具体想法？"

"倒没什么特别具体的想法，但这个念头已经动了好久。到目前为止咱们华研的客户和合作伙伴无非来自两个渠道，一个是登门修微机或者找备件的，一个是咱们走出去访谈搞定的，反正我没遇到过主动找上门买机器的。想修机器的客户肯定会直接查询厂商指定的维修服务机构，所以人家很容易找到咱们，但那么多想买机器的单位或者想代理微机的公司，他们会去哪儿？中关村！咱们虽然在广义的中关村里，但是在狭义的中关村外，一箭之遥这么点距离却是客户不愿逾越的天堑，所以咱们必须开进到狭义的中关村里去。"

"你自己进村儿侦察过没有？"谭启章又问。

裴庆华有些不好意思："每天路过两回，但就是路过而已；经常也会去逛，但都是到地方买完东西就走，没用心了解。昨天我才头一次真正走一遍，在四通和联想的门市还有颐宾楼我都专门做了统计。"他拿出几张纸放在桌上，"我对客流做了些初步分析，有多少是有约在先的，有多少是挨家挨户扫过来的，有多少是心里有目标来询价比价的，有多少是自己没主意来咨询的……"

"你怎么分得清谁是哪一类？"林益民插问。

"这倒不难，一看、二听、三跟踪。"裴庆华笑道，"昨天是星期日，有不少是自己攒机器的发烧友；如果是工作日，有意向有预算的单位来了解行情的会更多，咱们失去了很多宝贵的生意机会啊。"

林益民故作神秘地说："我们昨天看见你了，和一个挺漂亮的女孩，是你新女朋友吧？"

裴庆华一怔："在哪儿？就我一个人。"

"林老师逗你呢。"谭启章笑道，"不过昨天我和林老师确实也在中关村转了大半天，你说的几个地方我们也走了走，但不是重点。小裴，肯定你也注意到了,中关村里各种各样的场所不少,各种经营方式也有,你觉得咱们找什么样的地方合适?"

裴庆华想一下:"我昨天一边看一边琢磨,适合咱们的地方其实不太好找。既要有足够多的客流又最好只限于单位客户,起码要把那种就想买个电源风扇或者内存条的人过滤掉;既要有人气又要有足够的档次,虽然我不在乎站柜台或者发传单揽客,但总该有个安静的环境可以给大客户们打电话;当然面积和价格也必须要考虑。"

"你堂堂硕士高才生真愿意站柜台或者发传单?"林益民故意挑战。

"没问题啊,我这几个月干的不少活儿比站柜台、发传单高端不到哪儿去。"裴庆华笑着说,"面子对我从来不算事儿,我关心的是效率问题。"

谭启章追问:"你有没有中意的地方?"

"多数临街的小门脸肯定不行,里面就是几张柜台,没有进深,也就适合卖电子元器件或者外设之类。友谊宾馆那种也不行,虽然办公挺合适,但不会有偶然上门的散客,那就达不到搜集生意机会的目的。我觉得联想和四通那样不错,门市部在一楼,人来人往各种信息最快最全,而办公又在楼上,动静分开,有点像古时候的客栈,楼下应酬、楼上住店。颐宾楼也不错,在一楼弄个门脸,在楼上租间房办公。"裴庆华侃侃而谈。

"可惜啊,你说的这几个地方都被人占满喽。"林益民摇头。

"但必须得在中关村占有一席之地啊。"裴庆华发急道,"虽然咱们的业务主要靠发展代理商渠道和大客户销售,但在中关村没有门面怎么搜集市场信息和项目机会? 起码得有个耳目吧,要不在颐宾楼里租个柜台,我在那儿蹲守。"

谭启章又和林益民会意地相视一笑,说:"小裴,你的态度很不一般,肯动这个心思说明你真想把咱们华研搞好。而且你的能力也很不一般,因为和我们的想法基本一致。结合咱们华研的特点,我和林老师认为需要有两个不同的经营场所,因为咱们毕竟有一块维修业务,需要不少的面积和人手,要能找到那种前店后厂的地方当然好,但一是恐怕找不到,二是即便有价钱也会很高,所以我们准备和旁边的小学谈一下,租借他们的教室和库房,把技术服务中心搬过去;另一部分就是你说的挤进中关村站住脚,这个嘛,我和林老师相中一个地方,不过你昨天肯定没走到,因为整个楼都还没投入使用呢。"

"哪儿啊?"裴庆华好奇地问。

"科贸中心,在白石桥,新北图的北面、奥林匹克饭店对面。"林益民答道。

谭启章介绍说:"规模挺大的一座建筑,施工已经完成。位置很好,在中关村核心区域和外商集中的西苑、新世纪饭店之间,正符合咱们的特点,华研不就是在康朴这样的外企和国内各地代理商之间嘛。很多公司已经签好合同准备进驻,两通两海还有联想都会去,所以肯定能成气候,将来人气不是问题。"

林益民苦笑道:"可惜咱们动作又晚了,朝向白颐路的房间全被租满,咱们只能租背阴的房间,想在窗户上贴广告都没人看得到。"

裴庆华兴奋不已:"那咱们什么时候搬过去?"

"大概七八月份吧,咱们还得在这儿再窝一阵子。"谭启章笑答。

"小裴难得啊,"林益民夸张地竖起大拇指,"没有比较就没有鉴别,也有员工吵着要换地方,但他们想的要么是离家近要么是档次高,像你这样完全为公司考虑的还真没有。"

谭启章微微颔首:"说明小裴是真把华研当作自己的公司了。"说着走到墙边面对墙上贴的中国地图,一手叉腰一手指点道,"我和林老师商量好,打算把全国市场划分为若干大区,每个大区由专人负责,要把所辖大区内的渠道拓展和市场销售都担起来,直接向我和林老师汇报。我看就按解放军那套来,咱们也搞八大军区,负责人就像军区司令,华北、华南、华东、华中、东北、东南、西北、西南。小裴,这个机会优先给你,你头一个挑,要哪块?"

裴庆华被这突如其来的器重与尊荣搞得不知所措,经林益民催问才回过神来,他边想边说:"华北包括北京吧?北京一个地方的商机就能占到全国的五分之一甚至四分之一,这么重要的市场肯定得你们二位亲自坐镇……"

　　"那你就坐镇华南。"林益民随即坏笑着一眨眼睛,"跑广州、深圳你可少不了坐飞机哟……"

　　裴庆华立刻想起飞机上的尴尬与在广州的遭遇,不由得红着脸摆手:"求您饶了我吧,我对广东水土不服。"他暗忖上海的市场潜力仅次于北京,又有刚起步的浦东大开发,前景十分了得,便底气不足地说,"要不我试着做做华东吧,要是迟迟打不开局面你们再换人。"

　　谭启章用手指戳在地图中上海的位置,想了想又问:"再挑挑,还对哪儿有兴趣?"

　　裴庆华的心一凉,想必是自己的觊觎超出了谭启章的预案,也是,上海、江苏和浙江涵盖了中国最大的经济区,这么大的肥肉怎么可能轮得到自己。他平复一下心情,转而说:"或者,东北?我是北方人,块头也不输给他们,可以去试试。"

　　"又不是让你去打架。"谭启章笑问,"还有没有?"

　　裴庆华的心已经凉透了,瘦死的骆驼比马大,毕竟东北有着众多的大型国有企业,自己还是趁早死了心干脆去捡铁定没人要的地盘吧,他有点赌气地说:"那我就做西北,做不起来就干脆回老家种地。"

　　谭启章与林益民相视一笑,谭启章的手在地图上很有统帅气度地一挥:"我看这样,简单点儿,凡是沾'东'字的都给你,华东、东北、东南,连成一片,你跑起来也方便,怎么样?"

　　裴庆华简直不相信自己的耳朵,没容他反应过来林益民已经笑道:"厉害呀小裴,八个大区你一下子拿走三个,这会儿怎么样感觉?裴司令。"

　　裴庆华直挠头:"啥裴司令,听着像赔死了……谭老师、林老师,你们把这么大这么重要的市场交给我,我恐怕扛不起来……"

谭启章走回桌旁站在裴庆华面前,突兀地问:"你比我小二十岁,今年可是二十五?"

"确切地说,是二十五岁零两天。"裴庆华憨憨地笑道。

"嗯。"谭启章点头,"如果把华研看作是一个大家庭,我和林老师以及其他几个老人儿就是第一代,你还有小戚他们是第二代,早晚有一天华研要从我们这代传到你们手里。传给谁?传给真正把华研当自己家的人。你在广州的事我听说了,拼命也要保住咱们的一台样机,能这样做就说明你和我还有林老师是一样的人。我本事不多,只有两套,一套是看得准时势,一套是看得透人。小裴,我不会看走眼。"

林益民插道:"小裴,即便你不信自己,还能不信我们吗?"

裴庆华忽然感觉眼睛有些湿润,喉头也开始发紧,这辈子他还是头一遭这么被人当回事。压在他肩头的不只是三个大区的重担,更是一份信任、一份倚赖、一份赤诚,遇到这样的老板难道不是人生的一大幸事?际遇若此,夫复何求?裴庆华苦于找不到适当的词句来表明自己的心迹,窘了片刻从衣兜里掏出一个棕红色的小本放到桌上说:"谭老师,这是我的护照,前几天刚拿到。我想……把它交给您,请您替我保管。"

谭启章肃然伸手拿起护照说:"小裴,我明白你的意思,你的这份心让我真的很感动。你对公司的感情我们都清楚,你要在公司做下去的决心我们也都清楚,护照你拿回去,不用放在我这儿。"说着就把护照递回来。

裴庆华没接,很诚恳地说:"您就替我收着吧。好不容易下的决心,还不知道怎么跟我女朋友交代呢。这护照就当作是我给咱们华研公司立的投名状吧。"

谭启章显然动了感情,他向裴庆华郑重伸出右手:"小裴,再一次欢迎你加入华研公司!"他和裴庆华紧紧握手,又扬一下护照说,"我会把你的护照和咱们公司的营业执照正本一起锁在保险柜里,还有我和林老师的护照也放进去。就像林老师以前说的,要是公司能办好,咱们就一起办下去，如果干不成，咱们就一起走！"

林益民接着说："小裴，从一开始我和谭老师就非常看好你，觉得你很不一般呐。"

裴庆华顿感无地自容，低下头惭愧地说："我到现在什么像样的业绩都没做出来，只捡了一些零打碎敲的小单子。"

"说半天又绕回来了。"林益民耐心地说，"创业艰难百战多，哪有那么容易？我们始终看好你、相信你。"

谭启章也说："小裴，你也要相信自己，相信咱们华研，往大了说要相信咱们国家。能量这东西压抑得越久爆发得就越猛，对于一个人来说是这样，对于一个国家也是这样，不信咱们就等着瞧。"

九

黑夜中看不到光，并不意味曙光不会到来

六月下旬的北京正是第一波暑热降临的时候，裴庆华满头大汗赶到华研公司寄居在小学里的办公地点，他这些天起早贪黑在外面跑项目、找代理，很少回公司。正巧课间操结束，楼道里挤满刚从操场上跑回来的小学生，裴庆华一路闪转腾挪总算接近位于楼道末端的公司，却看到公司门口围着不少小学生。裴庆华一边吆喝"借光、劳驾"一边挤到门口，却没留意孩子们正用殷切的目光仰视他，他刚向里推开房门就听身后响起一片欢呼。惊愕间他迅速回头，竟看见一众学生的脸上都呈现出享受与陶醉的表情。

裴庆华正不明所以，一高个男孩开口问道："叔叔你们公司是做什么的？"

"搞电脑的。"

"那你们是装电脑的还是卖电脑的？"

"又装电脑，又卖电脑。"裴庆华愈发懵懂。

"那你们的电脑好不好？卖得贵不贵？"

裴庆华刚要简单讲解一番忽听上课铃声骤起,孩子们异口同声发出一片惋惜甚至带有些许哀怨的叹息,然后迅速转身像一群小兽似的四散而去。

莫名其妙地关上门,裴庆华走进公司,一眼看见小戚就问:"门口怎么围着一群孩子?"

小戚头也不抬见怪不怪地答道:"蹭空调的。"裴庆华一时没反应过来,小戚又说,"咱们这儿不是整天有一堆机器又维修又测试的嘛,谭老师一咬牙就同意装了空调。那帮小子一下课就跑门口守着,专等有人进出,一开门里面的冷气往外一吹,他们站十分钟就图这几股凉风。"

"哦——"裴庆华恍然大悟,"难怪他们缠着我问这问那,就是想让我慢点儿关门。"

"你看,连小孩子都能一眼看出你容易上当受骗。"小戚坏笑,"我每次都成心逗他们,故意把门只推开一条窄缝,一闪进来就立马关严,哈哈……"

"小戚,让这些孩子对咱们华研留下好印象没坏处,也许现在他们的父母单位里正想买微机呢?或者再想远一点,将来他们长大了自己想买微机,不就是咱们的客户了嘛。"

"小裴,"小戚斜眼一翻,"你想的是不是有点儿太远了?"

"你这家伙……"裴庆华刚想数落小戚就见林益民推门进来,正要打招呼,却见林益民脸色乌青已经快步走进这间教室最里面临时隔出来的小屋。

小戚看一眼小屋,对裴庆华紧张而神秘地说:"你还不知道吧?出大事了!金通的燕总被抓了!"

小屋里的谭启章一见林益民就起身问道:"怎么样?有没有确切点儿的消息?"

林益民把门关严,摇摇头:"什么样的说法都有,但有一点是肯定的,这次燕总和金通恐怕是彻底完了……"

谭启章默默坐下，手指尖在桌面上无意识地敲击，林益民给自己倒杯水喝一口又说："那个场面实在是……太吓人了。老谭你没亲眼所见，肯定想象不出那种震撼，那种……恐怖。我家就在燕总住的80号楼对面，那么些车、那么些人来抓她，我亲眼看见她双手铐在前面，忽然感觉我自己的手腕也冷冰冰的；那些人把她往大吉普里一推，我的心就一沉，心说完喽，就像是我被抓进去似的。"

"这是你讲的第三遍，"谭启章用指关节在桌上一敲，"昨晚上跑到我家讲一遍，早晨一见面又讲一遍，这是第三遍。"

"可见这事对我刺激有多大！你听三遍比不上我看一遍，知道吗老谭，昨晚上我骑车去找你的路上，我这两条腿一直不停地打战。"林益民仍然心有余悸。

"走私这种事属于经济问题吧？是不是关键在于金额？"

林益民压低声音："关键就是金额太大，巨大！这性质可就严重了，试验区都没法出面为她说话。"

"究竟多大？几百万？"

"几百万？"林益民不屑地重复道，"说出来吓死人，当场查获的就超过两千万！据说之前已经干过好几次，所以加起来的数字肯定更不得了。"

"有没有打听到金通究竟是怎么走私的？"

"几次应该都是从天津进来，假装从香港买了一批货，至于每次是什么货就要看哪种货的批文好弄而且关税低。在天津上岸以后按理应该原封不动运到内地再报关，但他们直接把货拉到北京，就在金通公司的库房开箱，把里面偷运的微机之类全卸下来，再把事先备好的批文上注明的货装进去封好，然后拉到目的地的海关，好像货是从香港进口似的，其实是刚在北京装的箱；而在香港上船的那些微机已经在北京市场销售，一分关税没交，你想想这利润得有多大。"

"这招偷梁换柱，技术含量好像不怎么高啊……"谭启章喃喃地说，随即质疑道，"你听到的确实吗？会不会是以讹传讹、人云亦云？

这样机密的事应该只有很少几个人了解。"

"问题就出在这里,金通上上下下很多人都知道,连每次假冒进的分别是什么货都一清二楚。"林益民下意识地回头看一眼屋门,小声说,"都在传,就是金通内部的人举报的,估计是燕总以前得罪过什么人。"

谭启章叹口气:"燕总就是这种风格,啥都敢干,谁都不怕,要不然既不会有昨天的成就,也不会有今天的下场。"

"老谭,你说这事会不会是下面的人背着燕总干的?或者燕总仅仅是知情而已,那样的话罪名就小很多,只是纵容或者失察吧。"

"绝不可能。"谭启章摇头,"下面的人就是拿一份工资而已,犯得着冒这个险?他图什么?而且燕总的风格向来事必躬亲、说一不二。"

林益民也不由得叹息:"金通是国企吧?其实燕总也就是拿一份工资而已,唉……她呀,是真把金通当成她自己的公司了。"

沉默半晌,谭启章幽幽念叨:"物伤其类,秋鸣也悲啊……"

林益民立刻紧张地问:"老谭,咱们这点小打小闹不会也被人盯上吧?"

"当然不会,咱们算啥,收拾掉华研不会给他们带来任何成就感,唉,小有小的好处啊。"谭启章苦笑过后又不禁感慨,"做企业的,即便没问题人家也能找出你一堆问题,何况这年头哪个没问题?时时刻刻都必须战战兢兢啊……"

"老谭,金通这事也许是一个信号,杀一儆百?我看咱们还是得夹着点尾巴。"

"我们是人,堂堂正正的人,又不是猴子,哪儿来的尾巴?!"谭启章愤愤说完旋即又冷静下来,"环境不好的时候还是先求生存,日后再图发展吧。"两个人无言地枯坐半天,谭启章忽想起什么又说:"对了老林,媛媛过些天就要中考,我们家要对她重点保护,你最近晚上别往我家跑,有事公司说。"

林益民点头应承:"真快,媛媛都要上高中了,我家那俩虽然比媛媛晚两年可转眼也都大了,而咱们还一事无成呢……"

谭启章望着林益民,什么也没说出来。

裴庆华到家的时候萧闯居然没在,天快彻底黑下来时萧闯和谢航才各自手拿一把大蒲扇施施然归来,原来两人实在耐不住暑热出去乘凉了。

萧闯一见裴庆华便扬一下手中的信:"老裴,你最近的习性有些异常,以前天天催我下楼取信,如今要不是我忽然想起来瞅信箱一眼,你都忘了还有海外关系这码事了吧?"

"别瞎说,老裴一天到晚忙得要死,哪儿像你整天游手好闲的。"谢航用蒲扇拍萧闯后脑勺一下。

"本来就是嘛。"萧闯咕哝一句,把信扔给裴庆华。

裴庆华被萧闯的一番话弄得一怔,这才恍然意识到自己的内心确实在发生变化,而他竟浑然不觉,倒是被素来大刺刺的萧闯一语道破,想必谢航早已有所觉察只是未曾点明而已。当裴庆华伸手接过简英的信,瞬间的第一感觉又把他自己吓一跳,当初手指每每触碰到简英来信时的那种幸福感与急迫感不复重现,取而代之的是淡漠,甚至竟然有一点点排斥,仿佛在潜意识里不再希望自己的一方天地受到任何打搅。

裴庆华默默回到自己床边看信,萧闯和谢航也默默走进萧闯房间,但没关门,而是不约而同望着客厅的布帘,似乎都预感到某个时刻即将到来。果然没过多久,客厅的布帘唰的一声被拉开,裴庆华手里拿着一沓信纸走出来,面无表情地说出一句:"简英知道了。"

谢航条件反射似的站起身,举起右手说:"我发誓,我给简英的信里绝对没有透露一丁半点。"

"我发誓,我根本就没和简英通过信。"萧闯也起哄地举起右手。

"我知道,和你们没关系,是简英自己发现的。"裴庆华颓唐地坐到写字台旁边,"当初真不该图省钱把申请资料寄给简英让她寄给学校,所以她很清楚我都申请了哪些学校哪些专业,见我这边一直没消息她就直接和各所学校联系，费了不少劲但还是都问出来了。她特意开车去了普渡，所以她知道普渡录取了我，也知道我申请把春季入学改到秋季，也知道我最后没交入学押金……"

"啊，简英都会开车了？厉害啊她！车是买的还是借的？"萧闯刚问几句就被来自谢航和裴庆华两个方向的怒视封了口。

谢航问："老裴，你的第一反应是后悔让简英替你寄申请资料？难道你以为要不然就可以一直瞒下去？难道你真想一直不告诉简英？"

裴庆华僵了半天才嗫嚅道："我的意思是，由我自己告诉她要比被她发现……好一些。"

"那你为什么迟迟不告诉她呢？"谢航不依不饶，"当初商量好的是先缓几个月等你拿定主意再说，而不是一直瞒着不说吧？"

萧闯用胳膊肘碰一下谢航："这是人家老裴和简英之间的事，你跟着瞎掺和什么？"

谢航一甩头发："我早已经掺和了，当初那个主意就是我给老裴出的，将来我还怎么面对简英？"

裴庆华低着头说："和你没关系，是我自己拿的主意。"

谢航把脑袋探过去想盯着裴庆华的脸："老裴，你一直拖到现在，不会就是想让简英自己发现吧？"

裴庆华把脸扭到一边，否认道："当然不是，我哪儿有那么多想法，就是前一阵太忙乱，没顾上。"

谢航转而问萧闯："他这话你信吗？"

萧闯一脸无辜地夹在中间，干咽一口唾沫，问裴庆华："简英在信里说什么了？"

"她倒没说太多，就是让我自己想明白，然后明白告诉她。"

"就这些？没说她希望你做出什么样的决定？"谢航愈发急切，"她的意思难道是，无论你怎样决定，她都接受？"

裴庆华看一眼简英的信："她说，希望我弄明白我究竟想要的是什么，然后遵从我的内心。"

"她没劝你去美国?"

裴庆华摇头。

谢航无声地叹口气,萧闯忍不住问:"怎么了?"

"你真想让我说?"谢航反问,见萧闯和裴庆华都期待地望着她,便狠下心道,"好吧,那我就明说。以我对简英的了解,如果老裴你决定放弃,简英不会对你说一句挽留的话。"

萧闯看看谢航又看看裴庆华:"不至于吧……"

"你指什么? 是老裴不至于放弃简英,还是简英不至于连一句挽留的话都不说?"

"我觉得……"萧闯又咽一口唾沫,"都不至于。"

谢航白萧闯一眼,转而问:"老裴,你现在到底怎么想的?"

裴庆华无意识地把手里的信叠好又打开然后又叠好,萧闯忽然说:"好像女生叠信的式样有门道? 谢航你看看,简英有没有什么暗示,比如最后通牒之类的?"

谢航不以为然地瞥一眼,简英的信果然是再普通不过的两次对折而已,鼻子里便哼一下:"你以为简英是喜欢搞那种把戏的小女生? 你也太不了解她了。"

萧闯觍着脸赔笑道:"我了解你就行了。"

谢航懒得理他,再一次催促裴庆华:"老裴,你倒是说话呀……"

"我在想,人生和感情都不该像计算机的二进制,应该只是'0'或'1'两个选项吧。我要么去美国,要么和简英分手? 就没有其他可能性吗? 比如,我在北京发展,简英过几年也回北京,这不就两全了嘛,你们说呢?"

"我说啊,你这是做梦!"萧闯当头棒喝,"好不容易出去了,回来干吗? 像我一样混吃等死?"

"我们说有什么用,关键是简英怎么说。老裴你觉得简英会回来吗? 你估计简英会等你几年?"谢航又追问,"你真打算这样给简英回信?"

裴庆华像下定决心似的站起身:"我会告诉简英,近期我不会再考虑去美国念书的事,而是争取在公司干出个样来,她读完硕士就回来那再好不过,如果……"

"如果简英有其他想法,你会劝她回来吗?"谢航忧心忡忡地问。

裴庆华把脸扭向窗外,喃喃地说:"我会尊重她的想法。"

"唉——"谢航长叹一声,"你和简英实在是太像了。"

没人知道裴庆华这一宿究竟经历了怎样痛苦的权衡与抉择,第二天一早,他瞪着充满血丝的眼睛把一封信递给萧闯:"你今天有空去邮局帮我寄了吧,回头我把邮票钱给你。"

萧闯正在刷牙,两只手都占着,吐一口白沫说:"一张邮票的事,还提什么钱不钱的,老裴你真没劲!"

"国际航空,好几块呢。"

萧闯瞟一眼信封,收信人是"Ying JIAN",便笑道:"哟,给简英的,那估计得超重。"说着便腾出一只手接过信封,就在这一瞬间他的笑容骤然僵住,与他预想的全然不同,裴庆华熬了一整夜写成的非但不是万言书,反而是轻轻的大概只有一张纸。萧闯愣愣地望着裴庆华,裴庆华已经扭头走向门口,萧闯的手无力地垂下去,他忽然感觉手中薄薄的信却仿佛越来越沉……

八月中旬北京下了一场透雨,热度终于消减了几分,骑着自行车在白颐路上奔波的裴庆华也不像前几日那样辛苦,便有了心情回公司吃午饭。他刚跨上自行车就感觉腰间的 BP 机忽地振动,低头一看是萧闯家的号码,只得又从车上下来,走向不远处的公用电话。

铃声只响一下萧闯就接起来,急促地说:"苏联政变了! 电视上正播呢!"

"谁变了?"裴庆华没反应过来。

"苏联! 戈尔巴乔夫下台了,进入紧急状态了!"萧闯没头没脑地又说。

"哦,那可真够突然的。"裴庆华一边搭话一边寻思这事和自己究竟有多大关系,问道,"你说这是好事还是坏事?"

"说不好,但肯定是大事!"

裴庆华有些不以为然:"晚上我回家看《新闻联播》呗,早知道晚知道有多大区别,你至于急吼吼地呼我吗?"

"你呀,光拉车、不看路,这么大的事你以为闹着玩儿的? 全世界都会受到影响。"萧闯忍不住教训。

"哦,那我就更不用操心了。"裴庆华没心没肺地笑道。

没过多久裴庆华就开始深刻体会到此事对他的影响。华研公司刚刚从小学教室搬到白石桥的科贸中心,乔迁的喜悦还没散去,新桌椅的油漆味还飘荡在鼻息里,谭启章便一脸凝重地把林益民、裴庆华和另外两三个人叫到他的房间——所谓的总经理办公室其实仅容得下一张总经理办公桌。

谭启章声音低沉地说:"刚才所里来电话,通知咱们华研公司全体党员以后每星期的二和五下午都要回所里参加政治学习。"

"一周两次?"林益民惊呼,"这也太频繁了,比前两年更厉害,这还怎么做生意?"

"书记刚在电话里说了,要咱们务必端正态度,充分认识到东欧剧变尤其是苏共解散所揭示出来的风险与挑战,深入开展反对和平演变的系列教育。"谭启章把记事本合上,"还说了,要把这项工作看成重中之重,谁也不许以各种借口敷衍塞责。"

裴庆华问:"每次学习大概多长时间?学习结束再回公司上班,应该不会耽误多少事情。"

林益民没好气地说:"小裴,你以为每次带耳朵去听俩小时就完了?肯定得写出心得体会,结合实际、联系自身,等着瞧吧,有你熬夜忙活的。"

"那就写呗。"裴庆华憨憨地笑。

等其余几个人都出去了,谭启章望着窗外逐渐西沉的落日,忽然问："咱们和科贸中心的租约签的是几年？"

"三年。"

"押金付了几个月的？"

"押三付三。"林益民像是刚明白过来，"老谭，你问这些干吗？不会是想打退堂鼓了吧？"

谭启章苦笑："如果人家不让干公司了，咱们连退堂鼓都没的打就得走人。"

临近国庆假期谭启章找到裴庆华："小裴，过节有什么安排吗？"裴庆华摇头，谭启章便说，"那我想请你帮个忙，我闺女刚上高一，这学期开始教立体几何，学了一个月好像没怎么入门，单元测验不够理想，你看能不能抽时间辅导她一下？初中代数那点东西我还能将就应付，一升高中我这家教就只能下岗了。"

裴庆华挺干脆地答应："没问题，反正我闲着也是闲着。不过，我学立体几何也是十年前了，估计得先重温一下。"

"不用，才讲一个单元，不会有多么深奥复杂的东西，我就是感觉她可能思路上没开窍，你想办法点拨她一下。"

"我尽力吧。"裴庆华又问，"谭老师您看在什么地方辅导？科贸中心、小学那边还是所里？"

谭启章想一下："去所里吧，离家近。"马上又问，"不过小裴你好像离科贸中心更近？"

裴庆华忙摆手说："您不用考虑我，我都方便。"

放假头一天裴庆华早早来到所里，重又坐在大实验室里那个面朝门口而又离门最远的位置，从包里拿出一本《高一立体几何双基训练》，这是他特意跑到海淀镇里的新华书店买的。他翻开书看了没一会儿，有人轻轻敲门，他朗声说"请进"，门被无声地推开，一个女孩怯生生出现在门口。

裴庆华站起身，女孩绕着试验台走过来，穿着一身很不合体的红白两色运动服款式的校服,嘴唇翕动显然正要张口称呼,裴庆华暗自念叨千万别叫我叔叔,女孩已经点头问候:"裴老师好!"

"别别,我管你爸叫谭老师,你如果再管我叫老师,你爸不就成你师爷了吗……"裴庆华的玩笑并没让气氛变得轻松,女孩窘得更不知如何是好,裴庆华嘀咕道,"你爸比我大二十岁……"

女孩脱口而出:"那您比我大十岁。"

"嗯——"裴庆华想了想,"你就叫我老裴吧。"

"那不好,太没礼貌。"女孩也想了想,"那我叫您裴大哥吧。"

裴庆华又想了想,点头说:"也行。对了,你叫什么名字?"

"谭媛。"

"哪个字?"

"女字旁,右边像'爱'又不是'爱'。"

"哦,名媛的'媛'。"

"'名媛'这个词不好,我不喜欢。"谭媛立刻不满道。

"哦,可我想不出还有什么别的词。"裴庆华有些尴尬。

谭媛转而问:"那您叫什么名字?我爸只告诉我您姓裴。"

"裴庆华,大庆的庆、中华的华。对了,你以后别用'您',就用'你',好不好?"

"那不好,太没礼貌。"

裴庆华认真地说:"礼貌是为了让对方舒服自在,你对我'您'啊'您'的我听着不自在。"

谭媛若有所思地点点头,没再坚持。

裴庆华笑道:"好了,咱们开始讨论立体几何吧,希望比讨论名字和称呼容易点儿。"

看过谭媛几次作业中的错误,尤其是单元测验最后那道没解出来的大题,裴庆华隐约感觉到谭媛的症结所在,又检查过谭媛在相关的概念理解上并无错漏,再从双基训练中找出几道类似的题让谭媛做,很快连谭媛自己也发现了问题在哪儿。她把圆珠笔往本子上一扔,气馁地说："这个辅助面怎么找啊？太难了……"

裴庆华问："平面几何里不是也经常要用到辅助线吗？"

"对呀，可那些辅助线都是看得见的，虽然是虚线，但也是实实在在的啊。可你看这个六面体，辅助面要把它斜着切掉一个角才能露出来，这怎么想得出来啊？又不能真找个积木然后锯掉一个角……"谭媛不由得焦躁。

裴庆华笑了："我们专业在画设计图的时候，还得全凭想象把机器背面看不到的部分准确画出来呢。"

"所以我绝对不能学你的专业，我的空间想象力太差。"谭媛沮丧地给自己下了断语。

两人都沉默一阵，裴庆华忽然说："你把眼睛闭上。"谭媛一怔，裴庆华解释道，"你太想看到这个实际上看不到的辅助面，既然看不到还不如干脆闭上眼睛，去想象它。比如六面体的这个角，你越盯着它看就越会被它阻挡你的视线、干扰你的想象力，所以你干脆别去看它。"

"嗯——我试试看。"谭媛似懂非懂地答应。

"别试试看，试试想。"裴庆华笑着指正。

谭媛也笑一下，然后闭上眼睛，眉头渐渐皱紧，冥思苦想，裴庆华都能看到她的眼珠在眼皮下面打转。过了好一会儿，谭媛忽然睁开眼睛兴奋地说："我想出来了！都能想象从这个角对面的那个顶点向这个辅助面做一条垂直线！"

裴庆华也欣喜不已，刚想举起手和谭媛击掌相庆又觉得不妥，手转而伸向桌上的题集，又找出一道题指给谭媛："你再做一下这道，闭着眼做。"

谭媛孩子气十足地笑了："得先睁眼看清题，然后再闭眼想。"她把题目看完先总结要领似的说，"既然看不见，就干脆不看，闭上眼睛，就不会被眼前的东西影响。"然后便真的屏气凝神合上眼睑。

裴庆华看着沉浸在想象中的谭媛，忽然心有所感。所谓的前景、未来与希望不也正如这辅助面一样吗，既然是现实中尚不存在的东西，又何必苦苦用眼睛去追寻它的迹象呢。眼下看不到、想不出的东西未必将来不会出现,正如黑夜中看不到光,并不意味曙光不会到来。裴庆华也不由自主地闭上眼,暗暗对自己说,黑夜里睁眼又有什么用? 不如等到明年再睁开吧……

十

潘多拉的盒子

谢航趁国庆放假专门跑到新街口的超音波音像商店,她往摆满各种品牌各种规格进口电视机的区域一站,立刻就有位销售员凑上来。谢航随手一挥:"你们这儿最大的电视多少英寸?"

"主要是25的,也有几种27的。"

谢航面露失望:"29英寸的还没上市?"

销售员不禁重新打量一番面前这个女孩,愈发谦恭而热情地说:"您算问对地方了,我们这儿过些天就会有全北京第一批29英寸到货。"

谢航一撇嘴:"友谊商店已经有卖的,经贸大学对面的出国人员服务部也有了,你们算什么第一批?"

"那些地方不能算。"销售员辩解道,"友谊商店您得用外汇券,出国人员服务部您得是出国回来的拿护照进去买,而且没几样能选的。"

"你们要到货的29英寸是哪个牌子的?是松下吗?"

"没错,就是松下。"

谢航不放心地又确认道:"不是 National,我要的是 Panasonic。"

"没错,就是 Panasonic,松下公司的。"

"带画中画功能吗?"

"带,带。"销售员再三点头称是。

品牌与功能都落实了,谢航却更不踏实,有些忧虑地问:"有很多人想买吧? 会不会一来就被抢光?"

销售员忙趁势说:"是啊,所以我劝您最好先预订上,交点儿订金,就不用担心到时候买不着了。"

"交多少钱的订金?"

"五百?"销售员说完便观察谢航的脸色。

谢航不假思索地说:"我押给你一千,但你必须保证我是全北京第一个买到的!"

一推开家门,谢航就得意扬扬地嚷:"爸、妈! 29 英寸的大彩电我买到啦!"

厨房里的老沈赶紧迎出来一边摆手一边把门关上,教训道:"你这孩子瞎吵吵什么,怕邻居听不见啊? 懂不懂什么叫财不外露?"

谢航嘴一噘:"喊! 人家听不到还能看不到啊? 那么大电视你想半夜三更抬上来,到底是买的还是偷的? 新买的那么大冰箱人家不是也都看到了。哎对了,冰箱送到没有?"

老沈拍一下谢航的后脑勺:"刚送到,你爸正研究呢。"

客厅里的老谢闻声问道:"电视买到了? 哪天送来?"

"还没货呢,我先交了订金。"

"多少钱?"

"一千。"谢航一边换鞋一边回答。

"我是问彩电总共要多少钱。"

谢航一吐舌头:"呀,我忘问了。"

老沈又拍一下谢航的后脑勺:"你这孩子,总这么大大咧咧的,什么时候能学会过日子?"

逃离老沈的唠叨,谢航走进客厅,只见老谢正站在一地的泡沫塑料和塑胶带之中,研究立在面前比他还略微高些的冰箱。谢航问:"插上电了吗?"

老谢摇头:"不着急,先把说明书看完。"

谢航看一眼老谢手上还没翻到一半的说明书,也摇摇头。

溜进厨房夹起几片切好的西红柿塞进嘴里,谢航问妈妈:"你怎么不去看看新冰箱?东芝的,多棒!"

"你爸不让我碰,怕我给碰坏喽。"老沈满脸幽怨地说,"我就不同意你们换冰箱,好好的'雪花'用了十年丁点儿毛病没有,你们非换不可,唉……刚才在阳台上看着咱家的'雪花'躺在三轮板车上被他们拉走,心里真挺难受的。就觉得好像咱们一家四口少了一个,那'雪花'冰箱就像是你弟弟。"

"哈哈,老沈你又暴露了吧!"谢航搂着妈妈脖子摇晃,"看看你重男轻女的意识多么根深蒂固,连个冰箱都想成是男孩儿。"

老沈略带羞愧地为自己遮掩:"不分谁轻谁重,你要是男孩儿我就把冰箱想成是你妹妹。"随即又叹口气,"要是能把'雪花'搬到你租的那个房子多好,也不算是离开咱们家。"

"可那房子自带冰箱啊,我有什么办法。"

"哎对了,新彩电来了以后,你就把现在这个老'昆仑'搬到你租的房子去,那儿不是没电视嘛。"

谢航抗议道:"你自己都说了老'昆仑'老'昆仑',这么老的还非要塞给我啊,才18英寸,我那儿至少也该买个'21遥'平面直角吧。"

老沈不高兴了,把刀往案板上一撂:"随便你!你挣的钱爱怎么花就怎么花,没人能拦得住你!"

谢航忙搂着妈妈哄道:"好好,那就搬我那儿去,反正我也没什么时间看电视,大小新旧都无所谓。可楼上楼下怎么搬啊?反正我是搬不动。"

老谢不知什么时候已经拿着说明书站在厨房门口,问道:"你那个男同学呢?不来让我们见见也就算了,该他出力的时候也不来?"

谢航忙转移话题:"哦对了,我差点儿忘了,明天一早我要去上海,所以今天晚上我去那边住。"

老谢和老沈无声地对视一眼,眼神所表达的是一字不差的同一句话:"这就是你养的闺女,被你惯成什么样了!"

谢航飞上海的航班并非第二天一早,她只是为了回租住的房子与萧闯共度良宵。谢航与老曲飞到上海时已是傍晚,两人入住位于南京西路的上海商城波特曼酒店,在咖啡厅简单吃了晚饭,谢航问老曲:"咱们明天要去吴淞,为什么不住到离客户近点儿的地方?这儿多远啊……"

老曲回答:"这儿离咱们 IEM 上海 office(办公室)很近。"

"可咱们是去见客户,又不是来上海 office。"谢航很是不解。

老曲没反应,专心地把最后一口海南鸡饭塞进嘴里开始细嚼慢咽。

老曲姓曲,至于中文名字还是英文名字从来没人使用,似乎也没谁知道,仿佛大家心目中都一致认定最符合老曲特征的便是一个"老"字。老曲五十多不到六十岁的样子,一直在机电部工作。IEM 早期急于跟国务院各部委搞好关系以图尽快开拓中国市场,很需要在各部委圈子里人脉熟络的人,就从几个政府机关挖了一些人来,老曲便是其中年纪最大的一个。大约是办公室坐久了,老曲已经超越老成持重的境界,直接老成迟钝,与 IEM 三四十岁为主的外方雇员和二三十岁为主的中方雇员都颇为格格不入。但老曲毕竟与国内大型骨干企业和各个相关产业协会打过多年交道,从香港来的主管制造业领域的高级经理对其很是倚重,所以当老曲提出要带谢航来上海拜访这家大客户时香港人马上应允,而谢航尽管很不情愿和老曲一同出差,但又不甘心错过接触大客户高层的机会所以还是来了。

等服务员把用过的餐盘收走,老曲一边剔牙一边问:"爱碧,等一下想不想去外面找个地方坐坐？"

谢航为自己精挑细选的英文名叫 Abby，头一个字母是 A，第二个字母是 B，很符合她想让自己排名靠前的要求，念起来第一个音节是一声，第二个音节是轻声，有点接近于"埃比"，但唯独老曲不这么念，在他嘴里两个音节都是四声而且很重，变成了一字一顿的"爱碧"。

谢航顾不上纠正老曲的发音而是反问道："明天上午要见客户，待会儿要不要准备一下？谈什么、怎么谈之类的？"

"不用，老客户了，又没有什么新单子要签，例行拜访而已，什么都不用准备。"

"哦，那您要不要早点休息？刚坐了半天飞机，鞍马劳顿的。"

"不用，这点距离算什么，小意思。"老曲又是摇头又是摆手，对谢航质疑他尚能饭否很不以为然。

"那什么时候去？要不要回房间收拾一下？"

"不用，有什么好收拾的？就这样挺好。"

谢航见老曲如此坚决如此急切，想一下又问："那您想去什么样的地方？"

"随便，什么样的都行。"老曲又意味深长地补充道，"气氛好一点的，有点情调的。"

谢航若有所悟地点点头，笑着说："那行，您等我去问一下上海哪里气氛最好、最有情调。"她很勤快地走到礼宾部去打听一番，然后手里拿着一张纸条回来说，"咱们走吧，问到一个特棒的地方。"

老曲喜滋滋地立马起身，似乎整个人都抖擞起来。在酒店门口出租车列队恭候，谢航径直坐进前座吩咐司机："去银河宾馆。"老曲孤零零坐到后排，挺失望地拍拍半空的座椅，但一听目的地是处宾馆情绪又登时变得高昂。

拐上延安西路继续一路向西到虹桥，车在银河宾馆门口停下，老曲很热情地抢着结账，当然没忘让司机写好发票。进入酒店谢航带路直上三楼，已经能听到节奏强烈的音乐传来，走进银河迪斯科舞厅，震耳欲聋的声浪扑面而至,几乎把老曲掀个跟头。谢航扭脸大声喊道:"这就是上海最有气氛的地方!咱们运气好,这儿刚刚试营业,还没正式开张呢!"

老曲拽着不锈钢扶手蹭到离舞池最远的地方,哭丧脸问谢航:"有没有安静一点的?"

谢航摇头:"安静的地方没气氛!"

老曲也摇头:"只要不太吵就可以,这个地方没法说话。"

谢航盯着老曲问:"您是不是身体感觉不舒服?那您可没法跟我们小女生玩儿到一起。"

老曲立刻更加坚决地摇头:"我身体没问题,就在这儿吧。"

谢航冲老曲一竖大拇指,又招手叫来服务生点了两瓶可乐,老曲再次热情地抢着付账,但已经顾不上索要发票了。谢航站着,身躯跟随劲曲的节奏扭动,老曲坐着,心率和血压跟随劲曲蹿动。这时领舞的女孩出场了,谢航大声问老曲:"要不要下去跳一会儿?"老曲勉强挤出一丝笑容摆手,谢航便转身走进舞池融入律动摇摆的人群,不见了。

令五脏六腑不得安宁的巨大噪音、与脉搏无法契合的强烈节奏,后来证明都不算什么,最让老曲吃不消的是闷罐子一般的迪厅里的空气,憋闷、潮湿而且极度缺氧。老曲受不了只好躲进洗手间透口气,但出来进去的年轻人看到他都像撞见一个怪物,而他又担心谢航找不到他所以不敢耽搁太久,只好又回场继续忍受。

谢航不知从哪里冒出来,额头上沁着汗珠,大声说:"刚才是杰克逊的 Beat It,前面那首是麦当娜的,您听出来了吗?"老曲苦笑着摇头,谢航又说,"您肯定不喜欢这些,您和我们小女生有代沟!"

老曲沮丧地意识到自己的身体和年岁确实是阻碍他与谢航进一步接触的鸿沟,先前的念想纯属我执之念、非分之想,无奈地再一次摇头,用尽力气大声说:"你继续玩儿吧,我先回酒店了。"说完便担心地看着谢航,生怕谢航没听清,而他已经没力气再说一遍。

好在谢航立刻点头:"那好,您先回去吧,我再玩儿一会儿,明天早晨给您打电话。"

第二天一早,谢航拨通老曲房间的电话,老曲有气无力地说:"爱碧,今天你自己去客户那里吧,我身体不舒服,就不去了。"

"啊,您是不是病了? 要不要紧? 咱们跟客户改一下时间,等您好了再去?"

"不用,我躺一躺就好,已经跟客户约好就不要再改,你去一样的。"

"那合适吗? 客户要见的是您,我就是一小跟班,都不知道和客户说什么。"谢航不由得发怵。

"你什么都不用说,光听就行。"

"哦。您到底怎么不舒服?"

"我……拉了一夜肚子。"老曲似乎有些难为情。

"啊?! 会不会是急性肠炎? 我和上海 office 的人说一声吧,让他们来看看您或者陪您去医院?"

"不用不用!"老曲好像陡然来了力气,"你不用管我,我休息一下就好。"

谢航无奈之际只得硬着头皮上阵,她坐在从酒店包租的车里望着窗外渐渐萧疏的景色,恍惚有一种单刀赴会般的悲壮与苍凉。感觉开了很久,慢慢地路旁的建筑物重又开始多起来,终于进入一座城外之城。司机数次停车向保安或路人打听方位,然后回头向谢航抱怨说这里人都是崇明的,听不懂我们上海话。谢航顾不上搭理司机的唠叨,一再看手表生怕迟到。最终竟然提前到了,谢航嘱咐司机务必原地等候,司机很爽利地回答那当然,要不然你个小姑娘怎么离开这鸟不拉屎的地方。

谢航走进大楼东张西望,发现宝淞集团这家国有特大型骨干企业的中枢并没有前台或接待人员,来往的人谁也没在意她的出现。她三问两问终于找到信息中心的主任办公室,刚鼓起勇气抬手要敲门就听身后有人问:"你找谁?"

"哦……我找虞主任。"

"你是哪个单位的?"

"我是美国 IEM 公司驻北京办事处的,我姓谢。"

对方面无表情地绕过谢航推门进去又回手把门关上,谢航局促地正在犹豫还要不要敲门,却听里面传出一串高声喝问:"什么? 就一个人,老曲呢? ……你让她进来!"

门吱呀一声被拉开,没人说一句"请进",谢航小心翼翼地走进来,看到唯一的一张桌子后面坐着位中年男人,便点头致意道:"您好,虞主任,我是……"

"老曲怎么不来?"对方粗暴地打断。

"是这样,曲先生昨天和我一起到的上海,但他夜里忽然病了,今天实在没办法前来拜访您,他让我向您说声抱歉。"

"这个老曲,搞什么搞……"虞主任打量一眼谢航,气小了些,甩出一句,"你回去吧。"

谢航这一惊非同小可,简直怀疑自己的耳朵,轻声地"啊"了一声。

虞主任说:"你不是代他向我说声抱歉的嘛,说完了就回去吧。"

谢航哭笑不得:"约好今天咱们双方面谈,曲先生因病没法出席,只能由我代表 IEM 公司,还没开始谈呢,我哪儿能刚见面就回去?"

虞主任冷笑一声:"好大的口气,你能代表你们公司? 你知道今天我们要谈什么吗?"

谢航的脑筋高速飞转,尽量得体地说:"您不仅是我们 IEM 的老客户,更是重点客户,所以想当面聆听您对我们的意见和建议,看看怎样能为您提供更好更全面的产品和服务。"

"不要讲得那么冠冕堂皇,我在电话里对老曲讲得很明白,这次就是要他来负荆请罪的,我们今天要三堂会审,你们 IEM 不给出一个说法,他就别想回去!"

谢航瞬间体验到什么叫五雷轰顶,她也立刻明白了老曲的"拉肚子"绝不是什么突发意外,而她早晨居然还天真地自责昨晚不该把老曲拉到迪厅煎熬，刚才在路上更幼稚地后悔忘了请老曲给虞主任打个招呼介绍一下她。但谢航此时既顾不上骂老曲更顾不上骂自己，她竭力保持平静地说："没关系，曲先生没来，您也一样可以把意见告诉我的，我回去向公司详细汇报。"

虞主任有些不耐烦地摆手："你一个小姑娘，我们不想为难你，你赶紧回去吧。告诉老曲，我就在这里等他，他哪天病好哪天来。"

谢航一听虞主任连番提到老曲她反而倔强起来，笃定地说："也许我的资历比较浅，能力有限，但我更愿意尽我的一切努力来为您解决问题，起码我敢于当面听您把所有意见都不留情面地提出来，您说是不是这样？"

虞主任半信半疑地盯着谢航，再次摆手说："算了，骂也是白骂，白费力气。"

谢航笑道："您不想白骂，我更不想白白挨骂。既然挨了骂，回去就一定会为您解决问题，不然这骂真白挨了。您可以怀疑我的能力，但不该怀疑我的诚意吧？"

虞主任捋着下巴又盯着谢航看半天，忽然笑了："你这个小姑娘倒挺有意思。那好，既然你死活不肯回去，那就不要怪我们不够客气。"他吩咐一直在旁边呆立的那个人，"去通知他们几个，IEM 的人到了，准时在会议室开会。"

那人忙应诺一声转身出去，谢航下意识地也想跟着走，虞主任叫住她："你知道会议室在哪儿吗？"谢航一吐舌头，虞主任已经收拾好本子端起茶杯说，"跟我走吧。"将要出门时他忽然停住，看着谢航问，"哦对了，你怎么都没做自我介绍？"

谢航心想是你没让我做完自我介绍，脸上却笑盈盈地说："我叫谢航，是 IEM 的市场代表。"

走进会议室，一排长长的会议桌摆在中间，虞主任往一边一指："谢小姐请坐那边。"

一个"请"字让谢航简直受宠若惊，但"受宠"的感觉须臾消散，片刻过后就只剩下"惊"。又鱼贯进来六个男人一字排开都坐到谢航的正对面，隔桌形成一对七的阵仗，而这七位绝非可爱的小矮人，个个都是一脸的苦大仇深。谢航心知自己定然享受不到白雪公主的待遇，暗暗祷告能全身而退就算万幸。

虞主任板着脸做开场白："今天 IEM 公司的代表来听取咱们对他们的各方面意见，那我就利用这个机会先讲几句，下面你们各位分管的再具体补充。我们是去年年初安装的 IEM 系统，到现在不到两年，应该说还是用起来了，而且取得了一定成效，不然我们现在也不会考虑实施二期工程，进一步扩大 IEM 系统的应用范围。但正因为如此，你们 IEM 公司在产品体系、销售策略和服务水平上的诸多问题也就彻底暴露出来。首先说产品，你们 IEM 太封闭，自己搞独立王国，对谁都不开放，上了你们的船就只能跟你们走、任你们宰！这也就带出了你们的销售策略，先骗上船再说。当初做的配置故意去掉了很多日后扩容肯定需要的东西，尤其是存储备份系统和外设，美其名曰替我们考虑、有钱不买半年闲，其实就是为了让你们的报价看上去有点儿竞争力，结果卖给我们的比裸机强不了多少。还有你们的服务，每次遇到问题从来不是首先考虑如何解决问题，而是考虑这是不是 IEM 的问题，部门经理再考虑这是不是他那个部门的问题，具体到当事人还要考虑这是不是他本人的问题。你们这是在解决问题吗？这是在推诿问题！你们这么大一家公司，就没一个肯为客户着想、努力为客户解决问题的人吗?！"

旁边一个人气愤地说："比方说磁带机，当初我们要买，你们的人说不需要，说硬盘应该够用。结果呢？这才一年多的数据，硬盘就根本放不下了，而且这种历史数据有什么必要都放在硬盘里？用磁带备份出来存档就可以了嘛。你们的人怎么可能不懂这个道理？就是蓄意把必要的设备去掉，用小配置与其他厂家的全配置比价格。再说你们这磁带机，非要 IEM 的才行，其他家的都不支持，真是岂有此理！"

"还有终端！"另一个人抢着说，"我们想扩展到更多部门去，就需要更多终端，要是能用市场上的微机该多好，每台两万块人民币，但只能买你们 IEM 的终端,每台两万块美金,你们赚钱不要太轻松哟!现在有厂家可以把微机仿真成你们的终端,一下子便宜很多,但你们说不支持,出了问题不知道是仿真终端的原因还是主机的原因,要我们责任自负,你们这简直就是恐吓!"

"和同轴电缆比起来,终端都是小巫见大巫喽。"最边上那位嘲讽道,"你们 IEM 的电缆里包的是铜线还是金线?人家都是成卷成捆地卖,你们倒好,一英尺一英尺地卖,一英尺就要好几块美金,你们的良心被狗吃了?!"

谢航头也不抬,汗流浃背地奋笔疾书。虞主任缓颊道:"我提醒一下,咱们要注意两个区别对待:一个是要把 IEM 这家公司的种种行为与具体某个人区别开来,再一个是要把以往与我们打交道的那些负有直接责任的人与初来乍到没有牵涉过去那些事的人区别开来。"谢航闻听此言不由得仰起脸感激地看了虞主任一眼。

"磁带机"笑道:"你这个小姑娘蛮有意思,一句话不说光在这里记,那跟我们对着录音机讲不是一样。你至少应该给个解释吧?"

谢航停下笔,捋一下头发,笑着反问:"你们要的是解决问题而不是解释问题,对吧?"

"同轴电缆"说:"这些问题你们公司早就知道,用不着你记下来回去汇报,这是你们公司的政策造成的,你一个小姑娘能改变得了?"

"虞主任刚才提到正在考虑实施二期工程,那肯定应该会有新的一揽子预算,我斗胆问一句,能不能把之前遗漏掉的上述这些都补齐?"谢航所言不虚,她确实是斗胆才敢提出这个问题。

"我就断定你们公司像老曲他们都是打的这个算盘。"虞主任微微一笑,旋即正色道,"麻烦你回去转告,叫他们想都不要想!二期预算会主要投向应用软件的开发,你们别想用什么磁带机之类的分走一大杯羹。不要自以为我们上船容易下船难,如果真把我们惹急了,再难也要下,哪怕正在河中间!如果让我本人乃至我们集团领导把这个问题上升到事关尊严的地步,那就不再是钱的问题,付出多大代价我们也会甩开 IEM！"话到此处他又口气一转，"但反过来，如果你们这次比较好地帮我们解决这些问题，我们下一步就会在全集团推广计算机应用，你们的各种产品包括主机系统都有新的机会，而且我们把你们的系统用好也会产生示范效应，对于你们在行业内、上海、华东乃至整个中国开拓市场都有好处。"

这一番胡萝卜和大棒似乎对谢航都没起什么作用，她一脸平和地问："那我是不是可以理解为，您目前最需要解决的问题就是如何用最低的成本添置齐二期工程所需的系统硬件和外部周边设备？"

虞主任点下头，"磁带机"赞许道："你这个小姑娘倒挺会抓主要矛盾嘛。"

谢航莞尔一笑："那我想再问一下，您希望这些问题最迟什么时间解决？"

"当然越快越好。""磁带机"抢先回应。

"您能告诉我，二期工程计划最迟什么时间启动吗？"谢航眼巴巴地望着虞主任。

"力争元旦前，最晚明年春节一过必须启动。"

结束时虞主任问："谢小姐下午有其他安排吗？如果方便的话就在这里品尝一下我们的工作餐，然后我让人陪你在厂区里转转，我们这里有些东西可是全中国独有的哟。"

谢航拍手道："真的？那太好了，我先开胃，然后再开眼。"众人都笑。谢航忽又想起什么，问道："开车送我来的司机，我能叫上他吗？要不他人生地不熟的，不知道去哪儿吃饭。"

虞主任专注地看了谢航一会儿，又点下头。

谢航回到上海商城波特曼酒店没再给老曲打电话，老曲那边也一晚没动静，直到第二天临去机场前结账才在大堂碰到。谢航似笑非笑地问："您身体怎么样？现在没事了？"

老曲拍拍肚子："没事了，彻底恢复正常。"

"您也不问问我去宝淞那边的情况？"

"哦,昨天情况怎么样? 还顺利吧?"

谢航大致把客户的意见与要求用原话转述一遍,老曲有一搭无一搭地听完,呵呵笑道:"料到就是这样,不用管他们,只要送上门去让他们出出气就 OK。"

谢航恨恨地想"送上门去"的是我而不是你,"OK"的是你而不是我,但脸上未有丝毫流露,平静地问:"他们希望尽快得到答复,不然有可能影响与咱们继续合作。"

"不用管他们,"老曲满不在乎地一摆手,"就是吓唬咱们。不继续合作? 去年他们花那么多钱买的主机怎么办? 扔掉? 已经在上面开发的东西挪到其他家的机器上不能用,也扔掉重来? 这就是咱们 IEM 厉害的地方,自成体系,上船容易下船难,进了咱们的门就得跟咱们一条道走到黑。"

谢航淡淡一笑:"让他们上船容易吗? 好像咱们卖进去也挺费劲的。"

"那是那是,上船也未必容易。"老曲干笑一声。

"所以,下船也未必难。"谢航说完就拉起行李向外走,不再搭理老曲。

没过多少天,相关人员都先后留意到一些变化。虞主任他们再也不给老曲打电话,凡事都找谢航,连机器故障报修这样的问题也让谢航转达给系统工程师。虞主任发传真也只写谢航的名字,经谢航提醒后仍只肯加上抄送那个香港人而坚决不写老曲。老曲乐得清闲,盘算着麻烦都由谢航担而将来的业绩仍然归自己。系统工程师及其主管有事也不再找老曲,就连香港人也已经认定谢航是负责该项目的客户经理了。

但进展仅限于此,谢航在具体问题上的努力一无所获。IEM 公司对于产品折扣有非常严格的管控,像磁带机、专用打印机和终端这类设备很难把价格降下来,谢航还试过某些变通,比如申请基于测试或演示用途,以样机的名义提供给虞主任他们,但最终都证明不可行。谢航往美国发了好几份传真,大多没有结果。到后来已经演变为虞主任反过来安慰谢航,说谋事在人成事在天,你的心意大家都已经看在眼里。

功夫不负有心人,总算从美国传真来一份有眉目的回复。谢航挺兴奋地告诉虞主任自己很可能已经找到解决办法,正好她马上要去美国培训,到那边即便没机会与对方面谈但至少电话沟通很方便。她最后问虞主任宝淞有无进出口权,虞主任笑答当然有,我们集团还有自己的进出口公司呢。

十一月中旬谢航刚从纽约经旧金山飞回北京,便径直从机场打车到公司,放下行囊就扎进一间没人的会议室,把门关严之后就给虞主任打电话。

虞主任正要下班,接到电话很是惊讶:"谢小姐你那边几点?"

"五点呀。"

"你怎么起这么早?"

"哈哈,我这儿是下午五点,和您时间一样,我到北京啦!"

"是吗?你哪天回来的?"

"今天啊,刚下飞机,脑袋还晕着呢。"

虞主任不由得赞叹:"谢小姐你可真够敬业的。"

"过奖过奖,给您打完电话我就回家睡大觉、倒时差。"谢航回头看一眼会议室的门,压低声音说,"我和美国一家公司谈了,他们有您需要的各种设备,价格很低廉,一般是我们 IEM 价格的三分之一,有的还不到五分之一。"

"是吗?这可真够便宜的,都是你们 IEM 的产品?"

"对,全部是 IEM 品牌,但有一点我得先和您说清楚,他们的设备都是二手的。"

"二手的?"虞主任有些意外。

"对,欧美的很多客户不习惯像咱们国内似的一次性买断,他们更喜欢租赁,产权仍然属于 IEM,客户拥有的是使用权。一旦 IEM 推出新型号或者客户自己需要更换大机型,他们就把眼下正在用的退掉,改租更新更大的设备,IEM 把他们退回来的二手设备转卖给像这家公司一样的经销商,经销商再寻找买家。"

"这样倒是挺有意思。"虞主任沉吟道,"用户可以每年花不多的钱,就能一直使用最新最大的系统。可惜啊,咱们国内行不通,好不容易争取到一笔一次性的预算,当然要把机器买下来,不然明年后年的租金上哪儿去要预算?"

"对,所以我们 IEM 没有在国内推行这种租赁模式。这个先不管了,现在的关键是,虞主任您看这种二手设备是否可用?"

"价格倒是有吸引力,问题嘛有两个:一个是质量是否靠得住,再一个是维修能否有保证。"

"质量应该没问题,IEM 在转卖给这家公司之前,对所有二手产品都要经过测试和认证,没有认证过的东西这家公司不会收。至于维修嘛,估计我们 IEM 的服务部门是不会管的,出了问题只能找这家公司。但是虞主任您这次要添置的以外设为主,不涉及核心要害系统,所以我觉得不用过分担心维修是否及时,大不了用省下的钱多买一些备品备件,有问题就直接换上去。"

虞主任没有立即表态,而是已经在考虑另一个问题:"谢小姐,这些二手设备虽说也是 IEM 产品,但是由另一家公司在卖,你作为 IEM 的人不坚持卖给我们一手设备,而是帮这家公司卖二手设备,会不会有什么问题?"

谢航满不在乎地说:"我坚持卖给你们一手设备了呀,但你们坚持不买,我有什么办法?如果能帮你们尽快买到需要的东西,保证用好,你们以后还会再买我们 IEM 的一手设备吧?"

虞主任仍然没有明确作答,而是继续反问:"你帮这家公司把东西卖给我们,他们应该会给你相应的酬劳吧?"

"给我酬劳?应该不用吧,反正他们没提,我也没问。我对钱没概念,现在我已经觉得自己挺有钱的了。"谢航笑呵呵地又说,"能帮上您的忙,我就很有成就感啦!"

虞主任无声地笑一下："谢小姐你真的很特别。不过这事最好不要让你们 IEM 其他人知道。"

"对对，"谢航很郑重地嘱咐道，"我纯粹是个人作为朋友帮忙，把你们两家介绍在一起，后续谈价格、进出口之类就都没我事了，所以也拜托您那边替我保密。"

谢航挂上电话长舒一口气，挺满意自己总算促成了一桩事，没有辜负虞主任所托。此时的谢航全然没有意识到她已经打开了潘多拉的盒子，更不知这将会给她、给 IEM 带来多少纷扰。

十一
/
万类霜天竞自由

盼望着,盼望着,1992 年来了,春天的脚步近了。

1 月 25 号是个星期六,裴庆华刚在所里辅导谭媛重做了一遍期末考试的卷子,晕头涨脑回到家。他推开萧闯的房门,只见萧闯正端坐在写字台前聚精会神奋笔疾书,左手边是一摞空白的明信片,右手边是一摞写好的明信片。裴庆华顾不上细看,从包里拿出一张试卷塞到萧闯鼻子底下,沮丧地说:"哎,你帮我做做这道题,我和媛媛一下午都没做出来。"

萧闯把卷子拨到一边,诧异地问:"圆圆? 谁是圆圆? 还球球呢……"

"谭媛,我老板的女儿,我不是经常辅导她嘛。"

"哦,以前听你提过几回谭媛,媛媛还是头一回……"萧闯忽然起身兴奋地说,"你先看看我今天的收获。"

萧闯的床上摊着不少东西,有整版的邮票、四方连、邮折,还有首日封。萧闯兴致勃勃地说:"新一轮的猴票,怎么样? 好看不? 我今天排了一天的队好不容易才买全的。"

裴庆华弯腰在一堆粉色红色的纸片中随手翻翻,感慨道:"看来物价确实涨了不少,这张是两毛,那张是五毛,八○年的那张猴票才八分吧?"

"八分?你知道现在涨到多少钱了吗?"

"八十块?一千倍?"裴庆华已经竭尽自己想象力的极限。

"听好喽,三百!将近四千倍!"萧闯鼓着眼睛说。

裴庆华的手像触电一样从邮票上抽回来,惊呼:"那你这一床邮票将来得变成多少钱?!"

"此猴非彼猴喽……"萧闯撇下嘴,"当初那个猴票好像一共才发了四百多万枚,你知道这轮猴票发了多少?两亿!那还涨个屁啊,恨不能都快人手一枚了。"

"那你买这么多干吗?又不能升值。"

萧闯斜眼看着裴庆华:"老裴你能不能也关心关心他人?我和谢航都属猴,两只猴,多买点猴票祝愿我们俩本命年平平安安、顺顺利利,这不是理所应当吗?"

"应当,应当,反正是你自己的钱。"裴庆华转而问,"谢航还没回来?"

萧闯一边认真地归置心爱的邮票一边说:"将将能赶回来过春节。这次是陪几个报社的记者编辑去 IEM 总部访问,要依着她还想多玩几天呢,但那几个单位不同意。"

裴庆华无声地叹口气:"她去美国真容易,短短几个月都第二趟了吧。可咱们到现在还没去过一次呢。"

"你活该,谁让你自己不去的!"萧闯恶狠狠地说完又哀怨地接一句,"我才是想去去不成呢。"

"哎,你赶紧帮我把那道题做出来,你要是也不会,那就只能等谢航回来了。"裴庆华见状忙转移话题。

萧闯懒洋洋地把卷子抄在手里,同时吩咐裴庆华:"你也别闲着,替我接着写明信片,就按我写好的样子抄。"

"你哪儿有那么多朋友? 这么些明信片都寄给谁啊?"裴庆华笑着在写字台前坐下,刚仔细看几眼便诧异地问,"这一大摞都是写给你自己的? 怎么寄信人都是我?"

"真是少见多怪!"萧闯倚靠在床头的被垛上,盯着眼前的卷子说,"你好好瞅瞅那是一般的明信片吗? 那是贺年有奖明信片,看见下面有个组号还有一串数字没有? 下个月就要摇号抽奖,只能收信人去兑奖,我花这么多钱还又写又寄的,当然是为了让我自己中奖,不写我写谁?"

"寄信人为什么都是我?"

"寄信人是谁不重要,随便写,我懒得换,就一直写你了。"萧闯坏笑。

"干脆写你自己不就得了?"裴庆华揶揄道。

"自己寄给自己,有点儿凄凉吧……"

裴庆华忽然来了兴致:"都有什么奖品? 你又花钱又化时间不会一场空吧?"

"特等奖是进口 25 英寸彩电,一等奖是国产 21 英寸彩电,二等奖是国产双卡收录机,然后是三等一直到六等,不过我对那些奖没兴趣。"萧闯掰着手指细数,"我是这么计划的,要是中了特等奖呢就把我家现在这台电视换喽;要是中了一等奖呢就给谢航,她现在用的是她家的老 18 英寸;实在不济中了二等奖呢,就把桌上这台录音机淘汰掉。"

"那我受累问一句,二等奖的中奖率是多少?"

"十万分之二。"

"一等奖呢?"

"百万分之二。"

"你总共买了多少明信片?"

萧闯想了想:"五百张,不到两百块钱。"

裴庆华扑哧一声乐了:"所以你中二等奖的可能性是百分之一,中一等奖的机会是千分之一。"

萧闯脖子一梗:"你算的是普通人的概率,但你没发现么,我的运气是普通人的一千倍!"

"那我还是再受累问问六等奖是什么吧。"

"好像是一张明信片。"

"中奖率呢?"

"到时候会摇出两个最后一位数字,所以是十分之二。"

裴庆华把笔一扔:"听你这么一说,我都没心情替你写了。估计你忙活半天最后换回来一百张明信片!"

"赶紧写!"萧闯命令道,"明天我就该去邮局寄了。"

裴庆华心不在焉地写罢几张明信片,忍不住又放下笔问:"那道题做得出来吗?"

"早做完了,刚才没好意思马上告诉你,怕伤你自尊心。"萧闯轻描淡写地说。

裴庆华惊讶地急忙凑到萧闯旁边,看了半天萧闯在纸上潦草涂抹出来的解题过程和答案,又闷头想了想,恍然大悟道:"还真是这样,我怎么就没想出来呢。"

"就你这水平还给人家当辅导老师呢,这不是误人子弟吗?! 我真替那女孩还有她爸捏把汗……"

"唉,我也是被赶鸭子上架。"裴庆华尴尬地挠着头皮。

萧闯很严肃地看着裴庆华:"老裴,送你句话,当你不断努力但仍然看不到希望,当你怀疑自己这也不行那也不行的时候,你一定要不断提醒自己……"他稍作停顿,然后说,"……你是真的不行。"说完他就憋不住开怀大笑。

裴庆华气恼地拿起试卷要走,萧闯叫住他说:"你才写这么几张,不行,至少再写十张,要不然对不起我帮你解出这道题。"裴庆华只得极不情愿地再次坐下,萧闯则从枕边摸出一个长方盒子状的俄罗斯方块机,两根大拇指并用玩起来。

"你能不能把声音关喽?"裴庆华不耐烦地抗议。又写好十张明信片,裴庆华扭头问道:"哎,都是我寄给你,太没创意了。写几张你寄给我的吧,中了奖归你,没中奖的我留作纪念,提醒我永远牢记你给我贺过年。"

萧闯双手不停,摇头说:"这可使不得,万一给你的中了特等奖,你不认账我能怎么办?"

裴庆华笑道:"我得了 25 英寸彩电也是放在你这儿,又没其他地方可放,你不是一样看吗?"

萧闯依旧摇头:"现在说得再好也没用,事到临头就不好说了,人是会变的。"

裴庆华认了真:"哥们儿,你这话可有点儿见外,伤感情啊。"

萧闯盯着游戏机那小小的屏幕,也很认真地说:"实话实说不会伤感情,考验人心才会伤感情。亲兄弟明算账,说的是还没算账,真算账的时候就没有亲兄弟了。"裴庆华正琢磨这番话的含义,萧闯又说,"你知道咱俩为什么关系一直这么铁吗,因为咱俩从来没争过同一样东西。最典型的例子就是咱俩分别喜欢不同的女生,你追简英,我追谢航,而且都追到手了。要是真喜欢上同一个女生,咱俩不定掐成什么样呢,还能继续这样好下去?门儿都没有!"

房间里好一阵没声音,萧闯忙里偷闲抬眼瞟一下裴庆华,见他绷着脸眉头紧锁,误以为是因自己不小心说漏嘴提到简英,忙说:"哟,怪我怪我,哪壶不开提哪壶。哎,简英最近来信没?"

裴庆华回过神,没好气地反问:"她来没来信你会不知道?"

萧闯讪讪地一笑,故作神秘地说:"谢航上次在美国和简英通过电话,她还问起你呢。"裴庆华没反应,萧闯接道,"谢航说你在等她学业有成了就回国。"

"她怎么说?"

"简英说,她在等你事业不成了就出国。"

裴庆华苦笑一下,闷闷地发一会儿呆又扭身接着写明信片,虽然枯燥乏味，虽然几无回报，但毕竟这还算是件能打发时间的活计。

忽然萧闯骂了一句，把俄罗斯方块机往床上一扔："又玩儿爆了……"

"什么爆了？"裴庆华纳闷。

"玩儿到头了，没的可玩儿了。"萧闯又拾起游戏机冲裴庆华比画，"等级达到最高，速度加到最快，积分六位数都满了，这就叫爆了。"

裴庆华居然有些羡慕地说："能像你这样高水准地消磨时间、浪费青春倒也不错。"

"我在想，将来要是有更高级的游戏机就好了。"萧闯憧憬道，"我能想到的有两条，首先要能一群人一起玩儿，像锦标赛；再一个是机器里能存储很多种游戏，而且要能更新。嗯——还有，我要做的话我把这个游戏机免费，随便领，但要花钱买时间，玩儿多长时间花多少钱……"

"如果大家都不玩儿，那你挣什么钱？做设备的钱不就全赔了？"

萧闯狡黠地一笑："一看你就没玩儿过游戏，好的游戏就是要让人玩起来停不下，否则就别造什么游戏机，干脆别做这一行。"

"瞧你说的，玩儿游戏还能玩儿出个产业？"裴庆华不屑地说，"我估计你这生意肯定得赔死，你以为有多少人能跟你一样没出息。"

"跟你说不通，你不懂人性。"萧闯更是一脸不屑，他走到写字台前检查验收裴庆华的工作成果，忽然没头没脑地问，"你说邮电局怎么会想起搞有奖贺年明信片？"

"以前没搞过？今年头一次？"

"贺年主题的明信片从狗年开始有，已经十来年了，这次是头一回搞有奖这种形式，宣传也比以前卖力得多。你说为什么？"

裴庆华笑道："因为他们估计到像你这样妄想不劳而获的人很多，用两台电视当诱饵就能卖出一百万张明信片，这赚头太大了。"

萧闯若有所思地摇头："不单是因为这个，你看我今天刚买的新猴票，不用电视奖品做诱饵都能卖出上亿张，他们不应该单单是图这点儿钱。"

"因为……"裴庆华与萧闯四目相对,随即异口同声地说,"寄信的人少了!"

萧闯掀起盖在电话机上的手绢:"装电话的越来越多,邮电局一手管邮政一手管电话,他们自己再清楚不过。"

"还有 BP 机,有事您呼我,谁还寄信?"裴庆华拍一下腰间别着的寻呼机,"还有大哥大!别看现在没几个人用得起,但以后肯定会普及。"

"春江水暖鸭先知,邮电局这是有危机感了,所以才用摇奖招徕老百姓买明信片、寄明信片,不要光打电话拜年。"萧闯很肯定地断言。

裴庆华不免嘲笑他:"你这么明白,怎么还上他们的当?白花两百块冤枉钱。"

"怎么是白花?你个抠老西儿乌鸦嘴。"萧闯又辩解说,"而且不参与的话,怎么能得出这一重大发现?"

裴庆华认同道:"咱们这代人很可能跟上几代人不一样,咱们会经历很多的变化,见证很多东西兴起、很多东西消失。"

"对,寄信少了,打电话多了;听广播少了,看电视多了。也许将来电话电视也会被什么新东西取代,比如大哥大?"

"对,"裴庆华想得更远,"然后大哥大又会被更新的东西取代。"

"大爹大?大爷大?"萧闯嘿嘿地笑。

裴庆华不禁感慨:"这么些年邮政多牛啊,但威胁已迫在眉睫,现在看起来不可一世的占统治地位的庞然大物,可能没多久说倒就倒了。"

"所以人家也在改变嘛,肯定不甘心被趋势淘汰。"

"但这种改变究竟是在顺应趋势还是在抵抗趋势?"裴庆华像是自问自答,"我感觉,再强大的东西在潮流面前也是渺小的。"

1992 年是闰年,2 月 29 号是个星期六,晚上十点刚过,裴庆华正在刷牙,忽听寻呼机哗哗响起,一看竟是所里谭启章办公室的号码。裴庆华忙漱了口,顾不得擦嘴边的牙膏沫就走进萧闯的房间拿起写字台上的电话。

电话拨通振铃只响了半声就被拿起,谭启章亢奋的声音从话筒里一下子冲出来:"小裴吗,快到所里来! 我要给你们传达! 赶紧过来,立刻,马上!"

裴庆华摸不着头脑:"现在? 传达什么?"

"对对,就现在,你赶紧过来! 我不跟你说了,其他人肯定正着急给我回电话呢。"谭启章说完就啪的一声把电话挂了。

一直靠在床头看《鹿鼎记》的萧闯不禁仰起脸,望着一头雾水的裴庆华问道:"是你老板?"

裴庆华点头:"也是我们支部书记。"

萧闯噌地一下从床上站到地上,追问:"他刚才说要'传达'?"裴庆华又点下头,萧闯把书往床上一扔,"那你快去啊,肯定是上面出大事了!"裴庆华这才猛然醒过来,跑回厅里手忙脚乱地穿大衣戴帽子,临出门萧闯又在他身后喊:"别骑车了,打车!"

裴庆华赶到时林益民正围着谭启章一再催促让他先透露一下,谭启章不肯,坚持要等人齐了再讲,其实他早就兴奋得不能自已,干脆挥手说:"走走,去会议室。"

会议室上着锁,在一楼值班的人说他也没钥匙,谭启章有些失望,却不肯再回自己的办公室,似乎那狭小的空间再也容不下他,便打开大实验室走进去。等接获通知的五六个人都赶过来,谭启章便从拎包里拿出一个记事本,把身后的椅子推到一边,直接坐在实验台上,双目灼灼地说:"我晚上刚从院里听完传达回来,按说应该明天再向你们传达,但我今天夜里肯定睡不着觉,一想,干脆拉几个垫背的,让你们也都睡不着。你们这会儿心里肯定在骂我抽风,无所谓,等你们听完传达就都该感谢我让你们早一点听到了。我先强调一句,以下要讲的内容到你们为止,不需要你们再对外扩散,过些天该公开的都会见报、上电视,所以你们不要记录，回去也不要逢人便讲。"

在座的几个人面面相觑，脸色都有些紧张。谭启章早已迫不及待地要与众人分享，不再卖关子，激动地说："你们知道吗……"

林益民气鼓鼓地打断："废话！我们要是知道还用得着你传达，啰唆。"

谭启章不以为意："从 1 月 18 号到 2 月 21 号，邓小平去了南方，一路上发表了一系列重要讲话，尤其是在 1 月 19 号到 29 号这十天里，他在深圳和珠海的不同场合针对六个方面的问题讲了十八句纲领性的话。下面，我按照上级指示精神，向你们逐条传达。你们听好了，邓小平是这么讲的——他说，不发展经济，不改善人民生活，只能是死路一条，基本路线要管一百年，动摇不得。谁要改变三中全会以来的路线、方针、政策，老百姓不答应，谁就会被打倒！"

大实验室里一片寂静，谭启章有些诧异地环视众人，这与他预想的反应不啻天壤之别。林益民愣怔地问："他真是这么说的？"

这次轮到谭启章气鼓鼓地说："废话，还能是我编的？还能是上面编的？谁有这么大胆子！"

"太好了！邓大人说得好！"林益民霍地起身鼓掌。

谭启章笑着示意林益民坐下："哎，这才正常嘛，我还以为你们都傻了呢。邓小平还说，中国要警惕右，但主要是防'左'；判断改革开放姓'社'还是姓'资'，标准应该主要看是否有利于发展生产力，是否有利于增强咱们国家的综合国力，是否有利于提高人民的生活水平；社会主义要赢得与资本主义相比较的优势，必须大胆吸收和借鉴人类社会创造的一切文明成果，包括资本主义发达国家的先进经营管理方式……"

"他真是这么说的？"林益民又下意识地发问，随即再次猛拍巴掌，"说得好！"

也许是暖气太足的原因，谭启章脸色通红，"从今往后，咱们就可以大胆做生意，大胆赚钱，把华研公司办得越大越好。尤其是小平他再次重申了科学技术是第一生产力，要想经济发展得快一点，必须依靠科技和教育。这话不就是对咱们讲的吗？"

"对，咱们要光明正大地发家致富，有钱不再是罪过，资产不再是祸根。"

一直仔细聆听的裴庆华想不到那么多那么远，他只是很开心地说："从明天开始，我终于又可以四处忙了。"

散会后，谭启章和林益民回到办公室，谭启章绕着桌子转了转，又站在文件柜前逐层翻检。林益民以为他是激动得坐立不安，笑道："痔疮犯了吧，还能不能安静地坐会儿？"

谭启章扭过脸看着林益民，热切地说："老林，咱们跟所里办离职吧。"

"离职？"林益民显然觉得有些措手不及。

"对，不再当所里院里的人，全心全意当华研公司的人。"谭启章语气坚定。

"停薪留职不行吗？非得离职？"林益民不免犹豫。

"老林，这可不像你一贯的作风啊，你向来比我更激进。"谭启章扫视一下房间，"这间屋咱们一起坐了好几年，可我刚才进来的时候一分钟都不想多待，我今后再也不想在这间屋里耗着。老林，我刚才把桌上、抽屉还有柜子里都看了一遍，居然没找出一样我想带走的东西，这说明什么？说明我在这间屋里耗费的这么些时光，竟没有一星半点儿值得我留恋。"

林益民听了也凑到文件柜前，拿起几张奖状还有一面奖牌，苦笑道："这些什么攻关奖、协作奖、科技进步奖，现在看着都觉得是讽刺，咱们的大好年华全浪费在这些东西上了。"

"不对，咱们的大好年华刚刚开始！"

林益民被鼓舞起来，他把手里的东西往柜子里一扔："老谭，就办离职，跟过去一刀两断！生是华研的人，死是华研的鬼！"

谭启章忽又想起什么，问道："你不回去跟老婆商量一下？"

"不用,我那个老婆小事上磨磨叽叽,大事临头比我果断。"林益民笑呵呵地说。

两个人推着自行车走在清冷的街上,没戴手套却感到手心里都是汗。走了没多远忽然看到西边升起朵朵烟花,随即传来阵阵爆竹声。林益民纳闷:"年早过完了,元宵节都过去十天了,怎么还有人放鞭炮?结婚或者生意开张也不该大半夜吧?"

谭启章笑道:"看方向应该是北大,他们教育口和咱们院不是一个系统,人家估计传达得更快,这大概是学生们已经开始庆祝了。"

"可惜现在没地方买鞭炮,要不然咱们也应该凑凑热闹,把憋了这么久的闷气都撒出来。"

谭启章停住脚步望着林益民,动情地说:"老林,咱们都该记住今天这个日子,咱们的好时候从今天开始了……"

十二

/

酷似老板的打工仔

裴庆华给谢航打电话套近乎,问:"你最近有什么出差的计划?"

"嗯,马上要去上海,一回来又要去趟沈阳。"

"你哪天去沈阳? 待几天? 住哪儿? 我争取和你同时到沈阳。"

谢航笑道:"你干吗? 想让我用 IEM 的名义给你订酒店?"

"不用,我住不起。"

谢航又笑:"那就是又想来蹭早餐?"

裴庆华也笑道:"不蹭早餐,蹭别的。"

谢航在沈阳玫瑰大酒店刚住下不久,裴庆华也到了,谢航见他两手空空就问:"你已经住下了? 哪个酒店?"

"离火车站不远,一晚上才三十。"

"其实这里也不贵,才一百多,要不你搬过来吧。"

裴庆华摆手说不用,打量周围环境之后又说:"这里比广州那家便宜多了。"

"那当然,条件也差远了。沈阳现在好像找不出更高档的地方,你看出北方和南方的差距了吧?"

"沈阳也有你的客户? 你们的主机系统不是很贵吗?"

谢航笑道:"但沈阳有大型企业啊,鼓风机厂、机床厂,这些大工厂广州可没有。"说完就看着裴庆华,等他挑明意图。

裴庆华讪讪地说:"我跟你同时到沈阳是想借你的光。以前在各地发展代理商都是我主动跑上门去,后来发现效果不好,所以想改变策略,我得把架子端起来,显得牛烘烘很有实力的样子,让他们上门来求我。这次想先在沈阳试试看。"

"所以?"谢航扬起眉毛问道。

"所以……"裴庆华觍着脸说,"我想请你帮忙在这家酒店订个会议室,我在里面轮番约见几家公司,让他们看到我们华研公司作为美国康朴在华总代理特意来沈阳考察市场,住的是沈阳最高档的酒店,在这里有专门的会议室办公,他们肯定觉得我们又有实力又很专业。会议室的费用我来出,你只要用 IEM 的名义跟酒店谈个最便宜的价格就行。"

"那你也可以住在这里喽,结账时把房费挪一部分到会议室租用费里,发票上的房费不超过你们公司标准不就行了?"谢航歪着脑袋笑。

裴庆华愣一会儿才喃喃地说:"还可以有这种猫腻?"

"当然,这样干的多了。我们外企很多人都用各种办法在出差时赚小便宜捞油水,比如明明在酒店吃饭了,偏要把饭费记到房费里,这样又能从公司再领一笔'饭补'。"

"你也这样干?"裴庆华问完就后悔了。

谢航毫不介意:"我才不呢,偷偷摸摸的多掉价儿,不值当,我又不缺钱。"

裴庆华说:"我虽然缺钱但也不会这么干。不过听你一讲我倒发现差旅费的规章制度不简单,一方面不能让员工轻易钻空子,另一方面又不能让员工觉得公司防他像防贼。"

谢航目不转睛地盯视裴庆华,把他盯得有些发毛,转而又笑了: "我发现老裴你的思维挺有意思,感觉你不像是打工仔,倒更像是老板。"

裴庆华红着脸尴尬地无言以对,谢航忙带他去酒店的商务中心,随同经理选好一间会议室。经理很希望与 IEM 这样的国际顶级大公司维护好关系,便欣然给出很优惠的价格,谢航看裴庆华一眼,裴庆华忙以眼神表示满意。定妥会议室,裴庆华跟着谢航回到房间,用房间里的电话与沈阳的几家公司联络,确定好第二天会面的时间,一再强调地点是自己所住酒店的专用会议室。见他几个电话都打完,谢航忍住笑说: "这旁边就是中街,沈阳最繁华的地段,离故宫也很近,咱们去转转吧?"

裴庆华看眼手表,回道:"咱们出去简单吃个晚饭就回来吧,我还有问题要向你请教呢。"

谢航不禁狐疑:"老裴你打的什么主意?"

"业务上的事,向你咨询一下。"裴庆华赔笑说,"所以这顿晚饭我请。"

"哟,那我可更不敢让你请了,吃人的嘴短,到时候你问个没完我都没法说个'不'字。"

裴庆华嘿嘿一笑:"其实就算你请,我照样还是会问个没完。"

两人在中街上的老边饺子馆吃过晚饭又回到房间,裴庆华开门见山地问谢航:"你们 IEM 都是如何管理代理商的?像你们这样成熟的大公司,肯定有一整套代理商管理体系吧?能不能让我学习学习?"

谢航给他倒了杯水,放到小茶几上,然后坐在床沿说:"当然有。但老裴你也应该知道,像 IEM 这样成熟的大公司,责任分工非常明细,我的业务是盯制造业行业的大客户,另有一个部门专门负责渠道业务,他们整天和代理商打交道,你应该去找他们。"

裴庆华听罢不无遗憾地说:"可我只认识你……"

谢航埋怨道:"你要是提前跟我说,我也好做些准备。等见了面你才说,那么些资料我怎么可能没事扛着出差?"

裴庆华立刻两眼放光:"资料,还那么些? 都哪方面的?"

谢航白他一眼:"当然是渠道管理体系的啦。我进公司培训的时候还没分配做什么业务、什么产品,所以方方面面都得培训到。虽然没有讲得特别细,但如果你想了解渠道体系什么样、如何搭建,应该绰绰有余。"没等裴庆华跳脚欢呼,谢航又质疑道,"你们是康朴的总代理,他们怎么管你们,你们就学着怎么管下面的代理呗。"

"实话跟你说,康朴那一套真不怎么样。就是因为感觉他们对我们管得没有章法,支持也不到位,所以我才想学学 IEM 的做法。"

谢航想了一会儿才点头,很严肃地说:"你得向我保证,只能你一个人看,不可以给你们公司其他人看,更不能传给康朴。"

裴庆华一个立正,举起右手说:"向毛主席保证,绝不外传,阅后即焚,哦不,阅后即还。"

谢航忽然想起什么,走过去打开自己的沙驰牌公文包,拿出一厚本投影胶片,一边翻找一边说:"我明天要向客户介绍我们 IEM,好像有一张胶片就是专门讲渠道体系的……"她从里面抽出一张,回身放到雪白的床单上,手一指说,"喏,看吧,都在上面了。"

裴庆华干脆跪在地毯上,两肘撑着床沿,如饥似渴地看,不时啧啧称赞。好一会儿他才爬起来,从写字台上拿起几张空白信笺,把一张衬在胶片背后,使胶片内容清晰显映出来,然后摊在桌上说:"这就叫如获至宝! 我得把它抄下来,明天见那几家公司我就有的谈了。以前我只会说康朴电脑如何好卖、他们多少钱从我这儿拿货,太不像样。你们这套多好,一定能把他们镇住。"

"干吗要抄? 拿到楼下商务中心复印一下呗。"

"还是抄好,抄一遍记住一半,抄两遍就全记住了。"

谢航递给他一支笔,笑道:"小心别把'IEM'三个字母也抄上去。"

裴庆华写写画画一式抄好两份,与原件对照无误后把胶片还给谢航,又说:"还有一件事想请你帮忙。"

谢航被气笑了："老裴,你究竟有多少事想求我？你已经欠我多少顿饭了？"

"嘿嘿,债多了不愁,虱子多了不痒。是这样,我们华研打算花点钱造造势,宣传一下自己。广告是一方面,另一方面是想请人写点软文替我们吹吹。我们至今只和几家行业媒体的广告部有接触,广告部的人建议我们自己找采编部,所以我想问问你,有没有比较熟的可以写新闻稿的记者或编辑。"

"你倒是什么都管,渠道、市场,多面手啊。"谢航调侃他,"哦对,还管差旅费报销。"

"唉……我们是小公司,就这么几号人拳打脚踢的,比不上你们大公司正规,分工明细。"

"不过你们小公司更锻炼人。"谢航歪头琢磨一阵,"一时想不起来,等我有线索再告诉你。"

第二天下午,谢航拜访完客户回到酒店,心想不知道裴庆华谈完没有,溜到会议室门口侧耳一听,裴庆华还在里面滔滔不绝。谢航灵机一动便在门上敲两下然后推门而入,裴庆华正与最后一家公司来的三个人交谈,乍一见谢航不由得一愣。

谢航进来规规矩矩地站定,双手交握放在身前,一本正经地说："裴经理,我跟您说一下,康朴美国总部给您的语音邮箱里留了言,同时发送给我,让我提醒您抽空回复一下。"

客人中的一位诧异道："语音邮箱是啥玩意儿？"

"是我们公司内部的通讯系统,只要电话局是程控的、用的电话机是音频而不是脉冲的就没问题,先拨一个专门的本地接入号码就进入自己的语音邮箱了,可以回复也可以转发别人的留言。"谢航不再理睬连声称奇的那三个人,走近裴庆华身边小声说,"老板让我转告您,在沈阳没有物色到合格的代理商也没关系,在北京已经有一家公司想把华北和东北市场一起拿去做。"

竖着耳朵的那三位立刻从称奇转为瞠目。裴庆华会意地一笑,对谢航说:"埃比,谢谢你,先去忙吧。"

谢航点头,转身朝那三位款款地一笑,袅袅婷婷地走了。

送走最后这拨客人,裴庆华回到会议室收拾东西,谢航又溜进来。

裴庆华笑着说:"你的英文名我没叫错吧? 头一次,不习惯。"

谢航一撇嘴:"那名字本来也不是给你这样的土八路叫的。"

裴庆华问:"你下一次去哪儿出差? 什么时候?"

"干吗?"

"我跟你说,这种形式的效果绝对立竿见影,刚才那家已经答应不经过试销就签代理,这点会议室的租金实在是太划得来了。所以我打算如此炮制,你走到哪儿我跟到哪儿。"裴庆华喜不自胜地说。

"知道你这叫什么吗? 这叫寄生。自然界里有共生也有寄生,共生是双方互相帮助,都从中得到好处;寄生呢是单向的,一方是纯粹的付出,比如我,而另一方是全面的受益——"谢航一指裴庆华的鼻子,"比如你。"

裴庆华咕哝说:"因为我现在很弱小嘛,想帮你也帮不上,心有余而力不足。"

"那等你将来强大了呢? 是帮我忙还是跟我打?"谢航咄咄逼人地问完就点到为止,不等裴庆华指天画地发誓就说,"你昨天提的写软文的事,我想到有一个人可能适合。春节前我不是陪一帮媒体人去美国访问嘛,目的就是回来发一批软文,其中有一个女孩和我处得挺好,我们俩差不多大,她人很聪明,有冲劲,写东西又快又好,而且没架子,我觉得你去找她应该问题不大。"

"不会很贵吧?"

"嗯——让她写篇稿子,应该不比租这间会议室贵多少吧。"

裴庆华开心地叫道:"太好了! 这趟沈阳来得真值。她是哪家报社的?"

"《经济报》的,她叫舒志红。"

裴庆华在给舒志红打电话之前谢航已经跟舒志红打过招呼,所以裴庆华并不担心被拒绝,他愁的是在什么地方见面。第一面既不适合在华研公司也不适合在报社,可选的只有找地方吃饭或者喝咖啡,但这两样裴庆华都缺乏经验,最后他心一横,算了,让对方拿主意吧,只要别太宰人就行。

　　舒志红在电话里挺热情,也很痛快,直接就说那你到王府井新开的麦当劳吧,你坐332路到动物园换103路,很方便。裴庆华说什么劳?舒志红重复一遍又解释说是吃汉堡包的,裴庆华不由得惊呼一声是西餐呐,心里一沉,但嘴上还是答应了。

　　本着不入虎穴焉得虎子的信念,裴庆华找到了王府井这家麦当劳,他的第一反应是走错了地方,因为他心目中吃西餐的场所应该是门面庄严而门里冷落的,可此处竟人声鼎沸。他在人流中穿行巡视一张张桌子,按照约定暗号搜寻一个手举《经济报》的女孩。终于,在面朝长安街的一处角落,他先看到一大张《经济报》随即又看到了报纸的主人,他走到桌边面带微笑地打招呼:"请问你是舒志红吗?"

　　舒志红放下举了半天的报纸,一边揉肩膀一边打量裴庆华,她忽然一怔,又定睛看了看,随即竟然哈哈笑起来,拍了下桌子说:"哎哟喂,怎么是你呀?!"

　　裴庆华丈二和尚摸不着头脑:"咱们以前见过?"

　　舒志红总算停住笑,挤一下眼睛:"你忘了?飞机上,厕所!"

　　裴庆华竭力回想,他当然记得第一次坐飞机发生的糗事,但无论怎样都想不起那个目击他出糗的女孩长什么样。他扶着桌边坐下,尴尬地问:"飞广州那次?是你吗,你怎么还能记得?"

　　"当然啦,我还记得我穿的什么衣服呢,上身是件紫色的羊绒衫……"

　　裴庆华不由得被女性的记忆力彻底折服,又怀疑莫非记忆力超群的女性都被他遇到了,真不知这是万幸还是不幸。他讪讪地说:"距离现在都一年多了吧,只见过一面你就记得这么清楚……"

"不是一面,是两面。下了飞机没想到广州那么热,我就去厕所把羊绒衫脱了,结果一出来又碰到你。我当时就想,怎么每次见到你都和厕所有关,这是缘分呢还是粪缘呢?"舒志红说完又难以自抑地笑起来。

裴庆华脸上有些挂不住,提醒道:"这次见面的地方是餐厅,待会儿还要吃饭呢。"

"哦哦,对不起对不起,我是没想到会遇见你这位故人,太巧了,太激动了。"舒志红敛容问道,"你怎么会不知道麦当劳?前两天刚开业,全世界最大,报纸电视铺天盖地的,开业那天拥进来几万人!"见裴庆华摇头,她又说,"前年在深圳就开了,这次我和谢航在美国也吃过不止一回。你别担心,我不会宰你,这虽说是西餐但是西式快餐。肯德基吃过吧?必胜客吃过吧?"

"肯德基吃过一次,必胜客没吃过,路过,那个不算快餐吧。"

"难怪……"舒志红同情地看着裴庆华,忽然又笑起来,"难怪你以为飞机上厕所分男女!"

裴庆华站起身:"服务员不过来点餐吧?你想吃什么,我去买。"

舒志红也立刻站起来说:"我去买,你肯定不知道怎么点,就负责占着座吧。"见裴庆华仍不肯坐下便又说,"放心,我买完把发票给你。"

等了好一阵,舒志红才端着餐盘回来,上面有一个巨无霸、一个麦香鱼、两袋大薯条和两大杯可乐,她一边放下一边说:"服务员都是刚培训的,操作太不熟练,等半天。"

裴庆华瞟一眼单子,看见最贵的是头一行的巨无霸六块三,料定便是自己眼前这个层层堆叠像小山似的家伙,又扫视盘中的另外几样便放了心,暗想这一盘六样东西四十块钱应该就能封顶。

双手捧起巨无霸,裴庆华感觉无从下嘴,便又放下准备先观摩舒志红的吃法,搭讪道:"你对我们公司还不怎么了解吧?"

舒志红却偏偏不动手边的麦香鱼,而是从袋中抽出薯条蘸过番茄酱塞进嘴里,同时摇头说:"先聊私事,公事一会儿再说。"

裴庆华心领神会,忙问:"为了感谢你大力帮忙,除了劳务费或者叫润笔费之外,我们公司还会解决你的车马费、误餐费。其实这些都是形式,主要是想表达我们的心意。"

谁知舒志红又一摇头,然后拿起麦香鱼咬一口,含混地说:"这还是公事,一会儿再说。"

这下裴庆华心里没底了,连私下给钱的事都成了公事,那还有什么算得上私事?显然是托词。他正不知如何应对,舒志红又说:"聊聊你自己,别整天都是业务,好像你多大公无私似的,闲聊天会不会?"裴庆华见有转机便忙点头,舒志红问道:"你哪个学校的?"听裴庆华报上出身,舒志红一愣,又上下打量一眼才说:"哟,名校啊,失敬失敬,不过我真没看出来。你学什么的?"等裴庆华又报上专业,舒志红点头:"难怪,成天跟机器打交道。哎,你老家哪儿的?"

裴庆华嚼着汉堡包答道:"山西、陕西和内蒙古交界。"

"你们家住河里?而且是黄河……"舒志红显然对这个答案不满。

裴庆华喝了一大口可乐,顿觉心旷神怡,情绪一下子高涨起来,笑道:"你的地理挺棒啊,不仅知道山西陕西交界是条河,还知道是黄河。"

舒志红斜睨着眼睛:"你这是明褒实贬吧,知道这些最基本的常识能叫棒?你这是歧视非名校生呢还是歧视文科生呢还是歧视女生?哦……你是歧视非名校的文科女生。"

"没有没有,哪儿敢啊?我是真觉得你地理挺好的。我家不在河里,在河边。"

"哪边?"

"东边。"

"那你就说山西不就得了,绕这么大圈子。"舒志红又瞟一眼裴庆华,"难怪你人高马大皮肤倒挺白净,肯定是喝醋喝的。"

裴庆华刚想再夸一次她知识渊博,又怕招惹不是,张了张嘴又闭上。舒志红再次发问:"你毕业几年了?"

"两年。"

"不可能,咱们又不是相亲,你犯得着谎报年龄吗,你起码比我大三岁。"

"我是研究生毕业两年,本科毕业五年了。"

舒志红又是一愣:"哟,名校的硕士啊,失敬失敬,不过我更是没看出来。"

裴庆华不理她,自顾自地吃一口汉堡喝一口可乐。舒志红阴阳怪气地说:"哟,名校硕士确实很高傲嘛,自己显摆完了,就不想了解一下人家的情况?"

裴庆华忙问:"那你是哪个学校的?"

"喂,你懂不懂规矩啊,名校生是不可以随便问别人什么学校的,你这是明显欺负人嘛!"

动辄得咎的裴庆华已经近乎绝望,刚才他是不知如何开口对付巨无霸,此时他是不知如何开口对付舒志红,只得干脆徐庶进曹营一言不发。

舒志红大约也觉得再没什么私事可聊,便问:"你们想发的文章,中心大概是什么意思?"

裴庆华擦擦嘴:"其实我们也没想清楚选取哪个点,究竟是宣传康朴电脑这个品牌,还是宣传我们华研公司,还是宣传我们谭总个人,所以希望听听你从专业角度给出的意见。"

舒志红一听就摇头:"都不好。宣传康朴,品牌是人家的,这事应该他干、这钱应该他出,你们不成了为他人作嫁衣嘛;宣传你们华研公司,宣传什么呢?卖出多少微机、签了多少代理?读者才不会感兴趣呢,人家想看的是谁家出了坏事而不是好事;宣传你们谭总,恕我直言,他有啥可圈可点的吗?"

"我们谭老师以前是研究院里的研究室主任,现在毅然离职全身心要把科研成果转化为生产力,不拿国家的金饭碗,转型为一代儒商的楷模,这还不够吗?"

"嘁,你这话放在十年前也许还行,现在不新鲜喽。尤其是小平南巡以后,周围全是扑通扑通的声音……"

"什么声音? 扑通?"

"跳水……下海啊。如今下海还算新闻吗? 连我们报社都一下子离职了好几个主任编辑,这年头不受外界诱惑安心本职工作倒更像是新闻。"

裴庆华无语了,两人闷头坐着,此起彼伏地发出吸溜可乐的声音。舒志红像是自言自语地说:"这个不好写,我得多了解一下才行。"

"欢迎你去我们公司走访,我也希望你能直接和我们谭总聊聊。"裴庆华又问,"要不要再点些东西?"舒志红摇头,裴庆华伸出手,"刚才的发票呢?"

"我没要,这么点钱还开什么发票,今天我请客,感谢你大老远跑过来。"舒志红拿起餐盘上的明细单递给他,"喏,你要是真想开发票就拿这个去,不过你不用把钱给我,我不会要。"

裴庆华立刻不高兴地说:"那我还开发票干什么? 难道你以为我吃了你请的汉堡还要回去报销再赚一笔? 你太不了解我了!"

舒志红连眼皮也不抬,嘴里含着吸管咕哝道:"所以我要进一步了解你。"

五一刚过,舒志红就给裴庆华打电话说要到华研公司走访,裴庆华大喜过望,忙说你打车来吧。舒志红说不用,我要反方向重走一趟你上次来的路,103 路换 332 路,这样平等。裴庆华虽然不解所谓"平等"从何谈起,但也不勉强,说那你就坐 103 到动物园终点站下,我过去接你。

裴庆华扶着自行车在电车站等了不短的时间,头两辆都没有,许久之后第三辆进站的车到了,总算看见舒志红从车上下来便推车迎上去。舒志红首先抱歉:"等半天了吧? 这破车的'大辫子'走半道脱落了,司机费了大劲才把'大辫子'搭回电线上,你没等急吧?"

"没有没有。"裴庆华拍一下自行车的后座，"我用自行车把你捎过去，不介意吧?"

舒志红看一眼裴庆华："男生的自行车后座不是随便什么人都能坐的吧?"

裴庆华有些尴尬："我是怕你嫌走得太远。"

"这天气不冷不热的，走走挺好。对了，你们谭总的时间没关系吧?"

"不要紧，他下午都在。"裴庆华说完，就推车带路向首都体育馆的方向走。

舒志红一边走一边不停地用右手按揉左肩膀，脸上不时露出痛苦的表情。裴庆华问："怎么了?"

舒志红咬牙切齿地说："那个售票员太不是东西了! 她在车门里面顶了块砖头，故意让车门不能完全打开。我刚才着急下车，车门刚一开我就往下冲，谁想到车门开一多半就停住了，正好撞在我肩膀上，疼死我了……"

"哦，我知道了，不少售票员都这么干。"

"你说她们是不是成心啊? 上下车的时候本来就挤，还偏偏不让门完全打开，这不是有病吗?!"

裴庆华很耐心地解释："公共汽车开门关门靠的是一套曲柄连杆滑块机构，滑块连着车门上面安装的气缸，司机那儿有个按钮可以控制这个气缸，气缸一动，滑块就沿着车门上面的槽跟着动，每一侧的车门都是可以折叠的两扇，撞你的应该就是两扇门的连接处。靠旁边的门其实就是曲柄，靠中间的门其实就是连杆，滑块带动连杆，连杆带动曲柄，两扇车门就动了。但这种机构有个问题，就是当连杆对曲柄力臂为零的时候扭矩也为零，机构就没法运动，锁死了，处于锁死的位置就是死点，而它的两个死点偏偏正是门关严和完全打开，只能靠外力给它一个初始角，所以公交车到站的时候售票员老让人拽一下门，就是帮它打开。往门后垫一块砖头，让门没法完全打开，保证到不了死点，关门就容易了。我一直认为,这种折叠门非常不适宜用在公交车上,不容易开关是一方面,而且打开时门向内运动,和人往外挤的方向正好相反,如果车里着火或者出什么意外,车门很可能被顶死打不开,那就要出大事了……"

裴庆华边走边说,忽然觉察到周围静悄悄的已好久没反应,停住脚扭头一看,身边空无一人,忙回头向后找,只见舒志红远远地站在十几米开外,正向他怒目而视。裴庆华忙推车走回去,关切地问:"走累了吧? 抱歉抱歉,我走太快了。"

舒志红被气笑了:"我这是累的吗? 我是被你气的! 喂,需要你理解和同情的是我,不是售票员! 我跟你说我肩膀被撞疼了,是希望你能安慰我一下,不是要听你讲一大套什么机构什么运动。"

裴庆华涨红着脸说:"不好意思,是我职业病犯了。不过我刚才说的那事你真应该向有关方面反映一下,你是记者嘛,这种折叠门真的是隐患……"

"喂,你到现在还是没有一句安慰我的话。你真是典型的工科男,哦对,你是名校硕士工科男,绝对的智商高情商低。"这时舒志红真生气了。

裴庆华反而笑了:"这你真是冤枉我了,我智商真不算高,智商比我高出一截的大有人在。"

"这叫冤枉你? 这叫抬举你好不好?"舒志红再一次被气笑了。

两人默默地走了一阵,向右转拐上白颐路,就在踏上白石桥的时候舒志红忽然放声爆笑:"哈哈,逗死我了,看来你和厕所真是有缘啊! 我才想起来,你刚才讲了半天公交车上那种折叠门,不就是飞机厕所的那种门吗……"

十三

/

挟客户自重是大忌

　　谢航站在中国大饭店的宴会厅里,心里喜滋滋的。会场前方悬挂着中英文的横幅——"IEM 中国有限公司成立庆典",全球总部、亚太区和中国公司三级首脑与嘉宾轮番上台致辞,台下的人三五成群围绕一张张圆形的高脚桌站着,香槟酒杯要么捏在手里要么放在小桌上。谢航对台上连篇累牍的祝贺与展望并无多大兴趣,对手中的酒和小桌上的各样小食也没什么胃口,她心里盘算的是,由代表处变为独资公司之后的 IEM 可以直接聘用本地员工,再不必经过外企服务总公司那道手,摆脱这一层"盘剥"之后即便多缴些税,到手的工资仍然相当于涨了一倍都不止。

　　每个月保底五千块,真多呀! 可这么些钱该怎么花呢? 每月多给老谢、老沈一点儿,让他们高兴高兴,但也不能给太多,免得过度刺激他们。给萧闯? 那家伙平常没什么地方用钱,上次提议给他买个新电视或者起码把那个老双卡录音机换掉还惹得他不高兴,好像伤了他自尊心似的,直嚷嚷不就白花两百块钱换回一堆明信片嘛,至于这么变着法儿挤对他吗……不知好赖的东西,男人的心思居然比女人还要敏感。自己花掉?可自己要是知道该怎么花还用得着犯愁吗?看来只好存银行了……

谢航这样想着,嘴角不禁微微上翘流露出一丝笑意,却不知顶头上司何时静悄悄地挪到她身边。香港经理皮笑肉不笑地问:"Abby,很开森吧?"

"哦,Edward,您好。当然开心啦!"谢航忙躬身致意。

"你下午会进 office 吧?"

"进呀,庆典结束我就回去。您有事吗?"

"当然,你到 office 就来找我,我有话问你。"经理说完就又静悄悄地转身走了。

回到公司在楼下囫囵吃过午饭,谢航便来敲经理的门。进门后经理看她一眼,面无表情地说:"麻烦你去请一下曲先生,然后你们两个一起来。"

谢航跑到老曲的座位,人不在,等了一阵才见老曲一边剔牙一边大摇大摆地踱回来,谢航忙说:"曲先生,Edward 请您去一下。"

曲先生看一眼谢航,面无表情地先把牙签扔到纸篓里,又抽出一张纸巾擦嘴,然后才扭身向经理室走。

再次走进经理的房间,经理说请坐,谢航才赫然发觉没有自己坐的地方。记得经理桌子对面历来放有两把椅子,但此刻却只剩一把,老曲已经大刺刺地坐下。经理显然没打算吩咐谢航再去搬把椅子来,似乎就应该这样,他看着眼前的屏幕说:"曲先生你先讲吧。"

老曲便仰起脸问谢航:"爱碧,上海宝淞集团那里后来有什么进展?"

"前些天我做 review(项目评估)的时候向 Edward 和您讲过的,他们在春节前基本完成了二期工程所需的软硬件采购,三月份新采购的部分到货安装完毕,现在已经在按计划进行新一期开发,争取国庆节前后启动第三期工程。"

"硬件系统的部分都买了些什么?"

"磁带机、冗余阵列式硬盘柜、专用打印机还有一些终端。"

"买的是我们IEM的产品?"

"对,这几种都是IEM的。"

"那我怎么没见到合同和订单?也没见到我们的人发货安装?"

谢航字斟句酌地回答:"我问过虞主任,他们是从一家美国经销商那里买的二手设备。"

经理与老曲交换一下眼色,老曲说:"虞主任下面的人也是这样跟我讲的。不过我还听说,是你把这家美国经销商介绍给虞主任的,是吗?"

谢航愈发紧张,她往桌边靠了靠,想借助桌子支撑自己,以求止住身体不由自主的战栗。她咬了下嘴唇,答道:"我在一个偶然的机会看到这家公司的介绍,就把资料转给了虞主任,后面的情况我不清楚。"

"爱碧呀,你知道我为了这个二期工程在宝淞集团那里花了多少心血和功夫?他们原本没得选择,必须从咱们IEM中国签约购买,可是你倒好,我上次只是出于好意想多给你一个锻炼机会,带你去见客户,可你呢?回来以后就和他们里应外合、暗度陈仓,把美国的二手货私下推销给他们,把我们稳稳到手的单子给毁了。你这样做是在出卖公司利益啊!他们给你多少好处让你干出这种事?"

"我没有!"谢航抗辩道,"我个人没拿任何好处。虞主任明确讲了,他们这次的预算根本不可能从咱们这里买设备。如果找不到解决方案,他们只能放弃已有的IEM系统,那样咱们就前功尽弃,也别想在第三期拿到新的主机系统订单。"

老曲轻蔑地笑了:"客户的话你也信?他们不这样讲,你怎么会帮他们找二手设备?你不仅被他们骗了,居然还和他们联手骗公司,知道你这叫什么性质吗?"

"但如果他们说的是真的呢?如果他们真的同咱们终止合作,全都改用其他家的系统,怎么办?"

老曲忽然提高嗓门:"那也是我的问题,用不着你来操心!如果那样导致项目丢了,我来负责,但现在这样的结果,你能负责吗?"

"我当然可以负责。"谢航赌气回应,丝毫意识不到此话的严重性。

老曲不再理会谢航,转而看着经理,一副"我的问题已经问完,该你了"的神情。经理慢悠悠地抬眼看看谢航,问道:"你刚才已经承认,确实是你把那家公司的资料介绍给上海宝淞的?"

"我纯粹是帮客户的忙,就像客户来北京想住酒店,我介绍一家酒店给他们。"

经理微微一笑:"你帮忙介绍酒店给他们没有任何问题,因为,我们 IEM 自己不开酒店。"他收敛笑容,又问一遍,"我刚才问的问题,你能明确答复我吗?"

谢航无助地点下头,低声说:"是我介绍的。"

经理也点下头:"你刚才已经表示,你会为你的行为负责,对吗?"

谢航脑袋里空空的,完全不明白怎么会落到这步田地,更不知下一步能做什么。

经理不再纠缠,又微微一笑:"你不回答也没关系,因为应该由你承担的责任,无论你是否愿意,都要承担。Abby,我和 HR(人力资源部)会出具一份文件给你,上面会如实记录你今天所讲的情况,希望你到时候能够签字,不要反悔。好了,你出去吧。"

谢航没有回自己的座位,而是径直去了洗手间对着镜子啜泣,她震惊、她委屈、她想不通、她茫然失措。先后几个进来的人都被她的模样吓一跳,但都马上像躲避瘟疫似的逃了出去,没人过来关心也没人上前安慰。外企就是这样,所谓的不打听他人隐私看似很职业,其实不过是只求自保而已。

忽然心思一动,谢航想到了上午的庆典,此时的她已经不再是外企服务总公司派到 IEM 的雇员,她的档案关系已经转到人才交流中心。如果她被 IEM 勒令离职,外企服务公司已不会再为她托底并将她派到另一家公司,等待她的只有失业,她将和萧闯一样沦为无业人员。只隔一顿午饭的工夫,她就从天上掉入了深渊,毫无征兆,毫无防备。五千块的月薪还没拿过一次就将被打回原形,这时她才意识到工资能挣多少固然重要,但更关键的是工资能挣多久。这个念头瞬间让她猛醒,不,她不能被开除,从小到大她还从未失败过,现在更不能,她要绝处求生。

谢航的第一反应是要给上海打电话,她有话要问虞主任,她更需要虞主任救她。但谢航又错了,这时的她确实应该马上求助,但方向应该是向内而不是向外,可又有什么办法呢?她毕竟太年轻了,还不满二十四岁。

找到一间无人占用的会议室,谢航推开门闪身进去又把门关上,把会议桌上的电话机拉到角落里,她手指颤抖着拨了虞主任办公室的号码。谢天谢地,虞主任在。谢航将刚发生的事情简明扼要地复述一遍,虞主任没有打断,只是间或"嗯"一声。叙述完毕,谢航问:"虞主任,我想听您跟我说一句实话,您到底是不是在利用我?"

一阵难挨的沉默,就在谢航忍不住要掩面把电话摔掉时虞主任才缓缓地说:"谢小姐,借用你曾经讲过的一句话,你可以怀疑我的能力,但不该怀疑我的诚意。"

谢航破涕为笑:"我干吗要怀疑您的能力,您要想骗我就一定能骗成。"

"我干吗要骗你?我是说,你可以怀疑我帮你的能力,但不该怀疑我帮你的诚意。"

"您真的肯帮我?太谢谢您了!可是……您能怎么帮呢?"

虞主任又沉默了,过一阵才说:"你让我考虑一下,等我电话吧。"

谢航回到座位上寸步不敢离开,每次电话铃响起都弄得她心惊胆战,既希望是虞主任的却又怕是人事部的,而煎熬到最后她已经死了心,既不盼虞主任也不怕人事部,不管是哪一个要来就赶紧来吧,她只求这一切尽快结束。

快下班的时候虞主任的电话终于来了,他说:"谢小姐,我草拟了一封给你们公司的信。你的上司看得懂中文吗?"

"他是香港来的，用繁体字，认简体字会比较吃力。"

"哦，他的上司是美国人？"

"对，纽约来的。"

"他的上司肯定只能看英文吧？那他的上司的上司就更应该是美国人了吧？"

"对，得克萨斯来的，他们都只会英文。"

"那这样，谢小姐，麻烦你把我拟的信翻译成英文，然后再把你上面这几个上司的名字写清楚一起传回给我，我这边找人打印出来然后正式发给你们公司。你现在就去传真机旁边等着，用传真机上的电话通知我，我给你发过去。"

谢航拿到虞主任发来的传真，立刻趴在桌上逐字逐句地翻译，其中一段是这么写的——"谢小姐是我们所遇见的唯一真正做到想客户之所想、急客户之所急的厂商代表，如果她这样努力工作，贵公司却认为是犯了错误，那我们选择与贵公司合作恐怕也是犯了错误，一个应该马上予以纠正的错误。"谢航翻译完这段话就再也忍不住，趴在桌子上哭了……

第二天，人力资源部姓陈的高级经理来找主管制造业的香港经理爱德华，两个纯种华裔之间用英语交流。陈经理说："幸亏昨天下午没有答应你马上跟进这件事，你看，Abby 不简单吧。已经有两位老板把客户的传真转给我，让我向你了解究竟发生了什么。如果昨天就仓促让她离开，现在我们该怎么办？"

爱德华指一下桌上："我这里也收到了，要我做解释。"

陈经理笑嘻嘻地问："Edward，有一点我搞不懂，想向你请教。"

"看，你也要我解释。"爱德华苦笑。

"Abby 在这个项目上的职责就是典型的客户经理，而不是产品经理，她负责的是与客户维系良好关系并保证客户满意度，而不是必须卖出某一种特定的产品。我的理解没错吧？"爱德华无力地点头，陈经理接道,"那么,如果让她离开,客户会不会因此把已经买的二手设备退掉再重新向你买?"

"当然不会。"

"那么,让 Abby 离开的结果显然只会是影响客户与 IEM 的关系,以至于影响客户今后向你购买更多产品。我不明白的是,这样做对你、对 IEM 有什么好处?"

爱德华一耸肩膀:"但显然她在这一过程中是有过错的,她把客户的利益放在 IEM 利益之上,在 IEM 拥有同类产品的情况下把其他公司的产品推荐给客户。"

"我不得不提醒你,所谓她推荐给客户的其他公司产品其实也是 IEM 的产品,只不过是二手的。"

"但她很可能接受了那家公司给她的好处。"

"你有证据吗?或者说,你有没有做出哪怕一点点努力去获取任何证据?"

爱德华不再说话。陈经理转而道:"我不懂怎么做销售,我更完全不了解你的那家客户。但我猜想,如果 Abby 事先把她的想法告诉你,很可能你也会是赞同的吧?"

"但是她没有那样做。"爱德华并未正面回答。

陈经理点头:"所以,Abby 的过错在于没有做她应该做的事,而不是做了她不该做的事。这两者之间还是有区别的。"

爱德华忽然气鼓鼓地冒出一句没头没脑的话:"我知道你喜欢她。"

陈经理仰头大笑,然后说:"所有人都喜欢她,所以不是我有问题,而更可能是你有问题。事实上,从昨天下午到刚才,已经至少有两个部门明确表示要 Abby 去他们那里。"

"我可以肯定,其中必然包括那位商务部经理吧?"爱德华一脸的不屑。

"Edward,当初我们决定把 Abby 分派给你,就是因为她能发自内心地关切你的客户。你不觉得她比别人做得都好吗？至少我还从没遇到有哪一家客户为保护 IEM 的某位员工而威胁终止与我们的合作。"

爱德华沉着脸说："这是她犯的第二个错误，甚至比前一个更严重，把公司的内部事务暴露给外界，尤其是暴露给利益攸关的客户。"

"当然，你是对的。但你有没有考虑过让谁去替代 Abby？"

爱德华沉吟道："如果不对 Abby 做点什么，曲先生会很不高兴。"

"我知道，我知道，但在这方面我是有资格多说几句的。Edward，咱们的派遣合同到期以后你会回香港、我会回美国，所以你我都不一定能看到那一天，但我相信，将来的 IEM 中国公司会越来越不需要曲先生那样的人，而会越来越需要 Abby 这样的人。"

谢航被陈经理招到他的办公室，陈经理早年在台湾念书，所以操一口很标准的国语。他着重给谢航讲了两个概念，一个是"度"，一个是"流程"。凡事都要讲求这个"度"字，适可而止、恰到好处、过犹不及，不能单凭自己的初衷是为客户好、为公司好，就一意孤行打破客户利益与公司利益之间微妙的平衡。毕竟是 IEM 花钱雇的你，为客户服务只是你为公司服务的手段但不是目的，绝不能反过来。而对于流程，不要狭隘地把它视作公司管控你的工具、束缚你的枷锁，其实流程是对你自己最好的保护。事事遵照流程，不逾矩，就没人能轻易伤害你。专注于结果是好的，但不能忽略过程，你既然决定向你的经理隐瞒一些事情，那就只能由你自己来承担相应的后果，所以这件事上爱德华没有任何问题，问题在你身上。

陈经理最后说："Abby，你跑去向客户寻求帮助，让客户对公司施加压力，这种做法是蛮严重的错误。你知道慈禧太后当年最恨康梁乃至光绪皇帝的是哪一条？就是'挟洋自重'，你也是犯了这个罪名。虽然现在我们 IEM 是'洋'，你挟的客户是'华'，但你挟客户自重是犯了同样的大忌。"

"哇！您居然知道康有为、梁启超，真是太厉害了！"谢航不禁同时竖起两只大拇指。

"这有什么？在台湾也要学历史和古文的好吗？坦白讲,大陆这边的年轻人在国学方面的素养比起台湾的普通水准差得不少嘞。好了不要扯远,Abby 你要记住,不要急于去外部寻求帮助,而要在内部想办法。"

"您的意思是……我应该先去找您？"

"对。你想想看,在你错上加错之后我仍然在尽可能地帮你,如果你第一时间就来找我,我怎么会袖手旁观？当然,也不排除有其他的人可能更适合也更乐于帮助你。即便我们不适宜直接出面,起码可以为你指点一下出路。如果你在公司内部连一个可能向你伸出援手的人都找不到,那你恐怕真应该离开了。Abby,下次再遇到这种状况,知道该怎么做了吧?"陈经理忽然微微一笑,"当然,你最好还是不要再有下次了……"

谢航感激得鼻子又有些发酸,她强忍住,用力地点了点头。

虽然距离生日还有几个月,但谢航已经切实体会到本命年的波折与多舛。她的职业生涯中所遇到的第一场危机刚刚貌似有惊无险地度过,萧闯又纠缠不休非让她去完成一项几乎不可能的事情。虽然她心里百般的不情愿,但一看到萧闯那近乎乞求的目光,又想到萧闯好像还从没求过她什么,谢航又实在不忍心拒绝。

"真的需要那么多身份证吗？几十个还不够,非要几百个?"谢航这已经是第三次质疑,但语气越来越软弱。

"不够。"萧闯坚决地说,"十分之一的中签率,几十张身份证只能中几个签,每个签只能买一千股,我费这么大劲才搞到区区几千股,将来就算翻几倍只能赚几万块钱。我要干就干一票大的,如果弄到几百张身份证就能赚他几十万!"

"一下挣几万块还不知足呀?"谢航被萧闯鼓胀起的眼珠吓一跳,忙改口说,"那为什么非要让我回学校去帮你找身份证呢?"

"能想的办法都得想,能去的地方都得去。像老裴他们公司或者你们那儿的人,经常需要出差用到身份证,没法借出来。你想想什么样的人很少用身份证?学生!什么地方学生最集中?当然是学校。"

"可现在学校已经放假了呀,没剩多少学生了……"

"没错,只怪咱们运气不好。不过换个角度想,暑假里仍然留在学校的当然是不打算回家的,所以身份证一定都在手上,你回去能找多少算多少。"

"那干吗非要让我去找雷岷啊?你知道,咱们同学里面我最不想见的人就是他呀。"谢航可怜兮兮地望着萧闯,用眼神在说"放过我不成吗"。

萧闯有些不耐烦:"那已经是好几年前的事了,毕业都两年了,还有什么不自在的?他留校当辅导员,又喜欢搞各种社会活动,接触的人多,反正我觉得就他合适。你还能想出其他人吗?再者说,最可能买你面子的就是他吧?"

谢航皱起眉头:"所以你就是想利用我。"

"哎呀,你胡思乱想什么!我现在都着急上火得满嘴起泡了,怎么让你帮个忙就这么难呢!这种紧要关头你不帮我,我还能去找谁?"

谢航赶紧盯着萧闯的脸察看,又让他把嘴张开。萧闯拨开谢航的手说:"还有,争取多找几张深圳的身份证,还得是男生。"

"为什么?"

"去深圳要办边防证,你以为派出所能给我开证明信?"萧闯气哼哼地说,"最好能找到一张相片看着像我的,如果实在弄不到,到时候我就只能想办法'偷渡'了。"

谢航更发愁了:"可咱们学校每年从广东招的学生很少,其中从深圳考来的就更少,又碰巧今年暑假留在学校里的,那简直是凤毛麟角啊……"

"所以我才一再求你务必要想办法帮我搞到吗?!"萧闯焦躁地跺脚。

谢航一见忙伸手在他后背上不住地摩挲,哄道:"好了好了,我去还不成嘛,你别着急啊,我一定想办法。"

雷岷接到谢航的电话喜出望外,一连声地答应"好""没问题",时间地点都由谢航定。

谢航从出租车上下来,走进位于五道口的这家小饭馆,雷岷从一张桌子旁边噌地站起,迎上前伸出右手,谢航的一颗心才放下。她一路上都在担心,如果雷岷真摆出拥抱的态势她该如何应付。

雷岷握过手却不松开,一直牵着谢航回到桌边,谢航借着把包放在椅子上的机会将手抽回来,却不敢把手放在桌上,而是夹在膝盖中间。谢航招呼说:"你来得真早啊,我没迟到吧?"

"没迟到没迟到,从你那儿过来太远,我从系里骑车到这儿三分钟。"雷岷仔细端详谢航,"一点儿没变,还是清纯女生的样子。我以为你去了外企肯定得一身珠光宝气,看着特别风尘……仆仆似的。"

"这才两年,你是不是觉得我应该已经变得特别老了?"

"没有没有,在我心目中你始终是一个样子。"雷岷一脸真挚地说,"今天上午接到你电话我真的很高兴,说明你还没把我忘了。就是时间仓促,要不然我会找家好一点儿的餐馆。这里和几年前一个德行,一点提升都没有。"

"所以我才想在这儿吃啊,上学的时候谁过生日或者拿到奖学金都来这儿撮一顿,你们踢球赢了也到这儿庆贺,哦对,输了也来。"

"可这里的气氛好像不太适合咱俩别后重逢……"雷岷的目光变得迷离。

谢航随口应道:"因为是你请客嘛,当然要找实惠一点儿的,如果去那些宰人的地方,我是不会让你买单的。"雷岷的眼神里黯然闪过一丝尴尬,谢航装作没看见,从包里先拿出大钱包放在桌上,再从包里拿出名片夹抽出名片递过来,"敬请关照。"

雷岷的视线不由自主停在鼓鼓囊囊的钱包上,里面一沓厚厚的人民币倔强地探出头来。原本夏天的服饰就很难彰显奢华,谢航今天又只穿了一身平常上班的套装,所以方才雷岷打量她时没觉得两年下来双方有什么差距。但此刻雷岷开始浑身不自在,仿佛囊中那胡乱团在一起的一张一百、一张五十还有若干一块、五块都已暴露在谢航眼前。他又瞥一眼谢航的钱包,那看上去像是他一年的辛劳所得竟然被谢航当作日常零花钱随身携带,他现在认识到差距了,而这差距令他觉得自卑,却让看在眼里的谢航感到安全。

收下谢航的名片,雷岷问:"你找我有事吧?"

把东西放回包里,谢航莞尔一笑:"先点菜,我要鱼香肉丝,一碗米饭。"

"你倒真替我省钱。"雷岷苦笑一下,点了俩菜,又问,"你是有事才找我的吧?"

"当然啦,要不然怎么好意思打扰你这位大忙人。是这样,我们IEM公司正在深圳筹备设立一个研究院,马上就要在几所重点大学开展校园招聘,我一听就起了私心,想为咱们的兄弟姐妹们多争取一些机会。我和公司的人力资源经理说好,先在咱们学校征集报名,如果数量和质量都能达到要求那就没必要再跑到其他学校折腾了。所以想报名的人先交身份证,我再搞一个花名册,公司一看数量足够,就会重点在咱们学校搞笔试面试。我问了,专业不限,本科、硕士、博士或者年轻教师都可以,刚念完大一的都行,他们也需要实习生。还有,由于研究院将设在深圳,因此原户籍在深圳的优先,节省公司好不容易搞到的特区落户指标,所以最好多找一些来自深圳的同学报名。"

"问题是……现在已经放假了,学校里没什么人。"

"所以我就想到你了嘛。你人脉那么广、号召力那么强,又有组织能力,一切对你来说都不是问题。"

雷岷踌躇道:"假期只有个别食堂还开,在门口贴上布告,还有浴室也要贴,分散在各系各宿舍楼的都要吃饭洗澡,广而告之倒是不难……"

"不能贴布告!"谢航见雷岷面露疑惑,解释说,"公司是私下先在咱们学校征集报名,这样大张旗鼓的,外校那些串门来看同学、会朋友的一看到就会立刻传开,其他学校肯定要向我们公司抗议说 IEM 不一视同仁。所以只能不动声色地搞,要不然还不如我们公司直接找学校的就业指导中心出面了。"

雷岷低头想了一阵,问:"至少征集多少人报名?"

"那就要看兄弟姐妹们的造化了,"谢航笑道,"五百人不嫌多,一百人不嫌少,当然多多益善,争取咱们的校友全面把持未来的 IEM 深圳研究院。"

"大概什么时间截止?"

"三天,来得及吗? 我们公司只肯给我这么点时间,然后就要去其他学校巡讲了。"

"好吧,我知道了,三天以后我给你消息。"雷岷郑重地说完便话题一转,"萧闯怎么样? 还漂着呢?"

"是啊,还那样。"正巧饭菜都上齐了,谢航张罗开吃,不想继续这个话题。

"当初我就说过,我和萧闯的区别在于,一个靠得住,一个靠不住。你呀,还是太年轻。"雷岷满腹幽怨地说。

谢航一乐:"这位同学,好像咱们一般大吧……"

"我指的是心理年龄,你呀,太不成熟。"雷岷用筷子点一下,"当然,还有一个因素,就是你们北京人在心底里终归是排斥我们外地人。"

"雷老师,您如今一年到头在北京的时间可比我多多了,和您相比我才是外地人。"

"你老得在全国各地跑吧? 哎,在外企打工真是挺辛苦的。"

谢航歪头一笑:"不只国内,国外也老去,辛苦死了。"

雷岷的目光又一下黯淡,怅惘地说:"其实我当初也可以努努力出国,就是因为想和你一起待在北京,才选择留校的。"

谢航不想再听他倾诉衷肠,三口两口扒拉几下饭菜就说:"实在对不起,我明天一早的航班飞武汉,得回家收拾行李。那件事就拜托你啦,别忘了,从深圳来的优先!"

雷岷的执行力果然了得,第三天的晚上他给谢航打电话说差不多了,谢航高兴得直跳脚,忙约好翌日中午在小饭馆见面。

谢航到了五道口让出租车打表等候,进了小饭馆首先看到雷岷面前放着一个挺大的盒子,走近一看原来是个鞋盒,打开便是满满的身份证,不由得惊喜道:"哇,这么多,你太厉害了!"

雷岷没说话,只摆出很谦逊的笑。

谢航随手翻翻,问道:"深圳的多吗?"

"很少,好像才五六个吧,每年也没几个从深圳考来的。"

"总比没有强,谢谢你啦!下午两点老板召集开会,我得赶紧回去,饭就不吃了,下次我请你!"生怕夜长梦多的谢航说完,就抱起鞋盒往外走。

"等一下!"雷岷追上来,掀开盖往鞋盒里塞了一摞纸,"这是我整理的名单,什么专业、什么学历一目了然,你弄花名册的时候就轻松了。"

谢航回头望着雷岷,眼睛里既有感激更有愧疚。

晚上刚赶到萧闯家,谢航就把一鞋盒身份证展示给萧闯。萧闯一见猛地把谢航抱起,双臂箍得紧紧的,像是要把谢航融化进怀里。谢航透不过气脸憋得通红,拼命甩手示意他放下,正巧裴庆华推开门进来,又立马转身出去,嘴里说:"哎呀糟糕,忘了敲门。"

萧闯松开谢航,对着大门喊:"进来吧,装什么蒜,又不是没见过。"

裴庆华再次走进门来,手上比平日多出一个大纸袋。

谢航和裴庆华打过招呼便对萧闯说:"赶紧把那几个深圳的挑出来,看看有没有和你像的。"

把鞋盒里的身份证哗啦一下倒在床单上,萧闯和谢航都趴上去一张张翻看,一共找出六张签发机关是深圳市公安局的,五男一女。谢航逐张举到萧闯脸旁比对,最终遴选出一张说:"只能是他了,你得去理个发,再配个平光眼镜,要像他这种镜框的,还有,你要记住皱眉头。"

萧闯把身份证拿过来,念叨着姓名、生日和住址,重点背下身份证号码,说:"我要天天盯着他看,据说这样能越看越像。"

裴庆华走过来说:"你天天盯着谢航看了三年多,有效果吗?"然后把大纸袋递给他。

萧闯往纸袋里探头看一眼,顿时瞪大双眼惊呼:"哎呀,老裴你行啊!哪儿弄的?"

谢航忙接过去一看,原来里面也装着满满的身份证。

裴庆华解释说:"我请公司的二老板帮忙,他的亲戚在温州老家开工厂,工人的身份证都押在他亲戚手里,他跟亲戚一说,人家就寄过来这么一袋子。"

萧闯又作势要抱裴庆华,掂量一下双方的身形只得作罢。他把纸袋往床上一倒:"快找找有没有深圳的。"

谢航赶紧把两堆身份证区隔开,说:"别弄混了,都是要物归原主的。"

裴庆华拍萧闯一巴掌:"甭费劲了,你觉得会有拿深圳身份证的人跑到温州的作坊里打工吗?"

"哎,那个温州老板手里有这么多工人的身份证,他怎么不去认购新股?"萧闯很是不解。

裴庆华笑道:"你以为都跟你一样呀,我问过我们二老板,他说温州人不认股票这玩意儿,觉得不实在不靠谱。再说人家自己就是开公司办工厂的,何必把自己的钱投给别人的公司。哎对了,你怎么知道深圳要发新股?"

"你以为我整天在家闲着?"萧闯翻了裴庆华一眼,托着下巴注视床上的两堆身份证,目测一下总数,转脸问谢航,"你存了多少钱?"

"大概……三万?"

"都给我,要不然恐怕不够。我已经把我爸妈的活期定期全取出来，国库券都倒卖换成了现金。"萧闯一副砸锅卖铁、破釜沉舟的架势。

"啊，怎么要这么多钱啊？"

"一张身份证买一张抽签表，一张抽签表要一百块钱，你算算这就得好几万。"

"表还要拿钱买？这没道理啊！"谢航连声惊呼。

"这帮孙子！一共要发五百万张抽签表，你算算，这就是五个亿！"

"那这样，"谢航毅然决然地说，"我把所有的钱都给你，你给叔叔阿姨留点儿钱吧，要是都赔了他们怎么办？"

"留下一块钱，过些年变成五毛钱；投进去一块钱，过些天就变成五块钱！不留！这些都不一定够呢。"

一听这话裴庆华就转身往厅里走，萧闯在后面笑骂道："老裴，你不用怕，我不会找你这个抠老西儿借钱！"

裴庆华伸手在头上一挥："我不怕，反正我也没钱……"他就势把布帘拉上，在褥子下面拿出一个信封，从里面抽出一沓钱，数了数正好十五张。如今他每个月能攒下五百块钱，这一千五准备明天到邮局给家里寄去。他摊开信纸写了一封不长的信，核心内容就是约定其中的一千块给爸妈、五百块给姐姐。

手指摩挲着十五张百元大钞，裴庆华心里有些不是滋味，虽说眼下他对家里的帮扶力度比两年前提高了十倍，但能留在他自己手里的钱依旧少得可怜。从研究所变为华研公司，他的工资和补贴加在一起确实涨了几百块，但仅此而已，原本期望下海后占收入大头的销售提成与绩效奖金还没见过，只偶尔雨露均沾地拿到几次数目很小的安慰奖。他仔细想想觉得没什么可抱怨的，要怪只能怪自己，也许是能力不行、也许是运气不行，当然也可能是能力与运气都不行。

裴庆华长舒一口气，把钱塞回信封，最后在信纸上写下一段话："爸、妈、姐，你们就等着瞧吧，我一定能给你们带来惊喜。我知道你们不一定在乎也不一定相信，因为你们惦记的是只要我平平安安、健健康康就好，但是我在乎、我相信！"

十四

/

第一桶金

八月初,萧闯带着父母与谢航的全部身家义无反顾地上路了,若不是正值盛夏,他肯定会有风萧萧兮易水寒的慨然。先坐火车到广州,他一路不敢合眼,连上厕所都要背上一袋子钞票和一袋子身份证。出了广州火车站,他刚张口说出"深圳"俩字便被手举"深圳大巴"的票贩子热情地引领,到流花汽车站票贩子一伸手:"四百块!"萧闯一愣,诧异这点路途的汽车票居然比北京到广州的火车票还贵,不禁嘟囔一句怎么这么贵,票贩子一指大巴车:"大日野!"萧闯一想这豪华日本大客车自然是比铁路的绿皮车要高档,而且既然是去特区,车票特贵也可以理解。他掏完钱便护着两个袋子往车上走,没留意到票贩子自语说:"明后天更贵!"他全然不知这大巴车票已经比平日涨了十余倍!

萧闯紧紧揣着两个袋子,蒙眬中感觉车停下,听见司机喊:"下去过关,记得车号,过关再上车。"

跟随其他人下了车,又被人群裹挟着走进同乐检查站,萧闯取出刚配的眼镜戴上,手里紧紧捏着那张深圳身份证,盘算假如人家问他为何不会说广东话他该如何作答……心慌意乱地排到检查口，浑浊的气味和烦躁的心情令他不自觉地皱起眉头，无意间恰好遵循了谢航的叮嘱，与身份证上的照片形似且神似了。想必从事这一枯燥乏味工作的武警心情也好不到哪里去，同样皱着眉头接过身份证，只瞟一眼就扔回来，萧闯如获大赦一般过去了。

到福田下车，他沿着深南大道一路向东走，沿途打听旅馆、招待所却发现竟然全满。一直走过市政府，萧闯人困马乏再也走不动，刚到一家看着不错的酒店前台又被告知没有床位，失望的他忽然感觉内急，奔到厕所方便之后却忽然发现这下有地砖、上有吊顶、三面木板围挡的厕位不就是一个很理想的私密空间嘛。于是他放下马桶盖坐在上面，背靠身后的水箱，脑袋向后一仰沉沉睡去。

被一阵咣咣的砸门声惊醒，萧闯一睁眼就看见侧面的木板上沿探出一张扭曲的脸，正气急败坏地骂他："睡死啦你！呼噜打得前台都听得到！害得我挨骂！"

那人从隔壁的水箱盖上跳下，萧闯已经擦着哈喇子打开门，清扫员一脸怒容地轰他："出去出去！"

萧闯掏出一张五十块钱的钞票递过去，打个哈欠说："他们骂你，你骂我，我再给你点儿钱，扯平了吧？"

清扫员目瞪口呆接过钱，嘀咕道："这么有钱，干吗不上去开房间？"

萧闯心说哪儿有空房啊，他回手一指马桶："上面没这儿舒服。"他在镜子前洗把脸，又问，"现在什么时间？"

"早晨五点。"

"几号？"

清扫员怪异地看着萧闯："昨天是 6 号。"

萧闯这才放下心，自己只是睡了几个小时而已，没误事，他检查一下家当都在便往外走。如果他能预见到后面几天的艰辛与惨烈，不管多大代价他都会找一张床踏实睡一夜的。

出门不远便是一家国信证券的营业部，没到近前萧闯已经傻眼，晨光中一溜板凳、椅子已经挨着墙根排开。他赶紧跑上去询问排在前头的几个人："你们是在排什么？"

"抽签表""认购证""新股抽签表"……几个人参差错落地回答。

萧闯大惊："不是今天才发公告吗？你们怎么也提前知道了？"

"昨天晚上电视台就报了，我们夜里就来排队的。"

之前萧闯得到的消息是 8 月 7 日会在《深圳商报》这些报纸上发公告，所以他想早到一晚在当地招募民工排队，却不料电视台提前在 6 日晚间就发出新闻。萧闯看看队伍的长度撒腿就往回跑，跑进酒店扎进厕所揪住那个清扫员劈头就问："我一天给你一百块，你替我排队干不干？"

清扫员懵懂地摇头："我每天都要上班……"

"你知道我能上哪儿找人来替我排队？"

清扫员又摇头："我们都是有正经工作的人，走不开……"萧闯着急得直跺脚，正转身要走却听清扫员忽然说，"我可以问问我的老乡。"萧闯大喜过望，清扫员接道，"他们在关外，找不到事做。"

"关外？那他们怎么进来，有边防证？"

"他们哪有边防证。不过不用边防证也能进，他们都晓得在哪儿钻网子。"

"太好了，你能马上让他们赶过来吗？每来一个人，我给你十块钱抽头。"

"我这就去打传呼！"清扫员立马放下墩布，走出两步又停下，眼巴巴地问，"你需要多少人？"

"越多越好，五十个不嫌多，十个不嫌少。"

再次来到国信证券的营业部，萧闯开始从前往后逐个询问是否愿意出卖位子，起先出价五十块，无人响应，他一狠心抬价到一百块，总算有人动心了。排得很靠前的一个小伙子说："你先给我钱，等一下你的人来替我，我再去队尾重新排。"萧闯正感激得不知说什么好，小伙子笑道："老板让我来排队,一天五十,我乐得挣两份钱。"榜样的力量是无穷的,陆续又有一些效仿者。萧闯心想这些人都很明智,老板给他们的任务只是排队而不是买到,排的位置前后相差二三百人又有何妨,管他最终是否买得到。萧闯花钱不仅买到了靠前的位子,还从中得到一个启示,那就是将来他当老板一定要凭结果而不是过程来犒赏员工。

街上的人流车流开始喧闹,清扫员带着十来位汗流浃背的老乡跑来,萧闯从队首开始把他们逐个安插到队伍里,已卖掉位子的那些人果然跑到队尾重新排。萧闯清点一下人数便掏钱要给清扫员,清扫员红着脸摆手说不用现在给,还有人在路上。萧闯坚持说来一批结一笔,清扫员很开心地把钱接了。萧闯忽然注意到来的人中有位稚气未脱的女孩,便把她拉出来自己站到队伍里,对清扫员说:"小孩可不行,必须得十八岁以上。"

女孩失望地看看清扫员又看看萧闯,清扫员拿出十块钱还给萧闯说:"那这个不能算。"

"你收着吧,既然来了总不能让她自己回去。"萧闯问女孩,"一同来的人你都认识吗?"女孩点头,萧闯又问,"会买东西吗?"女孩又点头,萧闯满意地说,"那你跟着我。"女孩和清扫员都对萧闯感激得不行,大有士为知己者死的架势。

临近中午清扫员几次传呼招来的人马均已到齐,萧闯把他们都安置到位,共计三十人,光买位子就将近三千元。最后一名排在大概第二百名的位置,但他已顾不上再想办法去找更多人手,因为人群已经开始拥挤、队伍开始混乱,他得立即投身维持秩序了。

营业部的人不时出来察看,他们更关心的是外面的长队不要阻挡来办业务的股民。清晨时还算宽裕的空间早已成为历史,凳子椅子都没地儿放了,只能人挨人地站着。有个保安大声说:"后面的人搭着前面的人,这样就没法加塞了。"萧闯很受启发,他用更大的声音喊:"抱住再前面的人,这样你才不会被挤出去。"众人当然深恨有人加塞,但更恐惧自己被挤出队伍,一听这话便竭力伸直双臂,越过前面的人去抱住再前面那人的腰或者揪住他的衣服,每个人都前胸贴后背地挤在一起。

小女孩开始发挥价值,萧闯让她去买来一大瓶矿泉水,给同来的每个人喂几口水。萧闯叮嘱不能让他们一次喝太多,不然上厕所太麻烦。傍晚又派女孩去买茶鸡蛋,每人一个吃了。萧闯有心先给每人一百块钱把今天的劳务费结了,但他转念一想,万一有人受不了苦拿钱走人怎么办?便狠下心告诉"员工"不排到开卖则分文没有,尽管有人埋怨,但终究舍不得白排一天就都咬牙坚持。

第一个夜晚萧闯连盹儿都没敢打,排队的人有些站着就睡着了,营业部门前两侧的街边花园里四处都是大小便,空气中弥漫的气味可想而知。萧闯抽空就坐在地上,至少比站着的"员工"幸福许多,他遥想上学时军训拉练,现在坐一宿总好过当年走一宿。

第二天更难熬,不仅每个人的身心都已经超过承受极限,还因为天公成心作恶,上午是暴晒,下午却是倾盆暴雨。萧闯不得不狠抓团队的政治思想工作,同时督促女孩搞好后勤,在吃喝之外还供应清凉油。与萧闯同时担负起战地鼓动角色的居然是一众小贩,他们为了让排队者打起精神欣然掏钱而不时散布各种虚假利好,诸如将提前发售或者中签率提高之类,萧闯心想这帮家伙居然也会曹操的望梅止渴那一招。马路对面有排时装店,其中一家在门口摆个音箱,来回循环不休地播放着杨钰莹的《外来妹》插曲,一整天都是"我不想说,我很亲切;我不想说,我很纯洁……"搅扰得萧闯不胜其烦,忍不住跳脚隔着马路大喊:"你关了行不行啊! 不想说就别说,我不想听!"但是毫无效果,只引得众人哄堂大笑,倒也调剂了气氛。

终于熬到 8 月 9 日,应该八点整开门,不知为何却迟迟不见动静,队伍又开始骚动,好在姗姗来迟的警察和武警总算到场维持秩序。将近九点,营业部的铁栅栏门打开一道将将可以挤过一个人的缝隙,1992年度深圳新股认购抽签表正式发售。

萧闯抖擞精神,他知道最关键的时刻到了,绝不能出半点儿差错,不然两天两夜的辛苦白费不说，还要赔进去上万开销。萧闯强行挤到铁栅栏门边守着，每当自己的一位"员工"排到面前便递给他十张身份证和十张百元大钞再盯着他进去，而每当一位"员工"办完出来他先收回十张身份证，再确认十张认购抽签表到手，随后便支付两张百元大钞作为报酬，又督促他们赶紧去队尾再排一轮，承诺买到表再给一百。面前人潮汹涌，门里人声嘈杂，萧闯眼观六路耳听八方，护好怀中的身份证、钞票和认购表，盯紧手下的"员工"以防有人拿钱或拿表跑路，神经时刻保持高度紧张。两个多小时后，他的三十位"员工"均已不负使命，盘点一番，萧闯确认搞到的三百张身份证无一丢失，拿出的三万块钱已经全数换作三百张抽签表，意味着已经有三十张稳稳抽中，三万股新股在理论上已收入囊中。

初战告捷的萧闯乐颠颠地向队尾走去，预备与排在那里的团队会合发起第二轮攻势，却忽见队伍乱了，很多人迎面向营业部跑来，他急忙闪到街边花园的一角，随手拽住一个人问怎么回事。那人气急败坏地说："你聋啦？没听他们说卖光了吗？！"萧闯一惊，这才留意到身后有人在用扩音器不断嚷嚷："卖光了卖光了！不要排了不要排了！"他立刻意识到情况不对，五百万张认购表分摊到三百处网点，每一处应该至少有一万余张，每个人买十张则排在前一千名的十拿九稳能买到，而自己雇的最后一位排在两百名，怎么他买完不久就卖光了？众人围在营业部门口高声叫骂，一心想把走后门的人揪出来。但铁栅栏门已经死死关上，警察和武警不停劝阻，气咻咻的人们无奈之下只好陆续散去。

萧闯正要走，忽然发现自己被围了起来，一看都是这两天的"员工"，如今已成"前员工"。他冲大家拱拱手，说这单买卖做完了，散了吧。有人说本来以为还能再挣一百，萧闯说我也以为还能再买一些表呢。筋疲力尽的人们虽有些悻悻然，但两天挣了两百又有些欣欣然。萧闯发觉有人拽他的衣角，一看是那个女孩，才想起还没给她钱，忙掏出一百块递给她，女孩接过钱仍然忽闪着大眼睛望着他，萧闯登时心中有些不忍,想想两天来一直追随左右的女孩称得上自己这辈子的第一位私人专职助理,便又递给她一百。女孩高兴地接过钱,蹦蹦跳跳去追她的老乡们了。

果然如他所料,大戏散场,这天中午不少人退房,他要到最便宜的一个不带窗户的单人间,到房间先把人民币、身份证、认购表三样东西清点一遍,淋浴之后,一头栽到床上睡着了。

8月10日是星期一,萧闯把裴庆华搞来的那批工人的身份证留在房间,带上其余的东西去证券营业部交表交款。他根据营业部张贴的中签公告把抽中的认购表与对应的近三十张身份证挑拣出来,交表、审核、开户、交预存款,办完一位再办一位,一直搞到下午才总算大功告成。

因为过度劳乏和紧张又被暑热包围,萧闯尽管早已饥肠辘辘却不怎么想吃东西,他强迫自己出去找个街边店买了两屉包子,正绕着桌子踅摸酱油醋忽然听得营业部的方向人声鼎沸。他嘴里含着个包子探头张望,发现昨天那一幕又上演了,一群人围着营业部咆哮叫骂,他拦住一个正往那边跑去的人打听,那人义愤填膺地说:"太不像话了!他们延迟收表,这不是明摆着作弊吗?!"

两屉包子囫囵下肚,萧闯心里有了数,肯定是昨天从内部各种后门倒腾出去的抽签表一时半会儿处理不掉,要么是找不到足够的身份证,要么是凑不齐足够的预交款,从昨天开始大力打击黄牛又令有表的人不能光天化日倒卖,所以才需要多一些时间想办法变现。这些家伙不仅有胆子截留私分抽签表,还有本事左右人民银行深圳分行推迟截止时间,他们都是些什么人也就昭然若揭了。刚补充完满腹能量的萧闯一拍桌子,向来见热闹一定要凑的他此刻更是满腔的正义感和使命感,打着饱嗝投身于人群中。

营业部早已不办业务,此刻更是大门紧闭,找寻不到发泄对象的人们渐渐没了气焰,部分人陆续咒骂着散去。忽然有一位说:"这事不该找证券公司,又不是他们发的公告。对啊,到市政府去!"

人生地不熟的萧闯跟着人群走,四天前他黑灯瞎火一路摸过来其实从不远处路过市政府,但他毫无印象。一走入深南中路这群人不知何故都停住脚,萧闯四下眺望,原来聚在营业部门口那一隅之地还似乎人多势众,但一到闹市要道才显出势单力孤,带头那位不禁有些怯场,嘀咕说:"在这里等等看,不会只有咱们要去市政府。"没多久,萧闯隐约听见一阵像浪涛般的声音,他问身边的人这里距离海边多远,人家没搭理他,想必觉得他这种时候还惦记去海边戏耍实在是不可理喻。但很快萧闯就明白过来,那不是海浪而是人潮!最先出现的是个骑摩托的小伙子,一路叫嚷:"人在后面呢!从东门过来啦!"随即口号声此起彼伏传来,带头那位登时振作兴起,说:"怎么样,我说什么来的?大部队来啦!"从东面过来的队伍肯定是沿途不断有他们这样的小股势力汇入,走在前排的举着几面仓促制作的横幅,歪七扭八写着"反对舞弊""还我股票"之类的口号。

萧闯忽然间热血沸腾,眼前这久违的场面令他内心压抑许久的东西一下子迸发出来,大喊一句:"嘿,这套我熟啊!"他跳到路旁建筑物的台阶上,振臂高呼:"找地方评理去!"他的形象他的音量一下子在众人中脱颖而出,所有人都跟着他呼喊,气氛立刻为之一变,怨气化作斗志,萧闯跳下台阶冲到队伍前面,把旁边人的胳膊挽起,一传十十传百,前两天他们昼夜抱着前面的腰,此刻他们挽着旁边的臂膀,脑海里还是同样的那个信念——我们要股票!

快到红岭中路的街口,路面上公安干警开始多起来,但各路汇集来的人更多。萧闯颇有大将风范地对周围人说:"你们继续朝前走,我去观察一下形势。"他从队伍中央撤到路边,扶着路灯杆踩到一个垃圾箱上,一边继续振臂高呼一边四下瞭望,街道上黑压压的全是人,他估计足有好几万。也许是视角所致,居高临下的他忽然瞬间冷静下来,毕竟他已经不再是几年前的那个萧闯,他开始盘算此事将如何收场。虽然此处也出现与几年前一样的"反腐败""反贪污"的横幅,但眼前这群人的诉求却要简单而明确得多,也更容易满足,他们只想买到认购表抽到新股而已。萧闯又站到深圳市政府的角度去想,这里是特区,是中国改革开放的象征,是邓小平几个月前刚刚掀起新一波改革浪潮的地方,而且对面就是香港,所以市政府肯定不希望事态蔓延以致恶化,而会不惜代价力求尽快平息。代价?什么代价?萧闯头脑中灵光一闪——股票!既然你们要股票,那就给你们股票,政府让那几家上市公司再发一批股票不就成了?他的身体忽一激灵,对啊,甚至都不用多发股票,既然你们要的是认购表,那就再发一批,把中签率降低或者把中签后可以认购的新股数降低,让更多人有希望分到一点新股,不就可以很轻易地平息事态了。对,他们一定会这么做,而且会很快行动,因为这是最有效的办法。

萧闯顺着路灯杆溜下来,他渐渐放慢脚步,瞥到右边出现一条岔路便拐进去,估摸已没人注意他时立刻拔脚向北狂奔。凭着对方位的依稀印象找回酒店,冲进洗手间却没见到那个清扫员,他到前台询问,前台的女孩见他衣衫褴褛满头是汗还以为发生了什么事故,惊愕地问洗手间又淹水了?萧闯忙解释他只是要找清扫员打听点事,虚惊一场的前台说大概在工具间吧。萧闯按照指引找到工具间,一把拉起正养神的清扫员问:"想不想再挣一笔钱?快去叫你的老乡再来排队!"

清扫员说:"我帮你叫,你就不用再给我钱了。"

萧闯一挥手,语气坚决地说:"那怎么行?一码归一码,这次还是一个人你抽十块。"

清扫员立刻行动,萧闯让他打完传呼就去营业部碰头,自己赶紧上楼去拿钱和那批工人的身份证。赶到证券营业部,四周空无一人,街面上的闲人都去深南中路看热闹了。萧闯独自站了一阵,清扫员来了,两人有一搭无一搭地闲聊,萧闯故意让偶尔经过的路人以为他俩只是乘凉而不是在排队。焦急地熬过两个小时,大概十点刚过,前几天的团队终于赶到二十来位,萧闯刚跟他们交代几句,从南往北突然喧嚣起来,人们一窝蜂地跑到营业部前挤作一团,萧闯拼力把秩序稳住,等一条还算规则的人龙形成之后他才有工夫打听究竟发生了什么。排在萧闯团队后面的小伙子说:"我一听到广播车发的公告就往回跑,以为能抢到第一,没想到你们跑得更快。"

"啥公告?"萧闯忙又掩饰道,"我跑得太急,没听清。"

小伙子懊恼地说:"我也应该不等听完公告就跑……他们要再发五百万张认购抽签表,明天一早开售。"

此刻萧闯得意至极却无法炫耀,他不敢当着众人吹嘘自己如何料事如神,只得闷头偷着乐,这灵机一动为他省去大笔买位子的钱。

又熬了一个通宵,但这次排队的人比上次少些,秩序也好很多,第二天午后临近开售前却宣布卖的不是真正的认购抽签表,而是兑换券,一张券下个月再来兑换十张表。众人将信将疑,萧闯却喜上眉梢,他正愁余钱已经不够再交预付款,惦记着只能把表倒卖牟利,既然下个月才能兑换抽签表则中签交款同样延后,这就腾出时间让他再去筹钱了。

开售以后进度很快,萧闯和他的"员工"们也都已是熟练工种,买到兑换券后萧闯与他们结完账,摸摸已经彻底瘪掉的钱袋子,内心却觉得无比充实。

谢航打开门,被一眼看到的景象吓一跳,楼道里昏黄的灯光下站着黑乎乎的萧闯,只有龇着的一口白牙和眼珠里射出的光芒透出些许生气。谢航忙把萧闯拉进来,萧闯走路都摇晃,嘴里说:"我是飞回来的,你这儿离机场近,想死你了,干脆就直接过来了。"

"你怎么啦?没出事吧?怎么一个电话都不打?"谢航边说边拿毛巾想给萧闯擦脸。

"根本擦不掉,不是脏,晒的。"萧闯嘿嘿笑着,抱住谢航故意往她脸上蹭,谢航并不躲,而是更紧地搂着萧闯。

萧闯站不住,坐在床上把深圳历险记大致讲完,谢航心疼得就会重复一句话"太不容易了",萧闯最后总结道:"我的第一个体会是,那帮人真是太坏了,远远超出你的想象。"

"那你还惦记挣钱呢?趁早躲他们远点儿吧。"

"我的第二个体会就是,要想从他们手里挣到钱,就得比他们更坏。"萧闯坏笑着把谢航按倒在床上。

"这倒不难,"谢航躲闪着萧闯压上来的嘴,"你确实够坏的。"

"那你还惦记跟我在一起?趁早躲我远点儿吧。"萧闯笑道。

"因为,我也可以比你更坏。"谢航托着萧闯的脸说。萧闯一听这话更来劲了,谢航忙叫:"等一下!今天不安全。"

萧闯极不情愿地仰到旁边,谢航起身从抽屉里取出一张避孕膜走进卫生间,放置好后撂下马桶盖坐在上面静等片刻,估摸时间差不多才走回来,却发现床上的萧闯已经呼呼大睡。

谢航怜惜地看了一会儿,蹑手蹑脚地上床,她的脑袋刚往枕头上一放,萧闯霍地一下坐起,惊问:"开售了?"等他回过神来才苦笑道,"几个晚上熬出来的毛病,一闭眼就能睡着,稍微有点儿动静立马就醒。"

谢航更是心疼得眼圈发红,萧闯却嬉皮笑脸又凑上来。谢航毅然决然地推开他说:"不行,你太累了,今天不做。"萧闯不肯,谢航沉下脸说:"你忘了?百里行房者死,行房百里者病。"

"哟嗬,你懂得可真多。"

"少来,还不是你专门硬塞给我看的书上讲的。"

"书上讲的多了,别的不记,偏偏记着这个。"萧闯悻悻地放弃求欢的念头,开始收拾东西。他先拿出一包身份证递给谢航:"完璧归赵,你可以还给雷岷那小子了。哎,说来真是天意助我,头一天买认购表的时候我用的都是你搞来的这批,当时只想着比老裴搞的那批多一些就先用多的,结果歪打正着。假如反过来,买兑换券的时候才用你这批可就惨了,因为下个月还得用它们去兑换真的认购表,拖那么久不还就没法向雷岷交代了。"

"那老裴找的那些你什么时候还人家?"

"他那些好办,反正还回去也是押在那个老板手里,跟押在我这儿是一回事。"

谢航翻看身份证问道:"对这些人会有什么影响吗?"

"没有,哦对,也不能说完全没有,就是将来他们要想买深交所股票的话会发现自己已经开过户了。"

"啊,那怎么办?"谢航露出几分紧张。

"没事,我用他们的身份证开了户,等新股上市就卖出,然后把钱转出来,那个户就空了。长期不用就休眠,他们将来注销还可以新开账户。"虽然谢航还不放心,萧闯并不想多解释,他从钱包里把那张深圳身份证抽出来递给谢航,"差点儿把他忘了。其实不用也没关系,关外也有网点发售认购表,不过进不到关内我就看不到市政府前面那场热闹了,就很可能错过第二天买兑换券。"

"你不是下个月还要去深圳吗?怎么进去?"

"我已经摸着门道了,到那儿花钱弄一张就行,这就叫哪里有需求哪里就有解决方案。"萧闯忍不住拿出一沓股东代码卡炫耀道,"这就是我的第一桶金!等里面的新股翻上好几倍卖出去,我就发啦!"

"不准确,"谢航笑了,"这是第二桶。你的第一桶金啊,是你爸妈的存款还有国库券,都被你挪用了。"

萧闯很专注地想想,一脸认真地说:"我觉得他们的钱不能算是我的第一桶金,只能算是我的第一个桶。金子得花力气挖出来,至于桶嘛就随手拿一个喽。"不过没得意多久他就泄了气,发愁道,"其实我只是把身家都押了上去,还没见到一分钱的回报,就像农民把粮食都用作种子撒到地里,连口粮都没剩,还得攒出下个月去买新股的钱……"

谢航摩挲着萧闯的头发:"你放心,我养你,保证不会让你饿着。"

萧闯立刻表示:"你放心,将来我一定养你,也保证不会让你饿着。经历这么一遭,现在可以十分确定我很快就能成功。"

"为什么?"谢航笑眯眯地歪着头问,她最喜欢萧闯这副信心十足的样子。

"因为,我懂人性!"萧闯已经大体收拾停当,站起身说,"我还是打车回家吧,在这儿估计睡不好,床这么小,只要你稍微一动我就会醒。"

谢航立刻拉住他:"这么晚了,你又这么累,估计路上就该睡着了,我不放心。这样吧，你在床上睡，我在沙发上睡。"

"你这是单人沙发，怎么睡？"

"把椅子拉过来拼在一起嘛，我在公司熬夜加班就这样睡过。"

"不行。"萧闯摇头，"我担心你睡不舒服，我自己也没法睡踏实。"

"那我陪你回家，然后再回来，我怕你路上出事。"

"结果我又怕你路上出事，我再送你回来，那还有完吗？再说我能出什么事儿？"萧闯笑道，"还能把我拉到河北卖喽？我倒是盼着有人劫我色呢。"

"流氓！"谢航骂完又发愁，"那以后怎么办呢？都不能在一张床上睡了，我再去买张单人床吧，咱俩同居不同床。"

"哪儿至于啊？我歇几天就好了，以后照样搂着睡。"

谢航送到门口，萧闯不让她下楼，她依依不舍地牵着萧闯的手说："你可一定得快点儿把这个毛病治好。不抱着你，我睡不着。"

十五
/
走谈式恋爱

　　第二天,谢航特意跑到邮局把身份证用特快专递寄回给雷岷,同时另寄了一张感谢卡,笼统地对雷岷的热情帮助表示诚挚的谢意,但只字未提收集身份证以及所谓的 IEM 深圳研究院和所谓的校园招聘,她不想留下任何文字证据。

　　两天之后雷岷的电话来了,笑嘻嘻地问:"怎么这么见外啊,你跟我还用得着说一个谢字?而且真想说的话也应该面对面说嘛。"

　　"抱歉啊,我这些天连着跑了好几个地方,怕耽误你把身份证发还给那些学生,只好赶紧先寄给你,核对后没发现问题吧?"

　　"能有什么问题?你办事我放心。对了,今后几天你还要四处跑吗?总该有时间接见我了吧。"

　　谢航狠下心说:"真是抱歉,八月底有一个大项目要出结果,事关我在 IEM 的前途,你就理解一下吧,等我忙过这一阵咱们再联系。"

　　雷岷的口气忽然变得有些异样:"我无法理解的是,前一阵你能四天之内和我见两面,事情一办完就忙得再也没时间见面,这难道是巧合？"

谢航只得硬着头皮说："没办法呀,在外企就是这样,身不由己,一忙起来就昏天黑地的。"

"我看和外企无关吧。你是身心都不由己,因为你把身心都给了萧闯,我说得没错吧？"见谢航不作声,雷岷口气益发阴沉,"其实你来不来见我,也事关你在 IEM 的前途。"

谢航一惊："你什么意思啊？云山雾罩的。"

"你应该很清楚我什么意思。我只问一句,你让我帮你搜集身份证,真是为了你们 IEM 在深圳搞什么研究院？你真是想用那些身份证把 IEM 拉到学校搞招聘？"

谢航刚想嘴硬坚持,忽然内心一凛,如果雷岷在电话旁边拿着录音机怎么办？她便含糊地说："谢谢你帮忙,至于后续其他的我就无能为力了。"

"谢航,我一直认为你是我所见过的最聪明的女孩,但恐怕在你眼里我是又蠢又笨吧。你以为我不看新闻？我这工作的重要组成部分就是关注各方面时事动态。你以为深圳发生那么大的风波我会不知道？如果你们 IEM 所谓的研究院不是碰巧设在深圳,如果你没有碰巧一再强调深圳身份证的重要性,我可能还不确定这中间有什么必然的联系。虽然我一开始就有些疑惑报名为什么非要用身份证原件,复印件不行么,但深圳股民闹事的消息一传开我就全明白了。谢航,是萧闯让你这么干的还是你主动为萧闯这么干的？"等一会儿不见回答,雷岷又步步紧逼,"如果我向你们公司核实求证一下,恐怕不难得出答案吧,但那样的后果是什么你应该很清楚。你不觉得有必要当面向我解释一下？即便不想说声对不起,也应该当面谢谢我吧。即便不谢我帮你搞身份证,也要谢我放你一马。"

谢航沉默了,她虽然预想到有这个风险,但以为只是理论上存在而已,她从未相信这风险真会变为现实中的危险。她冷冷地问："你想怎么样？"

雷岷立刻温柔起来:"没想怎么呀,就想见到你,让你知道我对你的心意。"口吻随之一变,"当然也想让你知道,我最恨别人利用我,谁利用我谁就要付出代价!"

谢航明白自己已经无路可退,只能以攻为守、奋力一搏,便尽量压低声音但口气却骤然强硬:"你是在血口喷人,你有证据吗?你没有一丝一毫的证据,都是你的一面之词!没错,我是请你帮忙借一些身份证,因为你认识人多,但怎么借是你的事。没想到你竟然编造说辞,还倒打一耙。如果我向系里甚至校党委反映你为了讨取异性欢心不惜欺骗数百名学生,又反过来以此要挟异性就范,那样的后果你应该更清楚吧。你还能继续当辅导员吗?你还能接着读研究生吗?你还能留校吗?好好想想吧。"

"谢航,你怎么变成这样?你倒要反过来告我的状!"

"不信你就试试看。你无法证明是我指使你那样干,但有很多学生可以证明你是那样欺骗他们的,结果如何咱们走着瞧。"

轮到雷岷沉默了,谢航紧张地攥着话筒,她仿佛都能听到雷岷咽唾沫时喉结的上下蠕动。雷岷终于气急败坏地说:"谢航啊谢航,为了萧闯你真是什么都干得出来啊!"不待谢航回应他又哀叹道,"我后悔死了,那天真应该让你到我宿舍来取身份证。如果我手里举着那一大盒身份证,当时让你做什么你都会答应的吧……"

谢航忽然觉得一阵恶心,她顾不上庆幸当初多亏留了个心眼,鄙夷地说:"你还是珍惜一下自己的形象吧。"

雷岷发出一声哀号:"我就是想想,难道我连想一下的权利都没有?你知道我费了多少心思吗,我几乎把全校都发动起来了,本以为我的功劳与苦劳能让你感动,本以为咱们有机会重新开始,谁能想到不仅这一切都成了泡影,如今在你眼里我已经成了一个恶棍一个流氓……"

显而易见,雷岷的内心已彻底崩溃,谢航判断出威胁已然消除,口气也趋于缓和:"没你说的这么严重。你知道好人与坏人的区别在哪儿吗？就在于好人和坏人虽然脑子里想的也许差不多，但好人最终会停留在只是想想而已。你如今毕竟是为人师表，我相信你坏不到哪里去。"

雷岷有些悲戚地问："你真的已经死心塌地跟萧闯在一起了？"

"这早就跟你没有关系了。"谢航淡淡地回应。

"我本将心向你这轮明月，奈何你这明月偏偏照萧闯那条沟渠。谢航，即便你一心把萧闯当作你的明月，你怎么能保证他不去照沟渠呢？"雷岷最后恶狠狠地道出一句祝福，"我希望萧闯能一直对得起你……"

谢航时常指斥裴庆华是"寄生虫"，裴庆华比较乐于接受的称谓是"跟屁虫"，他此次跟随谢航出差的目的地是青岛。正值暑假，青岛的中低档旅馆和招待所爆满，连一些中小学都把教室的桌椅替换成上下铺招揽团体游客，一床难求的局面自然导致价格飙涨。裴庆华忍不住向谢航抱怨，看来现在中国开酒店比卖电脑更赚钱。谢航劝裴庆华跟自己一起去住海天大酒店，因为高档酒店价格波动不大，且 IEM 的常年优惠价格更不受淡旺季影响。裴庆华摇头，说住低档旅社他已经要自掏腰包贴补房费与出差标准之间的差价，如果住海天那样数一数二的豪华酒店他就得赔更多。谢航说在沈阳我不是已经教过你可以怎么做了嘛。裴庆华又摇头，说那样不合适。谢航气得白他一眼，说随你便，搞得倒像是我逼你占公司便宜似的。

在海天大酒店预订会议室却出乎预料碰到麻烦，大大小小十间厅室都已订满。谢航说暑期青岛会议多倒可以理解，但酒店这么多会议室居然全被订光实在有些不可思议。酒店主管会议销售的经理抱歉说真不巧，正好有一家公司搞活动，不仅订了多功能厅还包下好几间会议室。谢航见站在旁边的裴庆华满面愁苦，就拉下脸摆出客大欺店的架势说："经理你可以回去查一下，我们 IEM 每年在你们海天预订的间数有多少，更不用说我们在你们海天搞过多少场活动。眼下我们只需要一间小会议室,你不能把困难甩给我们,应该想办法替我们解决困难才对吧?"

经理没想到刚才还一脸和气、笑容可掬的谢航这么大脾气,忙表示再去尽量协调一下,即刻回来。谢航与裴庆华在销售部等得百无聊赖,心想这经理对"即刻"的理解异于常人。经理总算带着个好消息回来了,虽然会议室确实都预订一空,但鉴于 IEM 公司与海天大酒店的长期合作关系,酒店领导非常重视,决定把一间平时自用的会议室腾出来供 IEM 使用。谢航没马上表态,说先去会议室瞧瞧。到地方一看,很整洁靓丽的一间,与其他厅房并无二致。谢航问:"这么好的会议室不让外界租用,你们白白损失多少收益啊?"经理不好意思地说平时都订不满,内部开会偶尔用这间。谢航问怎么收费,经理反问你们用几天,谢航说就一天,经理说那就免费给你们用吧,本来也没打算用这间挣钱。谢航矜持地刚想假意推辞,一直不说话的裴庆华上前握住经理的手,迫不及待地连声道谢,谢航被气笑了。

用谢航的房间电话联络当地的电脑公司,令他意外的是邀约异常顺利,几家公司都说明天正好会在海天一带,见面没问题。

见他安排已毕,谢航说:"一起吃晚饭吧,明天我可能得陪客户,就没机会了。"

裴庆华忙表示:"这顿我请,必须请,你别和我争。"

谢航逗他:"我哪次和你争过? 都是你自己缩回去的。"

裴庆华讪笑,临出门又特意说:"咱们就别吃海鲜了吧,万一不干净闹肚子呢?"

谢航挖苦道:"没问题,听你的。哪儿有到了海边吃海鲜的? 当然应该吃刀削面嘛。"

裴庆华又嘿嘿一笑,脸居然都没红。

第二天一早,裴庆华从住处打车赶到海天大酒店,一进大堂就明白了究竟是谁预订下全部会议室,几家当地公司为什么碰巧今天都会来海天。只见高悬的横幅和四处可见的路牌上都写着——浪潮集团新一代全系列微机产品发布会。裴庆华陡然而生一股单人独骑深入敌巢的悲壮,在山东最大的"地头蛇"眼皮底下发展代理商,确实胆儿够肥的。好在那间会议室与多功能厅相距较远,否则裴庆华真担心人家是否会容忍他明目张胆地叫板。可想而知商谈的效果乏善可陈,与浪潮盛大隆重的场面相比,裴庆华打肿脸充胖子撑起的这点门面简直是个笑话。他原先给每家都留出一个小时的时间,但那几家公司的心思尤其是胃口都在浪潮的会场上,过来和他握个手聊几句已经算给他面子,所以每拨都只见了十几分钟就草草收场。

时间充裕,裴庆华不由得心里发痒,挺想过去观摩一番。他先拿一张刚才某家公司代表下属留的名片,从浪潮发布会的签到台领取了一套资料加礼品,回来研究学习过后仍觉不满足,便决定下午再进会场听听宣讲、看看样机。与最后一家公司会晤完毕,裴庆华再次走到会场门口,他正向前张望拿不准坐到哪个区域为好,忽然左肩膀上被人拍了一下,他往左一回头,没人,正纳闷不料右肩膀上又挨了一下,他往右一回头,还是没人,不过这时一阵轻笑声已经揭示出捣蛋鬼是谁。裴庆华转回身,惊讶地叫道:"舒志红,你怎么在这儿?"

"这话应该我问你吧,身为主办方的直接竞争对手,你怎么在这儿?"

裴庆华很低调地回答:"我们比人家的规模差远了,都不够格当人家的竞争对手,只能算是同行。"

舒志红说:"你这人吧虽说情商低,但有一个优点,就是有自知之明。"

"过奖过奖,我只是一向坚持实事求是。"裴庆华又问,"哎,你怎么在这儿?"

舒志红把脖子上挂着的胸卡举到裴庆华眼前:"看清楚哎,媒体嘉宾,我正经是被他们邀请来的。你呢?一副鬼鬼祟祟的样子,是来刺探情报的吧?"

"我是来学习一下,将来怎么把发布会办得比他们更好。"

"哟,你倒挺直言不讳。"

"刚说了,我这人实事求是。"

舒志红忽然凑近小声说:"其实你应该中午来,说实话他们的午餐真心不错,螃蟹腿儿这么粗。"

裴庆华不想再逗贫嘴,迈步要往里走,袖子却被舒志红拽住。舒志红说:"哎,你还真想进去听啊?说实话没什么可听的。我都无聊大半天了,好不容易抓到个熟人,走吧,咱们出去找地方聊聊。"

裴庆华心想才三面之交就能算熟人?嘴上却问:"等一下不是还要有记者会,你不参加了?"

"哟,你对会议流程门儿清啊。"

"嘻,没吃过猪肉还没见过猪跑吗?"

"要是我这话就反着说,我是只吃过猪肉,从小到大没见过猪跑,电影电视里的不算。"

裴庆华看她一眼:"这说明你跟我生长环境太不一样,小时候我真是只见过猪跑,没吃过猪肉。"

舒志红近乎恳求地说:"那个会我不想听了,新闻稿已经给我,我回去给版面编辑,发不发、怎么发都不关我事。走吧,出去聊聊,一整天都没人陪我说话。"

裴庆华其实惦记着研究一下浪潮的新款样机,但被舒志红缠得没招,只好不太情愿地离开会场。

连接海天大酒店两座楼宇的是一条长长的走廊,透过落地窗能看到南面的大海。舒志红带着裴庆华在酒店兜了一圈,最后选定此处,两人沿着长廊走过来走过去,边走边聊。

裴庆华犹豫再三还是决定不闷在心里,便说:"你写的那篇文章,我们都看了。"

"哪篇?"

"就是那个《海外品牌来势汹汹,本土企业危中有机》。"

"哦,你觉得怎么样?"

"觉得……觉得有些遗憾,那里面只提了我们几句。"

"你们想要什么样的?"

"当然是专访啊。"

"可我事先就跟你说了,专访没法写,找不到合适的点。让我一味吹嘘你们,那你们还不如去买硬广。"见裴庆华低头不语,舒志红解释道,"我觉得我那篇稿子的策略是对的,你们现在该做的与能做的都不是出头,而是入围、是挤进一脚、是争取占有一席之地。我写的确实不是专访,而是一篇市场观察,里面提到很多公司很多品牌也引用了好几位的访谈,里面都包括你们。确实如你所说仅仅提到几句,但我觉得这样的分寸恰到好处,接下去你们还应该持续采取这种蹭镜头的方式不断增加曝光率,把你们的形象塞进人们的脑海,让人们一提到海外微机品牌就会想到 IEM、AST 和康朴,一提到本土高科技企业就会想到四通、联想和华研,一提到成功创业的领军人物就会想到段永基、柳传志和谭启章,虽然每次都排在最后,但每次都排在里面。用不了多久你们就会成为所有人绕不过去的品牌,任何选型都会把你们列入其中,这不正是你们的市场目标吗?"

"可是好像效果……"

"效果很好啊。我那篇市场观察很全面很客观,又抓住了目前市场上最具现象性的东西,一边是狼来了,一边是怎么办,所以有很多媒体转载,传播得挺广的。每一次传播也都是对康朴、对华研以及你们谭老板的品牌传播啊。"

裴庆华咕哝说:"但毕竟不能算是一篇理想的软文……"

舒志红忽然站住,歪着脑袋问:"谁说我写的是软文?我答应过替你们写软文吗?我收过你们一分钱吗?去你们公司我来回坐的是公交,你吃的汉堡包还是我给你买的呢。"

裴庆华摸不透舒志红是真生气还是虚张声势,试探道:"你是抱怨我们没给你钱?"

"真是鸡同鸭讲!"舒志红气呼呼地刚说完又改口,"呸呸呸!不仅骂你还骂了我自己。我跟你真是无法沟通,两种思维、两个空间。"

舒志红重又迈步向前走,裴庆华比之前加了些小心错开半步跟着,在对面走过来的人眼中便是一幅颇有喜感的画面:一个小巧玲珑的女孩在前面傲然而行,身侧一位高大挺拔的男士亦步亦趋地相随。舒志红还在感慨:"我跟你简直像是两颗不同的行星,虽然沟通起来特费劲,但又让我更加好奇,也感觉遇见你很难得,物以稀为贵嘛。"

"神奇的是,两颗行星上的人居然碰巧都讲中国普通话。"裴庆华立即接话。

"你看,你就一下子关注到技术问题。重点不在于说什么话,而在于为什么来自两颗行星。你怎么就不能想一想,你和我之间为什么差异这么大呢?"

"我又没有经验,周围从来没出现过你这样的物种。"

舒志红很开心地一扭头:"这么说,你也觉得我很稀缺?"

"你确实有点儿缺……"裴庆华调侃道。

"呸!你才缺心眼儿呢。据我分析吧,你乍一看有点儿书呆子气,其实你不呆也不傻,有些时候反应还挺机敏,甚至有点儿贼。哦,我想起来了,我去北京科技大学采访过他们研发的机器人,你就像个机器人!"

裴庆华笑了:"没想到两颗行星来的人居然聊到同一个专业上,我就是学机电一体自动化人工智能什么的,说白了就是机器人。"

"你不要以为你是硕士、聊的又是你的专业我就说不过你。你懂机器人,但我更懂你这个机器人。你这个机器人吧,做事很专注,目标很明确,有很强的执行力,可靠且高效。但另一方面你的功能太单一,脑子里就一套程序,一天到晚光惦记怎么把电脑卖出去,难道你就没有其他功能?"

"当然有,吃喝拉撒、煎炒烹炸,多功能多自由度自学习自适应。"

"嘁,你少得意。我觉得吧,你脑子里那套程序该适当地停一停,你的弦儿绷得太紧,这样的生活有什么乐趣? 我要给你开发几项新功能,让你可以灵活切换。"到走廊尽头舒志红一转身,随口问道,"你什么座的?"

"我?当然不是机器做的。"裴庆华一边跟着往回走一边答道,"人都是血肉做的吧,再准确一些应该是碳水化合物做的。"

舒志红顿足道:"我是问你什么星座的!"

"星座?不知道。"

"你几月几号生日?"等裴庆华报上日期,舒志红睁大双眼,"金牛!难怪,太典型了,我都不该问,一猜就是。"

"金牛怎么了?"

"没怎么,挺好的,特现实特稳重特温顺,特别有毅力特别能忍耐。"

"你还是直接说缺点吧。"

"一根筋,特抠门儿。"舒志红不给裴庆华反刍的机会,又问,"你什么血?"

"当然是热血。你觉得我冷血?"

舒志红又一跺脚:"问你什么血型!太没默契了,跟你说话真是省一个字都不行,不被你气死也得被你累死。"

"A 型,在学校里献血的时候测的,应该不会错吧。"

"牛 A?我还以为你是牛 B 呢,哎呀今天怎么老骂人……"舒志红忙转而问,"你真的是慢性子?没看出来呀。"

"我?应该属于脾气比较急的吧。"裴庆华赶忙纠正。

"不是指脾气呀做事风格什么的,我是问你属于慢热型吗?在感情方面。"舒志红问完就有些紧张地凝视裴庆华。

裴庆华搔搔头皮:"这个嘛,我好像也说不太清楚……"

舒志红黯然道:"完了,看来不仅是慢,简直是怎么烧都不热。"

"你需要我的生辰八字儿不?改天我写信问问我妈。"裴庆华略带嘲讽地说。

不料舒志红却一本正经地摇头:"那个领域我从来不涉足,都是唬人的,纯属迷信,而星座加血型这套体系是科学,很严谨的。"

裴庆华深有感触地说:"咱们聊了这么多,我唯一认同你的就是那一句。"

"哪一句?"

"确实是鸡同鸭讲。"

舒志红不但没生气反而开心地笑了:"哈哈,现在咱们俩终于有共鸣了!你也能体会到我那种恨不能一头碰死的深深无力感了吧?"裴庆华正恨不能一头碰死,舒志红忽然说,"把你的手给我。"

裴庆华一时没反应过来,正巧对面有几个人朝这边走,舒志红揪着裴庆华的袖子躲到拐角处一根大柱子后面。裴庆华后背贴着墙,舒志红后背靠着柱子,一瞬间两人忽然置身于一个相对封闭、私密且近乎暧昧的狭小空间。

那时候男女之间面对面的交往的确是以谈为主,这也是"谈恋爱"之所以用"谈"字而非其他的原因,一般分为走谈、立谈、坐谈和卧谈四个阶段,而走谈往往要持续挺长一个时期,所以有轧马路一说。此阶段两人的关系尚不明确,表情不暧昧、言语不狎昵,既不怕被熟人看见也不怕被路人听到。但凡一方觉得已经有从走谈转为立谈的必要,便说明这一方已经希望把关系变得稳定一些,至少周围环境先稳定下来,别总是水流山转的难免分散注意力。尚且懵懂的裴庆华全然没意识到他被舒志红拽着挪到柱子后面的这一小步竟是两人关系中的一大步。

舒志红又重复一遍:"把你的手给我。"见裴庆华一脸困惑便干脆抓住他的左手拉到眼前,说道,"看看你的手相就这么难吗?"舒志红左手攥住裴庆华的四根手指,右手把他的拇指拨拉开,仔细端详已然完全摊开的手掌。她一边用右手食指在裴庆华的手心轻轻地沿着掌纹摩挲,一边自言自语:"生命纹又深又长,你的生命力真旺盛,不愧是金牛……咦,感情纹倒挺细的,你居然感情细腻?真没看出来……这个婚姻纹我怎么看不懂呢,没见过这样的……哇,这么多财富纹,你将来老有钱了……哎哟,事业线怎么断了……"

裴庆华完全没听进去舒志红都说了什么，他脑子里乱哄哄的，一只小手在一只大手里恣意逡巡，感觉有一只蚂蚁在掌心里不停游走，麻酥酥不时像过电一般流遍全身，让他不禁颤抖了一下。从舒志红口鼻中不时吁出的热气都被他的肌肤敏锐地捕捉到，手心里的汗水越来越多。他猛地把手抽回来，舒志红被吓一跳，不满道："干吗？我还没看完呢。"裴庆华不理她，把手心在裤子侧面蹭干。舒志红又来抓裴庆华的右手，裴庆华用力令胳膊保持僵直，舒志红确定自己就像蚍蜉撼树是在做无用功，不高兴地说："小气样儿，刚才看的左手是先天，我还没看后天呢，后天才是起决定作用的。"

"明天的不看？你干脆看大后天的吧。"裴庆华揶揄道。

"没劲！"舒志红噘起嘴，"看手相是了解一个人最好的方法，还能看出你的婚姻、家庭和另一半的情况。"

"所以更不能随便什么人想看就看。"

"我是随便什么人吗？"舒志红说完自己先红了脸，扭向一边说，"爱给不给，以后你求我看我都不看，谁稀罕似的。"

裴庆华抬起手腕看一眼表，那块简英送给他的卡西欧电子表，然后一言不发绕过柱子沿走廊往会议室走。舒志红追上来问："你哪天回北京？"

"明天。"

"那你今天晚上有事吗？"

"本来打算约这里一家公司一起吃晚饭，可人家根本没心思。"

"那你晚上请我吃饭吧。"

裴庆华想了一下："好啊，上次你请我吃的汉堡，我应该回请你一次。"

"喂，不要算得这么细好不好？如果我上次没请你麦当劳，这次你就不请我了？"

"可你上次确实请我吃了麦当劳，历史是不容许假设的。"

"没劲！"舒志红一撇嘴，又问，"你住哪儿？"

"青岛海洋大学里面的招待所。"

舒志红等了一会儿，不满地说："你也不问我住哪儿？"

"你不住这儿吗？他们请你来参会应该管住宿吧。"

"甭提了，大概他们是嫌海天太贵，给我在市区订了个旅馆，还美其名曰那边热闹，挨着中山路，走几步就能到栈桥。我昨天晚上走了一趟，比咱们刚才来回溜达的还远。"舒志红不住地抱怨。

裴庆华停住脚说："那咱们顺路，你等我回商务中心取一下东西，然后一起到市中心找个饭馆吧。"

谢航原本也打算约客户一起吃晚饭，但客户的关键人晚上已经有约，谢航懒得与下面的人应酬，自忖还不如回海天和裴庆华吃得自在。出租车停在海天大酒店的廊下，谢航付完钱正等司机开票，一抬眼却看见裴庆华正站在前方等出租车，旁边有个女孩被他的身躯遮挡住看不清楚。谢航估计是裴庆华在送青岛某家公司的人。不料等出租车一到，裴庆华先把身后的女孩让进后座，随即自己也坐了进去。谢航一愣，才想起昨天好像提过今晚自己可能与客户有安排，想必裴庆华没打算等她而是忙完便搭车回住处了。虽然恍惚觉得那个女孩的身形似曾相识，但谢航也没往心里去。

回到房间第一件事便是拨打语音信箱，听一下自己在公司的座机收到哪些留言。其中一条引起了她的注意，留言者是位男士，他说："谢小姐你好，冒昧致电给你，我是美国导安系统有限公司驻华代表，我姓孟，想和你约时间见个面，我相信你会有兴趣。"

十六
/
没有人会为你牺牲自己

导安公司的孟先生选定的会面地点是在紫竹院南边的花正日本料理,他起先有些犹豫,问谢航对海淀一带是否熟悉。谢航说当然,经常在海淀出没。孟先生如释重负,坦言他原本担心谢航是否只在朝阳一带活动,而他不太想约在建国门或亮马桥这些区域,因为就那么几家像样的地方,都是外企一族扎堆,难免被相识的人碰到就不太好。谢航笑说自己是小萝卜头,没谁认识她,但内心里对这个地点很满意,因为离萧闯家很近,尽早结束正好去找萧闯。

六点半不到,谢航走进花正餐厅,服务员把她带到孟先生订好的雅座。布帘撩开便看见孟先生已经到了,一副再典型不过的外企人的形象和做派。孟先生与谢航握过手请她就座,回手又把布帘关好。交换名片时孟先生解释说:"这家有那种 all you can eat 的自助餐,挺不错的,它的烧烤也很地道,但我想还是点些别的吧,要不然服务员出来进去的会打扰咱们,而且被外面的人看到也不好。我刚想起这里离新世纪饭店很近,那里也有些外企,虽然主要是做微机或者外设,和咱们大型机不搭界，但还是稳妥一些为好。"

谢航不由得诧异："孟先生，您究竟要和我谈什么呀？怎么搞得这么神秘，弄得我都有些紧张，不会是鸿门宴吧？"

"怎么会，怎么会，谢小姐想到哪里去了，"孟先生一再摆手，"对了，你叫我 Jack 吧。"他看眼谢航的名片，"谢小姐，我称呼你 Abby 可以吗？"

"叫我谢航也行，随便。您最好还是先简单说一下找我什么事，不然我实在不踏实。"

"你放心好了，肯定是好事，咱们先点菜，然后慢慢吃慢慢聊。"孟先生叫来服务员问道，"你们这里有没有定食？两人份的。"

服务员为难地说："那种便当套餐只在中午才有，晚上只能零点。"

"不是图省钱，是图省事。"孟先生忙澄清，又问谢航，"你没有什么忌口吧？寿司、刺身这些冷食都可以吧？"见谢航点头，他便要了一份什锦寿司、一份什锦刺身和一份什锦天妇罗。

等服务员出去，孟先生再次把布帘关严才对谢航笑道："Abby，你在电话里称自己是小萝卜头，如果是说你年轻倒符合事实，如果是说你的地位和影响，可就太低估自己喽。你知道吗，你几乎是以一己之力开辟出一块市场、一门生意哟！"

谢航摸不着头脑："孟先生，您确定没找错人？不会是同名同姓吧？"

"叫我 Jack。"孟先生又一次强调，"我当然不会搞错，你既不要轻视自己，也不要小瞧我哟。实话告诉你，我从美国回北京发展，你是我要找的第一位联络人，我怎么能搞错？"

"您还是别卖关子了，我越听越糊涂。"

"Abby，可能你已经忘记了，其实是你首先联络我们公司的，当然，我指的是我们在美国的总部。"孟先生挤一下眼睛，"给你一个提示，是因为上海宝淞集团的事情。"

谢航努力回想，她把孟先生的名片翻过来看一眼导安公司的英文名,这才恍然大悟:"哦,原来导安系统就是……我一直没把你们起的这个中文名称和英文对上号。没错,我去年联系过你们,想看看你们卖不卖二手的 IEM 设备,不过印象中你们没给我回复。"

"是是,我代表公司对你说声抱歉,因为我们导安系统确实不卖磁带机、打印机之类的产品,我们只做大型计算机。虽然当时没给你回复,但我们注意到这揭示出一种市场需求。以前我们一直不认为中国是一块已经准备好的市场,因为这里还没有几个客户能使用大型机,大型机毕竟很贵,用起来也很麻烦。但你的传真让我们开始关注,后来你帮助宝淞集团从另一家公司买到了他们想要的东西,这就意味着中国客户不仅在使用大型机,而且愿意接受替代方案。我们就想,那为什么不把我们的产品介绍给中国市场、推荐给中国客户呢? 于是,我就来到北京;于是,我就来找你。"

"你们也做大型机?"

"做啊,我们的产品很不错呢。"

"那你们就是我们 IEM 的竞争对手喽?"谢航立刻警惕起来。

"谈不上谈不上,导安系统和 IEM 还是很有渊源的,我们公司的创始人当初就是 IEM 大型机的主设计师。咱们两家公司与其说是竞争不如说是互补。将来如果有哪一家中国客户想用大型机但又买不起你们 IEM 的产品,也许可以考虑我们导安系统,这就给客户多了一个选择,不是挺好的吗?"

谢航不禁忧虑道:"如果真的是因为我发了份传真把你们引入中国市场,怎么感觉我好像是捅了个马蜂窝,给 IEM 惹了大娄子……"

"不要这样想,"孟先生笑呵呵地说,"你可以理解为无心插柳柳成荫,我们导安系统和未来的中国客户都要感谢你的。"

谢航拿起包站起身:"孟先生,你不必谢我,我倒要谢谢你的邀请。我还有事,就先走了。"

孟先生忙起身挽留,正巧服务员掀开布帘来上菜,孟先生恳切地说:"我的正事还没说呢,至少你也要吃点东西再走,不然我多过意不去。"

谢航一闪念,倒不妨多了解一下这家新冒出来的竞争对手,便坐下开吃,随口问道:"你们的产品贵吗?"

"和 IEM 的产品比起来不算贵,同等级别、相同配置的价格大概是你们的三分之一。"

谢航忽然笑了:"你倒是真实在,有问必答,一点都不对我保密,那干吗还神秘兮兮生怕被熟人看到?"

"Abby,对你而言我没有秘密,但咱们两人见面对于外人而言就是个秘密。"孟先生变得严肃,声音也压低了,"我约你出来,不仅是要向你表示感谢,更希望能与你合作,而这种合作仅限于你我之间,不能让第三人知道。"

谢航周身开始紧张,下意识地看一眼布帘,试探道:"合作? 想让我帮你卖东西?"

孟先生一摆手:"不用那么复杂,只需要你举手之劳。如果你了解到有哪个客户想买大型机而又肯定买不起 IEM 的产品,只需要把这个客户的名字和联系人告诉我,单子做成以后给你合同额的百分之三。"

"怎么可能?"谢航一笑,"应用软件利润那么高,销售代表能拿到的提成充其量也就百分之三到五,硬件利润低得多,提成能有百分之一就不错,这还得是整个项目累死累活一直跟下来的销售。我单给你们提供几个名字就能拿这么多? 我不信。"

"怎么不可能? 我们这样的公司成本和各项费用比 IEM 低得多,利润自然就高。坦白讲,我们即便用底价和客户签,最终的利润都能有将近三十个点!"

谢航夹起一块天妇罗,在酱汁里蘸蘸,又问:"为什么找我? 我在IEM 就是个小喽啰,还没有分管任何市场区域,连完全归我独立跟踪的项目都没两个,我能给你提供多少有用的信息? 你应该去接触上面的人,至少应该是中层。"

孟先生嘿嘿一笑:"Abby 你是只知其一不知其二,正因为你直接负责的项目很少,所以你才可能把其他人、其他部门负责的项目都告诉我。如果我去找你老板,就算他肯合作,你们部门的项目他难道会告诉我?如果我去找你的老板的老板,就算他肯合作,你们整个区域的项目他难道会告诉我?你在 IEM 的位置最合适,再加上刚才提到的你和我们公司的渊源,所以你是最理想的人选。"

"明白了。在你看来,IEM 的整体利益中与我的切身利益息息相关的只有很小很小的一块,其他的反正都是'别人的'项目,出卖给你们并不会损害我的利益。"

"不要讲得这么难听,你完全不必这样理解,怎么叫'出卖'嘛……你只需要把那些不会买 IEM 产品的客户转告给我,反正他们也买不起你们的东西,为什么不让他们买我们的东西?对你们谈不上损害嘛。"

谢航眉毛一扬:"但我怎么知道哪些客户肯定不会买 IEM 的东西?"

"客户有钱没钱,你肯定看得出来嘛。"

"不单是钱的问题,更重要的是品牌信誉度的问题,大型机又不是微机,哪家的都一样能用?客户即便预算有限,买不起大型机可以买小型机,买不起小型机可以买工作站,也不会轻易去买一家不太知名的品牌吧。"

出乎谢航所料,孟先生窃笑一下,低声说:"你少说了一种情况,客户当然也可以买 IEM 的二手机喽。"谢航一怔,孟先生又掏出一张名片递过来,"没关系,如果你觉得客户不会接受'导安'这个品牌,咱们可以用这家公司的名义卖给他 IEM 的二手机,怎么样?"

拿过名片一看,除了公司名称是另一家,其余信息都与刚才那张完全一样。谢航笑道:"孟先生,到底哪个是你的真实身份、哪个是你的马甲?"

孟先生也笑了:"都是真实身份,你可以理解成我两只手各拿着一份报价,客户愿意考虑导安系统的,我拿出导安这份;客户只接受 IEM的,我拿出二手机的这份,总有一款适合他。"

谢航的心一沉,她愈发认识到自己给 IEM 惹下多大的麻烦。虽然导安系统这样的公司或者孟先生这样的人物迟早会进入中国市场,但他们在此时此刻到来正是因为她,这让谢航觉得自己简直是个罪人。这种深重的内疚与负罪感令她再也吃不下去,由此导致的后遗症使谢航后来无论吃到怎样精美可口的日式料理都觉得味同嚼蜡。

谢航问:"如果你们卖二手的 IEM 大型机给客户,我能拿多少提成?"

孟先生伸出三根手指:"规矩一样。"

"不可能吧?你们卖二手机也能像卖自己的产品那么高利润?"

"当然,这个没必要隐瞒。所以对我来说卖哪个都一样,只要卖得出去就成。"

"IEM 的二手机总不会比你们导安自己的东西更便宜吧?"

"当然,但也没必要更贵。我这里有一份 price list,你可以看一下。"

谢航接过价格表仔细地看,孟先生的手压住价格表的左上角,好像准备随时抽回去。谢航笑道:"干吗,这一份舍不得给我?"

"如果你答应合作,当然可以留给你。怎么样 Abby?想好了吗?"

谢航边看边说:"如果我现在就答应你未免显得不够慎重吧,我回去考虑一下。"

"如果你不肯等我们拿到单子再给你提成,或者担心我们得到客户信息也未必拿得到单子,那咱们可以换一种方式,一手交钱一手交货。你给我一条客户信息我给你一笔信息费,怎么样?你开个价吧,多少合适?"

"嗯——我还是先回去考虑考虑。"谢航仍不肯明确答复。

孟先生嘴上说"好",手上已经把价格表收了回去。见谢航已经不打算再动筷子,孟先生便说:"看来你这顿没怎么吃好,下次换个口味我再请你。"

等孟先生结完账,两人在餐厅门口分手。谢航见孟先生的身影消失在拐角,便马上折返回餐厅,急匆匆从包里摸出笔却没带足够大的纸,她走到结账柜台比画着索取,服务员也一时找不出,随手递给她一张菜单。谢航便把菜单翻过来,在背面迅速默写刚记在脑子里的二手机价格表。

忽然听到咚咚的脚步声,谢航一抬头竟发现孟先生大步走进来,吓得她赶紧把菜单翻过去。孟先生诧异地问:"Abby 你怎么回来了?"

谢航强作镇定挤出一丝微笑:"这家东西挺不错的,我跟他们要一份菜单,回头约朋友一起来吃。"

"刚才没见你吃多少嘛……"孟先生嘟囔一句就转而问服务员洗手间在哪儿,然后对谢航再次道别,"我回来上趟洗手间。咱们下次再见。"

谢航忙连声说拜拜。等孟先生拐进里面的洗手间,谢航问服务员:"你们这儿洗手间是男女各一间?"服务员点头,谢航便快步跟过去,走进女洗手间把门关好,放下马桶盖坐在上面,把菜单垫在包上接着默写,空白地都填满了总算将将写完,她这才轻轻地呼出一口气。

虽然仅有一站之遥而且顺路,但谢航没去找萧闯,也没上父母家,而是打车径直回到自己租住的房子。她现在没心思见任何人,只想静下心神好好考虑下一步究竟何去何从。做出第一个抉择没花多少时间,她近乎本能地决定不与孟先生合作,今后也不会再跟他有任何联系。贪图一己私利向竞争对手出卖 IEM 公司的商业机密,这完全不符合谢航的价值观和道德理念,她的自尊与清高更令她无法接受,毕竟无意间的引狼入室与有意识的狼狈为奸有着本质的不同,何况她对钱没什么概念,也不觉得自己缺钱,犯不着为蝇头小利突破自己的底线去冒毫无意义的风险。但随之而来的难题却让她几乎彻夜难眠,那就是要不要向公司报告这件事情。按说当得知公司面临迫在眉睫的危险时身为员工有义务在第一时间向公司预警,因为无论导安系统的兼容替代机还是 IEM 的廉价二手机一旦倾销进入中国市场,IEM 中国公司刚刚起步的大型机业务必将深受其害。更何况这个麻烦还是由她造成的,她不仅不能装聋作哑反而应该挺身而出,尽微薄之力帮公司应对挑战,以求将功赎罪。但问题是自己的通风报信会不会招致公司的怀疑呢?公司的头一个疑问肯定是你究竟如何得到这些信息的,而自己应该怎样作答?如实回答的话会不会令公司怀疑自己是双面间谍两边邀功输诚?如果隐瞒其中细节的话又能否自圆其说,万一弄巧成拙漏洞百出再想从实招来也已经于事无补。谢航在床上辗转反侧,脑子里各种预演公司可能对她的百般盘问,精疲力竭之后还是拿定主意有一说一,毕竟自己对公司的忠心可昭日月,而简单与直接的事实比任何精心编织的谎言都更具说服力。

早上到公司后,谢航先把记在菜单上的价格表录入到电脑里,简单排了下版式再打印出来,然后走到经理的办公室门口,在敞开的门上敲一下,问道:"Edward,可以耽误您几分钟吗?"经理说没问题,谢航进来把门关严,坐下后又问,"您有没有听说过导安系统这家公司?"

经理一脸茫然,谢航又把导安的英文名字说一遍,经理点头说:"我知道,专门模仿我们 IEM 的大型机来的,卖得好便宜,但客户一直不很多。怎么,在哪个项目上碰到它啦?应该不会吧,好像他们还没有进入中国市场。"

"他们卖不卖咱们 IEM 的二手机?"

"应该不会吧,他们有自己的产品,为什么要卖贴 IEM 牌子的东西?"

谢航拿出刚打好的价格表,狠下心说:"昨天有一个自称被导安系统派到中国来的人找我,说他们不仅想在中国推导安的机器,还可能从美国弄来 IEM 二手机卖到中国市场,我搞到一份他们的 price list(价格表),您看一下吧。"

经理接过去,先很有深意地看了看谢航,然后才低头看价格表,他用手指在纸上一弹,说:"这个格式看起来蛮不正规的啦,你确定这是他们正式的 price list?"

"不是,他不肯把他们正式的东西留给我,我是凭记忆自己打出来的。"

经理又抬头看一眼谢航,笑道:"这么一长串价格居然都精确到了百位,你的记忆力蛮不错的啦。"

"我还没独立做过几次配置,对型号和规格不太熟,又都是以前的老机型,所以左边可能有遗漏或错误,但右边价格这一栏应该是准确的。"

"这些都是 FOB 价来的? 会是 CIF 价吗?"

"他原始的表上也没注明,但我估计应该是 FOB 离岸价,他们这些公司规模很小,应该没有意愿去管运输和保险这类事情,而且离岸价也可以让他们的报价看上去更低。"

经理把纸放在桌上,问:"你以前就认识他?"

"谁? 哦,不认识。"

"那他怎么会找到你?"

"我也不清楚,可能他从什么地方得到了我的联系方式。"

"他找你做什么?"

谢航的心咚咚直跳:"他想让我把 IEM 的客户信息提供给他,并承诺给我好处。"

"你答应了?"

"当然没有!"

"OK,我只是开玩笑的啦。"经理一摆手,眯起眼睛看着谢航,"Abby,我怎么觉得,那个人找到你并非纯属偶然……"

谢航越发紧张,忍不住问:"您的意思是……?"

"你想想看,会不会和你前一段时间四处联络二手设备的供应商有关?"

"我确实发过不少询价的传真,也许他们碰巧拿到了我的联系方式。"

"不是碰巧,他们之所以找你,是因为判断你手中已经有客户想买二手机。"

"您是指……上海宝淞?"谢航的头一下子大了。

"我的逻辑有问题吗?"经理反问,脸上浮现出一丝诡异的微笑。

谢航浑身发冷,忍不住打个寒战,自语道:"可是昨天他并没有提到上海宝淞……"

"那就对了啦。Abby,如果我是他,我会第一时间先去见上海宝淞的人,然后才轮到见你。既然他已经去过客户那里,何必再向你打听呢?"经理又眯起眼睛,"如果我是你,我现在已经坐在去往上海的飞机里了。"

谢航登时起身:"那我现在就去机场。"

"等一下,我还有几句话要说。"经理示意谢航坐下,"Abby,之前你在我不知情的状况下,擅自联络二手设备的供应商并私下介绍给上海宝淞,在公司考虑如何处置你的时候又找来客户对公司施压,那次的事情还没有解决,现在它的后果已经出现。是你把这些做兼容机或者二手机的家伙引到中国来,是你把上海宝淞这样重要的客户暴露给他们。Abby,如果你不能保证上海宝淞在第三期工程中从我们这里购买 IEM 一手的大型机,恐怕公司上下没有谁能保证你可以继续在 IEM 干下去。"

"Edward,您这是在给我下最后通牒?"谢航眉头紧锁,事态再一次朝她完全没预料到的方向演变。

"非正式的啦。不过你倒不用太紧张,你和客户的关系那么密切,上次他肯为你不惜威胁 IEM,这次他就一定肯为你和 IEM 签合同喽。"经理无声地一笑,拾起桌上的那张纸抖了抖,"其实你心里应该明白,如果上海宝淞最终买了导安系统的东西或者 IEM 的二手机,你和这个人的关系就说不清楚了。"

"我没有向他出卖公司!"

经理挥下手:"赶紧去上海吧,如果你能拿回合同,就用不着做任何解释;如果你拿不回合同……也用不着再做任何解释了。"

谢航心里又是焦急又是愤懑地出了门,她当时以为经理这番最后通牒只是要给她压力，逼她立下军令状背水一战，置之死地而后生，要等到日后她才能明白过来经理此举的另一层用意——爱德华是将谢航置于死地而为他自己留出一条生路，因为一旦上海宝淞的单子输给他部门的属下引进来的对手，他也难辞其咎。

爱德华拿起电话拨通主管大型机产品的经理，说有份很有趣的东西要拿给他看。去找大型机经理之前他又把谢航拿来的价格表仔细看了看，愈加觉得这是个应该好好利用一下的武器，主管行业的他太需要这个武器来迫使主管产品的对方松动一下自大且僵化的价格政策了。

谢航一路奔波赶到上海宝淞集团的时候已经快到下班时间，她敲开虞主任的门便问："导安系统的人来找过您没有？"

虞主任第一眼看到谢航的反应是一愣，被谢航这么一问又是一愣，他反问道："谢小姐你不是回北京了吗？难道这些天一直待在上海？"

"我是刚刚从北京飞来的，从机场直接打车过来找您。"谢航等气息稍稍平稳又追问，"您见过导安系统的人没？"

"什么系统？导安？没听说过。"虞主任拿起暖瓶想给谢航倒杯水，晃了晃发现是空的，在办公室坐了一天的他早把水喝得一干二净。

谢航忙摆手表示不用，一屁股坐到沙发上长出一口气："那就好，这一路上紧张死我了，还好是虚惊一场。"

虞主任也坐下，纳闷道："又是紧张又是虚惊的，到底怎么回事？"

谢航放松下来，笑着摇头："没事，不管它了。对了虞主任，马上就到九月份了，你们国庆节前就要启动第三期工程，之前您已经确认过我们给您发的新主机配置，怎么样？您哪天签合同啊？"

虞主任也笑道："你等不及啦？那你把价格再降一降嘛，降到我满意的时候立马和你签。"

"还嫌我们降得不够啊？"谢航并未当真，"新主机的预算集团不是已经给您批下来了嘛，我们的报价早就在您预算范围内了，您就成全我吧，别老吊着我了行吗？"

虞主任却不像开玩笑的样子:"谢小姐,预算的意思是上限,不能超出,可不是下限哟,能省还是要省。所以我希望你们 IEM 能够充分考虑到我们宝淞集团的重要性,不要以为这个合同已经到手了,那样你们有可能是要后悔的哟。"

"哎呀虞主任,您又不是头一次买我们的大型机,您对 IEM 的价格政策比我都门儿清,这次真的已经把折扣都让给您了,您就别逗我了成吗?"

"这么严肃的事情我怎么可能逗你?"虞主任严肃起来,"谢小姐,我刚才已经说了,不要以为这个单子铁定是你们的了,别怪我没提醒你哟。"

谢航做出一副愁眉苦脸、可怜兮兮的样子,暗地里将信将疑地端详虞主任的表情。忽然一个闪念令她腾地站起身,问道:"那个姓孟的来找您谈过了? 您在考虑二手机?"

虞主任被吓一跳,定下神来才点点头:"对。坦白告诉你,不是考虑,是已经基本决定购买二手机。"

谢航颓然地坐下,喃喃地说:"完了,我真傻,宝淞一期已经买过 IEM 的大型机,怎么可能再接受导安的兼容机? 所以他一上来当然就直接推 IEM 的二手机……"

"我不明白你在说什么,不过我们考虑二手机也不是一天两天了,是经过审慎论证的。"

"您不担心二手机的质量不可靠? 您不担心将来维修的问题? 您三期工程买的机器可能比一期工程的那台还老,您不觉得会有问题?"谢航再也克制不住,发出连珠炮般的诘问。

虞主任不但没恼反而饶有兴致地看着谢航:"谢小姐你忘了,头两个问题起初还是我先问你的呢,你还记得当时怎么回答我的吗? 事实证明你说得很有道理。首先,这些二手机都是经过你们 IEM 认证过的。其次,我们大不了再买几块二手的备件随时准备更换。你二期工程时推荐给我们的那些二手设备就用得很好嘛,没出过大毛病。再说你们的大型机我们已经用了将近三年,专家虽然谈不上,但经验还是积累了不少,伺候这些机器应该没问题。"

谢航带着哭腔说:"虞主任您不能这样,您这是把我往绝路上逼啊!我的老板已经让我立了军令状,如果拿不到宝淞的合同,IEM 就会开掉我!"

虞主任显然被这段话所震动,他眉头紧锁,拳头在桌子上擂一下,不平地说:"你老板怎么能这样? IEM 好歹是家大公司,怎么能这样没有人情味儿!太不像话了!"谢航刚燃起一线希望以为悲情战术奏效了,虞主任却接道,"像这样的公司离开也好,以你谢小姐的人品和能力,一定能够找到更好的地方。"

就在这一瞬间谢航崩溃了,她的眼泪汩汩流出,怨艾地望着虞主任说:"您再帮我一次吧,上次就是您救了我,要不然我早被公司开了,这次您为什么就不能再救我一次呢?"

"这次和上次不一样。"虞主任从桌上拿过来一卷卫生纸放在茶几上,语重心长地讲出一段令谢航终生难忘的话,"谢小姐,你要明白一个道理,没有人会为你而牺牲他自己,你也不应该要求别人这样做。上次我帮你,让你继续留在 IEM 为我服务,这符合我的利益,所以帮你就是帮我自己,为什么不帮?这次我帮你,那就要多花两倍价钱买你们的一手机,这不符合我的利益,所以帮你就是害我自己,为什么要帮?谢小姐,不要以为上次我帮你,只是因为咱们关系不错或者我这人讲义气,也不要以为这次我不帮你就表明咱们关系断了或者我这人不讲义气,不是这么非黑即白的事。生意就是生意。"

谢航还在无声地流泪,虞主任已经收拾好东西准备回家,他问道:"你之后去哪里?进市区还是去机场?要不要我叫辆车送你?"

"谢谢,不用。"谢航从包里拿出纸巾把脸上的泪痕揾了揾,站起身向门口走,临出门时她忽然转回身,眼里含着泪光笑一下:"虞主任,我会找到让您帮我的理由。"

谢航既没进市区更没去机场,她到宝淞宾馆要了间房,把随身唯一的手包往桌上一放,仰面朝天躺到床上,拽过枕头盖住脸嘤嘤地哭泣。她无助,她绝望,而最让她受不了的是孤独。遇到这么大的坎儿她却无人可以诉说,她不想告诉萧闯或者爸妈或者裴庆华,她不能让关心她的人担心;她更不想告诉经理或者同事,她不能让不关心她的人开心。哭累了,谢航爬起来走到洗手间,认真地洗脸,对着镜子里的自己打气,仿佛自己有了双倍的力量。不能就此认输,不能听天由命,一定要想出办法。谢航受不了房间里的憋闷,拿起房卡出门,就在长长的走廊里来来回回地溜达。偶尔有人经过都不禁用异样的目光偷瞄她,但她全然没有在意。不知走了多久、走过多少来回,谢航一抬头发现前面站着两个人——两个女服务员互相紧紧挽着胳膊近乎恐惧地望着她。

　　谢航一愣,问道:"怎么了? 你们有事吗?"

　　两个服务员用胳膊肘彼此拱了两下,最终个子高些的开口反问:"小姐,请问您怎么了? 您有什么事吗?"

　　"我? 没事儿啊,就是想散散步。有问题吗?"

　　见谢航一切如常,两个服务员这才松口气,个子高的有些尴尬地说:"您没事就好。刚才有客人给前台打电话,说走廊里有一个女的,披头散发、脸孔煞白,不停地走来走去,但上半身一动不动,说差点儿把她吓出毛病,非让我们上来看看。"

　　谢航又好气又好笑,她试着摆了下胳膊:"我走路怎么可能胳膊不动,她以为我是僵尸啊……"

　　高个服务员连忙点头,另一个说:"她可能是怕您有什么想不开。"

　　谢航忽然灵机一动,喃喃自语:"吓出毛病……"她随即一声欢呼,"哈哈,我想开啦!"然后掏出房卡回身向自己的房间走,却听到身后响起一阵杂沓的脚步声,原来是心有余悸的两个服务员被她这一惊一乍吓得掉头就跑。

　　宝淞集团的生活区距离办公区不算太远,中层干部的住宅楼是几座前两年刚建好的五层砖混楼。谢航找到虞主任的家,敲门前看一眼表,晚上九点刚过。开门的是位中年妇女,审视谢航一眼便充满戒备地问:"你找谁?"

"您好,请问虞主任在家吗?"

"你是谁?"对方愈发警惕地问。

谢航刚要回答,虞主任已经一边系着短袖衬衫的扣子一边出现在门口,一见谢航便皱起眉头:"你怎么找到这里来了?"

中年妇女扭头盘问虞主任:"她是什么人?"

"外企的,IEM公司。"虞主任不耐烦地答道,然后招手示意谢航先进来,在她身后马上把门关严,一脸不快地问,"你怎么还没走? 有事去办公室说嘛,到我家干什么?"

谢航还没来得及解释,中年妇女已经仰起下巴质问虞主任:"喂,什么事情不好到家里说,非要到办公室去说?"

"当然是工作上的事。"虞主任料想如果强行将谢航撵走恐怕更说不清,便极不情愿地把谢航让进客厅,嘴里抱怨,"你肯定是一路打听才找过来的吧? 搞得谁都知道大晚上我被一个小姑娘找上门……"

谢航笑道:"没有,我只问了一个人,很顺利就找到了。"

中年妇女对着坐在沙发上看电视的男孩训斥道:"马上就要开学了,整天就知道看《小龙人》,回房间看书去!"将孩子撵走以后她却没有回避的意思,拉过一把椅子坐到旁边。

虞主任又皱起眉头:"去忙你的,在这里做什么?"

"喂,这是我家,我想坐哪里就坐哪里。"

虞主任一口闷气出不来,沉下脸对谢航说:"我已经跟你讲了,我这次帮不了你,你又跑来求我做什么?"

谢航很平静地笑一下,不卑不亢地说:"虞主任,我此刻来找您,不是为了求您,而是为了救您!"

虞主任两口子都吃了一惊,面面相觑,他老婆的想象力更为活跃,立刻构想出N个生动画面。

谢航本可以第二天上午再去办公室找虞主任,她是特意选择晚上登门入室,这个举措更有冲击力和震撼力,事实证明果然效果不错。见虞主任夫妇呆呆的不明所以,谢航便从包里拿出一张名片,放在玻璃茶几上推到虞主任面前:"您应该没见过此人的这张名片吧?"

虞主任拿起来,念道:"导安系统有限公司?"

谢航又拿出另一张名片:"您见过的应该是他的这张名片吧?"

虞主任点头,把两张名片挨着摆在一起,他有点儿明白谢航的意思了。

"这位孟先生的底细我了解一些,"谢航一指茶几上的两张名片,"他是一套人马两套牌子、一颗黑心两手准备。因为宝淞集团一期工程买过 IEM 的大型机,二期工程又买了一些二手的 IEM 设备,所以他很清楚宝淞不会接受导安系统这种低档次的兼容机,便隐瞒了他导安系统公司驻华代表的身份,只向您推销 IEM 的二手大型机。"

"这个有什么问题吗?"

"您和外企打了好些年交道,如果导安得知他们的驻华代表私下另起炉灶向客户兜售 IEM 的二手机牟利,他们会饶得了他吗?我上次纯属帮忙为宝淞介绍二手设备的供应商就差点儿引火烧身,您觉得他的下场会好吗?"

虞主任嘴硬道:"即便他被导安公司开掉,也不会影响我从他那里买 IEM 的二手机嘛。"

"虞主任,您很清楚目前国内大型机的市场状况,您觉得这位孟先生为什么以两个身份卖两种产品?"谢航盯着虞主任的眼睛,不容置疑地说,"因为单单只做其中任何一桩生意他都活不下去!没有导安公司的经费来维持他的日常开销,他连出差的费用都成问题,更不要说租办公室,所以他的二手机买卖要不了多久也会关张。"

"反正我们宝淞也没指望将来靠他给我们提供维修和技术支持,从他手里买 IEM 的二手机就是一锤子买卖,一拍两散,他以后关张也和我没关系嘛。"

见虞主任一副不见棺材不落泪的架势，谢航只得挑明："这个姓孟的欺骗公司欺骗客户，说他是不法商人不算冤枉他吧？宝淞集团这样国内数一数二的大型骨干企业，在已经完成选型论证而且预算审批到位的情况下，却莫名其妙地在大型关键设备采购中与这样的不法商人合作，您作为直接负责人该如何解释呢？我相信您的初衷就是为公司省钱，没有一星半点儿的私利，但事情暴露出来之后恐怕别人都不会这样想。虞主任，我最近的亲身经历已经表明，人们最不愿相信的就是真有人能做到大公无私。您自己冒这么大的风险为宝淞省钱，可宝淞几百亿的投资差这点儿钱吗？您这样做值得吗？"

虞主任的老婆惊恐地睁大双眼，什么也说不出口。虞主任显然在竭力保持平静，他把那张导安公司的名片推回到谢航面前，装作若无其事地说："不知者无罪，我是在完全不知情的情况下才从他那里买的二手机，我是被他蒙骗了，既没有知情不举更不是明知故犯。"

谢航淡淡一笑，把两张名片都收进包里，说："虞主任，明天上午我会把这两张名片交给您的几位副主任传阅一下。您想想看，在您的下属都已知情的情况下，您还能如何做到不知情？"

"老虞，小姑娘说得对，你可不要犯傻。"虞主任的老婆拉一下虞主任的衬衫下摆。

虞主任的脸色从铁青慢慢变为苍白，勉强笑一下，反问道："谢小姐，你这么有把握，为什么不现在就找那家导安公司告发那个姓孟的？先让导安把他开掉，再让他想卖二手机也卖不下去，你不就大功告成了吗？"

谢航歪头俏皮地一笑："因为时机未到，我现在手里只有这两张名片，证据不足啊。我要等他与第一家客户签下二手机合同，再把合同的复印件一起传真给导安公司，白纸黑字证据确凿，他还能怎么抵赖？等他被导安开掉，我再去提醒客户他们受骗了，客户还敢跟他继续履行合同吗？肯定不敢，结果就是客户和姓孟的都吃不了兜着走。所以我现在盼着姓孟的赶紧签下第一份合同呢，但我真的希望，他的第一家客户不是您,因为您曾经救过我。"

"如果他的第一家客户真是我,你会怎么办?"虞主任咄咄逼人地盯着谢航。

谢航收起笑容,笃定地说:"今天刚有人教育我,没有人会为别人而牺牲自己,我觉得这话非常有道理。虞主任,如果我将来做了什么而影响到您,请不要以为我那样做是因为咱们关系不够铁或者我不讲义气。生意就是生意。"

客厅里安静下来,都能听到挂在墙上的石英钟的秒针嘀嗒嘀嗒一格一格走动,谢航这时才感觉到房间里有些闷热,有架落地式电风扇却早早就用布套罩起来留待来年再启用。虞主任首先打破沉默,指使老婆说:"你在这里傻坐半天,连口水都没给谢小姐倒,去拿瓶汽水吧。"

老婆忙应声起身去开立在客厅门旁的冰箱,虞主任又打起官腔对谢航说:"谢小姐,就像我今天下午对你讲的,我们宝淞还是希望你们IEM能够拿出最大的诚意,不要再对我们有所保留,这样便于我们尽快做出决定。"

刚刚过去的二十四个小时对于谢航不啻一场洗礼,甚至是浴火重生,此刻的她已不再是之前那个谢航,就像豁然间开了天目一般,她已经能够清楚地看透虞主任的底牌和内心,她知道自己赢了。谢航莞尔一笑:"您放心,我一定会一字不落地把您的话转达给我老板,也让他转达给他老板。对了虞主任,三期工程还有一个月就要启动,大型机的生产、海运、清关、安装都需要时间,您还是尽早跟我们把合同签了吧。我就是个小喽啰,别的本事没有,只配在您这儿鞍前马后地伺候。我这次呀打算拿了合同再回北京,您不签我就不走。对了虞主任,宝淞有没有大一些的商场?我今天连行李都没带,只得临时采购一些必需品和衣服。"

虞主任的老婆一听就急了,捅一下虞主任:"你打的什么主意?你巴不得谢小姐不回北京天天围着你转是吧?"

送谢航出门的时候,虞主任的老婆又问:"谢小姐,将来你们的机器到了,安装呀服务呀还用不用你亲自跑过来?"

"一般不用,我们有专业的工程师,除非有什么需要我帮着协调的。"

"就是就是,谢小姐,我看你签掉这个合同也该去找新的合同签了,对吧?没事就不要老来找我们家老虞了。"

刚关上门,虞主任就气鼓鼓地申斥老婆:"你刚才说的那叫什么话?我和她的接触纯粹都是为了工作,你胡说八道什么!"

老婆一晃肩膀:"你以为我傻呀,人家谢小姐又年轻又漂亮,又聪明又厉害,当然不可能瞧得上你。我那样说,就是要显得至少在我眼里你还是很招人的。这样说还不是想给你挣一点儿脸面?"

虞主任听了不禁椒然,张口结舌半天说不出话。

宝淞集团三期工程订购 IEM 大型机的合同签完,谢航便整理出一份针对兼容机和二手机的销售案例分析,对导安系统等兼容机以及从美国市场引入的 IEM 二手机的特点加以总结,列出若干条核心应对策略以及完整话术,也对 IEM 自己的产品定价和维修服务体系应该做出哪些调整提出了建议。爱德华立即将这份成功案例转发给大老板和大型机产品与服务的负责人,而大老板点评后又转发给各行业主管。一时间,谢航作为成功抵御廉价兼容机和二手机的第一人而崭露头角,在公司上下备受关注和赞誉。不过绝大多数人并不知晓,其实谢航也正是导致这些竞争对手拥入中国的始作俑者。当然有些人对个中的来龙去脉再清楚不过,但此时也都毫不吝啬地向谢航献上掌声,比如爱德华。

十七
/
皇天不负有心人

　　这已经是裴庆华在夏港的第三天,仍然一无所获,他郁闷地看着西边的太阳渐渐坠入海平面,原本一幅壮丽绝美的景色在他眼里竟只剩几分悲凉。坐在海滨公路边上的小食摊前,林益富在一旁教裴庆华蛳仔煎的吃法,又把土笋冻挪到他眼前,见他还是郁郁寡欢,便说:"裴老弟,生意哪有一天就做成的? 慢慢来,天大的事情都不要耽误吃饭。"

　　"您是林老师的本家哥哥,按说我应该管您叫伯父,您可千万别再这么叫我。已经让您白白跑过来忙活一场,我就够不好意思的了,您还要折煞我。"

　　林益富一摆手:"出门在外都是兄弟。我还是那句话,没有天天都能做成生意的,也没什么白跑白忙活,跑就比不跑会有更多机会。"

　　裴庆华沮丧地说:"但也没有像我这样天天做不成生意的吧……您看,我是不是不该干这行?"

　　林益富拍拍裴庆华的肩膀说:"老弟,你不要总是想得太多,我看你干得就蛮好。你也不要觉得我是什么白跑白忙活,我每年温州夏港要来回好多趟,蛮多出口订单都是在这里签。再说,这次还是我以为有好机会才主动跟益民讲的,你要是觉得白跑那就是在怪我咯。"

裴庆华忙解释:"怎么会怪您,林老师跟我一说,我也立刻就觉得夏港港务局能是个大客户,肯定需要很多微机。而且以港务局在夏港的地位和影响,帮我们华研往其他单位销售微机应该也不难,可谈下来才知道没这么简单。唉……叶总可能是看不上这点儿小生意。"

"具体到你们电脑行当我就搞不懂了,虽然我是搞电气开关的,也一样沾个'电'字,但你们是高精尖,我们是低粗劣。叶总虽说是我的同乡加战友,但人家的位子在那里,以前抓业务现在只抓党群工青妇,业务不归他直接管了,也可能是心有余而力不足吧。"

"来之前我的想法是港务局下面肯定有做贸易或者进出口业务的公司,总能找到一家有兴趣做我们的代理,他们在当地熟门熟路,就可以把康朴电脑打进夏港市场,可为什么总感觉没找对门呢……"

林益富同情地看着裴庆华,一脸的爱莫能助:"我做了十多年的生意,越来越体会到'机缘'二字大有玄妙,时机和缘分缺一不可。机缘不到,花多少工夫都是白搭;机缘一到,得来全不费工夫。听益民讲,你们搞研究也是这样,经常是歪打正着,瞎猫撞到死老鼠。所以,心急不得。"

"做生意和搞研究都是难在找到突破口,这就是您说的机缘吧。"裴庆华若有所思,"突破港务局和叶总的那个点,究竟在哪儿呢?"

裴庆华刚回北京坐到公司里,舒志红就呼他。裴庆华回电话问有什么事,舒志红上来就问:"哎,你和你女朋友一般都做什么?"

裴庆华心不在焉地随口答道:"我一般是陪她上自习。"

"哇!你有女朋友?真没看出来……没想到你这么不禁诈,一问就招了。"舒志红惊呼过后便有些落寞,嘟囔道,"你找的是个小学妹?这么大岁数了还陪她上自习。"

"我说的是以前在学校的时候,又不是现在。"

"那现在呢？"

"现在？什么都不做。她在美国呢,一年多没联系了。"

"也不写信也不打电话？"

裴庆华闷闷地"嗯"一声。

"哦——"舒志红若有所悟,情绪又高涨起来,问道,"那你们不一般都做什么？"

"不一般？有时候看电影。"

"好啊,那你也陪我看电影吧。哎,《秋菊打官司》刚上演,你想不想看巩俐？"不待裴庆华回答她又问,"你最近出差吗？"

"我昨天晚上刚回来,应该不会马上又出差吧。"

"好,那我就去找票,不一定搞得到呢,特火。搞到票以后通知你,如果搞不到的话……哎,你们除了看电影还干什么？"

裴庆华没心情多聊,就说:"那我等你呼我。"然后挂了电话。

快到十点了,林益民招呼裴庆华等几个骨干到谭启章的房间开会,人挤得坐不下,裴庆华便干脆拉过一把椅子坐在门口。谭启章主持说:"又到月初,咱们开个月度例会,大家先轮流把各自负责的那几块情况介绍一下。"

轮到裴庆华,他除了管东北、华东和东南三个大区之外,还是华研的不管部部长。那时还没给他名正言顺地安上企划部经理的头衔,但杂事几乎都归他。裴庆华一向兢兢业业,所以各项事务交办给他很让谭启章和林益民放心,但他主管的三个大区在市场拓展上却依旧乏善可陈。等他底气不足地把代理商的情况简单讲完,林益民马上说:"小裴不错,曙光就在前头,应该很快就能打开局面。"

谭启章也鼓励道:"是啊小裴,你是三年不飞,一飞冲天;不鸣则已,一鸣惊人,我们等你的好消息。"

裴庆华听了更加不安,自嘲道:"三年？这都快两年了,我还没和过一把大牌,难道还得再等一年……"

最后由谭启章对各人汇报的情况稍作总结,又把公司层面的几项重大事宜向在座的骨干逐一通报,他说:"……还有一项工作一直在进行,现在大体上有了眉目,简单和你们通下气,但不要外传也不要私下议论,听过以后就烂在肚子里。我指的就是咱们华研的公司性质和股份结构。小平同志南巡之后咱们经过了第一次改制,但那次改制只涉及咱们个人的组织和工作关系,在座的各位包括我和林老师都正式下了海,已经与研究所脱钩,再也不是院里所里的人了。但咱们华研公司仍然属于全民所有的性质,至少在名义上仍然归所里领导,虽然早就已经自主经营自负盈亏自我发展,没再要过所里的钱,但不可否认在开创初期所里是投了钱的,这部分账怎么算,在座各位对公司的贡献这笔账又怎么算,我和林老师已经考虑很久并且做了不少工作。这些事做起来必须表面上看着润物细无声,但其实底下是惊涛骇浪,牵扯多方利益,事关国家政策和院里所里各种错综复杂的关系,所以必须讲究技巧和火候。我们的目标是要与所里彻底脱离关系,但公开地我们只能说是要与所里理顺关系。现在的思路是,从公司的股本里划出一块,无偿出让给所里的工会,工会属于社团法人,相当于代表所里全体离退休和在职职工持有咱们华研公司一定比例的股份,享受华研公司的分红,更可以随着咱们华研的发展壮大不断增值。吃水不忘挖井人,不论到什么时候,只要华研公司在赚钱,所里的老老少少、干部职工就都能享受到咱们的成功果实,但所里以后不会再对华研公司具有行政意义上的管辖权和领导权。这样所里满意,咱们也满意,又不存在国有资产流失。剩下的股份就由华研公司的创业者、管理层和全体员工持有,先期暂时不把股权落实到人,而是设立职工持股会,代表咱们每个人持股,这样更像是集体所有而不是私人所有,免得太招摇、遭人嫉恨。如果这次改制得以实现,咱们华研就具备了符合现代企业制度的清晰规范的股权结构,为今后融资上市和资本运作创造出良好的条件……"

忽然传来咣当一声响,把谭启章和众人都吓一跳,原来是裴庆华霍地站起身,椅子撞到门上闹出这么大动静。不知是因为不好意思还是兴奋难抑,裴庆华满脸通红,他说:"谭老师,我要马上去夏港!"

林益民插话道："你不是昨天刚从夏港回来？这不是白折腾吗?!"

"没白折腾，这趟回来得太值了。您二位放心，我这次再去夏港会更值。"

谭启章虽然面带疑惑可还是说："正好我差不多讲完了，去忙你的吧。"

"我先去订票，回来再和您说我的想法。"裴庆华正要走又回头喊一句，"我这次不坐火车，我要飞过去，你们放心，这机票钱肯定不白花！"

收到舒志红的消息时裴庆华已经坐在机场候机室里，他把寻呼机挂回腰间，找到公用电话拨过去。舒志红接起来就开心地说："搞到票啦！怎么样，我神通广大吧？今天晚上在政协礼堂，就在咱们俩正中间，你坐103路往南，我坐103路往北，都在白塔寺下。六点半，不许迟到喔！"

裴庆华这才想起早上与舒志红的约定，只好歉疚地说："真对不起，出来时忘了跟你说一声，我今天有急事要去夏港，现在已经快登机了。"

电话里没反应，裴庆华心里有些发慌，惴惴地总算等到舒志红义愤填膺的怒吼："有你这样的机器人吗？说话不算数！"

"我本来也不是机器人嘛。是临时决定的，真不是存心放你鸽子。"

"你就是存心的！你这个大骗子！"舒志红恶狠狠地说，"哼，我就不信没有男的愿意和我看电影！"

走回到候机室，裴庆华的耳朵里还嗡嗡回响着舒志红摔上电话的声音。

再次站在夏港港务局叶总宽敞的办公室门口，裴庆华看到叶总正端坐在红木椅子上泡工夫茶。听见门口有动静，一看是裴庆华，叶总便招手道："小裴，进来进来，我还以为你和老林一起走了呢。"

裴庆华不想提自己两天之内夏港—北京打了个往返,走进来坐下说:"昨天和北京打了好久的长途,跟老板商量事情。"

叶总点下头不再说话,娴熟而专注地继续泡茶。估计之前他刚将茶润过泡上,正在浇壶,然后用夹子捏起小茶盅冲一冲又倒掉。温杯过后,他又抓起小茶壶在茶海上兜了好几圈,再把四个小茶盅排成一列,像给花浇水似的来回浇。这期间裴庆华好几次以为茶已倒好,忍不住抬手要去拿,都被叶总以眼神制止。直到叶总用拇指和中指捏着一个小茶盅放在他面前,裴庆华才确定总算可以喝了。

叶总自己却不喝,笑道:"这是我自创的温州叶氏工夫茶,比当地人地道的泡法偷工减料啦,也就糊弄你这种门外汉。以前从早忙到晚哪有时间鼓捣这些,如今清闲了倒可以解解闷。你在夏港随时可以过来,你没见我的门从来都是开着的? 以前可不行哟,一拨一拨不断,而且都得关起门才行。"

裴庆华能感到叶总言辞之间流露出来的惆怅,却不知该说什么,想以喝茶掩饰,却发现小茶盅里那一点儿茶水早被他一饮而尽,好在叶总又给他递过一杯。裴庆华正在想如何切入主题,叶总却仿佛猜到他的心思,直截了当地说:"微机是个好东西,将来肯定哪个部门都要装、哪个岗位都要用,潜力大得很呢,不像我,五十五喽,再混几年就彻底退了。小裴,不在其位不谋其政,即便我豁出脸皮帮你去求业务部门,人家也不会买账的,毕竟花的是他们的预算,凭什么听我的主意?"

"但如果您能帮他们挣到钱呢?"裴庆华见自己冷不丁儿这一句闹得叶总一愣,又解释说,"我的意思是,如果买康朴电脑能让业务部门的负责人和全体职工都能从中得到好处,他们就不会不买您的账了吧?"

叶总盯着裴庆华看了一会儿,忽然笑了,抬手一指门口:"小裴,我的门可开着呢,你倒挺光明正大的不避人。你们公司可是国家级科研院所的正规公司,你也是堂堂的科研人员出身,可不要搞行贿受贿那一套。因为你们搞也搞不过别人,还不如留个清清白白的名声。"

"叶总您误会了，我指的真不是见不得人的那一套。我是在想，有没有什么方法让我们华研和港务局不再是买卖双方的关系，而是达成统一战线。比方说咱们两家成立一个合资公司，港务局买电脑都找这家合资公司，肥水不流外人田，电脑买得越多，合资公司赚钱越多，港务局也就分红越多。"

"你别以为我脑筋不好使了欺负我，合资公司也有你们的钱嘛，港务局分红多，你们分得也多嘛。羊毛出在羊身上，分的都是港务局的钱。"

"叶总，说是合资公司，但我们华研不会从合资公司拿走利润和分红，只要合资公司从我们华研进货就行，我们只赚那一段的钱，剩下一段都是港务局的。"

叶总再一次盯着裴庆华看了许久才说："明白了。虽说港务局买微机也会用到一部分自有资金，但绝大多数还是走国家财政拨款。以前拿国家财政的钱买电脑花了也就花了，不花白不花；而搞一个合资公司，这里面有一笔利润就可以回流到港务局，变成自有资金可以随意支配。这样做难免会让人有看法吧？"

本以为这是彼此心照不宣的事，不料叶总却如此一针见血地指出来，裴庆华只好说："我给您举个例子算笔账，一台微机的零售价比如说是两万八千块钱，港务局从夏港某家电脑公司买就是付这个数，只换回一台微机；如果从咱们两家的合资公司买也是付这个数，但在换回一台微机的同时又挣回一笔钱，比如合资公司从我们华研拿货的价格是两万五，合资公司挣到的就是这中间三千块钱的差价。港务局没有任何违法违规的地方，至于合资公司挣的钱那是港务局关联公司合法经营的正当收益，别人能说什么？"

"话是这么讲，表面来看港务局一如既往还是正常花钱买电脑，合资公司呢也是正常倒手卖电脑，但中间这三千块钱还是很容易让人联想到回扣啊……"叶总踌躇道，"这里就有个政策风险问题，而且港务局出资兴办合资公司可不是件小事，估计局领导不太容易下这个决心。"

"没关系,不用局领导下决心,"裴庆华笑着说,"您下决心就行。"

叶总一怔,想了想没悟出这里面有何玄机,不免有些不快地说:"小裴,你在打什么主意?"

"叶总,您的担心我理解,但有一个办法可以规避上面这两个问题。首先,如果合资公司挣的钱归局领导支配,确实可能引起非议。但如果这钱是由港务局全体干部职工享有,并没变成某些人的一己之私,谁还能说三道四?再有,合资公司不需要港务局出面,下属的第三产业都可以作为合资公司的一方,不过,我觉得还有一个更合适的部门,这就要看您能否下决心了。"

房间里静悄悄的,叶总早已忘了工夫茶这码事,他琢磨一会儿问道:"你是指……工会?"

"对啊叶总,还有比工会更能名正言顺代表广大干部职工利益的吗?工会里包括离退休老干部,这样以往历任局领导一定不会有意见;工会也包括将来要退休的现任领导,所以他们心里也会有数,在自己任上定的这件事将来不会人走茶凉。由工会出面,成立全体职工持股会,为广大职工谋福利,这是好事,也是个创举,将来可能还会推广呢。"

"工会能搞合资公司?"

"能啊叶总。今年四月份国家刚刚颁布施行了《工会法》,咱们工会只需要经过简单的核准登记,就可以成为具有独立民事行为能力的社团法人,当然就可以投资入股开公司啊。"

叶总显然已经进入角色,追问:"那咱们双方之间怎么分?"

裴庆华笑道:"我们华研的态度非常明确,不控股、不派人、不查账,咱们工会这边想从合资公司拿走多少比例的分红,就占多少比例的股份,百分之五十也行,百分之九十也没问题。我们只要求合资公司保证从华研进货就成。"

"可问题是——我们工会这边一时拿不出多少钱啊,要想在全体干部职工范围内搞集资也需要时间呐……"

"您放心，"裴庆华把声音压低一些，"我们华研也拿不出什么钱。这合资公司其实就是个皮包公司，不需要多少实际经营费用，只是以它的名义向华研订货，港务局的货款从它手里走一趟，只要第一笔订单走完，留在它手里的利润就足够补足你们这边的注册资金了。"

"统一战线，统一战线，正是我这个党委统战部长分内之事嘛……"多年养成的军人做派此时显露无遗，叶总一边念叨一边摩拳擦掌跃跃欲试，兴奋不已地说，"没想到工青妇这个闲差居然也能搞出点名堂，有意思，这是托改革开放的福啊！还有你，小裴，也是托你的福。"叶总忽然想到什么，眉头一皱，"你跟我聊的这些，你老板知道吗？"

"当然啦，我昨天不是跟老板打了半天长途嘛，我说的每个字都是老板授意的。"裴庆华又一笑，"除了不能替他签字，别的我都可以代表他。"

叶总垂下眼皮默想一阵，下定决心说："好，我叫几个人来一起商量一下，说干就干，要干就干好！"

走到大办公桌旁打了几个电话，回来坐在红木椅子上静等，叶总忽然问："小裴你今年多大？"

裴庆华暗想，说虚岁应该不算虚报吧，便答："已经二十七了。"

叶总额首道："后生可畏啊……"

裴庆华正在谭启章的房间里向老板汇报工作，林益民忽然推开门举着一卷传真纸大声喊道："小裴，夏港的第一批订单到了，你猜他们要多少台？"

"不用猜，那是我前些天和他们一个部门一个部门统计出来的，一百七十台。"裴庆华笑着说。

"错啦！两百七十台！"林益民抑制不住狂喜，把传真纸摊开铺在谭启章的桌子上。

裴庆华也是一脸的难以置信，忙凑上去核对，嘀咕道："台数开头这个数字是'2'吗？不会是传真走纸的时候蹭的吧，看着有点儿像'1'……"

"你看这儿，总金额！"林益民用手指在传真上点戳，"一百七十台能值这么多钱吗?!"

谭启章笑道："小裴，我比你大二十岁，你倒比我先老花了?"

裴庆华一拍脑门儿，恍然大悟："我明白了，没想到他们真这么干了！统计各部门需要量的时候就有人说去年买的一批微机配置太低，建议干脆低价处理给职工拿回家让孩子学电脑用，再另买一批新的。叶总觉得毕竟有些不太好，说还是放到第二批再换，看来他到底还是没拗过下面的人。"

"这招真是立竿见影，太有效了，连八成新的机器都硬生生淘汰调换新的，他们真是比咱们还着急赚钱呐！"林益民不禁感慨，"统一战线真不愧是一大法宝，瞧瞧他们这积极性，估计现在已经发动职工在夏港挨家挨户推销咱们的微机呢。"

谭启章冲裴庆华竖起大拇指："这是小裴的功劳，一个灵感就豁然开朗，一个新模式就打开一大片市场。怎么样我没说错吧，一鸣惊人的感觉如何?"

裴庆华有些不好意思："说真的谭老师，好像没什么感觉。"

"你呀就像范进中举，喜从天降一下子把你砸蒙了，等你明白过来就该手舞足蹈欢蹦乱跳，你可别真像范进一样发疯啊。"林益民逗他。

"我真的没什么感觉，"裴庆华有些着急，似乎也担心自己哪儿有毛病，"按说这一天我等了将近两年，可这一天真来了却觉得挺平淡的，我真不是装。前两天还在想，就算我当着别人面放不开，夜里睡觉总应该笑醒一回吧，结果也没有，我会不会有点儿不正常……"

"小裴，一个人太专注往往会这样。"谭启章转脸对林益民说，"你还记得物理所搞超导的那谁，熬了好些年成果终于出来了，可他一点儿感觉都没有，接着做实验。"他又继续开导裴庆华，"咱们就好像一群行路人过河，大风大浪困难重重，好不容易终于平安抵达对岸，咱们会欢天喜地连庆三天吗？肯定不会，要紧的是继续低头赶路。因为咱们的目标不只是过这条河，而是更远处的地方，中间还要翻过几座山、渡过几条河呢。"

"说来也怪，是不是运气成心跟我过不去？这两年我费尽九牛二虎之力却到处碰壁，签个芝麻大的单子都恨不能使出吃奶的劲儿，结果这次破天荒拿下这么大的合同却反而是前所未有的顺利，真是邪门儿了。"裴庆华似乎至今仍有些难以置信。

"小裴，有句古话没听过吗？踏破铁鞋无觅处，得来全不费工夫。这有什么稀奇的？"林益民笑道。

谭启章点头："是啊小裴，这就叫从量变到质变，事情往往如此，没有以往的那些到处碰壁，就不会有这次的势如破竹。你应该好好琢磨一下能否乘胜追击、扩大战果，运气来了可是挡都挡不住哟。"

"是的谭老师，我现在想的是这种统一战线的模式具备可复制性，我会在负责的三个大区推广，希望能产生连锁反应。通过合资公司的模式发展代理商有一个特别大的好处，咱们跟代理商的关系不再是单纯的商业往来而是关联公司，不用担心代理商哪一天反水，这样打造的渠道才有忠诚度。现在让他们卖康朴，将来就可以让他们卖咱们自己的品牌机——华研电脑。"

谭启章看了林益民一眼，林益民大概没理解谭启章所指，自顾自地收起传真，走到门口冲外面忙碌的员工喊道："大家注意啊，小裴刚签下咱们华研有史以来最大的一笔订单，为了以示庆祝，晚上集体到新世纪饭店打保龄球。公司买单，都有谁参加？"

顿时一阵欢呼雀跃，小裴从房间里走出来朝大家拱手作揖，连声说："运气好，运气好，多谢各位支持，总算撞上一回大运。"

谭启章也出来大声强调一句："每人限打两局，超出部分费用自理！"

众人有的笑有的故意夸张地做失望状。谭启章使眼色把林益民又叫回房间，关上门问："你跟小裴提过咱们要搞自有品牌的事？"

"没有啊,从来没说过,八字没一撇呢提它干吗?"林益民有些奇怪,"怎么想起问这个?"

"你刚才没听见? 他说将来卖咱们自己的品牌机,连名字都起好了——华研电脑。"

"随口说的吧,话赶话。"

"不像,他脑子里肯定很明确有这个想法,要不然不会说得这么顺理成章、这么理所当然。我刚仔细回想了一下,这可是除你我之外公司里头一次有人提出要搞自有品牌,而且提得这么早。"

林益民笑道:"小裴这家伙,想得真挺远。"

"这是因为,"谭启章认真地说,"他从一开始就是站在咱们俩的位置上考虑问题的。"

十八

/

惺惺相惜

　　俗话说旁观者清。萧闯曾经鞭辟入里地点评过裴庆华与谢航两人待遇的巨大反差，他说谢航每每是座上宾而裴庆华向来是阶下"求"，倒不是因犯的因而是跪求的求。因为不管是康朴更遑论华研的名气都远远谈不上妇孺皆知，所以裴庆华在每个项目上都首先得在客户门外跪求"带我玩儿一个"，很多时候连入围都求之而不可得，更不用说中标；相反的是凭借 IEM 如雷贯耳的名声和泰山北斗的地位，但凡是个项目都会主动邀约 IEM 参与，虽说未见得诚意如何，但起码谢航从来不愁入不了局。

　　此时此地谢航便是被客户盛情邀请来的，这里是江苏临近山东交界，自古便是兵家必争之地，后来又是两大铁路干线交汇之处，号称五省通衢。汉机集团是当地首屈一指的特大型国有企业，坐在谢航身边的便是汉机集团分管信息化建设的常务副总，再旁边便是主管信息化项目的史处长。虽然与谢航同行的只有一位系统工程师，但汉机在宴席上作陪的倒有八位。

副总端起酒盅说:"我先代表汉机集团讲两句,意思呢就是一个,热烈欢迎咱们 IEM 公司谢女士一行亲临汉机集团走访指导,更希望 IEM 的各位专家能对我们的信息化项目大力支持。我对咱们 IEM 是久仰大名,虽然你们有些姗姗来迟,但我心里仍然是很高兴的,感谢 IEM 对汉机项目的重视。"

谢航听出副总话里的情绪,虽然她接到电话后立马赶来,但所谓的"姗姗来迟"指的是你 IEM 居然没主动来找我,竟让我八抬大轿去请。谢航忙半开玩笑地说:"我们的消息确实太不灵通,不过也是您这方面保密工作做得太出色。"

史处长皮笑肉不笑地说:"谢小姐不要找借口哦,那为什么另外几家公司早早就联系我们,在项目上报过到了?"

谢航笑道:"来得早不如来得巧。"她转而主动与副总碰杯,甜甜地问,"您说对不对?"

副总倒挺直率:"来得晚就要更努力,希望咱们 IEM 能表现出最大的诚意。多余的话就不说了,都在酒里,来,大家干杯!"

干过这杯副总没再坐下,而是对谢航很诚恳地说:"谢女士,实不相瞒,今天晚上这楼上楼下有五六桌客人需要我陪。我要是能抽出空就一定再回来和你好好聊聊,但如果回不来就先对你说声抱歉,祝你吃好喝好,也祝你在我们汉机调研愉快。"

副总一走,史处长便成了大王,他吆喝在座的轮流向谢航敬酒。谢航酒量不算大,但她有个诀窍,喝一阵便去洗手间吐一次,只需要把中指伸进嘴里轻轻在舌根上一压,刚才喝进去的就立刻全数吐到洗手池里。谢航又去吐过一趟回来,见几个人正在灌同来的工程师,只有一直坐在她正对面的那个人仍旧一副落落寡合的样子,与周围的人和气氛都格格不入。她回想似乎刚才自己被轮番攻击的时候这个人也一直坐着没动,印象中史处长进门挨个介绍时只说一句这位是老罗,席间有人叫他罗工也有人称他罗处,却不知他究竟负责什么,当然也可能什么都不负责。

众人见谢航回来便又重新就座,史处长已然微醺,侧过身子对谢航说:"谢小姐一看你就特别聪明,我说个谜语你猜猜,不然你该嫌弃我们没文化了。"见谢航笑而不语,史处长便朗声接道,"武松面对潘金莲为什么没成事?打一成语。"说完便津津有味地盯着谢航的脸。

谢航立刻听出这是往下三路去的,就打定主意不做任何反应,尤其是牢牢把持住表情和眼神不让他人窥视自己内心的波澜。史处长有些无趣,动员道:"咱们的素质当然没法跟谢小姐比,但好歹也算是识文断字,咱们下面不再'武敬',改'文敬'。谢小姐猜出来,我自罚三杯,你们各陪一杯;要是谢小姐猜不出来,那就罚谢小姐三杯,你们各陪三杯!"

顿时引来一阵骚动,有抱怨太不公平的也有讨价还价的,更有已经开动脑筋替谢小姐作答的。这时,旁边的系统工程师摇摇晃晃想站起来,不知是要替谢航竞猜还是要替谢航挡酒,几番努力却爱莫能助地委顿在椅子里,他已经自顾不暇了。

估计其余几个人已经不可能有什么出彩的表演,心有不甘的史处长又使出个花样:"谢小姐,如果你猜不出来也没关系,听我说完答案之后你要是能给讲解清楚,也算你赢,怎么样?"谢航不动声色,史处长只得公布谜底,"武松面对潘金莲为什么没成?因为他——粗中有细!"

谢航不自觉皱了下眉头,这细微的反应已经令史处长感到极大的满足,他用筷子敲着碗边问:"为什么是粗中有细?什么粗?什么细?谢小姐给我们讲讲。"

几个人连声起哄,谢航置若罔闻,目光漫无焦点地看着桌上的残羹冷炙。史处长已经按捺不住,他把脸扭到谢航面前说:"因为武松啊,人粗家伙细,毛粗棍子细!"随即就发出一阵放肆的笑,但仍不忘死盯着谢航,希冀从她流露出的些许不安与难堪中得到快感。

谢航竭力克制住不予理睬,拿起毛巾擦手。史处长转过脸叫道:"老罗,你跟武松是老乡,你给分析分析是不是这个原因?"又是一阵爆笑,老罗的表情极不自然。

貌似年岁最长的一位说:"看样子谢小姐还没结婚吧,咱们一桌大男人聊这些不合适,不合适。"

史处长很是不以为然:"你这话太片面,结没结婚能说明什么?你也太小瞧咱们谢小姐了,我感觉谢小姐比在座的都更有见识。结婚证就像个文凭,有没有和会不会没有任何关系,可以自学成才嘛。比方说我,没上过大学,当初连工农兵学员都没混上,该会的不是也都会了?也没比别人差多少嘛。是不是老罗?"

老罗的脸色益发难看,他把毛巾往桌上一摔,起身走了出去。

谢航扶着系统工程师摇摇晃晃回到招待所,刚进房间工程师就往洗手池上一趴,哇哇一阵狂吐,放在洗手台上的毛巾、浴巾都被溅上不少呕吐物。谢航等他吐得差不多了才把他揽到床边,安顿好后又回自己房间拿来干净毛巾替换掉那些脏的,烧好开水倒出几杯凉在桌上,四下看看没什么再需收拾她才走出去把门关好。谢航下楼到前台要来几条毛巾,刚要回房间却发现老罗正拎着一包东西低头走进招待所,老罗也看到她了,迟疑一下勉强挤出一点笑容。谢航招呼道:"罗先生,您来找人?"

老罗瓮声瓮气地回答:"谁也不找,我住这儿。"

谢航惊讶道:"啊,您也住招待所?"

"嗯,都住大半年了。"老罗一边上楼一边说,"我是从北京下来挂职的,家不在这儿。"

谢航跟在后面,笑着说:"那咱们是邻居。"

"明后天你们就走了,算哪门子邻居……"

谢航打量老罗手里的东西,随口问道:"您这是买的什么?"

"烧鸡。跟他们吃饭我基本吃不下什么东西,得回来再补补。"

谢航忽然心生一个念头:"罗先生,不介意的话我凑个热闹?刚才我也根本没吃饱。"

老罗侧脸看一眼谢航，笑了笑。

老罗的房间在走廊尽头，是个挺大的套间，谢航站在厅里四下打量，说："真宽敞，比我的标准间大两三倍。"

"这算什么，你再看当地的处级干部住什么样的房子，我这差远了。"老罗在桌子上摆好杯盘碗碟，把烧鸡倒在盘里，又从柜子里拿出一瓶洋河大曲，问道："你也喝点儿？我只有这个。"

谢航挺痛快地说："行啊。"

"我刚才没怎么喝，你好像倒喝了不少，确定还能喝？"

谢航嘿嘿一笑："我刚才都给吐了。"

老罗又看一眼谢航，会心地笑了："你叫我老罗吧，别先生先生的，别扭。"

"我是拿不准怎么称呼您好，因为史处长叫您老罗，所以我担心您可能不喜欢这么叫。"

老罗看着谢航："为什么？"

"感觉你们俩好像不对付。"

"我要是和他那种人对付，"老罗把两个酒盅斟满，"你就不敢这么晚跑到我房间跟我喝酒喽。"

"没错，我觉得您和他们就不是一路人，那个成语怎么说的来着？哦对，鹤立鸡群。"谢航端起酒盅，"刚才在酒桌上我看得出来，您挺孤独的，而且挺憋屈。"

老罗碰一下杯就一饮而尽，夹起一个鸡腿放到谢航的碟子里，叹口气说："再忍忍，不到一年我也该回北京了。"

"您原来在北京什么单位？"

"不是原来，是现在——机电部。"

"那您在汉机集团是负责……？"

"负责待着，"老罗苦笑一下，"我在机电部的干部序列里是副处，组织选派挂职锻炼的时候我犹豫过，是到地方政府部门呢还是到企业？后来想企业应该更能发挥我的专业特长吧，就没去当什么副县长、副秘书长之类的,而是来汉机当副总工。本来最多两年就回去,和他们井水不犯河水的,结果搞成现在这样,谁都看我不顺眼,我真成了名副其实的挂职,彻底被挂起来了。"

"您是不是有什么地方得罪他们了?或者让他们觉得您瞧不起他们?我感觉那些人好像都挺敏感的。"

"我开始也怀疑,按说我在这方面很注意,一直很低调,从来不敢拿自己当京官,后来才了解到不是这个问题。不知道什么人传的,也不知道是故意的还是以讹传讹,说我打算在汉机留下来,还要把山东老家的亲戚都接来。传得最有鼻子有眼的是我想当信息和自动化处的处长,要把姓史的挤走,这不是扯淡吗?!我是奔着回部里提正处和副司的,谁想跟他们耗在这山沟里。结果姓史的拿我当死对头,其他人也怕我挤不走姓史的就挤他们其中的谁,全跟我较上劲了。唉,这日子过的,真是度日如年啊。"

谢航搞不清老罗是因为喝了酒的缘故还是因为自己过两天便是路人,居然一下子掏出这么多心里话,不禁有些感动,同情地说:"我看出来了,他们对您不够尊重。"

"岂止是不尊重,"老罗又苦笑一下,"姓史的抓住一切机会挖苦、羞辱我。他知道我是山东人,也知道山东人对武松都挺敬佩,称别人都是二哥。刚才在酒席上他说的那个狗屁谜语,就是故意以武松为由头来恶心我。还有说什么他连工农兵学员都没混上,就是指我是混上的工农兵学员,有文凭实际上不学无术。工农兵学员怎么了?虽然跟你们这些正规体系出来的不能比,但总比他一个中专生强吧?"

谢航又是斟酒又是夹肉,似乎除此之外再无更多办法来安慰老罗。老罗把酒盅往桌上一蹾:"谢小姐……"

"您就叫我谢航吧,别小姐小姐的,别扭。"

"谢……航,说实话,咱俩同是天涯沦落人,都是来了不该来的地方,活该遭罪啊……"

谢航以为老罗指的是自己刚才酒席上所受的骚扰,便满不在乎地表示："我做销售,那种场面避免不了,那样的人也少不了会碰到,不往心里去就是了。"

老罗连连摆手："我说的不是那个,是你就不该来汉机,来也是白来。你个人自取其辱是一方面,你们那么大的公司被他们耍,更是自取其辱。"

谢航一惊,赶紧问道："您是说……汉机已经内定了? 根本不可能选我们 IEM? 是拉我们来陪绑的?"

老罗用力点头："你们 IEM 有名气嘛,也有分量。他们把你们拉进来投标,证明项目水准高,连你们都来参与;再把你们毙掉,证明他们评标严格,连你们都不够格。你们就是这个下场。"

虽说事先并非完全没有考虑到这种可能性,但亲耳听到老罗如此肯定地说出来还是令谢航十分震惊。她让自己尽快镇定下来,随即闪过的念头是老罗会不会在替某家厂商撒烟幕弹,目的在于令 IEM 知难而退。但她立刻又否定了,如此轻易就能被吓走的对手,倒不妨留着当分母用,谁会多此一举。谢航的高傲让她从不肯退却,即便机会真的如此渺茫也不惜一搏。她再次举起酒盅,坦诚地说:"谢谢你老罗,我知道我们介入这个项目比较晚,其他公司可能已经对关键人做了不少工作。但即使现在撤出不参与,人家嘴里照样会编排我们,说什么 IEM 连初选都没通过,或者 IEM 自己都没有信心投标。你和我的处境差不多,无论怎样他们该说的照样会说,既然如此那就干脆别在乎他们说什么,你再熬几个月回北京,我把标书一交也回北京,不管那么多。"

不知是有意还是无意,谢航把"您"改称"你",虽然老罗已经舌尖发硬,但这点微妙的变化还是被他立刻捕捉到,他抬起眼皮看着谢航,手迟疑着往这边伸过来,就在将要挨上谢航的手时停住,说:"你还要投? 明知道没戏还要投? 图什么?"

谢航大大方方地握住老罗的手:"为什么不投? 总还有一线希望嘛。老罗,你想想办法,能不能帮帮我?"

老罗竟被谢航打动了,他和谢航握了一下就主动抽回手,惭愧地说:"我倒是想帮,可你看我混的这个样子,能平平安安逃回北京就算万幸,怎么帮你?"

"走一步看一步,"谢航笑着说,"我要是不参与这个项目,那你才真是想帮也帮不上了。"

"成,"老罗被感染了,"那你就投一个特别便宜的报价,让中标的也别想卖出多高的价钱,最好让他们赔本儿赚吆喝。"

"那可不行老罗,我死也要死得好看,绝不能让他们看 IEM 的笑话,说 IEM 把底裤都脱了客户照样不买账。"谢航忽然发觉这句销售圈里经常自嘲的话当着老罗说出来有些不妥,忙接道,"我想的正相反,报高价,不打折,让他们见识一下什么叫大家风范。"

萧闯还从未见过谢航如此情绪低落的样子,他倍加小心地试探道:"是在哪个项目上遇到麻烦了?"

谢航紧锁双眉一脸烦躁:"明明知道没戏,但还得耐着性子奉陪到底,你说,意义究竟何在?"

"在于……参与?"萧闯见自己的玩笑有些不合时宜又解劝道,"我早发现了,你和老裴都是以量取胜。虽说你的成功率比他高,但要想赢到足够多的项目都必须广播种、勤撒网。我就不一样,要么闲着,要赌就赌一把大的。"

谢航这才恍然留意到裴庆华不在,便问:"老裴这么晚还没回来?"

"他出差了,"萧闯嘿嘿一笑,"今天晚上就咱俩,你别走了。"

"他去哪儿了?怎么没跟我说?"谢航心想,连这个跟屁虫都不肯跟着自己了,更感失落。

"我没问,爱去哪儿去哪儿。不过我听他的意思好像是有点儿打开局面了,不像以前没头苍蝇似的,如今忙着四处收单子呢。"

谢航一听愈发觉得沮丧,叹口气说:"老裴他们那样的公司虽说起点低、条件艰苦,但是灵活啊,自己能做主。哪像我们公司,别说我了,就连我老板的老板都是个棋子儿,一点儿话语权都没有,跟我一样就是个销售。区别只在于他下面有人，我没有。"

"你下面也有人，"萧闯贱兮兮地凑上来，"我。"

谢航把萧闯推开："这两年我接触过的客户，无非是买得起的、买不起的，喜欢IEM的、不喜欢IEM的，搞得定的、搞不定的，不管是什么样的客户、什么样的项目，公司的政策全一样，也不管哪里该培育、哪里该收获，就关心一条——这个季度的销售额。唉，我发现做销售和做公司真是太不一样了。你看老裴，他或多或少能参与公司决策，市场、渠道、商务和运营一把抓，他一个人能顶我们公司五个人，而且还是不同部门的，难怪他干得那么上瘾。"

"可你一个人就顶他五个人的收入，活儿是他的五分之一，钱是他的五倍，我怎么觉得应该是他羡慕你才对。"

这话让谢航愣了好一阵，不得不又叹口气："也许这就叫围城吧……"

萧闯抱住谢航的肩膀："其实啊，你要么是在客户那儿受了气，要么是在公司里受了委屈，不过看今天这架势更可能是两头夹击。但不管怎么样最好就事论事，别一股脑儿把所有东西搅到一起。当然啦，也可能你就是平白无故看什么都不顺眼，越想越来气，那就只可能是一个原因——你的生理期到了。"

谢航立刻睁大眼睛："真的哎，你不说我都没想起来，我今天刚好是第二天。不行不行，我还是回我自己那儿吧。"

萧闯颇为大度地表态："瞧你说的，好像不那什么就不能一起睡了？你自己说过，不抱着我你睡不着。"

谢航怜惜地说："那你多难受啊……"

"瞧你说的，好像我……"

"不是不是，你想哪儿去了。"谢航急忙解释，"我是说，你身边有人不是睡不着觉嘛。"

"没事儿，我那毛病已经好了。"

谢航将信将疑："不会吧？上次你就说已经好了，结果半夜还是从我那儿溜走了,我早上才发现。"

萧闯贴着谢航的耳朵说:"你心情这么不好,我怎么舍得让你走。"

夜深人静,萧闯的双眼在黑暗中直勾勾地望着天花板上吸顶灯的轮廓,他的右臂搂着谢航,谢航的右手则压在他胸口,均匀的呼吸有规律地每隔须臾便吹拂在他的脖子上。萧闯困得不行时断断续续能睡上一会儿,但任何轻微的晃动或声响都能让他立刻醒来。他怕自己惊醒时动作过大吵醒谢航,便尽量熬着不让眼睛闭上,没人能想象更无法体会他这一宿是怎么过来的。天快亮时谢航忽然抽搐一下,迷糊中坐起来用手在床单上摸索,含混地说:"没弄脏吧……"从卫生间走回来,谢航发现萧闯正歪头盯着自己,忙问:"你一直没睡呀?"

萧闯故作轻松地说:"睡了,刚醒。"

谢航把床头柜上的台灯拧开,凑过去扒开萧闯的眼皮,叫道:"这么红,你熬了一夜吧?"

"没有,睡一会儿,醒一会儿,就在半梦半醒之间,"萧闯打个哈欠,揉着干涩的眼睛哼道,"我们忘了还有明天……"

"还有心思唱啊你?"谢航心疼得不行,"不能再这样下去了,咱们去医院看看吧,你这么年轻神经衰弱就这么严重……"

"这有什么,反正我又不上班。晚上我负责搂你,你负责睡觉;白天我负责睡觉,你负责搂钱,分工明确,多好。"

"不行不行,我找一天请假带你去医院。"

"哎,提到钱我想起来,睡不着的时候我一直在琢磨你的生日怎么过。按说应该好好奢侈一把,去贵宾楼请你吃一顿谭家菜,再到王府饭店逛逛,给你买个特贵的包。可问题是我现在手上没钱,都押在新股里等着上市呢。想跟你借吧,估计你也没什么钱了。我第二次去深圳那次,你把交给你爸妈的钱都要出来给我了。再说借你的钱给你过生日,总好像有点儿不太对……"

谢航搂紧萧闯说:"在我过生日之前,你能把神经衰弱这毛病治好,就是给我最好的礼物。"

萧闯还在自顾自地盘算："老裴这家伙好像手头儿比以前宽裕了，我狠狠敲诈他一下应该能挤出点儿油水。哎对了，我那些股票为什么不能抵押，然后借钱出来呢？利息高点儿无所谓，这样就可以盘活了嘛。"

"你别胡思乱想了行不行？我决定了，这个生日不下馆子、不要礼物，本命年就应该低调。你先欠着，以后再说。"

"那就先欠着？"萧闯嘀咕道，"我还指望本命年翻身呢，转个运这么难……"

谢航没理会萧闯的后半句话，虽然这个生日注定仍像往年一样平常，但她心里觉得特满足，喃喃地说："我要让你一直欠着……"

舒志红又呼裴庆华的时候他正在工商银行排队存钱，刚从财务手里取来的奖金仿佛还散发着热气，令裴庆华实在舍不得这么快就递进高高的柜台窗口里去。银行柜员问："这是存多少？定期活期？"

裴庆华不禁踌躇，他还没想好该给爸妈和姐姐寄多少，便回道："先存活期吧。"

"三万都存活期？"柜员高声确认道。

裴庆华恨不能将手伸进窗口把柜员的嘴堵上，他一边连忙点头一边偷瞄旁边的储户，还好别人并没表现出什么异常反应。

走在路上裴庆华拿好了主意，他决定过两天就给家里寄去一万五千块钱，其中一万给爸妈，五千给姐姐。他觉得这个十倍的增幅足以收到惊喜的效果，同时也打算向他们说明今后寄钱的频率与数额将不再固定。明面上是力图给他们不断制造惊喜，暗地里却是因为他其实并无把握从此以后每个季度都能达到这么好的业绩。

回到公司裴庆华给舒志红回电话，舒志红刚接起来就说："你得请我吃饭。"

裴庆华反问一句："你们报社的食堂是不是承包出去了？"

"咦，你怎么知道？真神了！"舒志红不由得惊呼。

"这承包人未免太利欲熏心了吧，但凡有点儿荤腥也不至于把你饿成这样。"

"去你的！发现你现在越来越贫了，一点儿山西人民的淳朴敦厚都没剩，比我们北京人还油嘴滑舌。"

"没办法，周围北京人太多，还一个赛一个能说。"

"和这个没关系，我看是跑市场做销售让你学坏了。"舒志红转而说，"你真不懂假不懂？其实关键不在于吃，而在于和谁吃。"

"准确地说，是吃谁吧……"裴庆华揶揄道。

"吃你一次怎么啦？让你出点儿血真比让你生孩子都难。我告诉你，这次我有充足的理由让你哭着喊着请我吃饭。"

"你说吧，我眼泪鼻涕都已经准备好了。"

"是这样，我们《经济报》的几个人下海搞了一家市场调查公司，他们做了一份针对全国微机市场的分析报告，有按地区和行业统计的各品牌销量和市场占有率，还有月度价格走势分析，以及九三年到九五年的市场预测。我说写稿子有急用，让他们先给了我一份。怎么样？如果你识货的话，不用我多说不用这东西价值如何吧？"

裴庆华立刻连声问道："你今天晚上有时间吗？想吃什么？中餐还是西餐？"

舒志红不禁哈哈大笑："算你聪明。你们山西人不是爱吃面嘛，我就委屈一回自己，陪你去吃必胜客的烙饼吧。"

"好，没问题。我下班打个车去接你，然后去必胜客。"

"哟，行为这么反常，太阳从西边出来啦？从你那儿打车到我这儿再去东直门外，'面的'都得超二十块，你涨工资了？"

裴庆华嘿嘿一笑："经济状况略有改善。你放心，我不能让你坐'面的'，接你怎么也得是夏利。"

舒志红跌足懊悔："早知道我就要求吃正经的西餐了！"

"下次，下次。"裴庆华忙敷衍过去。

裴庆华先打辆"面的"到王府井，和舒志红碰头后再打辆夏利去东直门外的必胜客餐厅。居然有三四拨客人在等位,裴庆华小声对舒志红嘀咕:"有钱人真多。"

舒志红逗他:"哟,你把自己也归为有钱人了?"

裴庆华很实在地说:"反正两年前我吃不起必胜客。"

等到终于在桌旁落座,裴庆华先声明:"这顿饭是我请你,不是华研公司请。"

舒志红刚打开菜单,不由得为难道:"你这话的意思,是让我最好别点贵的?"

"当然不是,就是强调一下我的诚意。你随便点,想吃什么点什么。"

"其实听你那样说我挺高兴的,说明咱们之间不再是工作关系而是私人关系。哎,咱们能不能做个约定,从今往后,像吃饭呀看电影之类的这种情况,第一,都是你掏钱;第二,都不开发票不报销,好不好?"舒志红说完,有些忐忑地看着裴庆华。

"太没问题了,一言为定。"

裴庆华如此痛快地答应令舒志红有些意外,她不禁怀疑裴庆华是否真的理解此项约定的深意,会不会只是出于腰包鼓了以后头脑发热或者一时豪爽,也许他更意在表明自己绝不占公司便宜?舒志红又追问一句:"你明白我的意思了吗?从今往后,我对你就再也不用客气,可以心安理得地花你的钱了?"

"当然啦,不就几顿饭钱嘛,不用再跟我客气。"

舒志红知道裴庆华并没明白她的意思,虽然有些失落但还是笑了一下。她点了一个九寸的超级至尊比萨,又点了一盘沙拉和两杯芬达。裴庆华见状便说:"不够吧?你再点几样。"

"应该够了,你负责吃比萨,我负责吃沙拉。"

正好服务员过来在桌上放下一个比碗浅一点儿又比盘深一点儿的餐具,说:"一份沙拉,请自取。"

裴庆华立刻说:"这一小碟够吃几口的?比萨改要大号的吧。"

舒志红笑着摇头："你要是不够吃再加，反正我这一盘沙拉肯定够了，没准儿还能分你一半，你就瞧好儿吧。"

感觉等了好久，裴庆华的芬达已经喝下去大半杯，隔壁桌稍早叫的比萨都端上来了，才看到舒志红一边吆喝"借光借光，小心别碰我"，一边托着宝塔一般层层叠叠比丘吉尔的礼帽还高的沙拉"山"走回来，裴庆华等她把沙拉放在桌上才敢发问："你拿什么托回来的？盘子呢？"

舒志红擦着手很有成就感地一努嘴："喏，就在底下呀，你以为我怎么抱回来的？"

裴庆华歪头从沙拉的下沿往里看，发现沙拉确实是落座于刚才那个碟子之上，他不禁惊叹："你还真有两下子。"舒志红拿过一个空盘，自上而下把劳动成果一层层取下来分给裴庆华，裴庆华则仔细研究这座沙拉"山"的构造，连声啧啧称赞："你这套杰作太符合结构力学了，基础部分密度大，然后用胡萝卜条把碟子的上缘同时向上和向外延展，最大限度地扩展了支撑面积。再用黄瓜片像鱼鳞似的摆满，让它们互相借力，接着用菠萝块垒出承重墙，中心再浇筑用沙拉酱搅拌的土豆丁、玉米粒和豌豆。设计尺寸和施工次序精确完美，你太有才了！"

舒志红整整装满三大盘，谦虚道："裴老师过奖了，我只是出于一个吃货的本能，再加上几分执着。"

服务员正好把比萨端来，瞟一眼这桌沙拉又瞟一眼舒志红，会心地一笑，搞得舒志红竟有些不好意思。裴庆华还在兀自摇头："你不学土木工程真是太可惜了。"

舒志红愈发得意："这还用学吗？我也发现你们工科没什么高不可攀，你堂堂硕士不也就比我多懂一些厕所门之类的。"

裴庆华由衷地认同道："你这话讲得太对了，和文史哲、艺术、理科相比，工科是与人们的常识最接近的，一点儿形而上学都没有。"

把一大块黄桃塞进嘴里，舒志红含混不清地咕哝一句："没发觉你有常识，连人之常情都不懂。"

裴庆华没听清，忽然想起此行目的便问："你说的市场调查报告，没忘带吧?"

"果然不通人情。"舒志红白他一眼,从包里取出一厚本资料外加一张软盘递过来,撇嘴说,"这是纸质版,这是电子版,不过提醒你啊,切记不要复印或者拷给别人四处扩散,我这是给你的,不是给别人的,人家还指着卖钱呢。"裴庆华刚伸手要接,舒志红却已经撤回去,放在自己腿上说,"不行,这么便宜你我太亏了,我得提提条件。"

"我答应你,放心,我绝对不外传不扩散。"

"我指的不是这个,是交换条件。嗯——让我想想,交换你的什么呢?"舒志红皱着眉头略加思索,眼睛一亮,"你得向我保证,除非出差或者加班,在你的闲暇时间,只要听到我的召唤,你就得随叫随到!"

裴庆华默默把手收回来,拿起刀叉切比萨饼,不再说话。舒志红有些慌,忍不住试探道:"你不愿意?"

又闷了一会儿,裴庆华才瓮声瓮气地说:"这是两回事。你愿意帮我搞到这么有用的市场资料,我当然很感谢;有空的时候咱们聚一聚,我也挺开心。但是把两者牵扯到一起,好像不太合适。"

"那我就不明白了。你拿到报告,对你是好事;你和我聚一聚,对你也是好事。两个好事加在一起,你怎么反而不愿意了呢?"

"我认为不应该把一件事作为另一件事的交换条件,好像如果我不答应以后和你见面,我就别想得到这份报告,我觉得这是一种要挟。"

舒志红被气乐了:"你干吗要这样想呢? 你为什么不能理解成这是我在向你表达希望经常在一起的愿望呢?"

裴庆华一怔,反问道:"那你干吗要那样问呢? 你为什么不能直接说呢?"

舒志红张着嘴一时说不出话,一种"鸡同鸭讲"的无力感再次袭来,只好说:"因为我是女生啊……我还以为你会正中下怀、立马满口答应呢,唉……"裴庆华好像在琢磨这话里的逻辑关系,舒志红又问,"哎,以前你女朋友从来不这样和你说话?"

裴庆华摇头："因为沟通的首要目的就是要让对方准确无误地理解自己的意思,你那样说话很容易产生歧义,引发误解。"

　　"哦……"舒志红若有所悟,"……原来如彼。"

　　"应该是原来如此。"裴庆华一本正经地更正。

　　"我就说原来如彼,你能把我怎么样?你不是也能明白我其实是在说原来如此吗?"

　　"明白是能明白,但这样沟通不累吗?"

　　"不累呀,我倒觉得像你那样非得'原来如此'才累呢!"

　　裴庆华不再争辩,舒志红心里美滋滋的,感觉自己总算占一回上风,刚喝下一大口芬达润润冒烟的喉咙,却听裴庆华又开口道："不对,你弄反了。照你那么说,随叫随到来陪你好像对我来说是一件非常痛苦的事,要用这份市场报告来补偿才有可能让我忍痛答应。这样一来就说明了两个问题:第一,你是在污蔑你自己,因为你觉得只有靠出卖市场报告这类东西才会有人肯陪你;第二,你是在污蔑我,因为你觉得我会为了得到这份报告而出卖我自己。"

　　舒志红听罢赶紧擦擦嘴又擦擦手,捧起报告和软盘递过来说:"求你收下,我谁也不污蔑了,咱谁也别出卖,什么都不说了,成不成?"

　　裴庆华乐呵呵地接过报告翻看,嘴里一再说"谢谢,太谢谢了",然后停住手一脸诚恳地说:"其实你不用拿这份报告当诱饵,我也会很高兴和你吃饭聊天的。"

　　舒志红一下子被噎得止不住咳嗽,她又灌一口芬达才压住,拍着胸口说:"我错了,我现在特后悔,真的!我不该一看到他们手上这份报告就想到你,不该以此诱骗你请我吃饭,更不该以此要挟你以后常和我见面。真的,我罪该万死,掐死我自己的心都有了。"

　　"人是不可能自己把自己掐死的,这个早已经有人研究论证过。"裴庆华先澄清过上述认知误区又很大度地说,"没关系,改了就是好同志。以后不要再这样了,你等我约你吃饭就行。"

　　"真的?"舒志红无法相信这急遽而来的变化,"以后你会……主动约我?"

"对啊,只要我有空就会给你打电话,吃饭看电影都随你。"裴庆华忽然意味深长地一笑,"我又不傻。"

舒志红盯着裴庆华的脸看了半天,嗫嚅道:"看来我还得不断地了解你……"

十九

/

最关键的是人，而不是方法

谭启章把裴庆华叫进自己的办公室，刚坐下就看见林益民正好从外面回来便招呼道："老林，你也来一下。"林益民走到门口，见裴庆华已经坐在里面就又拽了一把椅子进来。

谭启章问裴庆华："小裴，你分管的三个大区最近势头很猛啊，有什么诀窍没有？"

裴庆华笑着说："哪儿有什么诀窍，就是两方面吧。一个是用统一战线的思路发展代理商，另一个是用量化控制的方法管理代理商。早先我一直局限于在各地区现有的电脑公司里物色代理，夏港模式成功以后我发现，当初的症结就在这儿。电脑公司一般都已经有合作关系和供货渠道，咱们要取代其他品牌就有难度，还不如看当地哪个大企业或单位最有影响力，然后用合资的方式和它达成统一战线。之前做没做电脑不重要，反正只是走货，不需要什么专业经验。这样一转换思路局面就一下子打开了。另外我彻底放弃了康朴那套代理商管理体系，太粗糙，我从 IEM 学来一些方法发现真好使，把流程分割为若干关键节点,各自有明确量化的指标,客户访问量、人均销售额、月度订单量、退货率、回款周期等等,各项指标综合加权,代理商绩效如何一目了然,咱们心里有数、代理商也能知道他们问题在哪儿,如此即节省了很多互相扯皮和讨价还价的精力。我觉得可以在此基础上建成咱们华研自己的代理商管理体系,这样无论今后代理其他产品或者做咱们自己的品牌都可以不受康朴制约。"

林益民提醒道:"和康朴的关系还是要维护好,咱们跟他们合作将近两年,替他们初步打开了市场,也用他们的产品赚了不少钱,照目前这样轻轻松松再赚他几年没问题。别因小失大逼得他们生出心思另起炉灶,那样咱们之前投入这么多心血可就便宜了别人。"

谭启章一摆手:"此一时彼一时,我倒觉得不必过于谨小慎微,和康朴面子上过得去就行,毕竟还在卖他们的机器。但小裴的思路我赞同,立足于自身搞咱们华研自己的东西,无论是内部管理体系还是产品都要打上咱们华研的烙印。"

听出两位老板话中的意思不太一致,裴庆华不便说什么更不能明确表态,只好面带微笑不发一语。

谭启章再次转向裴庆华:"你刚才讲的这两个方面非常有价值,我看应该尽快在全公司推广。咱们一共八个大区,华北和华南还不错,但主要是因为这两个地方本身市场需求量大,其实还有很大的提升空间;华中有些起色但尚不能令人满意;至于西南和西北还都死气沉沉,基本上是靠天吃饭,有一单做一单,完全不像个样子。小裴,看你什么时间有空,我把另外五个大区的负责人叫在一起听你讲讲,由你现身说法开导开导他们,一枝独秀不是春,百花齐放才是春嘛。"

出乎谭启章的预料,以往他每次布置任务之后裴庆华都会痛快地接受、不折不扣地执行,但这次裴庆华却没有马上回应而是默默地看着他。其实裴庆华等待这个机会已经有一段时间,从他投身于华研公司的事业就从未把自己视作一个普通的打工仔,而当夏港模式取得突破之后,他不仅对自身能力有了充足的信心,更认为命运之神终于开始青睐于他,凭他的勤奋和悟性再加天时,让他怎能不萌生出进一步的野心和追求?他只是没想好如何把自己的企图充分而恰当地表露出来。

谭启章有些诧异,随即隐隐有些不快,又问:"小裴你是不是有什么顾虑?你可不要搞什么本位主义哟。"

林益民笑道:"他这是怕教会徒弟饿死师傅。"

裴庆华又思虑片刻,这一步关乎他在华研的发展空间,甚至关乎他一生的功名利禄,一旦成功便可驶入事业的快车道。他下定决心冒一下险,勃然生出一股时不我与、舍我其谁的豪气,说道:"谭老师、林老师,我是这么看的,把我的这套方法交给他们,他们未必行;但是把他们的大区交给我,我一定行!希望您考虑一下。"

谭启章和林益民都不由得愣住,两人对视一眼,印象中这还是裴庆华头一次跟他们讲条件提要求,而且一上来就是如此的事关重大。林益民迟疑道:"小裴,你这是……"

"谭老师、林老师,我希望你们不要误解为我是在向你们要官要权。你们肯定比我更清楚,咱们华研还处于创业阶段,这时候的官和权并不意味着更多的利益和享受,只有更多的责任和辛苦。另外几个大区的情况我也大体看在眼里,他们的问题和难处我之前都遇到过,我不太相信教给他们一些方法就能使问题迎刃而解,因为最关键的是人而不是方法。刚才那些话我不是随便说说,希望你们能理解我是为了公司的发展才提出来的。"

谭启章开口道:"小裴,你的初衷我完全理解,你的能力尤其是这股精神我们都看在眼里,但你提的这个想法不是件小事,它涉及咱们整个公司的组织结构,我们不能不慎重。你看这样好不好,先把西南和西北两个大区都划给你,要不干脆华中也给你,你统管六个大区。华北和华南林老师一直很关注,也投入了很多精力,不如暂时再请林老师管一段。八个大区一下子都压到你头上恐怕也吃不消,咱们分两步走,这样是不是更稳妥些?"

事已至此只能一鼓作气,裴庆华不肯松口:"谭老师,我之所以提这个建议,就是考虑到应该由一个人把各个地区的代理商渠道业务都管起来。现在这种搞法其实问题不少,有的代理商业务不只限于一个大区,经常需要跨大区协调;各地各种形式的分公司也越来越多,如果没有一个部门直接负责,将来各自为政很可能造成尾大不掉、无法控制。我建议成立渠道事业部,即便不是我负责也没关系,但事业部这种体制在四通、联想都已经证明是有效的,您或者林老师亲自担纲,我做具体工作,这样也没问题。"

林益民说:"就让小裴把华北、华南也拿去,我正好集中精力跑银行搞贷款,而且马上要成立集团,总部的工作肯定越来越繁重,我乐得让小裴替我多往外面跑。"

裴庆华见机又补充道:"是啊,华研马上要改为集团制,利用这个契机把组织结构做一下调整,推出渠道事业部,也是一种新面貌、新气象吧。"

谭启章又沉吟一阵,表态说:"容我再琢磨琢磨,反正还要等几天再开大会。"裴庆华和林益民都点头说好。谭启章忽然问:"小裴你今年二十六还是二十七?"

"二十六岁半。"裴庆华笑着回答,见谭启章不再多问,他说,"对了,媛媛最近怎么样?寒假以后我就再也没抽出空来跟她一起温课。"

谭启章笑道:"不瞒你说,这大半年我也没顾上管她学习的事,心思都在华研这个'儿子'身上,就把闺女扔一边喽。"

十月底,北京市华研科技发展有限公司正式更名为北京华研集团股份有限公司。谭启章本想把集团成立大会安排在海淀剧院,但林益民等人都说坐不满,空着大半个场地不好看,不如就用科贸中心的大会议室。谭启章却担心坐不下,因为他想尽量多请些嘉宾,各地的分公司和合作伙伴也要来不少,最后是在北京图书馆租了一间学术报告厅。

此时华研公司总部的正式员工只有两百多,加上外地赶来的分公司与合资公司代表不到四百人,各界领导、来宾和媒体将近一百人,所以报告厅正合适。院里、所里和试验区各位领导致辞,谭启章做了一篇慷慨激昂、振奋人心的报告,最后宣布集团人事任命。谭启章任总裁,林益民任常务副总裁,排在几位副总裁后面的裴庆华任总裁助理兼渠道合作事业部总经理和企划部总经理。会后谭启章吩咐员工原地待命,他和林益民等人先送诸位领导和媒体退场,然后回来重新站在主席台上说:"外人都走了,咱们自己人关上门再开个小会,场租费已经付了,不用白不用。"一听这话,众人都笑了。

谭启章、林益民和几位副总裁先后训话,无非是勉励与鞭策,最后他让裴庆华也讲几句。裴庆华不肯上台,就从台下第一排的座位上站起身,先诚挚感谢领导、感谢同事,再表达率领所属部门全体同仁努力奋斗的坚定决心,然后说:"另外我还有个题外话,就是咱们公司内的称呼。现在约定俗成的规矩是有外人在场的时候咱们称谭总和林总,内部还像当年在所里一样习惯叫谭老师、林老师。我有个建议,咱们都已经从所里出来大半年,今天又成立了集团,以后是不是应该内外统一规范一下?别再叫老师了。"

台下不少人喊好鼓掌,台上的也大多点头赞同,坐在渠道部众人中的小戚忽然扯开嗓子嚷道:"裴总说得对!"

裴庆华手一指:"小戚你别起哄!这也是我正想跟大家说一下的,就是以后对我的称呼。我呢有个特殊情况,就是我这个姓比较倒霉,谐音不太吉利,在所里做学问无所谓,但是在公司做生意还是要避讳一下。裴总听着像总赔,大家以后千万别这么叫,我心里别扭,老裴、小裴也别叫了,每次赔一小点儿老这么赔下去也够呛,所以我在此郑重地请求大家,无论是领导还是同事,从今往后一律请叫我庆华,我先谢谢大家!"说完便向台上和台下各鞠一躬。

顿时响起一片掌声,林益民从主席台上拿过话筒笑着说:"我要为庆华叫个好!大家看到没有,为了把咱们华研的生意做大,庆华连姓都不要啦!"

全场笑声四起。小戚站起身大声说:"那我也要提一下,我这个姓也比较倒霉,小戚不好听,老戚也不好听,我希望大家从今往后叫我大戚。"

有不少人哄笑,裴庆华倒挺认真地说:"我另外有个建议,小气老气确实不太好,不过大戚好像也有些不太恰当,倒不是说你不够大气,而是这个'大'字和你的身材实在有些不沾边。你是咱们渠道事业部的副总,我看大家以后就叫戚总吧。怎么样戚总,你同意吗?"

渠道部的人率先鼓掌,小戚志得意满地冲大家拱手致意。

老曲不知什么时候站到谢航的椅子后面,鬼魅似的嘿嘿一笑,把谢航吓一跳,回头见是老曲,她惊魂未定地问:"您有事?"

老曲故弄玄虚地反问:"汉机那边的情况,你没听说?"

"您说汉机集团?我上次把标书交了以后还没跟他们联系。怎么,您有什么消息?"

"当然。只盯着客户那边怎么行,得耳听八方,凡是这个行业里的项目都得从部里了解情况。"

"部里?机电部?"

"当然,还能是哪个部?"老曲得意地卖完关子才说,"汉机那边出问题了,他们原本想争取省里和市里两级的技术改造专项资金来搞这个信息化项目,结果最后关头资金没到位、泡汤了。嘻,谁知道又被挪用到哪儿去了……汉机当然不想让项目黄掉,就求到部里。他们的运气倒真好,正巧现在快到年尾了,部里有些配套资金还没最终落实到具体项目上,而汉机的项目是现成的,两边一拍即合,部里出钱扶持,汉机就挂名在部里的年度重点指导项目名单里。汉机得实惠,部里既把钱投了出去还出了政绩,各取所需。"

"那……"谢航已经隐约看到一线转机,"最后的评标结果就得上报给部里审批?"

"当然,谁掏钱谁说了算。"

"曲先生,那您能告诉我部里主管这个项目审批的是哪个部门吗?

您要能帮我约到他们就再好不过了。"

老曲又是嘿嘿一笑:"当然能。不过爱碧啊,事先咱们得商量好这个项目的业绩怎么个分法,是一人一半呢还是谁多一点?"

谢航立刻有些不快:"那要看您在这个项目上的贡献有多大,只是介绍一下关系给我呢,还是能直接影响最终的决策人。"

"嘿嘿,爱碧啊,这一切都取决于你分给我多少,分得多那我的贡献就会多,分得少那我的贡献就会少。"

"曲先生,您是前辈,您肯定比我更懂得这个道理,咱们应该先齐心合力把项目赢下来,相信 Edward 一定会公正评断咱们在项目中的贡献,到时候怎么分我都没意见。如果现在讨论半天而项目最后没拿下来,不是白争了吗?"

老曲一听就沉下脸冷冷地说:"我不怕争了白争,我怕干了白干。"说完就转身背着手走了。

谢航犹豫要不要马上向爱德华汇报一下,再请他出面安排老曲配合自己,正想着电话铃响了,她接起来说:"您好!IEM 谢航。"

"你好谢航,听得出我是谁吗?"

谢航不敢贸然确定,只好说:"请问您是……?"

"这才几天啊就把我忘了,我是老罗!"

谢航顿时醒悟过来刚才为什么没把握猜是老罗,电话中的音色虽然与面对面时确实有些差异,但更大的不同在于情绪,谢航从未听到过老罗如此爽朗如此豪迈的话音,简直判若两人。谢航忙说:"真是你啊老罗? 太巧了,我正要去你们那儿呢,刚想先给你打个电话说一声。"

老罗笑道:"我们那儿? 我们哪儿啊?"

"汉机集团啊,还能是哪儿?"

"那是他们那儿,不是我们那儿,你可别把我跟他们混为一谈。"老罗更正完又说,"我在北京呢,回部里办事。"

"真的啊? 那太好了,你什么时候有空? 我有事正要问你呢。"

"只要是你找我,那我必须随时都有空啊。你那儿是四环外,要不你到城里来吧,我在三里河。"

燕京饭店算是距三里河比较近也比较像样的涉外饭店,谢航走进大堂就看到老罗已经从沙发上起身昂首阔步地走过来,一副踌躇满志、意气风发的样子。西装还是那件西装,样式老旧而且不太合身,里面加了件大面积起球的毛衣,但整个人的精神面貌却焕然一新,与这秋末冬初的时节很不搭调,浑身上下散发出一派生机勃勃、春意盎然的气息。

两人握过手,老罗就势把谢航拉得更近一些,然后抬手向两个方向各指一下说:"咱们先到茶座坐一会儿然后吃饭,这里面有一个西餐厅还有一个中餐厅,看你想吃哪家?"

谢航笑道:"你负责定地方,我负责买单,今天我请客。"

"那怎么行? 这一带是我的地盘嘛,你大老远跑过来当然是我买单。"

"上一次你已经请我吃过烧鸡、喝过洋河啦,所以这次必须我请,来而不往非礼也。"

"那次也能算?"

谢航认真地说:"当然,那一顿是烧鸡就酒、越喝越有,要不然咱们怎么可能成为知己?"

老罗看着谢航,眼睛里光芒闪耀,令谢航不禁怀疑刚才这话的分寸是否没把握好。老罗欣然道:"你这么说倒也合情合理,那好,我先请你喝茶,待会儿你请我吃饭。"

在茶座挑一处僻静的角落坐下来,老罗点了一壶乌龙,又要了好几样小吃,摆下满满一桌。谢航笑说:"真要把这些都吃了,肚子里还有地方吃晚饭吗?"

"这些都是零食,吃不完等一下你带走,你们女孩爱吃这些。"

谢航拿过一盘开心果开始剥壳,问老罗:"你回来多久了?"

"不到一个星期。"

"啊? 这么多天了。那你怎么前几天没给我打电话?"

"刚回来特忙,而且事情没搞出个眉目,也不好意思见你。"

"现在事情办得怎么样?还顺利吗?"谢航一边问一边抓起剥好的开心果递过去,老罗伸出手,谢航把开心果倒在他手心里。

老罗说:"不出我预料,汉机那边的如意算盘落空了。归根结底,他们才经办过多少大项目?井底之蛙、自以为是。地方财政现在多紧张,省市两级的经费都是处处捉襟见肘,批了不等于给了,他们还以为板上钉钉,结果连个钱的影子都没见到。省里市里连个明确说法都不给,就一句话,计划中的专项技术改造资金因国家相关产业指导政策调整而无法按时到位,望企业自行解决项目所需资金。这一下他们全傻了,才想起还有我这么个人,老总出面求我想办法,让我回部里替他们跑立项、跑资金。说真的我一开始根本不想管,没几个月我就走人了,关我什么事,要不是因为当初你不听我的话非要投这个标,我真就撒手不管了。后来一想,为了你,不能让这个项目黄掉,我就回北京'跑部钱进'来了。"

谢航顾不得表示感谢便追问:"怎么样?部里立项了?"

"说起来一方面是我精诚所至、金石为开,另一方面也是你运气好,项目算是立上了,经费很快就能到位。具体的我就不多谈了,一个是牵扯到我们机关内部一些情况比较敏感,再一个也不想搞得好像我在你面前表功似的。"老罗轻描淡写地说。

"虽然我无法想象你都遇到过哪些难处,但我知道你肯定特别特别不容易。就像一台庞大的机器,全凭你一人之力让它重新转动起来,想想都觉得太难,更不用说做。老罗,真是辛苦你了。"

"没事,有你这句话,值了。"老罗盯着谢航又说,"知道你什么地方最能打动人吗?就是你的善解人意。"

谢航笑道:"真是的,说项目呢,怎么忽然扯到我身上了。那下一步怎么办?项也立了,钱也给了,汉机就可以正式启动了?"

老罗一撇嘴:"他们想得美。但凡部里挂名的项目,评估、审批和验收都需要部里出面,何况钱都是部里出的。他们必须把评标结果上报部里,没有部里批准他们什么也干不了。"

"那现在史处长他们在项目上的决策作用就大大降低了?"

老罗冷笑一声:"姓史的今后就是个干活的,中间也许还能捞点好处,但决策轮不到他喽。"

"项目负责人会是你吗?"

老罗摇头:"他们巴不得让我担这个名,我没答应,没多久我就要走了,后面的事我管不了,万一将来项目出问题算谁的? 我就当他们和部里的联络人。他们要提交部里审批的评标结果必须先过我这一关,我说这结果部里不会批,他们就得拿回去改,什么时候我说部里可能会批,这结果才会交给部里。"

谢航高兴地说:"那项目的决策人实际上就是你喽?"

老罗微微一笑:"倒也不能这么说,应该是——我想让谁成,未必一定能成;但我想让谁不成,他就一定不成。"

谢航笑嘻嘻地问:"我应该不会是那个你说不成就一定不成的吧?"

"你说呢? 明知故问。"老罗又想起什么,"你当初非要报高价,现在看来还真歪打正着发挥作用了,虽然最终的商务谈判你们必须做些姿态降降价,但操作空间应该还是有余量的。姓史的那帮人现在应该不会有太多痴心妄想了,大概就惦记能去美国转一圈。你得把相关费用都留出来,每人每天的补助要一百美元,当然这钱他们一分都不会花,要原封不动带回家的,其他也就没什么了。"

谢航忙表示:"虽然 IEM 比较死板,但还是能想办法变通一下的,应该没问题。另外你这一块我肯定会向公司争取,你要是有什么想法直接跟我说,咱俩就别见外啦。"

老罗一摆手:"你不用考虑我,我又不是图这个才帮你的。"

谢航的心情好极了,真是祸兮福兮、世事难料,原本不抱丝毫希望的项目竟然一下子惊天逆转。她忍不住暗自盘算,加上汉机集团的业绩,今年应该能拿到总裁奖了吧。没准儿还能成为全球顶尖员工的获奖者,由公司包飞包吃包住在某个海岛上享受一个星期的奢华。唉,要是能带上萧闯就好了,也不知他现在能不能办下来护照……这么想着,谢航就把已经剥好的一整盘开心果举到老罗眼前,老罗客气地说:"你也吃啊,我哪儿吃得了这么多。"

"你吃吧,我怕上火。"

老罗接过去放下,打量一下四周,感慨道:"回到北京的感觉真好。我从1975年来北京念书,到现在十七年了,这是离开北京最久的一次,真挺想的。而且因为你在北京,就让我更觉得北京有一种亲切和温馨。"

谢航心里咯噔一下,忙面带微笑提醒说:"哪儿轮得到我呀。你应该想的是老婆孩子。"

"我没孩子。"

"哦,那你肯定有一帮哥们儿吧?你在汉机连个能一起开心喝酒的人都没有,肯定特想你那帮朋友。"

"跟你比起来,老婆和哥们儿统统不算什么。"

谢航不敢往下接了,赶紧喝茶来掩饰自己的慌乱。老罗凑近一些,温情脉脉地说:"谢航,咱们做朋友吧。"

担心的一幕终究还是来了。以往遇到打她主意的男人,谢航都是首先找出对方的弱点,然后精确打击对方的自信心。因为她发现自卑的男人构不成威胁,往往羞惭而退干不出什么。就像她会领以师傅自居的老曲去迪斯科舞厅,让他认识到自身的年老体衰;就像她会让以情种自居的雷岷看到钱包里那几千块的零花钱,让他认识到自身的囊中羞涩。而对于面前这个人,谢航却不知该如何应对,因为老罗现在今非昔比,不再是那个借酒浇愁的落魄之人,而是信心爆棚,认为自己无所不能。这信心又恰恰来自老罗自视为谢航的救世主,能带给谢航一个大单子,所以要击垮他的信心就只有让他给不成谢航这一单。此时谢航却投鼠忌器,因为她毕竟不甘心鱼死网破、鸡飞蛋打。

内心仓皇之际谢航只得随口敷衍:"咱们早就是朋友了呀。"

"你别装傻,那么聪明你怎么可能不明白我的意思?"

"可你已经有老婆了。"

"老婆不算什么,可以离。"

"可我已经有男朋友了。"

"男朋友也不算什么,可以分开。"

"可你比我大那么多,你七五年就上大学了,我刚上小学,而且你们那时候多大岁数上大学的都有,你比我大十多岁都不止。"

"我1953年生的,算起来只比你大十五岁。人家孙中山比宋庆龄大多少?"

"不行不行,我爸我妈肯定不会同意。"

"只要咱们之间有感情,年龄差距、父母反对都不算什么。"

一通毫无章法的胡乱抵挡果然毫无成效,老罗的步步紧逼倒令谢航镇定下来,她坦诚地说:"问题就在于,我和你之间只是很不错的单纯朋友关系,谈不上有更深一层的感情。"

"不要紧,就从单纯朋友关系开始,只要你不把我拒之门外,答应继续和我交往,我相信会赢得你的感情。"

"又绕回来了,你有老婆,我有男朋友,怎么交往啊?"

"男朋友可以分开。"

"那你能先和你老婆离婚,然后再和我交往吗?"

出乎谢航意料,老罗立刻笃定地回答:"没问题,只要你答应我离婚后可以和你交往,我今天回去就跟她提。"

谢航傻眼了,她看着一脸真诚的老罗,知道这事更难办了。因为本来就难以寻觅的解决之道又多了一项必须满足的条件,那就是不能轻易伤害老罗的一片真心实意。谢航说:"老罗,你不应该在这个时候提出这个事情吧?让我觉得如果我不答应和你交往,你就不会让我得到汉机集团这个项目,我的理解没错吧?"

老罗招呼服务员来续水,然后说:"我希望你理解为这是一种巧合,项目的进展和我对你的感情的进展,正好同时走到关键的一步。"

"那能不能先把感情的事放一放,等项目结束之后再说?我不想把两件事情扯在一起。"

老罗笑了:"谢航,你不可能不明白,如果我不是出于对你的感情,怎么可能花费这么多心思帮你争取这个项目?在我这里,早已把对你的感情和这个项目绑在一起了。"

谢航叹口气:"老罗,多谢你对我的好意,我真的很抱歉事情走到现在这一步。我不想欺骗你,不想让你觉得我在利用你,所以我想把话跟你一次说清楚。不管发生什么,我都不会和我男朋友分开,为了他我什么都可以放弃。我当然很想得到汉机集团的合同,但我不会为了一份合同就什么都可以放弃,这个代价我付不起。"

"付不起?代价?"老罗狐疑地看着谢航,过了一会儿才说,"是担心即便你做了我女朋友,我也未必能帮你拿下合同吧?那我也想把一些情况跟你说清楚。刚才我讲的那句'想让谁成,未必一定能成',只是一句谦辞,事实上我想让你成,你就一定能成。本来我明年结束挂职回到部里一定能当上一个核心处室的正处长,结果这次回来有关领导和我谈,那个处长的位子已经另有人选,只能给我一个正处级调研员。有级别待遇但没实际权力,下一步怎么走只能看机会,恐怕得再熬一阵等个处长位子腾出来给我,要不然将来升副司的可能性就很低了,顶多熬成副巡视员退休。我一听当然有情绪,但人家说没办法,要不然肯定不会这么安排。人家只是松口问我有什么要求没有,无非想调到哪个吃香部门或者出国转转。我说别的没有,因为汉机集团这个项目是我推荐到部里来的,我想对它负责到底,最后的选型我希望能说了算。领导二话不说就同意了,他求之不得啊,什么都不用他出就把我摆平了。谢航你明白吗,我是为了你,才用我个人的前途换得这个项目的决策权,我付出的代价大不大?你觉得我就能轻轻松松付得起?"

谢航沉默了,许久过后她才摇摇头说:"你用你的前途去换这个项目的决策权,现在又要用项目的决策权来换我的感情,这些都是不对的,都不应该发生。这样的感情只会变味儿,就像这个项目已经变了味儿。这样的感情我不要，这样的项目我也不要。"

"谢航，你什么意思？我都已经为你把一切安排妥了，你现在跟我说这个项目你不要了？你是不是觉得，即便你用这种办法拒绝我，因为我已经没有其他选择，所以我还是会把合同给你？"

"不是，你理解错了，你根本就不了解我。"谢航开始收拾东西，"我回去就跟老板说，把这个项目转给其他人做，合同最终签不签和我没有任何名与利的关系。我可以向你保证，即便你把合同给了 IEM，我也不会从中得到一分钱的好处。"

"你这是干什么？"老罗过来按住谢航的手。

谢航把手挣脱出来："我不想欠你的情，我还不起！即便不是为我男朋友，即便只是出于我的自尊心，我也不会接受你这样居高临下的施舍，更不会接受你用一份合同对我的诱惑甚至要挟。"

"你为什么这样想呢？这明明是出于我对你的一片真心实意，为什么要把我想得如此不堪？"老罗一脸痛苦地连声发问。

"我必须这样想！"谢航眼圈红了，她捂住嘴怕自己哭出来，强忍一下才又说，"要不然我怕我会动摇……"

老罗叹口气说："这样吧，咱们都先冷静冷静，我完全没想到事情会突然演变到这个地步……"

谢航说："我先走了。"

"别啊，不是说好你要请我吃晚饭的嘛，想说话不算数？"老罗显然在试图挽回气氛。

谢航苦笑一下："哪儿还吃得下去？谢谢你请我喝茶，再谢谢你上次的烧鸡和洋河。很抱歉我实在没办法兑现刚才的约定了，在我做不到又能像原先那样面对你之前，咱们就不要再见面了。"

"别啊，算我错了，都是我的问题。就权当你把这盘开心果给我以后，我什么都没说，把这段抹掉，咱们一切照旧，还像之前那样，行不行？"

"老罗，别自欺欺人了，我做不到，你也做不到，回不去了，再也没法自在随意地聊天了。你比我大十五岁,肯定更明白一个道理,如果不满足于已经拥有的而是想索取更多,就要做好准备,可能连拥有的也要失去。"

"得陇望蜀,结果满盘皆输。"老罗自嘲道,"这就是俗话说的'偷鸡不成蚀把米'。"

谢航被逗笑了:"你也不用这么挖苦自己。真的老罗,我心里是感激你的,但与其说我不知道如何面对你,其实是我不知道如何面对我自己。我实在过不去自己这一关。"

"明白,明白,过不去就别过,我不想勉强你,也不想看着你勉强自己,我也是有自尊心的人。"老罗想再握一次谢航的手,犹豫一下,只在裤子上搓了搓,终究没伸过来。

第二天一早,谢航刚进公司就来敲爱德华的房门,坐下说:"Edward,汉机集团那个案子我想转给其他同事跟,我实在忙不过来。"

爱德华疑惑地看着谢航:"忙不过来?这也算是个理由?"

谢航没办法,只得换个说辞:"客户里面有一个关键人对我比较敌视,实在搞不定,如果我继续代表 IEM 出面就可能会影响后续的商务谈判。"

"形势怎么样?机会大不大?"

谢航犯难了,如果说形势不好、机会不大,肯定没人愿意接手;如果说形势很好、机会很大则老板不会同意别人接手,她只好说:"还算正常吧,形势不好不坏,机会不大不小。"

爱德华瞪她一眼,拨内线电话叫老曲过来。老曲转瞬间就到了,一见谢航也在先是一愣。爱德华对他说:"Abby 手上有个 case(项目),汉机集团,她希望有谁能帮她一下,曲先生你可以吗?"

老曲忙不迭地说:"好啊好啊,没问题。爱碧在前面和客户对接,我在后面做工作。"

爱德华和谢航同时皱起眉头,谢航说:"我是希望您能代替我去和客户对接，其余的工作都还是我来做。"

这下轮到老曲皱眉了，他发愁道："哎呀，这可有点儿不大好办啊……"

谢航诧异道："您昨天不是还主动提出想参与这个 case 吗？"

"没错，但我不方便直接出面，在背后出力就好。"老曲见爱德华和谢航仍旧满面狐疑地看着他，只好如实招来，"有这么个情况，汉机的项目从他们当地说了算现在变为部里说了算，部里具体负责这个事情的人和我以前有些不愉快，我后来到了 IEM，他后来去了汉机挂职。如果我现在代表 IEM 去见他，结果恐怕……"

"您是说……老罗？"谢航心想怎么竟有这么巧的事?！见老曲有些扭捏地点头，她便转向爱德华，"我以前主要做当地客户的工作，所以这个老罗觉得我对他有所忽视，对我有情绪，因此我才想请曲先生帮忙去和老罗对接。既然曲先生也有难处那只好算了，因为其他方面我都可以继续做，没问题。"

爱德华便直接请老曲先去忙，老曲一脸遗憾地走了。谢航又问："Edward，能不能再找别人帮下忙？只要替我出面去见那个老罗就行，别的都不用管，credit（业绩）可以都归他，我不要。"

爱德华一耸肩膀："我看没这个必要吧，你是这个案子的 sales（销售人员）来的，遇到什么问题就换人，哪有这样的？他觉得你忽视他，那你就想办法让他觉得你重视他好啰，你去给他下跪、给他磕头都随便你，但请你不要把你的难题变成我的难题。"

碰了一鼻子灰走回自己的座位，谢航正一筹莫展，电话响了，她接起来说："您好！IEM 谢航。"

没有回应，谢航的心跳骤然加速，果然，那个声音终于传过来："我老罗。"

"哦，你好。"谢航木然地应道。

"昨晚一宿没睡，一直在想你。你别紧张，确切地说是在想怎样对你最好。既然你暂时不想见面，那就在电话里和你说吧。"

谢航更加紧张,她要抢在前面把立场鲜明地亮出来,便尽量压低嗓音急促地说:"我也有想法要跟你说,还是我先说吧。两条,第一条是我仔细回忆了一下,觉得根本原因是你在那边太孤独、太失落,并非因为我有什么独特之处打动你。如果你遇到张航、李航可能也会这样。假设换作你在北京的时候,平日呼朋唤友、事业高歌猛进,就算遇到我也不会有什么感觉,所以我认为你不必过度放大对我一时的好感。第二条,我刚才已经找我老板谈了,要求他另外派人负责汉机的项目,但他不同意,说不可以临阵换将。我没办法只好放弃,就任由其他厂家去争这个项目好了。"

电话里又没回应,谢航正忐忑地等着,老罗问:"你说完了?"

"哦哦,嗯嗯。"谢航才意识到自己刚才收尾确实有些突兀。

老罗说:"首先,比你多活的十五年不是白活的,我不是毛头小伙子,自己的情感是怎么一回事我很清楚,所以你说的第一条不值一驳。关于第二条嘛,既然你避不开汉机,那就由我来避开你。后续的谈判和签约我都不会出面,因为我本来也要避嫌,姓史的更巴不得主持谈判,希望为自己后续捞些好处,所以只好辛苦你再去跟他周旋一回。价格嘛,你们肯定是要降一点,但姓史的只会是虚张声势,他很清楚省下的钱并不是他的,而砍掉的却是他可能得到的实惠,所以不会太为难你。至于你说放弃、让其他厂家捡便宜,这样糟蹋项目不仅是糟蹋你自己,更糟蹋了我为此所付出的一切,希望你不要再有这种念头。"谢航不知该说什么,却发现老罗的嗓音忽然变得喑哑,"谢航,昨天是我太唐突,本来是我心甘情愿主动为你做的事情,却变成对你施加压力的筹码,难怪你接受不了。其实为你做这些就是因为在我眼里你值得、在我心里我愿意,这就足够了。"

谢航的眼睛湿润了,出于职业习惯她刚想问问是否需要为老罗争取一些好处,又急忙把话咽了回去,她怕被老罗骂,更怕玷污这份感情。谢航真想问一句老罗,你干吗要对我这么好,但挣扎一番终于克制住,因为好不容易恢复理智的老罗一旦听到她这一句恐怕又要沦陷了。

去汉机集团完成最后一轮商务谈判刚回到公司，谢航就被爱德华叫进来，爱德华问："曲先生跟我讲，汉机这个项目里面他帮过你不少忙，和机电部的很多联络是他做的，所以要求你把一部分 credit 分给他。你的意见是……？"

　　征尘未洗、身心俱疲的谢航已经没有气力发作，她只冷冷地一笑，反问道："Edward，以您对曲先生的了解，他会在没有事先谈妥如何跟我瓜分业绩的情况下，就肯帮我哪怕只是一丁点儿的忙吗？"

　　爱德华面无表情地看了谢航半天，忽然咧开嘴笑一下，然后才说："我知道了。你早点儿回去休息吧。"

　　把出差几天积压的事情大体处理完毕，谢航正准备回家，老曲走过来怒气冲冲地质问："爱碧，你怎么能那样乱讲呢？汉机的项目我难道没有帮你吗？要不是我，你都不知道项目改为部里审批了。"

　　谢航眉毛一扬："那又怎样？你只不过让我提早十分钟知道这个消息而已，你觉得贡献很大吗？那你说说，你想分走多少？百分之一够不够？"

　　老曲气呼呼地瞪了谢航一会儿，扭头走了。

　　谢航收拾好东西拖着行李往外走，经过一间会议室门口听到里面有人叫她，一看竟又是老曲。老曲把谢航拉进来关上门，换上一副可怜兮兮的嘴脸说道："爱碧，我希望你能理解，不是我存心和你争。你想想看，我能跟你比吗？你还能像现在这样再挣三四十年的钱，而我充其量只能再挣三四年，我不像你赶上好时候了，所以你也理解一下我有多不容易。"

　　谢航还从未见过这种样子的老曲，有些不知所措，但她马上想起老曲以往对待自己的林林总总，便狠下心说："曲先生，您比我年长三十岁都不止，您一定比我更明白，要求和乞求是两回事，同情和怜悯也是两回事。早知如此，何必当初。"

　　刚拉开门要走出去，谢航脑海里不知为何竟倏地浮现出老罗的样子,她内心深处的某个位置一下子被触动。说不清是什么缘故,她停住脚步,回头看一眼老曲,淡淡地说:"好吧,我会和 Edward 再讲一下的。"然后向电梯间走去,留下老曲感激涕零地呆立在原地。

二十
/
代际之争

坐在融昇集团的会客室里，裴庆华脑海中挥之不去的仍是昨天在华研总裁办公会上的那一幕。

集团成立大会开过不久，在第一次的总裁办公会上，谭启章与林益民竟当众暴露出他们在关键问题上的尖锐分歧。几桩例行事项讨论完毕，谭启章说："咱们代理康朴的产品已经有两年，把这个名不见经传的美国小品牌带进了中国市场的前十名，这个成绩还是能说明一些问题的。从最初修他们的机器到后来卖他们的机器，康朴那点儿东西咱们已经鼓捣得明明白白。眼看国内的微机市场开始进入爆发式增长的阶段，我觉得咱们是不是也可以想一想，从卖他们的机器到做咱们自己的机器，这一战略转变的时机是否已经成熟？还需要再具备哪几项条件？"

"老谭，你的野心可真大。"林益民笑道。

谭启章也笑："怎么是野心？我看是雄心。"

"你以为原厂商就那么好当？咱们做康朴的代理，回报大、风险小，省去一大块研发和生产投入不说，最近从芯片到内存的价格波动那么剧烈，康朴吃了不小的亏，但对咱们就没什么影响。现在华研的走货量越来越大，咱们对康朴的话语权也不断提升，明年能留在手里的利润空间会更高。有句话不太好听但很形象，咱们简直就是躺着赚钱。老谭，好不容易过两天舒服日子你就又要折腾？"

"老林，如果你真想过舒服日子，干吗还要下海干公司？原先在所里不是更舒服。"

"那时候光是舒服但没回报啊，咱们现在是既舒服回报也不小，何乐而不为。"

谭启章半开玩笑地说："完了，这已经上升到人生观和价值观的范畴，不宜深入讨论。咱们先别务虚了，还是说说如果想搞咱们自己品牌的微机，有什么实际困难没有。"

"我刚才说的就是实际困难，"林益民较起真来，"研发的投入从哪里来？虽说可以攒机，主板还是应该自己搞吧？生产的投入从哪里来？CPU、内存、硬盘、显示器、机箱，大笔的采购费用，有几家肯赊给你？厂房在哪里？难道再找小学租几间教室？这些说的都是投入方面，还有风险方面呢？资金链能不能扛得住？咱们的品牌市场若不认怎么办？华研的家底才攒了两年，经不起折腾啊。"

"我觉得还是看问题的出发点不同。"谭启章的脸色变得严峻，"如果不想搞自己的品牌，上述这些便都是理由；如果决心搞自己的品牌，上述这些便只是今后的任务清单，一项项去解决、一项项去完成。归根结底到一个问题，就是我们为什么要办华研。单纯就是为了挣钱？为了过舒服日子？只要有钱赚，就一辈子当倒爷、搬箱子？反正我的想法不是这样，总希望能给国家、给社会、给后代留下点儿什么。即便咱们把康朴做到国内市场第一，究竟是康朴厉害还是咱们厉害？这说得清吗？还是说不清也无所谓？反正对我是有所谓的。大到全体中国人行不行，小到我谭启章行不行，我还是很在乎的。刚才我讲过，现在市场是个很好的节点，全民即将进入微机时代，咱们也在资金、渠道和技术方面都有了不错的基础,搞成了咱们就可以在历史上占有一席之地;搞不成就认栽,以后夹起尾巴老老实实做代理,也不丢人。但机会一旦错过,就再也无法挽回。"

"假如机会已经错过了呢?"林益民忽然提出一个众人都没想过的问题,"长城、浪潮都搞多少年了,联想搞自己的品牌也已经三四年,咱们现在才搞,晚了点吧?"

一位副总裁笑道:"老林,你前面是说现在搞早了,应该再攒几年家底,刚又说现在搞晚了,你到底什么意思?"

"老林的意思你还没听出来,就是无论过去现在和将来都别搞,咱们就靠做代理做贸易发财。"另一位总结道。

林益民争辩说:"联想靠代理 AST 赚了多少钱?他们在全国铺的渠道谁能比?联想做主板已经多少年?联想微机从 286 就开始搞,咱们华研拿什么跟人家竞争?机会在哪里?"

谭启章忍不住站起身,居高临下俯视着林益民,他反问道:"老林,那我问你,柳传志决定搞联想微机的时候,IBM 已经搞了多少年?"林益民不吱声,谭启章不依不饶地追问,"你告诉我,你不可能不知道。"

林益民嘟囔道:"至少十来年吧。"

"没错!如果柳传志也像你这样想,会有今天的联想微机吗?如果黄朝虹、袁志坤也像你这样想,会有今天的 AST 吗?"

"这些大道理我都明白,但光靠理想主义没有用,办公司还是要现实一点儿好。实际困难都摆在那里,不说别的,连微机生产许可证都没有,怎么搞?难道是无证生产?"林益民倔强地连声发问。

科贸中心的这间小会议室瞬间安静下来,过了好一阵谭启章才闷闷地说:"那就首先解决许可证的问题,大家看看有什么办法?"

有一个人摇头说:"确实不好办,这个证的目的就是防止谁想搞微机就能搞,存心限制你的。最开始拿到证的只有那几家机电部自己的子弟兵,整个就是行业壁垒。后来联想他们几家费了多大力气才搞到手,估计咱们一时半刻搞不下来。"

谭启章沉吟道:"那就两条腿走路,一条是正面进攻,去做机电部的工作,既然行业壁垒别人能打破,咱们就也有机会;另一条是曲线救国,想办法绕过去,看哪家拿到许可证但没推出自己品牌的,能不能借用或者合用。"

"怎么个借用或者合用?"

"具体的我也没想清楚,但肯定有变通的方法。"谭启章有些焦躁,"咱们和他们联名生产,或者机器上只挂咱们的牌子,产品说明书加上他们的名字,反正擦边球总可以打。"

"哎,对了,融昇手里有微机生产许可证!"有人叫道,"白白放着一两年了吧,没听说他们打算搞融昇微机,只是一门心思倒腾仪器设备呢。"

"对啊!我怎么没想起来……"谭启章兴奋得眼睛一亮,但随即黯淡下去,"不过老高那个人,不好打交道啊。"

见在座的几个年轻人面露疑惑,林益民笑道:"你们大概不知道,当年老谭和老高在院里都是风云人物呢,可惜政见相左,分属两个阵营。多久以前的事了?"他转问谭启章,"有二十年了吧?"

谭启章点头:"但如今我跟他见面还是谁也不理谁。"

"那没戏了,只能打其他家的主意了。"有人叹息道。

"那倒未必,老高这人唯利是图,只要有钱赚跟谁都能做生意,只是不能我和他谈,得换个人。"谭启章冲林益民一扬下巴,"怎么样?你大驾出马?"

"别别,"林益民忙摆手,"咱俩关系太近,他恨屋及乌,还是换个他不认识的吧。对了,派个美女去,分分钟就能把他搞定。"

谭启章笑而不语,另一位知情者质疑道:"恐怕没用,他那人好色尽人皆知,但好色归好色、生意归生意,分得清楚着呢,想用这个拿住他,行不通。之前有个女的想讹他,说如果不答应条件就把他俩的事捅到院里和区里,结果老高哈哈大笑,说无所谓,反正所有人都知道他流氓成性,把那女的气得没招。最神的是,这事既不是那女的也不是别人透露出来的,是老高自己逢人便讲,倒也算是个性情中人。"

谭启章手在桌上一拍,一锤定音:"我看这样吧,老林负责向机电部申请许可证,你以往和部委打交道最多,又是常务副总,机关那帮人很在乎头衔,你去最合适;庆华负责跟融昇联系借用许可证,怎么搞定老高我不管,你自己想办法。哦对了,你们还是校友呢。"

裴庆华答应一声,林益民虽说不太情愿但也没再推托或回绝。

到融昇集团并不难,难的是见到高总。裴庆华把会客室架子上摆放的融昇集团介绍图册和几期《融昇人》刊物都翻阅一遍,还是没人进来搭理他。裴庆华百无聊赖地再次拿起图册,无意间一张照片下面的说明文字吸引住他的视线——1992 年 5 月 16 日,融昇集团举行公司成立八周年庆典。他正想在其他资料里求证一下,会客室里进来个人,这位相貌堂堂的小伙子很客气地说:"您是华研集团的裴总? 不好意思让您久等。我刚问过高总的时间,他今天都排满了,所以没办法……"

裴庆华忙问:"最近这几天高总什么时候有时间? 我可以随时过来。"

"这个说不好,我们高总特别忙。对了,您在电话里说是有关微机生产许可证的事?"

"对对。或者如果我能先跟你们融昇其他领导聊一下,然后转达给高总也可以。"

小伙子摇头说:"对不起,这方面我真帮不上忙。还是等高总安排出时间然后我再跟您约吧。"他一边说一边往侧面挪一下,显然是作势准备送客。

裴庆华不无遗憾地笑笑,他忽然想起什么,一扬手中的图册:"哦,我随便问一句,你们融昇的成立日期是 5 月 16 号?"

"对,没错,每年都要庆祝一下。"

"是特别选的这个日子吗? 还是当初赶上哪天是哪天?"

"其实当初具体哪天成立的后来谁也记不清了,我听说是成立一周年的时候才想起应该有个准确的成立日,高总说那就 5 月 16 号吧。"

"这个日子对高总有什么特别的含义吗?比如高总生日?"

小伙子笑道:"这我就不清楚了,我来得比较晚,不了解这方面情况。"

回到家裴庆华忍不住对萧闯念叨:"融昇知道吧?"

"废话,我有那么无知吗?你现在特看不起我这家庭妇男吧,有本事你别吃我做的饭!"

裴庆华就像没听见,接着问:"融昇的司庆日是哪一天你知道吗?"

"这我哪儿知道,跟我有关系吗?"

"5 月 16 号。"裴庆华又问,"你没觉得这日子有点儿特殊?516……"

萧闯一边刷碗一边琢磨:"516……怎么听着有点儿耳熟呢……嗐,想起来了,你读本科时宿舍的房间号嘛,就在我楼上。"

"对,我就服你这记性。"裴庆华好像也有了思路,"所以我对和516有关的事都特别留意。融昇的高世庚,你还有印象吗?"

"有啊,当年到学校给咱们做过报告,牛皮烘烘的。"

"对,我也去听了,他是咱们校友,比我早将近二十届,比你就早更多了。"

"怎么,你打算跳槽去融昇?就凭你和他们这点儿渊源?不过好像没什么意义,融昇里咱们校友多的是。宿舍号是516也没多大用吧,你和高世庚要都是516的生日还差不多。"

"他不是因为生日选的这个日子。"裴庆华若有所思,"应该是因为他大一那年的5月16号发生了一件很特别的事情。萧闯,看来我得回学校寻访寻访。"

萧闯一撇嘴:"回呗,我又没拦着你。反正我不回。"

再次来到融昇集团,裴庆华已经没有了进入会客室的待遇。前台打电话把裴庆华的来意通报进去,上次那个相貌堂堂的小伙子很快出来,面无表情地说:"是裴总吧,我之前不是跟您说了让您等我电话,您怎么又直接过来了?"

"上次是公事,这次是作为校友向老学长高总讨教一点儿事情。"裴庆华随即以退为进地问道,"于公于私,你都不至于不让我在这里等一等高总吧?"

小伙子皮笑肉不笑地回应:"瞧您说的,怎么会。不过第一呢,您未必能等到高总;第二呢,今天会客室都满了,您看……"

裴庆华四下瞧瞧,见不远处靠墙的一张沙发还没坐人,就笑着说:"没关系,我就在那儿等吧。"

其实裴庆华原本也不想被关到会客室去,在那里根本无法观察外面的情况。此时他坐在角落里但视野很开阔,融昇集团总部出出进进的人都被他尽收眼底。等了很久,直到临近下班,才从办公区里面沿走廊传来一阵爽朗的说笑声,继而步出几个人,裴庆华一眼辨认出高总,与图册和刊物上的照片并无二致。只是没有当年在学校做报告时那般神采奕奕,让他惊讶的是高总似乎比他印象中变矮了。他看到高总两手空空,想必只是出来送客而不是要一同离开,便原地不动。果然,高总在电梯间与客人们握手话别,又冲着徐徐关闭的电梯门里招手,然后却没走回来而是拐向旁边去了。裴庆华开始紧张,不由得站起身犹豫要不要追过去,又看到那个小伙子正垂手立在门外等候,他就没进一步轻举妄动。过一会儿高总总算回来了,一边进门一边用手绢擦手。裴庆华走过去,高总已经沿走廊向里走,裴庆华在他身后朗声问道:"高总,您知道许功胜的坟还在荒岛吗?"

高总的脚步瞬间定住,那个小伙子和周围的人都扭头惊愕地盯着裴庆华。高总慢慢转回身,一边把手里的手绢叠好放回裤兜里,一边打量着裴庆华,狐疑地问道:"是你喊我?我认识你吗?"

小伙子忙低声报告:"他是华研集团的,说是您的校友。"

"哦,你是谭胖子的手下?"

裴庆华回答:"谭总是我们老板。"

"你是许功胜的什么人?"

"非亲非故,许功胜和您一样,都是我的学长。"

高总眯起眼睛再次端详裴庆华,然后说:"你跟我来吧。"又吩咐小伙子,"给他倒杯茶。"

高总的办公室很气派,相形之下谭启章的那个小房间实在太逼仄寒酸。裴庆华被让到沙发旁坐下,高总径直问道:"你怎么会知道许功胜?"

"上学的时候有老师提起过。"

"是吗?那么久之前的事了,应该很少有人再提吧。尤其是学校里的老师,很多都讳莫如深的。"

"说来也巧,我本科的宿舍号是 516,我的学号后三位也是 516,不止一位老师说我跟 516 有缘。有的问我知不知道 516 有什么特殊含义,我说不知道,是他告诉我'五一六通知'是怎么回事,我才明白原来'文革'就是从 1966 年 5 月 16 号开始的。"

高总苦涩地一笑,又问:"你老师跟你讲过许功胜?"

"对,我的宿舍是 12 号楼,管宿舍的老师跟我讲过当年就在离 12 号楼不远的地方有个学生死了,我记得他的名字,叫许功胜。之所以对他印象最深是听说他是校击剑队的,拿过全国高校重剑比赛的冠军。还听说他后来被埋在荒岛,可我去荒岛找过但没找到。"

"你怎么会想起跑来问我?你我素不相识啊。"

"因为我发现融昇集团成立的日子也是 5 月 16 号,所以就想来碰碰运气。"裴庆华很专注地看着高总又补充一句,"而且我还知道您当年和许功胜一样,都是'团派'。"

高总沉吟半晌,微微一笑:"你倒是真肯花心思,不过难得你有这份心,我就跟你这位小学弟聊聊。小许比我大两岁,那时候都风华正茂啊,我还记得有一张他手持重剑的照片,真是英武帅气。那时候的人啊,那种狂热的劲头连我自己回想起来都觉得无法理解,小许的生命就结束在那个时候……"

一直默默倾听的裴庆华忍不住问："他后来是埋在荒岛吗？"

高总先是点头旋即摇头："起初我们是把他埋在那儿，后来人家不让，我们又把他迁到另一个地方去了。"

"迁到哪里？"裴庆华不禁追问。

高总瞟一眼裴庆华："没几个人知道，如今估计也找不到了，这些年四处大兴土木，即便找到地方估计也早没了。"两个人竟同时叹口气，高总又说，"坟还在又能怎么样？命都没了，什么东西比命更重要？"

听得出神的裴庆华郑重地一点头："我明白。"然后又有些懵懂地附和道，"可能年轻的时候就是容易犯错误吧。"

"年轻人一旦犯错误是自己更倒霉，老年人一旦犯错误是别人更倒霉。"高总说完忽然自嘲地摇摇头，"我今天这是怎么了？跟你扯这么多，而且扯也是白扯，你根本不可能懂。"

裴庆华忙套近乎："可能是触动您的什么心事了吧？也可能是把我当成您的忘年交了。"

不料高总却狡黠地一笑："你不会真是来听我讲故事的，说吧，费这么大劲找我什么事？"

裴庆华立刻有些不好意思，略带局促地把来意挑明。高总问道："机电部颁给我们的微机生产许可证，你们能随便拿去用？这还能叫许可证吗？"

"总应该能想出变通的方法，类似的事情我相信融昇集团这八年一路走来肯定也没少干过。"

高总手一挥："你们拿去怎么用是你们的事，用不上也是你们的事，但是先要把费用付给我们。"

裴庆华惊讶道："高总，您看咱们都是忘年交了，您还跟我这个小学弟谈钱啊？"

高总仰面大笑："哈哈，小老弟，说明你还不了解我高世庚的为人，即便你就是我亲弟弟,该算的账照样算,这就是生意。哦,对了,你怎么称呼?"

裴庆华这才想起直到此时尚未报过名姓,忙一边自我介绍一边掏出名片递过去。高总到写字台上拿起一张名片给裴庆华,说道:"我和谭胖子老死不相往来,但我照样可以赚他的钱;我和你算是忘年交,但我照样不会让你占我的便宜。说吧,你们准备出什么价?"

裴庆华故作诚惶诚恐状:"高总您这么大的老板,这么点小钱还跟我计较,您要是这次帮我们华研一个忙,将来华研必当涌泉相报。"

"你少来这一套,谭胖子教你的吧?瞧你们这点出息!老实跟你讲,融昇超过二十万的生意没有我不过目的,我最喜欢的就是讨价还价,来吧,别扭扭捏捏的。"

裴庆华心想你这出息也没好到哪儿去,表面上当然不敢有丝毫流露,只得试探道:"那您觉得,这账应该怎么算?"

"嗯——你们要打自己的品牌,档次价格都不可能太高,就算每台两万块,收你们一个百分点不算过分吧?你们刚起步摊子也不可能铺得太大,头一年能产五千台顶天了,这么着,一百万,许可证你们拿走。"

"啊?!"裴庆华立刻哭丧着脸说,"高总,如果单论每台你们提两百块,这倒也说得过去,但微机我们得一台台地装,再一台台地卖,能不能我们生产多少台跟你们结多少台?"

高总不耐烦地连连摆手:"照你这意思,我还得派个人整天蹲在你们的生产线上数着装了多少台?不行,太麻烦,要用就一次付,要不然就别用。"

"高总,您得这么想,如果我们日后生产的微机远远超过五千台,那后续的你们可就没法提成了;如果细水长流,你们能赚的可远不止一百万啊。"

高总居然孩子般地冲裴庆华挤下眼睛:"所以你们对我这种方式应该求之不得才对嘛,我一次性收你们这点钱,日后你们生产得越多就越赚嘛。"

遇到这种老奸巨猾的家伙，裴庆华想哭的心都有了，他只好说："高总，我们确实希望一次性把许可证买断，因为我们有信心将来可以做到很大，如果平摊到每台微机上面也没多少钱，甚至可以忽略不计。但问题是我们眼下的现金流拿不出这么多真金白银呀，能不能宽限我们每季度付一次？要不，半年？"

"小老弟，这是原则问题，我是不会让步的，你别磨嘴皮子了。"

裴庆华无可奈何，只得最后再做一次努力："高总，如果非得一次性付清的话，按惯例您怎么也得给点折扣吧？您想想，少赚一点儿总比做不成生意强吧。"

高总却出奇的痛快："八折，一口价。"

回到公司时谭启章还没走，裴庆华便把高总提出的条件与讨价还价的过程如实汇报，至于他与高总搭话的由头却都一概略去。谭启章听到八十万这个数字便皱起眉头直嘬牙花子，裴庆华有些愧疚地说："我原本以为和高世庚拉近关系能让他别这么狮子大开口，没想到……"

"你怎么和他拉的关系？"谭启章忽然问。

裴庆华一愣，忙语焉不详地回答："哦，就用校友这层身份，一口一声老学长地叫他。"

谭启章无奈地笑一下："老高那个家伙，你就是一口一声祖爷爷地叫他，照样八十万，一分都不会少。"两人相对无语，过一会儿谭启章不禁长叹一声，"八十万，这得卖出好几百台微机才能赚出来啊……连咱们华研的商标是什么样还没看见，就要掏出这么多现金，这哪儿是掏钱，简直是掏心掏肺啊！"谭启章说完便心事重重地收拾自己的包，好像忽然意识到裴庆华还在对面站着，忙抬头说，"庆华你干得不错，但这么大笔钱不是件小事，容我好好考虑一下，你先回去吧。"

第二天早晨，谭启章走进公司，所有迎面跟他打招呼的人都被他的模样吓一跳,只见他双眼浮肿遍布血丝,一脸疲态,脚下都显得轻飘飘的。谭启章让人把裴庆华叫来,自己往椅子上一仰,闭目养神。

敞开的门上被轻敲一声,谭启章睁开眼,已经站在他桌前的裴庆华不由得惊问:"谭总您这是……?"

谭启章苦笑着摇摇头:"一宿没睡。"他先示意裴庆华坐下,又用手干搓了几把脸,然后说,"庆华,我拿定主意了,华研的微机我是一定要搞的,砸锅卖铁也要搞。所以这个生产许可证我是一定要有的,卖房子卖地也要换到手。他要八十万,我就给他八十万! 等咱们生产出八千台华研微机,摊到每一台就是一百块钱;如果咱们搞出八万台,每台才摊十块钱;到八十万台的时候呢? 每台只合一块钱,咱们不吃亏!"谭启章不由得站起身,慷慨激昂地说,"庆华,大家一起努力,一定要让这八十万换来的许可证成为华研历史上最划算的一笔交易!"

裴庆华被谭启章的一腔豪气感染得也是热血沸腾,他站起来说:"那好,谭总,我会尽快和高总那边把协议敲定。"

他正要转身出去却被叫住,此时谭启章已从方才的理想主义者瞬间变为现实主义者,叮嘱道:"庆华,付款时间一定要尽量往后拖,咱们得先抓紧落实板卡、元器件和厂房,等万事俱备再把款打过去。"

没过多少天,中午时分,谭启章心急火燎地一头扎进公司,一边招手一边叫道:"庆华,庆华,钱打过去没有?"

裴庆华急忙走过来,随谭启章前后脚迈进他的办公室,问道:"您指的是哪笔钱?"

"八十万! 给融昇老高他们的,付出去没有?"谭启章瞪着的双眼仿佛要冒出火来。

"还没有,协议签好了,他们已经催过几次,但我想能耗多久耗多久,等到要给机器贴牌的时候再付。您的意思是……?"

"太好了! 庆华你干得太漂亮了,你是华研的功臣!"谭启章转忧为喜,双手连连拍打裴庆华的肩膀,好像恨不能来个热烈拥抱。裴庆华不明所以，谭启章却转头朝外面喊道："老林，请你来一下。"

林益民已经听到谭启章这一路大叫大嚷，走进来问："发生什么事了？是融昇那边有变化？"

谭启章反问："你没从机电部听到什么消息？"

"你指哪方面的？"

"有关许可证的。"

"没有啊，前一阵我把咱们华研申请微机生产许可证的材料报给他们，他们让我等消息，这两天没听到有什么动静。"

"政策放宽啦！"谭启章欣喜若狂，"国家马上要取消微机进口许可证，这样洋品牌会来势更凶，因此国家决定同时放宽对国产品牌的限制，鼓励民族计算机产业发展，所以微机生产许可证的门槛会大幅降低，对好几项资质要求要么放宽要么干脆取消，审批环节也大大简化。咱们肯定可以顺利拿到华研自己的许可证，当然犯不着再花冤枉钱用融昇的。"

林益民和裴庆华听后也都很高兴，裴庆华更是感到万分庆幸："真险呀，一想都后怕，要是这消息晚来几天或者我动作麻利点儿，那八十万可能就汇出去了。依照高总一贯的作风，钱到他手里要想再让他吐出来，恐怕比登天还难，那我可就成了华研的罪人。"

"不对，这不会纯粹是个巧合。"谭启章忽然一凛，"老高那家伙肯定早就听到风声，要不然他才不会宁肯少赚，死活也要坚持让咱们一次付清。"

"那咱们跟他们的协议，您看怎么处理？"

"撕了！废纸一张。"谭启章很解气地说完又嘿嘿一笑，"别撕，留个纪念，将来把它贴在咱们的许可证旁边，时刻提醒我惊险逃过这一劫。"

林益民以为没事了正要往外走，谭启章叫住他："老林，这次的事你可是有责任的。如果你但凡上点儿心，但凡像以前那样不惜软磨硬泡也要达成目标，部里那些人即便不帮忙加快审批，起码也会对你透露些口风,就不至于搞得这么惊险。"

当着裴庆华的面被谭启章指责,林益民的面子上有些挂不住,但确实因他自身做得不到位,只好勉强辩解说:"估计是我打交道的那几个人级别不够,要是他们能得到内部消息应该会告诉我。"

谭启章脸色愈发难看:"恐怕是你没亲自去跑吧。庆华都能直接找到老高面谈,你在机电部怎么会只能跟几个办事员打交道?"

林益民咕哝一句:"我实在分身乏术啊。已经给下面的人交代得很清楚,他们办事真是不力。"

谭启章没再说什么,林益民忙拔脚溜了,尴尬旁观的裴庆华正要走,桌上的电话响了。谭启章接起来刚听一句便说:"媛媛,你稍等一下。"然后招手示意裴庆华坐下,按下电话机上的免提键,"好了。你怎么这会儿给我打电话? 在哪儿呢?"

谭媛说:"在学校呢,这是传达室的公用电话。爸,我刚和班主任吵了一架。"

谭启章和裴庆华对视一眼,忙问:"为什么呀?"

"她非让我学文,要我去文科班。"

"媛媛,这个问题咱们前几天不是讨论过吗? 如果你想学理工,爸妈都支持,但你也要量力而行,如果什么时候感到有些吃力,尽早转文科也没问题。"

"就因为我这次物理考得不太好,她就断言我不适合学理工,什么道理呀!"

"也许老师觉得你的思维方式可能更适合死记硬背,她会不会是担心你学理工考不上比较好的学校?"

"她就是觉得我不够聪明、比较笨呗。可我将来想学计算机,哪个学校的文科有计算机这专业? 真是的。"

谭启章解劝道:"媛媛,用计算机不一定要学计算机。你学文出来也可以用计算机嘛。"

"你和我妈是不是也觉得我不够聪明? 可我觉得裴大哥也不是特

别聪明，可人家就学的工科，还拿到硕士呢。"

谭启章尴尬地看裴庆华一眼，裴庆华已经红了脸一副无地自容的样子。谭启章忙试图转移话题："媛媛，这不是聪明与否的问题，是适合与否的问题。你如果坚持要学理工，就要努力把数理化这三科的成绩搞上去，证明给班主任看。"

"这是我的决定，我将来学什么、干什么是我自己的事情，凭什么我要向她证明？我根本用不着她同意！"谭媛最后说，"爸，我给你打电话就是告诉你，如果班主任跟你们联系，你们可得跟我站在一条战线。不过话说回来，即便你们跟她想法一样，我也照样不会学文！"

谭启章又按一下免提键挂掉电话，略带歉意地解释说："我还以为是媛媛这孩子学习上又遇到什么困难，想让你听听好一起给她出出主意。"大概是意图化解刚才的难堪，他忽又发起感慨，"庆华，我比你大二十岁，你比媛媛大十岁，可我发现咱们更像是一代人。我们的脑筋都被限制住了，就比如这个许可证，都觉得它不合理，怨声载道，但仍然只想着怎么搞到它，而不去想怎么搞掉它。你们这代稍好一点儿，能够在一个限定的范围内发挥创造性，但看样子也好不到哪儿去。如果换作媛媛她们这代，肯定就会说凭什么非得要这个证，没这个证我照样造微机。咱们国家的问题也许等到媛媛这辈人就会有希望，实在不济，再下一代应该能行。"

而裴庆华脑子里挥之不去的却仍是谭媛给他下的评断，连自己辅导的高中生都能看出他不是特别聪明，这让一向自诩有自知之明的他仍不免有些悲哀。裴庆华没听进去谭启章这番颇有见地的预言，更无从体会其中的深意，只知顾左右而言他地嘀咕一句："这新电话真高级，免提功能太好使了。"

二十一
/
天无二日

谢航听见敲门声忙去开门,原来是萧闯手里拎个包站在门口,她诧异道:"不是给你钥匙了吗?"

萧闯走进来说:"我是临时起意过来的,没带钥匙。"

谢航关上门又问:"不是说好明天我去你家吗?想我想得等不及啦?"说完就要接萧闯手里的包。

不料萧闯却把包拢在怀里不让她碰,神秘兮兮地说:"就是因为这包里面的东西我才过来的。"

走到屋里,萧闯坐在床上,拉开包的拉链,忽然把包翻转成底朝天,立刻从包里扑簌簌掉出来好多钱,一沓一沓的,足有十几沓。谢航惊呼一声:"哇!你刚抢银行去啦?!"

萧闯拿起一沓蓝灰色的钞票,摩挲着上面的四位领袖头像,然后开始一沓沓大声地数,一共撂起十三沓。他得意扬扬地说:"喏,当初从你这儿拿走三万,现在还给你十三万!怎么样,我这信誉可以吧?"

谢航有些不敢相信:"就是那批新股挣的钱?"

"对啊,上市卖了一部分,还剩一些没卖。所以只能先把最初你给我的那三万连本带利还给你,后来从你爸妈那儿拿的钱得过一阵再还。"萧闯把十三沓百元大钞捧起来放进谢航怀里,说,"本来想转到存折里给你,可存折轻飘飘的体会不到这样的分量,那六位数字也不如这样看着直观。"

谢航很捧场地说:"嗯,还是这样过瘾,等过足瘾再去储蓄所存起来。"她想了想把钱重又摊回床上,留出三沓,把余下的都塞回包里,说,"这三万我先拿去给我爸妈,要不然他们每次见到我都旁敲侧击地打听,烦死了。不用给他们利息,他们拿回本钱就放心了。我的钱你先不用给我,拿去接着投资吧。钱在你手里肯定比在我手里更能产生价值,我只会存到银行里放着。至于炒股赚来的钱更不用给我,那都是你的辛苦所得。"

萧闯又把包里的钱一下子倒在床上,说:"这都是你的资本所得。当初你的钱不是借给我而是投给我的,现在翻了四倍当然也都是你的。"

"什么借的投的,什么你的我的?"谢航笑道,"咱们之间既不是借贷关系也不是劳资关系,谁需要谁就拿去用,你跟我不用算利息也不用算分红。"

萧闯琢磨一下便又把三沓钱推给谢航,说:"那先把你这三万也拿回去,不想看你买东西缩手缩脚的,而且最近沪深股市其实不怎么好,我也不想都投进去。"

"好吧。"谢航痛快地答应,双手各拿三沓钱放到桌上,然后把七沓塞回萧闯的包里,又拿过扫床笤帚把刚才放钱的地方一通清扫,笑着说:"既不能让钱玷污咱俩的关系,更不能让钱玷污我的床单。"

"洁癖!"萧闯不以为然地一撇嘴,随即又忍不住神秘兮兮地问道,"你就不想知道我现在有多少钱了?"

"不想,我对钱没概念。"谢航说完便后悔了,因为如今明摆着钱是唯一能证明萧闯成功的东西,果然萧闯一听这话就像霜打的茄子蔫儿了,谢航忙说,"我也不知道你总共投进去多少钱,只知道翻了四倍多。那我随便估计一下吧,假设你总共投了十万,现在应该变成四十万?"

萧闯的脸上立刻荡漾起自豪的笑容,他故作矜持地说:"刨去这中间发生的各种费用,再刨去你家和我家的本金,如果纸上富贵也算富贵的话,此刻站在你面前的我就是半个百万富翁!"

裴庆华正在位子上忙碌,林益民走过来问他有没有最新的各级代理商库存情况的统计,裴庆华说有,等调出来打印一份给林益民送过去。林益民拿到库存数据认真地看一遍,笑道:"庆华,这库存量普遍都够低的,是不是因为年底你逼着渠道拼命把货清光?"

"年底肯定要抓紧卖货回款,但库存之所以这么低是因为我和谭总商量决定故意饿着他们,暂停向他们压货,把他们的胃口吊起来,这样新年一过康朴的最新 486 DX-50 机型一出,已经饿得嗷嗷叫的渠道就会像挤干的海绵一样,有多少货吸走多少。"

林益民把表格放下,小声问:"哎,你觉得在最新款 486 上市之前,咱们能不能利用这个空档快速走一批货?"

裴庆华有些不解:"您的意思是……?"

"现在有人要出一批 386,不多,大概六七百台,价格非常低,低得难以置信。我考虑把这批货接下来,发给各级代理让他们卖,咱们每台只赚两千,快进快出,这就是一百多万的纯利。你觉得怎么样?"

"哪家的品牌?国外的还是国内的?"

"嘻,都不是,杂牌儿。"

裴庆华沉吟道:"要不还是和谭总商量一下?"

林益民有些不以为然:"这只是日常生意,规模也不算太大,更不涉及公司战略,不用找谭总吧,咱俩就能定。"

"要牵动将近两千万的资金,规模不算小了。"

"要不了那么多,一千万出头。"

"资金是一方面,另外公司现在的策略是死等 486 新机型,力争一炮打响,这时候再进一批386的杂牌机,恐怕不太妥当。"

林益民见裴庆华不肯松口,尽管是百般的不情愿,也只好和他一起来找谭启章。谭启章听后斩钉截铁地说:"不行!绝对不行!"

"老谭,你现在可是有点儿越来越武断了。"林益民有些不满,"抓住时机赚一笔快钱,不算冒天下之大不韪吧?"

"老林,你听我给你详细解释。首先,康朴的486 DX-50马上要上市,我和庆华之所以近期有意收紧向渠道发货,就是要让他们有饥饿感,让他们像咱们一样盼着新机型到货,这时候你喂给他们一批杂牌机,我们的策略不就落空了?其次,咱们的资金有限,与其压在这批杂牌机上当然不如压在康朴的新机型上;最后,我们和代理商精心储备的大批客户也都在等着新机型,如果让他们关键时刻买走杂牌机,我们辛苦蓄客为的是什么?短期内上哪儿再去找一批新客户?"

"老谭,同样是卖机器,卖什么机器不是卖?同样是赚钱,这个月能赚到手不是比下个月更好?不能太教条。如果咱们华研自己品牌的微机下个月能出来,我也愿意等一等,但康朴不是咱们自己的牌子,说白了和杂牌一样,咱们犯得着有钱不赚专等替他们捧场吗?"

谭启章笑了:"老林,这时候你怎么不强调要和康朴搞好关系了?为一百多万的利润就不在乎康朴新机型出来的市场占有率?咱们把康朴新机型成功推向市场,证明咱们推什么成什么,更有助于下一步把华研电脑推出去,而这批杂牌机除了带来一笔快钱还能带来什么?"

"快钱不是钱啊?依我看是更应该赚的钱,不赚白不赚。"

"你就看不到风险?"谭启章严肃起来,"新旧换代的时候市场最敏感,有很多未知数。你就不想想那批386杂牌机为什么那么便宜?有可能是烫手的山芋!486 DX-50的性能好很多,老款386有可能一下子变得无人问津,你现在的如意算盘是每台赚两千,到时候可能赔五千都卖不出去,砸手里谁负责?"

"这个风险是可以控制的,所以才要快进快出,抢在486出来之前把货卖掉,这就需要老谭你我的决断力和庆华的执行力,我对庆华有这个信心。"林益民说完就望着裴庆华。

裴庆华此时自然不便表态,林益民说得很清楚,他裴庆华的角色是执行,既如此当然不适宜参与决断,何况又是两位老板针锋相对、寸步不让的当口。

谭启章沉下脸说:"我刚才已经做出了决断,这笔生意坚决不能接,不必再讨论!"说完他有意看了裴庆华一眼。

走出谭启章的房间,林益民不禁长叹一声,对裴庆华摇摇头说:"越来越独断专行。"裴庆华没说什么。

1992年即将过去,难得三个人又能凑在一起吃晚饭。萧闯见自己做的几盘菜都被吃得精光,颇为自负地说:"明天晚上怎么过?虽然你们这么喜欢我做的菜,总不至于让我元旦前夜还伺候你们吧?"

谢航提议道:"咱们去西苑饭店的旋转餐厅?就是不知道现在还能不能预订到位子。"

萧闯叼着牙签摇头:"不够高。"

"那家餐厅不错,还有海鲜呢,你还想要多高档的?"

"不是档次不够高,是高度不够高,太矮。"

"那你想去哪儿?昆仑饭店那个,比西苑高不了多少吧。"

"那个也不够高,要去就去京广中心。"萧闯踌躇满志地说,"明天我请客,如今是我有史以来最有钱的时期。"

"京广那个高是高,可不能旋转啊。"谢航露出一丝坏笑,"你就没法转着圈儿地显摆了。"

萧闯伸手摸到谢航的大腿上掐一下,谢航的一声叫唤像是惊醒了一直没吭声的裴庆华,他说:"明天你们俩吃吧,我就不掺和了。"

萧闯眼睛一斜:"啥意思,不想当灯泡了?你都当三年电灯泡了,我们嫌弃过你吗?就算我们嫌你,也不能遗弃你呀。"

"就是啊老裴,新年夜肯定应该在一起热闹嘛,你一个人多可怜啊。"

"再者说，虽然又升官又拿奖金，如今更是咱们裴总有史以来最有钱的时期，但是我逼你掏钱了吗？你用不着躲吧？"萧闯继续揶揄道。

裴庆华不搭理萧闯，接着谢航的话说："我不是一个人。"他随即又补充道，"我们华研明天晚上聚餐。"

谢航不由得诧异："哪儿有新年夜开年会的？员工也要各回各家吧。"

"呃——不是全公司，是我下面的几个骨干，小范围的，辛苦一年了犒劳他们一下。"

"哎哟对不起，是我疏忽了，忘记如今的裴总已是前呼后拥一大帮手下了，您是该好好笼络一番。"谢航又是一脸坏笑，"估计你们会去西苑那个旋转餐厅吧，离你们公司近，还可以转着圈儿显摆。"

裴庆华红着脸说："那个太贵。我也不知道具体在哪儿，助理定的。"

萧闯愈发鄙视道："说你胖你就喘，显摆你有助理呀。"

谢航帮腔说："这怎么是显摆呢，总裁助理自己也得有助理嘛，纯属工作需要，对吧老裴？"

裴庆华被他俩夫唱妇随挤对得既无招架之功，更无还嘴之力，只能尴尬地一口喝下大半杯水。

1992 年的最后一顿晚饭，坐在裴庆华对面的不是他下面的几个骨干，而是只有一个人——舒志红。对于这顿颇具意义的晚餐定在哪儿，舒志红只有一个要求就是温馨，希望以后回想起来仍能感觉到融融的暖意，所以他们此刻便坐在了王府井的东来顺饭庄。两人中间摆了一具铜质火锅，每次舒志红想跟裴庆华说话都要把头歪到一侧，躲开高高竖起的烟筒才能看全裴庆华的脸。舒志红瞟一眼四周热气蒸腾的张张桌子，落入眼底的还有恣意吃喝的张张红脸，不禁有些意兴阑珊地抱怨说："这种地方也有点儿太没情调了吧……"

裴庆华忙着拌调料，解释道："你一再强调要温馨暖和，我想要的是自在舒服。你看,这里完美地兼顾了咱们双方的喜好。"

舒志红无奈地叹口气:"看来以后我一定要把指令非常清晰明确地下达,杜绝形容词,绝不再奢望你能意会。喂,"她歪着脑袋说,"你能把脑袋歪到左边吗? 咱俩都把头向右歪,还是谁也看不见谁呀!"

"明白,男左女右。"裴庆华答应得干脆利索。

舒志红一下子笑出声:"哈哈,我又想起飞机上的厕所来了,也是男左女右。"

裴庆华隔着火锅上的烟筒和水汽狠狠瞪舒志红一眼,正要涮肉却听到呼机响起,看一眼便要去回电话。舒志红说:"估计是给你恭贺新年的吧? 这时候谁会有急事?"

裴庆华起身说:"是小戚,我部门的副总,应该是有什么事。"

走到收银处借电话拨回去,小戚很焦急地说:"老大,有情况! 今天我接到三家代理的电话,都说是林总询问他们是否愿意代销一批杂牌机,价格便宜得惊人!"裴庆华忙问具体是哪三家代理,小戚报完明细又说,"这三家前一阵很卖力气,所有货都卖光了,正发愁没东西可卖,所以对林总的货都有些动心。"

联想到自己前几天提供给林益民的各代理商库存数据,裴庆华忧虑道:"林总找的肯定不止这三家,他手里可能有六七百台老款的386杂牌机,至少要铺十家以上的代理才有可能迅速卖掉。"

"可能他是先问的这三家,当然也可能是因为这三家跟我关系比较近,其他几家没准儿已经打定主意瞒着咱们把这单生意做掉再说。"小戚分析完又问,"你看要不要问问林总? 他发这批货可就把咱们原先的节奏全打乱了,没拿到货的代理该埋怨咱们不一视同仁……"

裴庆华担心的后果远比小戚所虑更严重得多,他反问道:"问他有用吗? 不然他又何必瞒着咱们。"随即又吩咐,"你给另外几家已经没货可卖的、以往走货又快又多的代理打电话,试探一下林总有没有找过他们。你注意一下分寸,既要查清楚究竟哪几家可能会接这批货,又要防止搞得沸沸扬扬。"

"放心吧老大,有消息我随时呼你。你这边有什么打算?"

"我先考虑一下,稍后再和你沟通。"

靠在收银处的柜台旁,裴庆华闷头思索下一步该怎么办,他已经忘了铜锅涮肉,也忘了坐在桌边等他的舒志红。令他震惊的是林益民竟然擅自行动仍要做那批廉价杂牌机,这就将他置于两难境地,一边是谭启章,一边是林益民。虽然谭启章是一把手并且那个决定是二人商议后做出的最终裁断,林益民完全不在理,但就往日情分而言,裴庆华和林益民更亲近些,况且在对他破格提拔一事上林益民也要比谭启章更为积极。裴庆华真想给林益民打个电话问问他究竟是怎么想的、怎会如此胆大妄为,林益民的手机号码一直存在裴庆华的脑子里,因为那是华研公司上上下下唯一归个人拥有的手机。但就在将要拨出最后一位数字的时候裴庆华的手停住了,他慢慢把电话挂上。林益民既然瞒着他做这一切,就已经表明在林益民心目中裴庆华和谭启章早已是一伙,而在裴庆华看来这无关谁是总裁谁是常务副总裁,而是只关乎对错、只关乎生意,至于日后林益民与谭启章如何相处以及他如何面对林益民,都不是此刻的他所能顾及的了。想到这里,裴庆华便觉得没什么可再犹豫的,他掏出电话本查到谭启章家里的电话,拨了过去。

谭启章的情绪听上去不错,他接起电话就说:"是庆华啊,不是应该明天才说'新年好'的吗?"

裴庆华没心思寒暄,近乎无礼地径直报告林益民暗地所做的事,然后说:"谭总,您得赶紧拿主意,我都担心会不会已经迟了。"

过了片刻谭启章才说:"你争取尽快赶到公司,咱们在那里碰头,其余的见面再谈。"

放下电话,裴庆华猛一转身差点儿撞到一个人,原来是舒志红。他惊愕地问:"你怎么在这儿?"

舒志红有气无力地苦笑:"你都忘了还有我这么个人吧?"

裴庆华急忙解释:"我是说你怎么没在座位上,跑到这儿干吗?"

"你半天都不回来,我以为你是不是出什么事了,再说一个人吃有什么意思。"

"恐怕真是你一个人吃了,我得马上回公司。"裴庆华抱歉地说。

"真出事了?要不要紧?"

裴庆华沉吟道:"嗯——我们公司内部的事情,先不和你多说了吧。"

"怕我给你写出来发在报纸上?还挺内外有别的,我是关心你才问的。"

"你回去继续吃吧,我把单结了就先走一步,咱们明年再见。"

"哎呀,我哪儿还有心思吃啊,也不用你结账,赶紧走你的吧。"

裴庆华忙连声说多谢理解,正要走时却被舒志红拽住,舒志红张开双臂:"年夜饭被你彻底毁了,你得抱我一下,然后对我说'Happy New Year'。"

裴庆华尴尬地看看四周,踌躇道:"现在?在这儿?有点儿太没情调了吧……"

"你现在才知道?晚了!"舒志红气鼓鼓地说完,一跳脚双手勾住裴庆华的脖子,"快说,要不然别走!"

裴庆华只好近乎机械地把手绕到舒志红背后抱住,喃喃地说:"新年快乐!"

裴庆华打车赶到科贸中心的时候,谭启章已经到了,在场的还有主管财务的副总裁老蔡。三个人一脸严肃地坐在谭启章的办公室里,谭启章说:"最重要的是钱!老蔡,马上想尽一切办法,务必保证咱们集团和各地分公司的资金安全,没有咱俩的联名批准,一笔款子也不许汇出去,一张支票也不能开出去!"

老蔡点头。裴庆华提醒说:"林总分管贷款和融资,会不会私下把华研的什么东西拿出去做抵押,在账外搞到这一千多万?"

"有道理,林总一直负责为华研搞钱,他和银行关系熟,以往与其他公司之间拆借、担保也都没少搞,他应该有办法。"老蔡附和道。

谭启章忧心忡忡地问："庆华，他究竟私下联系了哪些代理商？"

"小戚已经查到一些，里面没有咱们华研在各地的分公司和合资公司，林总好像有意避开集团的下属和关联公司，只找纯粹限于商务合作的代理商。"

老蔡分析说："那些公司相对华研来说是完全独立的，咱们没办法切实约束人家的行为，顶多取消他们的代理资格。"

"没办法也要想出办法，必须约束住！咱们三个今天晚上甭睡觉了，每人负责一批代理商，挨个打电话找到当家人，把当前严峻的斗争形势明确告诉他们，要让他们清楚林益民的所作所为是非法的，如果他们一意孤行和林益民走下去，一切后果由他们负责！"谭启章停顿片刻又说，"你们别以为我是危言耸听，这确实是一场斗争，一场攸关华研生死存亡的斗争！如果林益民动用华研的资金和名义把这批机器接下来，日后很可能砸在手里，一旦损失就是几百万！即便这批机器好歹卖出去了，咱们下一步力推康朴新机型的战略也会大受影响甚至彻底泡汤。今天是华研成立至今前所未遇的关键时刻，我们必须咬紧牙关挺过去！"

"我马上把小戚几个人也叫来吧，光咱们三个不够，另外我这就把代理商清单打出来给你们。"裴庆华说完就要起身行动。

"等一下庆华，还有两件事需要你马上去办。"谭启章面色凝重地吩咐，"第一，报警。林益民涉嫌挪用公司公款从事私下交易，请警方协助我们防止事态进一步恶化，把损失减到最小。第二，登报。宣布即日起林益民不再履行华研集团常务副总裁的职责，其后续行为与公司无关。哦，还有第三，马上找人把公司的锁换掉，从现在开始不能让林益民再进公司。"

裴庆华登时僵住，他和老蔡面面相觑，一时间都感觉难以置信。裴庆华脱口而出："谭总，我以为咱们现在最关键的是要避免损失，可这三件事一做，林总以后还怎么在华研开展工作？"

"幼稚！如果还有一丝可能让他继续在华研干下去，此刻他就应该在这里和咱们一起战斗,你觉得可能吗?他是在和咱们斗!"谭启章随即一脸杀气地说,"从今天开始,华研集团再也没有林总!"

1993年元旦过后头一天上班,裴庆华头一个赶到公司打开大门,谭启章交给他的那三项任务中他只完成了换锁这一项。那天夜里他首先去派出所报警,但警方表示证据不足,不肯派人协助行动,只建议他去找市局刚组建的经侦部门。裴庆华当即联系谭启章,谭启章说不必了,只叮嘱他拿到一份正式报案记录就行。裴庆华接着往舒志红家里打电话,简略介绍事态过后便咨询如何登报声明,舒志红震惊之际仍不忘从公关角度提出质疑,如此把华研内部变故暴露于公众视野,对平息事态乃至华研形象真的好吗?裴庆华觉得有道理,马上再次联系谭启章,谭启章在电话里沉吟半晌才说那就先放一放,你赶紧回公司吧。

之后的两天元旦假期一切风平浪静,那十几家林益民接洽过的代理商都已经向谭启章本人赌咒发誓绝对不会接手那批杂牌机。去路被堵死的林益民却毫无动静,裴庆华猜想他要么在忙于另寻出货渠道,要么在力争把货退掉。假期里先后有几拨华研员工呼裴庆华,多是前来公司加班却被新换的锁挡在门外,裴庆华了解到他们的事由并非十万火急便把他们劝回;个别是来取必需的东西,裴庆华只得赶去开门,盯着他们拿东西走人再把大门锁好。表面的平安无事却让裴庆华内心更加忐忑,总觉得一场风暴即将来临。

裴庆华开门不久,小戚等几个企划部和渠道部的人也到了,小戚立刻把裴庆华拉到一边说:"林总已经知道公司换锁了!"

这倒不出乎裴庆华预料,华研公司成立至今林益民有一半的功绩,怎么可能落得连个通风报信的人都没有。他问小戚:"林总猜到这是冲着他的?"小戚无声地点下头。裴庆华转眼看看自己的几位下属,又对小戚说:"咱们人手不够,而且不应该在华研员工之间发生冲突,你马上去找科贸中心保安队的头儿,让他们速到这里听我指挥。你告诉他们,每位三百块钱辛苦费,来得越多越好。"

陆续有些员工来上班,他们都明显感觉到气氛的异样,裴庆华不想解释也不知该如何向他们解释,只暗自祈祷林益民千万不要这时到来。还好,保安先于林益民出现在楼梯口,小戚一共带来十余位保安,内心稍定的裴庆华低声对小戚说:"谭总明确交代的,林总不能再进公司,具体由你来负责吧。"

小戚跃跃欲试道:"没问题,你别在第一线待着了,不合适出面。"待裴庆华的身影消失在门内挡板后面,小戚便吩咐众保安:"你们站在门口守着,看我的信号,不该进的绝对不能让他进。"

没多久,一阵嘈杂声传来,一群华研的员工走出楼梯口,被他们簇拥在中间的正是林益民。小戚刚才的叮嘱立刻证明多余,因为根本不需要他给信号众保安便已经如临大敌,显然绝对不该进的就是这群人。他们彼此紧挽手臂在门口形成一堵人墙,脚步扎稳,严阵以待第一波冲击。

围绕在林益民周围的毫不意外都是他的直接部属,他走到保安人墙前面定住脚,质问道:"谁叫你们来的?!你们在这里干什么?!马上给我让开!我是华研集团的常务副总裁,要进公司上班!"身边的人都随声附和,一时喧嚣声响成一片。

保安们表情有些紧张,小戚躲在保安身后回应:"谭总说了,林总不适合再进公司,与其他人无关,请你们不要在这里无理取闹,马上开始正常工作。"

林益民的部属齐喊:"林总不进去,我们也不进去!要进一起进!"

林益民趁势说:"小戚,裴庆华呢?让他出来见我!你们这是政变!"

"林总,庆华不在,您就别为难我了,谭总的话我哪儿敢不听啊?您还是去找谭总吧。"

"谭总在里面吧?我就是来找他的,你叫他们让开!"

"谭总不在,您还是先回去吧,等谭总来了我打您手机。"

"少来这套,我就在他办公室里等!马上让我进去!"

旁边的人此起彼伏叫嚷："凭什么不让林总进去?! 你算哪根葱?! 华研是我们大家的!"一边嚷一边步步紧逼,几乎与保安的鼻尖顶到一起。

小戚心虚自己可能顶不住,忙招手招集企划部与渠道部的人都上前助阵,一时人墙两边剑拔弩张,已经有人开始互相推搡叫骂,裴庆华最不愿看到的场面即将爆发——华研集团总部的员工赫然分成水火不容的两派阵营。躲在挡板后面的裴庆华陷入两难,出去还是不出去?他一方面实在不愿意在这种情形之下面对林益民,另一方面也担忧局面失控。他内心里宁愿违背谭启章的布置而退让一步,先放林益民进公司,也不愿两拨人撕破脸大打出手。

就在裴庆华纠结半天,正要下决心现身之时,事态发生了变化。也许林益民是被周遭的声浪搞得焦躁不堪、心智已乱,也许林益民同裴庆华一样也不愿看到同室操戈的一幕上演,他忽然声嘶力竭地大喊:"老谭!谭启章!姓谭的!你给我出来!你躲在里面算什么英雄?!这公司有一半是我的,你凭什么不让我进公司?!有种你就出来见我,咱们一对一,把账算清楚!"

出乎所有人的预料,现场竟然很快安静下来。而首先偃旗息鼓的竟是林益民的人马。林益民刚刚使出个无法挽回的败招,他不该把矛头直指谭启章。追随他前来兴师问罪的这些人已准备好与小戚或者裴庆华对峙,他们义愤填膺要捍卫的既是林总也是华研集团,因为他们无法接受没有林总的华研。但他们从未想到要与谭启章当面对垒,因为在众人心目中谭启章就等于华研,身为华研的人岂能与代表华研的谭启章为敌?假若谭启章真的应声出现在门口,他们将如何自处?

一阵漫长而无声的僵持终于被默默地打破,林益民一方有的人悄无声息地转身退走,可能是溜到洗手间也可能干脆下楼去了,也有的人埋头挪到人墙边缘,猫腰侧身钻过去,不发一语走进公司。并没用多长时间,人墙外面竟只剩下形影相吊的林益民孤零零站着。

林益民环顾左右空无一人,又看看面前的保安人墙以及人墙后面的众人，他的表情显得有些悲壮，声音变得苍凉，喊道："姓谭的，华研不是你一个人的华研，你这是在搞政变，排斥异己！"

裴庆华决定不再回避，他不想看到林益民一直这副样子，也不想让员工继续耳闻目睹在华研史上这难堪的一幕。他一边摆手示意员工回到各自岗位，一边走到门口，拨开小戚等人立在保安身后，隔着一位保安的肩膀与林益民四目相对。

就在一瞬间，裴庆华仿佛又站在黄庄邮电局营业厅外面的台阶上，与林益民不期而遇，两人显然都不希望在此时此地以这种形式面对彼此。他又想起林益民把寻呼机交托给他的时候，想起林益民谆谆教导他飞机上的厕所男左女右，想起林益民豪爽地让他把华北和华南两个大区也拿去，想起林益民在集团成立大会上打趣他为生意连姓都不要了……而林益民此刻的心情和裴庆华一样千头万绪，难以言说。两个人就这样默默地对视，直到有个人出现在林益民身边。

来人是老蔡，林益民扭脸看他一眼，梗着脖子质问："华研是我一手创立的，凭什么不让我进去？！老谭呢？！"

老蔡心平气和地说："谭总在科贸要了间会议室，他一直在等你，我现在就领你去。"

上到科贸中心三楼，林益民被领到一个房间门口，里面坐着谭启章和一位中年人。老蔡把林益民让到对面坐下，自己绕过桌子坐到谭启章旁边。

谭启章面无表情地说："老林，我先介绍一下，这位是黄律师，华研集团的法律顾问。"

林益民冷笑一声："老谭，我怎么从来没听说咱们华研请过法律顾问？"

事实确如林益民所说，这位黄律师并非律师，他是政法大学的一位副教授，和谭启章算是朋友，也是为数不多的谭启章认识而林益民不认识的人。事发仓促，谭启章在报警后被警方提醒应该有律师介入，正值元旦假期不知道去哪儿联系律师，只好找到黄副教授。黄副教授一再推托但谭启章再三恳求,并强调一句话不用说,只要全程端坐做出庄严不可侵犯状即可,人家这才肯来。

谭启章不想和林益民纠缠,直截了当地说:"老林,你违反公司高层战略决策,涉嫌私自挪用公司公款,从事未经公司批准的商业行为,私下联络公司所辖渠道代理商,倒卖来路不清的货品为你个人牟利,你的这些行为已经严重损害了华研集团的切实利益和企业形象。经公司领导层研究决定,并上报研究院和试验区,从1992年12月31日起解除你与华研集团的聘用合同,将你开除出华研集团。你的个人物品稍后会由行政部整理后交给你,从现在开始,你与华研集团就不再有任何关系!"

林益民腾地站起身,指着谭启章喊道:"一派胡言!你根本没做任何调查,你根本不知道事情的真相是什么!你也不在乎真相!"

老蔡忍不住接一句:"那你说说,真相是什么?"

谭启章立刻扭头瞪老蔡一眼,老蔡顿时明白自己冒失了。

林益民说:"涉嫌私自挪用公司公款,什么叫涉嫌?证据呢?我到底挪用没有?我告诉你,没有!进这批货的钱是我找到我的堂兄林益富,由他替我筹集到的一千多万,华研的资金我一分钱都没动,也不会动!"

老蔡又忍不住偷瞄谭启章,却见谭启章无动于衷。

林益民接着说:"没错,我确实是违反了你的决策,我确实是未经你批准就干了,我确实是私下联络了代理商。我这么做的目的只有一个,就是要用事实证明你的决策是错的,这笔生意该做也能做!我要让你亲眼看见,这批货可以很快走干净,不存在你所说的跌价甚至卖不出去的风险。图便宜买这些386杂牌机的客户,原本也不会买价格贵得多的康朴486新款机型,这根本就是两批不同的人,所以你的担心全都是多余的!"

"你撒谎!全都是狡辩!"谭启章终于忍无可忍道,"你的目的是为你自己牟利,却把公司置于危险之中!"

"为我自己牟利，证据呢？我已经跟林益富商量好，这笔生意做完我就把他筹来的钱如数还给他，顶多按时间向他支付一点儿利息。利润我会全数交给公司，本人分文不取。还是那句话，我的目的就是要向大家证明，在做生意这件事上，我比你行！"

"我也反问你一句，证据呢？都是你的一面之词，顶多加上你的那位亲戚，会有人相信吗？这些都是你在事情败露之后捏造出来的！商人都是逐利的，就为了那么点儿利息，你的亲戚凭什么承担巨大风险为你提供上千万流动资金？你说会把利润上交，你连华研的子公司和合资公司都避开，只和纯粹的代理商交易，所有资金都在公司账外周转，谁会相信你到时会把钱交给公司？"谭启章竭力平复一下情绪，又说，"退一万步讲，不论你的真实动机是什么，你刚才已经承认整个过程就是一连串的严重违规甚至违法，你的这些行为已经对公司构成不可估量的伤害，将你开除绝不冤枉！"

听到此处，老蔡干脆把头低下，既不看林益民也不再看谭启章。片刻之前他还曾幻想也许这里面有误会，也许林益民真能证明自己并非贪图这一百余万，但他现在已经彻底醒悟，其实本无所谓真相，即便林益民真的是只求证明自己比谭启章高明，恰恰单凭这一点他更是绝无存活的希望。

林益民也转而平静地坐下，有些凄然地说："老谭，你忘了吗，咱们在一间办公室里坐了多少年？从最早开始筹划那个微机服务中心到后来的华研，一起经历过多少风风雨雨你不记得了？'华研'这个名字还是我想出来的呢。没错，咱们在一些事情上有分歧，但我觉得那恰恰证明你我是互补而不是重叠，总能有些不同意见对华研未尝不是件好事，你就真要把我撵出华研不可？老谭，此刻虽然也是隔着桌子面对面坐着，但跟在所里那会儿已经完全不可同日而语，咱们的心隔得太远了……"

谭启章面无表情地说："老林，有一点你尽可以放心，日后在华研的史册上肯定会留有你的名字。你对华研的感情和贡献有目共睹，你和我一样清楚华研走到今天有多么不容易。正因为如此,你应该理解我现在为什么这样做,我对任何有可能危害华研生存与发展的人和事都绝不会坐视不管!"

裴庆华是在楼梯上再次遇到林益民的,当时他正往二楼走,在拐弯处与正从二楼下来的林益民打个照面。裴庆华刚叫声"林总"就被林益民打断:"别叫我林总,我不是你老总。"

裴庆华愈发尴尬,见林益民两手空空,禁不住问:"需要我帮忙把您的东西送到您家吗?"

林益民背起双手,仰头叹息一声:"在华研,从来没有属于我自己的东西。"说完就径自往楼下走。

"林老师,"裴庆华既难过又愧疚地追下几级台阶问道,"您会记恨我吗?"

"那要看你在哪家公司。"林益民停住脚扭脸看着裴庆华,眼睛里透出一股寒意,"从今往后,华研的每一个人都是我林益民的敌人!"

回到公司,裴庆华立刻来找谭启章,他关上门就说:"谭总,对林老师的处理是不是太重了? 当初您号召大家都从所里离职下海,如今他想再回所里已经不可能,是不是给他留一点儿余地?"

谭启章抬眼看看裴庆华,淡淡地说:"你以为老林还会愿意再回所里? 曾经沧海难为水,他受不了那份枯燥和清贫的,你不用替他操心。"

"我觉得这次给他一个严厉的教训就行了,能不能让他去管一块不太重要的业务? 毕竟华研是你们两位一起创建的,我总觉得如果能让他留在公司会利大于弊。"

"庆华,这不是你应该考虑的问题!"谭启章甩出这句重话以后似乎又想缓和一下气氛,便叹口气说,"你要理解我,华研就像是我的儿子,为了保护他的安全、为了能让他健康成长,我什么事都干得出来。"

裴庆华就要脱口而出"林老师也是把华研当成自己的儿子啊",但他张了张嘴总算克制住了。裴庆华现在终于明白,恰恰因为一个儿子不能有两位父亲,林益民是迟早得走的,他今天的下场早已注定。

林益民正在厨房里忙活,赶回家给两个女儿做午饭的妻子推门进来,惊愕道:"咦,你怎么在家?"

林益民举起锅铲苦笑一下:"我以后要在家待一段时间了。"

妻子愣怔着听林益民把情况大致说完,嘴巴越张越大,眼睛越瞪越大,最后面孔扭曲着嚷出一句:"凭什么呀?华研不是你自己的公司吗,哪儿有被自己的公司扫地出门的?!"

林益民只得又一次苦笑:"我也一直以为华研至少有一半是我的,现在才闹清楚,原来都是他谭启章的。"

妻子愤愤不平地接过饭菜,拿到屋里往餐桌上一蹾。跟过来的林益民宽慰说:"你不用担心,饿不着你和孩子。益富跟我提过好几次了,他在温州搞低压电器没多大前景,一直想来北京发展。他挺看好计算机这块的,想和我一起干,他出钱我出力。甩开谭启章那个死脑筋,我能干得更好!"

妻子又去拿几个空盘倒扣在饭菜上,以防女儿们到家时凉了,然后说:"这只是一个方面……"见林益民不解,便提高嗓门接道,"另一方面就是告状,不能让姓谭的舒服。人家秋菊都知道非得讨个说法不可,从乡里告到县里又到市里,难道你连一个农村妇女还不如?到所里告,到院里告,到区里告,他不让你过好日子,你也不能让他日子好过!"

恰在此时传来敲门声,林益民一边嘀咕"怎么今天这么快"一边过去开门,门一开却发现站在门口的不是双胞胎女儿而是裴庆华,他脸一沉问道:"你来干什么?"

"林老师,能让我进去和您聊几句吗?"裴庆华恳求道。

林益民没说话,微微叹口气,同时把门开得更大些,身子向旁边让了让,裴庆华赶忙走了进去。两人在餐桌旁坐下,林益民冲妻子一努嘴,妻子阴着脸走到另一间屋去了。

裴庆华局促地搓着手,嗫嚅道:"林老师,我对不起您。"

"谈不上什么对不起。"林益民淡淡地回一句。

"林老师,我真的完全没想到事情会走到今天这个地步……"

林益民打断道:"如果你当初想到了,你会怎么样?"裴庆华登时无语,林益民毫不掩饰内心的鄙夷,"你仍然还会那样做,对吧?所以没用的话就不要说了。"

裴庆华的头垂得更低:"我能看出谭总和您之间在一些问题上存在分歧,也估计到这事肯定会激化你们之间的矛盾,我以为总能找到办法解决,但怎么也不会想到您从华研离开……"

"既然是矛盾,总得有解决的办法,你不是谭启章所以你想不到。在他看来这才是解决矛盾的最好办法,一劳永逸、斩草除根,你只不过是帮了他一把。"

"林老师,当时您怎么不先和我通一下气呢?我肯定会劝您别接那批货,这事就根本不会发生。"

"庆华,你是真不明白吗?我那是不想让你为难!不想让你在我和谭启章之间站队!我为什么绕过你接触那些代理商,就是不想把你卷进来。我知道你肯定会从代理商那边听到风声,但我以为你足够聪明,不会立马跳出来搅局,你真应该一直装作被蒙在鼓里。如果我做成了,在华研的话语权会更大,你很清楚我一向对你如何,这个结果对你只有好处没有坏处;如果我做赔了,那我愿赌服输、认打认罚,哪怕被贬到给华研看大门我也心甘情愿。这里面没你什么事,谭启章也不会把你怎么样。可你是怎么做的呢?你坏了我的大事!是你把华研变成了谭启章一个人的天下!"

"可林老师您是了解我的,您想想,我听到消息以后怎么可能装聋作哑?您要是做赔了,输的不只是您个人,华研也会遭受很大损失,我怎么可能不做点儿什么呢?"

林益民长叹一声:"所以现在说什么都是多余,今后我不再是你的林老师,你也不再是我的小兄弟。咱们缘分已尽,今后最好别再碰到,否则肯定有人倒霉,不是你就是我!"

事已至此裴庆华只好说："林老师，先不管将来发生什么，我现在都发自内心地感激您，谢谢您一直以来对我的帮助和栽培。"

林益民摆摆手："说这些也是多余。"随即站起身送客。裴庆华既伤感又无奈地走到门口，想不出还能再说些什么。不料林益民刚拉开门却又关上，神情严峻地说："看在这几年的情分上，我最后送你一句话：找机会尽早离开华研吧。"裴庆华一怔，林益民接着说，"只要你还在华研，就得对谭启章时刻留个心眼，否则今天是我，明天就会轮到你！"

门在背后关上，裴庆华一边下楼一边琢磨林益民的话，他断定林益民与华研为敌绝不是一句空话，而是已经开始付诸切实的行动，在他与谭启章之间挑拨离间便是第一步。裴庆华的心里满是痛惜与悲凉，再也无暇多做他想。

二十二

/

游走在边缘

1993 年的春节格外早,一月下旬就要进入鸡年,萧闯赶在春节前
又飞到深圳,旁听一家证券公司召开的年度投资策略分析会。他在位
于华强北路的一家旅馆住下,刚要给谢航打电话,才想起人家此刻正在
马来西亚的兰卡威参加 IEM 亚太区业绩卓越员工的奖励大会。谢航
确实有心带萧闯一起去的,说公司邀请函上的字眼特意用的是"伴侣"
而不是"配偶",还说她不在意别人如何议论她携未婚男友出游。但萧
闯去打听后发现即便派出所不再阻拦他申办护照、即便他办个加急,时
间也已经来不及,最终谢航只得怏怏地独自去了机场。

萧闯想到这些也变得怏怏的,却听房间电话响起铃声,接起来是证
券公司的客户经理小冯。小冯已经把萧闯列为他的大客户之一,说难
得一次机会让他尽地主之谊,要请萧闯吃顿便饭。萧闯心绪不佳本想
推掉,但小冯说他已经到了,就在旅馆大堂,萧闯只得打起精神下楼。

小冯热情地提出几处地方让萧闯挑,萧闯一副慵懒的样子说随便
吃什么都行,越简单越方便越好,最后俩人就在旅馆旁边的小馆子共进

晚餐。小冯的中心意思是撺掇萧闯把更多资金搬到股票账户里,而萧闯对于大势自有一套判断,他说:"今年会有大的行情吗?我看够呛,搞不好会跌得挺惨。股票这玩意儿属于高风险,高风险的事情不能总干,否则早晚踩到地雷。我的路数是看准了干一票就走人,既不长期持有当股东,也不玩儿高频交易。"

"萧总,您没听人常说嘛,别人恐惧的时候要贪婪,别人贪婪的时候要恐惧,越是感觉风险大的时候越应该大举进场、提前布局啊。"

每次听他叫"萧总",萧闯就觉得别扭,心想自己算哪门子"总"。可小冯也是没办法,虽说自称小冯可他其实比萧闯还年长几岁,总不能叫"萧老弟",而"萧先生"又显得过于老气,萧闯也就懒得理论。他更懒得与小冯争论投资策略的问题,听完只是无声地笑笑。

见萧闯这顿便饭吃得实在是意兴阑珊,小冯便往窗外一努嘴:"萧总,您一个人这么早回房间也没事做,要不咱俩到对面坐坐?"

萧闯应声扭脸看去,马路对面是一家霓虹闪烁的夜总会,这种门脸他在北京和深圳都见过一些,可惜以前要么没钱要么没空,早有一种"虽不能至,心向往之"的念头,如今已然有钱有闲的他又正巧无聊寂寞,便决定不妨接受提议前去探个究竟。

走进大堂,立刻有咨客迎上前来躬身问候:"两位老板是去大厅还是包房?"

萧闯一愣,下意识收住脚步,小冯对咨客不耐烦地说:"这还用问?包房包房。"

咨客赶紧把他俩领往去二楼的圆弧形楼梯。上楼进到一间不大的包房,一位男侍应生忙着调试音响和麦克风,一位小妹进来摆放小食,咨客让他俩稍坐一下便下楼去了。过了一会儿妈咪进来,先打量一下二人,笑道:"帅哥老板们都好年轻啊,要不干脆我陪你们算了。"

萧闯一脸局促,小冯起身把手搭在妈咪肩头说:"看把你美的,是想让我们俩陪你吧?赶紧该干吗干吗去。"妈咪笑着扭身走了。

又过了一段难挨的时间,门被推开,妈咪进来往旁边一站,后面鱼贯而入四位小姐,一字排开站在萧闯和小冯面前,齐声问候过后便齐刷刷盯着萧闯。令人称奇的是,她们一眼就分辨出房内谁是主谁是客。果然小冯冲萧闯做个"有请"的手势说:"萧总,您先挑。"

萧闯头一次见到这种阵势,全然不知是该挑长相还是身材,而性格与人品更无从挑起,只得把目光从左边扫到右边再扫回来。忽然间他发现三位小姐都是规规矩矩地双手在前并拢搭在小腹上,只有一位双手背在身后,相形之下竟显得有种卓尔不群、傲然出众的气质,萧闯便抬手一指说:"就她吧。"房内的五个女人与一个男人都吃一惊,小冯没说什么,抬手点了一位长相乏善可陈,但身材凹凸有致的小姐。

那边小冯与小姐已相濡以沫,这边萧闯与小姐尚相敬如宾,语焉不详地彼此交换一番姓名籍贯之后便冷了场,小姐忙点了几首经典的男女对唱歌曲,无非是《萍聚》《无言的结局》《明明白白我的心》《我悄悄蒙上你的眼睛》,还有《铁血丹心》。见萧闯唱得始终不很投入,小姐就想找话题聊天,正好屏幕上放的是《铁血丹心》的MV,其实就是83版《射雕英雄传》的片花,她看了一会儿说:"这个电视剧我在老家的录像厅里看过,我喜欢黄蓉,也喜欢翁美玲。"

萧闯有一搭无一搭地说:"我也喜欢黄蓉。"

小姐嘿嘿一笑:"我发现你有点像郭靖,老实巴交、一本正经的。"

萧闯忽然仰脸笑道:"这你可说错了,我和郭靖一点儿都不像。我有一哥们儿,他才真是整个儿一郭靖,傻乎乎的。"

"那你像谁?"

"我就是我,干吗非得像谁?"虽这么说,萧闯又歪头琢磨,"如果非得说出一个,我觉得我有点儿像黄药师。"

小姐立刻嗔道:"喂!你这是故意占便宜吧?我巴不得自己是黄蓉,你就说你是她爸黄药师,哼!"

"你以为我愿意当黄药师呢……那么聪明的老婆,那么早就没了……孤苦伶仃大半辈子,只有短短几年快活……"萧闯说着竟忽然黯然神伤。

小姐不知所措,正在这时小冯已经按捺不住连搂带抱地把凹凸有致的小姐拖进包房里的卫生间。萧闯听到插门声不由得一脸错愕,小姐忙说:"别管他们,咱们跳舞。"

　　她一连点好几首慢歌作背景音乐,把萧闯拽起来跳舞。萧闯双手箍在小姐腰间,脸颊和脖子不时被她的发丝骚扰,耳根一下下承受着她口中吹拂的热气。而从卫生间里传出的声音竟压过小姐刚才特意调高音量的音乐,飘入耳中,萧闯此时不仅明白了小冯他俩去里面干什么,甚至还清楚地知道他俩是怎么干的,不由得感到有些躁动。

　　时候不长卫生间的门打开,小冯先出来,凑到已经坐回沙发上的萧闯耳边喘着粗气说:"这里的小姐挺放得开,萧总您带一个回去吧。我是没地方可带,总不能带回家,只好在这里将就。"

　　萧闯没接茬,心想你这家伙哪里是来陪我,完全是假借名目款待自己。这时凹凸有致的小姐草草收拾一番之后也出来了,小冯立刻与她又在角落里滚作一团。

　　而萧闯心里已然乱作一团,自己跟自己较劲,丝毫没听进身旁的小姐跟他聊什么,眼睛只顾漫无焦点地盯着屏幕,能感觉到的只有自己身体的燥热与内心的悸动。

　　不知过了多久,小冯竟再次拽着那个凹凸有致的小姐躲进卫生间。萧闯听着断续传来的声音竟不由自主地扭脸对着小姐的耳朵说:"你跟我回旅馆吧。"

　　"啊?"一直兀自吃零食的小姐惊呼一声,睁大双眼看着萧闯,"你要是想叫出台,干吗点我呀?"

　　萧闯也是一惊:"你不愿意?"

　　"不是啊,我大姨妈来了,不能出台呀。"

　　萧闯立时有些懊恼:"这我怎么知道。"

　　小姐一怔:"进来的时候我就表示了呀。双手背到身后就是来例假不方便的意思嘛,你没注意到?"

　　萧闯立刻感到自己脸上一阵热,他掩饰道:"我没注意,当时光盯着你的脸看了,觉得你特漂亮。"

小姐很开心地说:"谢谢你啊!要不我介绍一位小姐妹给你吧,比我更漂亮,而且她比我放得开。"

萧闯忸怩地说:"其实不方便也没关系,我只是想让你陪我待着。"

小姐立时有所警惕,她们当然害怕遇到坏人,但她们更害怕遇到怪人,她盯着萧闯审视一番才说:"还是不要吧。我那个小姐妹很不错的,我帮你去叫她?"

仿佛好不容易拦到一辆出租车却被拒载,即便司机强调后面那位趴活儿的手艺更好,萧闯也兴致全无,他不愿意像个物品似的被倒手。而刚才好不容易鼓起的色胆已然消散,萧闯便说要回去。小姐问:"要不要和你的朋友说一声?"萧闯刚一犹豫,小姐意味深长地笑道:"你得等一阵了,这次肯定比刚才那次要久。"

萧闯立刻生起一股厌恶,没好气地说:"不用,他玩儿他的,我走我的!"

小姐便陪他走到总台,正待结算小费忽然一楼门口处一片喧哗,小姐探头看一眼便急速说道:"你快走吧,公安临检!"

萧闯一听就往楼梯口跑,见几个人已顺着圆弧形楼梯往上冲,他又放慢脚步,若无其事地溜边往下走。便衣都争先恐后去堵包房里的不法男女,可能并未觉得这学生模样的小伙子有什么嫌疑,竟无人理他,擦过他身畔相继冲上楼去。

裴庆华与萧闯是同一天离开的北京,他去的是成都,为的是第二天面向西南大区搞一个代理商招商与签约仪式。裴庆华这次可谓不惜血本,地点选在锦江宾馆,而且不再搭谢航与 IEM 的便车。不过他仍然舍不得住到锦江宾馆里面,而是与同来的小戚等人窝在河对岸的一间小旅社。

因为春节转眼将至,裴庆华他们都担心很多公司没心思做生意。好在成都分公司一再保证会有数家公司前来捧场,而且小戚已经谈妥一家代理商,所以至少有一个约可签。鉴于当初在青岛与浪潮电脑发布会撞车的惨痛教训,裴庆华特意事先询问锦江宾馆当天有无其他公司举办大型活动,宾馆市场部说要过节了晚上有几家搞年会的,白天则只有一家做电机的公司要搞什么推广会,此外再无其他会议。裴庆华这才放心。

第二天清晨,众人早早赶到锦江宾馆,刚到事先租好的会议室门口就发现情况有异。走廊里摆满花篮,墙上布满彩带和条幅,签到台在不远处的大会议厅门口排成一溜,各种放大复印的报纸版面用铝合金架子支在沿途各处,上面连篇累牍的宣传介绍与条幅都在一遍遍重复同一个关键词——长城机电。小戚不禁啧啧赞叹:"乖乖,他们肯定昨天晚上忙活了一宿吧。"

裴庆华心里一沉,真是怕什么来什么,难道又将重蹈青岛之行的覆辙?运气不会这么差吧?他走到大会议厅向里张望,只见已经布置好的主席台上方悬挂的横幅写着——长城机电新一代节能技术合作推广会。

督促下属在己方的会议室内也把横幅挂起来,又将两台康朴样机布置就位,几个人逐个把资料袋放在每张椅子上,裴庆华忙里偷闲跑去拿了一份事先摆出来的长城机电宣传册,这一看才知道原来竟是老乡加邻居,长城机电不仅也是北京来的,而且其总部就在白颐路上的友谊宾馆。有了这一层亲近关系,他便想仔细了解一下长城机电的所谓新技术究竟有何神异及其合作推广有何妙招,可是越看他却越困惑。所谓新技术实际是一款新一代节能电机,号称可比现有电机技术节能超过百分之七十,他立刻怀疑这又是一出永动机、水变油之类的闹剧,在基础科学未取得突破性进展的情况下,单靠工艺或材料的改进根本无法创造出突破性产品的。他觉得即便没有他这样的专业背景,单单依据常识就不会有太多人买账。他刚刚嗤之以鼻,表情就不自觉僵硬,因为下面的合作推广模式着实惊人,这一成果不仅有国家科委的鉴定与推荐,各省市科委乃至当地政府都予以大力鼓吹,但最令人瞠目的是高达百分之二十四的每年回报率,如此高额回报怎能不令人趋之若鹜?

果然不出所料,九点不到就有大批人士潮水般涌来,长城机电的员工与他们在当地雇用的市场推广人员声嘶力竭地推波助澜:"成都人民有福啦!只此一天,过时不候啦!机不可失,时不再来啊!"忽然有人用大喇叭嚷道,"沈总已经抵达现场,沈总已经抵达现场,推广会马上开始!请抓紧最后一分钟入场!"

华研的招商与签约仪式定的是九点半,裴庆华懊悔不迭当初要是定到下午就好了,甚至哪怕能推到十点都好。来宾中有几位来得早的,不知是被裹挟的还是被吸引的已经跑到隔壁场子里。面对人心惶惶的一众下属,裴庆华低声问小戚:"现在通知来宾改到十点还赶得及吗?"小戚愁容满面地摇头:"肯定来不及,都在路上了。"裴庆华只得硬着头皮招呼大家各就各位严阵以待,确保不会再有来宾被拉去长城机电的会场,而他自己则亲自抄起华研集团的引路牌宛如中流砥柱一般戳在走廊中央,将路牌举过人群的头顶,力保箭头醒目地指向己方会议室门口。

九点半已过,面对稀稀落落的来宾,裴庆华走到话筒前强打精神宣布仪式开始,但来自门外的喧嚣声不绝于耳。裴庆华一边致辞一边都能清晰地听到另一位致辞者来自隔壁的话语,那是个东北口音,正极具煽动性地叫嚣什么"改变命运的时刻""本世纪最后一次创富机会""让一万个中国人成为百万富翁",东北口音还先后请到几位前期的投资者登台现身说法,狂热地宣称短短三个月内就取得翻倍的收益……裴庆华不禁怀疑,眼前这些听众此时究竟是在听谁说。

此番成都的招商造势之行效果可想而知,与隔壁一比更是天上地下。勉强撑过整个仪式流程并送走各位客人,裴庆华虽然近乎心力交瘁但仍不得不热情勉励成都分公司的同仁再接再厉。小戚凑上来与裴庆华一起看着员工收拾打包,咂着嘴说:"这沈太福太有感染力了!"

"谁?"裴庆华一愣。

"沈太福,哦,就是长城机电的老总。他那张嘴简直不是嘴,像喷子。不过人家可能也是有真本事,要不然怎么请得动国家科委的人?刚才四川省科委的人都上台讲话了。长城机电手里好多项发明专利呢,每一项拿出来都能赚几亿。"

"一般而言,一个人吹的本事比较大,真的本事往往没有。"裴庆华冷冷地说。

"也许这沈总真就不一般呢。"小戚神秘地一笑,"老大,我都有点儿动心了,打算一回北京就去他们公司看看,如果来得及我也投五千块的。"

裴庆华说:"他们这一套倒是有些值得借鉴的东西,第一是高举高打,有个旗号还是很管用的。他们的旗号是国家科委鉴定和站台,咱们今后也得想办法拉面大旗作虎皮;第二是高额回报,其实我搞定夏港港务局靠的就是这个,下一步推咱们自己品牌的时候一定要把这一点说透,如何给代理商和用户都能带来更高的回报。"

小戚心不在焉地点头,嘴上却说:"老大,要不我干脆投一万吧。"

裴庆华刚要警告他别被忽悠,手中的"大哥大"铃声骤起。前些天谭启章大手笔购置了两部移动电话,一部给他自己,一部则给了裴庆华。裴庆华不免把这事与林益民的骤然离去联系在一起,似乎这大哥大是谭启章对他正确站队的奖赏,令他实在高兴不起来,还总觉得这大哥大拿在手里分外沉重。老蔡把移动电话记入固定资产台账以后交到裴庆华手里,他忍不住说:"蔡总,林总不在的日子我真有点儿不习惯。您说,谭总这次下手是不是有点儿重啊?"

老蔡看他一眼,面无表情地说:"庆华,这话可不像你说的。平日看你挺稳重的,瞎议论这种事情干啥?你还不够忙啊?"

"唉……触动太大了,没办法不想。可是越想越想不通,越想越觉得可惜,替林总可惜,替咱们华研可惜,甚至……也替谭总可惜。"

老蔡压低声音说:"跟你讲句实话,刚开始我也想不通,但后来换个角度一想就明白了。不要光想林总如何可惜,你得想想谭总多么不容易。我问你,一个小孩长俩脑袋,这孩子还能活得长吗?更何况一个脑袋想往东、一个脑袋想往西,这不就生生把一个身子扯成两半了嘛。这事怎么解决?这事谁能解决?只能是谭总啊。你以为谭总这么做是为他自己?错了!谭总这是为华研,百分之百为了华研!"

裴庆华嗫嚅道:"这道理我理解,但下面和外面的人不理解,您肯定也听到了,有些话挺难听的。谭总是不是应该找机会解释一下?"

老蔡又看裴庆华一眼,满腹感慨地说:"那你还是不够了解谭总。他要是那样做,就不是谭总了……"

裴庆华接通大哥大,一看是舒志红,他立刻说:"有事说事,没事别贫,漫游费贵着呢。"

"喊!你有点儿良心行不行?老实听好,管保你待会儿就得对我千恩万谢的。"

"这就叫贫。快说吧,什么事?"

"我们报社和经济口不是很熟嘛,现在有这么件事,青城市想在他们那儿大力推广电子化和微机应用,市经委的人和我们社里提了这事,这个情报就被我截获。你尽快和他们联系,看是不是值得去一趟。"

"等一下我拿笔,他们联系人是谁?电话多少?"裴庆华如获至宝,"当然值得去一趟,搞得好就能在青城来个遍地开花。"

"你可不要把我供出去,我是私下跟你说的。"舒志红得意之际已经忘了要裴庆华感谢的事,按捺不住兴奋地说,"另外,这次我打算跟你一起去。"

"跟我去干吗,你不上班啦?"

"喊!我又不是跟你去玩儿,本记者也是可以四处办差的好不好。"

裴庆华不想此时与舒志红纠缠,转而道:"这个等我回去再说,你先把他们联系方式给我。"

在给青城市经委打电话之前,裴庆华先对小戚说:"刚聊到大旗,大旗就来了,经委这面旗肯定比科委更管用,可以直接立项拨款的。看来咱们过完年就得去趟青城。"

当裴庆华在成都春熙路上犒劳下属吃火锅的时候,萧闯草草吃罢晚饭又遛到马路对面。昨夜斑斓耀眼的霓虹灯此刻已然毫无生气,夜总会门前静悄悄的,玻璃门上贴着个"暂时停业"的告示。萧闯双手罩在玻璃上往里张望,隐约可见有人影晃动便大声拍门。等了一阵才见有人步履迟缓地走过来,是位西装革履的小伙子。小伙子看一眼萧闯,搞不清这位年纪相仿的来者有何用意,隔着玻璃指一下告示说道:"不营业。"

萧闯说:"我认得字。你把门打开,我有事。"

小伙子显然不情愿:"你什么事? 就这么说吧。"

"隔着门没法说,你把门打开让我进去。"萧闯强硬起来。

小伙子又上下打量一番萧闯,这才蹲下把大门的地锁打开,刚把一扇门拉开一道缝,萧闯一推便跨进来,有些不快地说:"给你们送钱还这么费劲!"

小伙子手搭在门把上,好像准备随时开门将萧闯请出去的样子,诧异道:"你说啥? 给我们送钱?"

"对啊。你们这儿昨天是不是被公安查了?"

"对啊,要不然怎么会停业整顿?"小伙子的口气与萧闯如出一辙。

"我昨晚上在这儿,刚要结账的时候正好警察冲进来,我就赶紧跑了。现在把钱给你们,要不然好像我占你们便宜似的。"

小伙子愣住,再一次仔细端详萧闯,嘟囔道:"像你这样的还真是头一次遇到。"他冲里面一努嘴,"这会儿就我值班,收银台没人,没法结账。再说昨晚上差不多全都跑单了,不差你这一份。"

萧闯听出小伙子以为他是来付包房费,便解释说:"我指的不是包房和酒水,那应该由跟我同来的人付。如果昨天他没付账就被警察抓了,那你们也应该找他,不关我事。我指的是昨天那个小姐,我还没给她钱呢,你能代我转给她吗?"

小伙子忽然笑了,露出一口白牙:"你可真逗,人家也不差你这一份。再说她的小费也应该由请你来玩的人给她,你不用管。"

"那怎么行? 她是我的小姐,钱当然应该我给,要不然我成什么了?"

小伙子显然不在意萧闯成什么,摇头道:"我们这儿一停业,她们肯定就换地方做了,怎么转给她?"

萧闯事先没想到这一层,不禁发愁道:"这可怎么好……不过万一她又回来做呢? 我还是把钱给你吧,你尽量帮我转给她。"

小伙子眼睛里闪过一道光亮:"那我要是一直没办法转给她呢?"

"那我就不管了,我就当作你已经转给她。"萧闯很大气地说。

小伙子似乎被萧闯感动了,胸脯一挺说:"那好吧,我向你保证,一定尽力替你把钱给她。她叫什么?"

萧闯一愣:"哎哟,昨天没问她叫什么……"

"那我怎么知道应该给谁啊……虽然不是真名,但起码是个名字。你记得她的号牌吗?"

萧闯摇头:"完全没印象,肯定没提过。"

"她们好多都是临时从别的场子叫来的,也都不用号牌。这可不好办了,就算你跟我说她长什么样我也对不上,都那么浓的妆。"

这时萧闯已经不再抱任何希望,他把钱包塞进兜里,有些悻悻然地回到旅馆。

萧闯百无聊赖地窝在床头看电视,忽听到房间电话响,以为是前台有什么事,接起来果然是个女声:"先生一个人呀?"

萧闯有些莫名其妙,下意识地"嗯"一声。

"那……我上来陪你好不好?"电话里的音色立刻又酥了三分。

萧闯的心跳骤然加速,奇怪对方怎么知道他正巧空虚寂寞要人陪,竟傻傻地问一句:"你认识我?"

对方一时顿住,显然也是初次被人这么问,随即才暧昧地笑道:"我上来咱们就认识了。"

萧闯忽然反应过来,这女人大概是在楼下随机拨打客房电话,再有些手段可能是从前台了解到哪些房间有单身男士入住。他想到此处便故作老练地问："多少钱啊？"

女人又笑："上来再说嘛，随便你。"

"别价，还是先说好吧，省得麻烦。"

"先生北京人吧？北京人最大方，三百，好不好？"

"陪我一晚上？"

女人又顿一下，似乎没想到刚才听上去还是个雏儿，怎么一下子变得如此有进取心，略带犹疑地说："过夜是另一种价钱。"

"多少？"

"嗯——八百。"

萧闯一听就炸了："岂有此理！让你在我这儿住一宿，不收你床钱，你怎么反而多要五百？！"

电话里没声音，对方八成是被萧闯整蒙了，不清楚他这是恶作剧还是真不懂，萧闯连"喂"两声才听到对方说："先生，不要逗我好不好，三百是做一次的钱，八百可以做好几次。"

萧闯恍然大悟，无地自容地把头往后一仰却正磕到床板上，好在没人能看到他此时的狼狈相。他又问："那……如果一次都不做呢？多少钱？"

对方又不说话了，萧闯这次耐心等。大约是有些舍不得就此放弃，对方终于又开口道："那……还是八百。"她马上进一步解释说，"因为我的时间都包给你了嘛，不可能再找别的客人，所以不管一次还是几次，做还是不做，价钱都一样。"

萧闯歪头想想，觉得对方所言很有道理，就痛快地说："你上来吧。"

放下电话萧闯便走到门口，扒在门上把眼睛对准门镜向外张望。似乎过了好一阵才依稀听到轻微的脚步声，旋即一个黑乎乎的身影出现在弯曲的视野里，从身形步态可以看出是个很年轻娇小的女郎。对方抬起手，萧闯便听到门铃响起；对方又一抬手，萧闯眼前已变为一片漆黑,显然对方用手从外面把门镜堵上了。

隔着一扇不算厚实的门板,萧闯与女郎仿佛身处两个世界,而这两个世界之间仅隔一层吹弹可破的窗户纸。萧闯真想打开门去探索去领略另一个世界,哪怕那个世界未见得多么美好,但至少充满刺激与新奇。然而萧闯迟迟无法迈出这一步,原因只有一条,他所处的这个世界里有谢航,换句话说,谢航就是他的全部世界。萧闯不由得幻想,要是在两个世界之间有一条穿梭隧道,他可以不为谢航所知便倏忽而去又倏忽而归,在谢航的世界里他一如既往、一成不变,而在另一个世界里他可以完全忘却谢航的存在,毫无负疚地在那边恣意流连。萧闯想,要是这两个世界彼此完全隔绝,那条穿梭隧道只对他一人开放该有多好。他就永远不必担心谢航发现另一个世界,更无从发现他在那里的种种行迹,而另一个世界里的一切也不可能搅扰到谢航。

几下叩门声把萧闯从畅想中拉回,也让他意识到方才的幻想其实是妄想,那个世界里的人可以轻易穿越过来找到他,比如一个电话、一串门铃或者直接敲门,自然也可以找到谢航继而可能伤害到她。叩门声很轻,短促的两下,显然女郎很确定萧闯就在门后。萧闯屏住呼吸透过门镜看去,那根手指已经移开,他看到女郎往后退一步似乎在确认门楣上的号码,随即再次按响门铃,而萧闯已经下定决心不为所动。

女郎几番尝试过后耐心消耗殆尽,最后用力敲了两下门,然后伸出手指直指门镜里萧闯的眼睛,声音低沉但清晰地骂出两个字:"有病!"随即扭身消失在门镜的视野里。

萧闯心头一震,他认为自己虽然守住最后一关没有对不起谢航,无意间却已经对不起这位女郎,因为耽误了她的时间也就耽误了她的生意,女郎更会认为自己是故意戏耍欺骗她,先让她燃起希望又残忍地浇灭。萧闯立刻心有不忍,他不敢开门,而是也像刚才女郎的力度与频率一样在门上敲了两下。如他希望的那样,片刻过后一阵脚步声由远及近,那个身影再次出现在门前。萧闯忙掏出钱包从里面拿出三张百元钞票,蹲下身把钞票从门缝里塞出去,随即起身从门镜中观察。女郎显然马上注意到门缝里有东西露出,她低头上前一步,萧闯猜测她先是用鞋尖搓一下钞票以判别是否有诈,然后就弯腰把钞票抓到手里,捻了捻又放进包里。女郎接下来的举动却出乎萧闯的预料,他本以为女郎拿了钱就会走人,没想到她竟执着地立在门口,按一下门铃再敲两下门,过一会儿便重复一次。

萧闯惊愕于女郎如此敬业,既然收了他的钱就非要为他服务不可,他大气不敢出,更不敢开门。僵持一阵之后,女郎一手叉腰一手指着门镜,比先前更加恶狠狠地破口大骂道:"有病!"这才气咻咻地离去。

惊魂未定的萧闯走回床边,先把电话线拔掉,他可不想再经历一遍刚才的遭遇。他对女郎的反应百思不解,按说女郎轻松到手三百块钱应该喜出望外甚至心生感激才对,怎么会如此愤怒?直到临睡前刷牙时,他面对镜子里的自己才恍然大悟。女郎也是有自尊的,人家并非乞丐,而是自有其谋生的一门专业行当,她希望得到的是报酬而不是施舍。就如同面对一个在路边摆摊的小贩,你可以尽情褒贬他的货品,也可以讨价还价,更可以摇头走人,但如果你只是随手甩下几张钞票却对其货品不屑一顾、傲然而去,那就是对小贩最大的侮辱,因为你蔑视和否定了他赖以安身立命的根本。

想通这一层萧闯却愈发懊丧,这一晚上他真是何苦来呢,差点对不起谢航,差点对不起自己,彻底对不起那位女郎。他恨恨地瞪着镜子里的自己张口就骂:"有病!"一片牙膏沫应声从他嘴里喷出,落在镜子里的脸上。

二十三

要当英雄不妨先当狗熊

裴庆华一行四人站在青城明妃饭店的大堂门外,眼巴巴地望着外面街道上来往的车辆,小戚不耐烦地问:"胡科长是不是睡过头了?"

二月底塞外的风又硬又冷,裴庆华把衣服领子竖直,瑟缩着说:"昨晚上他们都喝了不少,不过照他们的酒量不至于到现在还起不来,再等等。"

明妃饭店的档次在青城属于一等一的,虽说已经通过市经委的关系打了折,房费仍然超出华研集团的差旅标准。小戚试探道:"老大,咱俩住的那间房,回去能报吗?"

裴庆华跺着快冻僵的脚:"房费都填在你的报销单上,我签字特批一下,老蔡应该不会有什么问题。"

"那太棒了,跟老大出差这待遇就是不一样。"小戚讨好地说。

这时驶来一辆出租车,沿着匝道开上来停在门口,舒志红下车刚张嘴要冲裴庆华打招呼,一阵疾风吹过来令她赶紧把嘴闭上又背过脸去。等风过去裴庆华已经站到舒志红身边,伸出手和她握一下,然后向其他人介绍说:"这位是舒小姐,公关公司的,我请来帮咱们搞宣传。"

舒志红也是昨天到的青城,她也想住在明妃饭店但裴庆华不肯,她也想参加昨天晚上市经委的宴请裴庆华仍不肯,坚持让她早上才从住处赶过来会合。舒志红原本憋了满肚子不高兴,但此刻一见到裴庆华就都烟消云散。她开心地说:"大冷天的干吗在外面等我?这也太隆重了吧。"

裴庆华笑道:"你自我感觉总这么好,谁等你了?我们是在等胡科长和他们的车。"

"那干吗不在里面等,不嫌风大啊?"

裴庆华又笑:"你刚才不是说了吗,这样显得隆重。胡科长他们特别好面子,摆一点儿姿态没坏处。"

一直盯着舒志红的小戚忽然说:"舒小姐我好像在哪儿见过你,你是不是去过我们公司?"

舒志红有些愕然,下意识地说句"是吗"就望着裴庆华。裴庆华很坦然地说:"可能吧,舒小姐曾经到咱们公司拜访过谭总。"

小戚点头:"那就对了,好像有大半年了吧,我到现在还记得。舒小姐你看你的形象多么光彩照人,让人过目难忘。"

另外两个下属也都偷瞄舒志红。舒志红暗想自己今天并没什么特别之处,外面一件明黄色的短风衣,脚下一双高跟长筒靴。她瞟一眼裴庆华,见裴庆华也正很欣赏地看着她,目光中似乎还有几分自得,舒志红顿时感到格外的温暖和满足。她笑着问裴庆华:"你们华研的人是不是都特会说话?"

裴庆华露出一丝坏笑:"除了我。所以才需要戚总这样嘴甜的。"

小戚笑着看眼手表,立刻急道:"老大,咱们得赶紧走,要不然研讨会该迟到了。"

裴庆华也看下时间,左右为难道:"可胡科长再三表示咱们这两天的所有交通都由他们负责,如果不等他们就直接去会场,会不会显得有些信不过他们?"

"可能他们出发耽搁了，来不及接咱们就直接去会场了呢？咱们到会场跟他们会合也一样嘛。"小戚见裴庆华仍在犹豫，又说，"这么重要的研讨会，咱们又是主角，一旦不能按时到场有些不太好吧。人家会觉得咱们不够专业，甚至该说咱们傲慢了。"

"唉，要是现在能和胡科长联系上就好了。"

"怎么联系？他们又没有大哥大。走吧老大，来不及啦。"

裴庆华这才下决心说："算了，不等了，打两辆车。"

舒志红满心欢喜以为总算有机会能和裴庆华单独相处，不料小戚把他俩让进后座便极自然地坐到右前座，另两人则坐在后面的车里。舒志红见愿望落空不免心里有气，暗暗掐一下裴庆华的大腿外侧，裴庆华却仍心神不宁地惦记着胡科长的事，对此竟浑然不觉。

准时赶到市科学会堂的报告厅，横幅上写着"青城市属企业电子化及微机应用研讨会"，台下已经坐了很多人，市属企业的头头脑脑均已到齐，几个市经委的人忙前忙后地张罗。放眼一望没找到胡科长，裴庆华脑袋嗡地一下，叫声"糟糕"，忙拉住一个人问："你们科长到了吗？"对方困惑地反问，"他亲自跟车去接你们了，你们没碰到？"

裴庆华一跺脚，对小戚说："这下麻烦了！我现在到会堂外面去等胡科长，你在这儿盯着。"

小戚说："别呀，研讨会马上就要开始，你堂堂总裁助理跑到街上等人算怎么回事？你赶紧上主席台坐好吧。"

裴庆华不肯，坚持要去等胡科长。他急道："刚才就错了，要来也应该你打车先过来，我留在饭店死等胡科长。"

"我先来不管用啊，我又没法代表华研致辞。"小戚也急了，"要不这样，我去门口等胡科长，你到主席台上坐着。"

这时主席台上已经有人频频向裴庆华招手，市经委的人介绍说是本地最大的几家企业的老总，裴庆华无奈只得委派小戚去外面等候，自己打起精神向主席台走去。舒志红完全不明白发生了什么，见裴庆华焦急得早已顾不上她，便走到台下找个不引人注目的地方先坐了。

已经过了预定开会的时间，市经委负责主持会议的人仍然不紧不慢地和人闲扯，台下显然更没人在意，都在呼朋引伴聊得热闹。裴庆华无意间瞥到舒志红，见她正担心地望着自己，只好苦笑一下。二十分钟过去了，忽见几个人从门口进来，走在最前面的是脸色铁青的胡科长。胡科长径直走到主席台上标有自己名牌的位子坐下，虽然邻座就是裴庆华却对其视而不见。裴庆华本已站起身想握手打招呼，见状只得又坐下，凑过去小声说："胡科长，我向您赔礼道歉，刚才以为你们大概是在路上遇到什么状况，我们就直接过来了，抱歉啊。"

胡科长置若罔闻，目视前方，正好主持人过来问："怎么样老胡，咱们开始？"胡科长做个手势，研讨会这才开始。裴庆华向台下扫视，看到刚才跟进来的小戚，见他脸都绿了，冲自己只微微摇下头，裴庆华便知道自己已一错再错、不好收拾了。

轮到裴庆华代表华研集团致辞，并介绍国内各类型企业利用微机提升经营管理水平的情况时，胡科长始终面无表情，从未随同众人鼓过一次掌。当主持人征询是否发言时，他也摆手回绝。与会人员都注意到他的这一反常举止，会议气氛也就越来越沉闷懒散，似乎所有人都巴望着尽早散场。终于熬到会议结束，胡科长猛地站起身，连椅子都被他撞得向后翻倒，他不管不顾地径自走了，几个属下也忙跟出去。

裴庆华尽量自然地与几家主要企业的老总攀谈几句，然后逐一道别。小戚凑上来说："下面怎么办？之前约好回饭店和胡科长一起午餐，看这架势……"

"那也得去。"

"问题是，去也是白去吧，胡科长还肯跟咱们吃饭？"

"吃饭倒未必，但他总得跟我谈一次吧，不然他这气怎么撒出来？"

坐在出租车里原路返回，裴庆华长叹一声："唉——刚才我要是站在会堂外面而不是坐在主席台上等他，也许还不至于糟到这种程度……"

小戚颇不服气："他一个小小的科长，在北京算个屁呀，什么东西！"

裴庆华沉吟道："他就是觉得咱们肯定是这么想的，所以才有这么大的情绪。从敏感到不满，又从不满到敌意，这事真不好办了。"

舒志红安慰说："见到他好好解释一下吧，让他知道你不仅没轻视他而是一直很尊重他。才多大点儿的事啊，按说他不会这么不通情达理吧。"

裴庆华苦笑着摇摇头，没再说什么。

到了明妃饭店，再次来到昨晚曾为他们接风洗尘的那间餐厅包房，两扇门大开，珍馐美馔皆无，欢声笑语不再，十二人台的大圆桌上空无一物，桌旁空无一人。裴庆华探头往里看，只见有几个人坐在侧面休息区的沙发上，正中的胡科长正在闷头抽烟。

裴庆华抢步上前，谦恭地说："胡科长，今天的事责任在我，您千万别往心里去，真的非常抱歉。"

胡科长喷出一口烟，低头盯着地板，冷冷地问："你有什么责任？"

"我们在饭店门外等了很久，车迟迟没到，我怕赶不及研讨会，就没坚持等你们，太失礼了，实在是对不起。"

胡科长翻着眼睛霸气十足地质问："怕赶不及？怕迟到？我就不知道什么叫迟到！在我后面到的才叫迟到，我没到，谁敢让会议开始！"

裴庆华赔笑道："我以为您已经直接到会场等我们了，就是怕让您等才赶紧打车过去。结果一看您还没到，我就说马上去外面迎您，结果被几个人叫住了，您千万别多想。"

"我多想？是你多想了吧。明明说好的我带车来接你们一起过去，你以为我说话不算话？什么路上遇到状况，什么担心迟到，都是扯淡！是你压根儿就没把我放在眼里！"胡科长把烟头猛地掷在地板上，"你以为我真不知道你怎么想的？你以为今天一旦跟这些企业老总直接搭上关系，我们市经委在你们眼里就失去了利用价值，你们就可以把我们一脚踢开，没错吧？你想得美！我们大老远把你们请来待为上宾，我们费老劲把下面的企业负责人请来听你们做报告，你们就这样过河拆桥？你们这是给脸不要脸！"

裴庆华真是哭笑不得："胡科长，您实在是误会我们了。华研集团非常看重与青城市经委长期的合作关系，你们后续的作用会越来越大，说实话，我们还担心被您甩掉呢。"

"误会？是单单我误会了还是今天在场的百八十号人都误会了？耍猴似的让我在市里白遛一圈，你早早在主席台坐着，谁还看不明白。告诉你，我胡某人从来没在这种公开场合这么丢面子、这么下不来台！你不用跟我解释，我跟你没完！"

小戚上前一步说："胡科长，我说句公道话。早上我们裴总一再坚持死等你们过来，是我不懂事催促裴总先打车去会场的，责任在我，我给您赔不是。"

"你谁啊？"胡科长斜睨着小戚，"这儿轮得到你说话吗？！"

裴庆华忙把小戚拉到身侧，又问胡科长："那您看我们应该怎么做，才能把已经造成的不好影响给挽回来？"

"挽回？晚啦！你们不是不把我放在眼里吗，你们不是觉得自己牛皮烘烘吗，那你们给我听好喽，只要我胡某人在这个位子上一天，你们就甭想往青城市经委系统的几十家企业卖进一分钱的东西！"

裴庆华的心陡然一沉，他最担心的局面还是出现了，胡科长果然把一桩鸡毛蒜皮之事升级为不共戴天之仇，必欲置之于死地而后快。眼见理性的解释与沟通于事无补，他也只得非理性地把心一横，问道："别呀胡科长。干脆这么着，您说吧，怎么能让您消消气，我一定照办。"

"这可是你自己说的，不是我逼你的吧？"胡科长瞪着裴庆华，咬牙切齿地说，"你跪下，给我磕仨头，这事就算过去了。"

裴庆华与在场的众人都愣了，他首先想到的竟然是曾受胯下之辱的韩信，既然有韩信这么一位彪炳史册的英雄人物做榜样，这一跪对他个人而言倒也未尝不可。但他又想到自己此时的身份，毕竟代表着华研集团，这就不简单是他裴庆华个人的荣辱而是关乎企业形象。他转念一想，大丈夫能屈能伸，要做成大企业何尝不是如此！自己怒发冲冠拂袖而去，从此华研集团再也进不来青城市场，难道就能算是自己为公司争了光添了彩？想清楚这一层，裴庆华便再无心理负担，他把挨着他的小戚往旁边拨拉一下，拉开架势就要往下跪。小戚和其余几个人急了，忙上前死死连托带搀的大有一副主辱臣死的气概，市经委的几个人也在一旁解劝胡科长得饶人处且饶人。

就在这一阵喧嚣混乱之中，裴庆华背过身抽出右手冲着呆若木鸡的舒志红一晃，不易察觉地弓起食指向下按了两按。正手足无措的舒志红脑子里电光石火一下醒悟，裴庆华那根食指做的正是按快门的动作——拍照！裴庆华暗示她拍照！舒志红不为人注意地挪到侧面，利用沙发和茶几遮挡住自己的手包，从包里取出一部奥林帕斯的傻瓜相机，将将露出镜头，用四根手指尽量掩住机身，拇指肚搭在快门上。

休息区中间的推搡与争执已经消停，小戚等人见裴庆华心志已定，再劝也是枉然，只得退到一旁，有的干脆背过脸去不忍目睹。市经委的人见裴庆华要来真的便纷纷表示"意思意思就好，让胡科长知道你有这份心就行了"。

裴庆华先整理一下刚刚弄皱的衣服，冲胡科长笑着一拱手，然后就单腿跪地，一只手撑着地板，另一条腿也跪下去。胡科长忽然开口道："你们都别出声，磕头是要磕出响的，我要是没听见，你们谁替他重新磕？"旁边有一个人说："老胡，差不多就得了。"胡科长瞪那人一眼，旁人都不再作声。

一下，裴庆华没听见自己磕头的声音，也没感觉到疼。他直起腰对胡科长朗声说道："我裴庆华向胡科长赔罪，希望您能大人不记小人过，不要因为我早晨在饭店没有多等您一刻钟而影响双方的正常合作。"

两下，从他的额头传递到大脑的单单只有一种感知——凉，冰凉。裴庆华接着说："华研集团诚心实意与青城市经委合作，一起努力帮助青城市属企业提升电子化和微机应用水平。"

三下，他奇怪木地板怎么会这么凉，比他印象中夏天里刚用水泼过的水磨石地面还要凉。裴庆华最后说："胡科长，您要我给您磕三个头，我磕了。希望您能说话算数，这事就算过去了，恳请您不要阻碍华研集团与市经委及其所属企业的正常合作。"

小戚赶紧过来要搀裴庆华起身，裴庆华摆手示意他不必。胡科长面无表情，晃悠着二郎腿说："我让你磕这仨头，是要教你明白三个道理。第一，在青城我是爷；第二，你到青城就是孙子；第三，孙子就得有个孙子的样。记住没有？"

裴庆华站起身，扭脸向侧后方找寻舒志红，两人目光相对时舒志红微微点下头，裴庆华心里有底便上前一步居高临下反问道："胡科长，之前您说的话算数吧？"

胡科长也站起来，瞪着眼睛说："你又忘了孙子应该什么样吗？"

裴庆华忽然一笑："孙子有人管，爷照样有人管，您也不该忘了人民公仆应该什么样吧？"

胡科长惊愕得一怔，立刻气急败坏地说："你又给脸不要脸了？别说我没给你机会。这仨头，你白磕了！"说完便推开裴庆华大步向外走去，市经委的几个人急忙跟上，有一位经过裴庆华身边时在他肩头轻拍一下，叹了口气。

等他们都已走远，小戚上前想扶裴庆华坐下，裴庆华厌恶得不愿意碰还带着胡科长余温的沙发，走到餐桌旁坐下。四个人围上来安抚他，舒志红掏出手绢想帮他擦一下前额，他抬手挡开，急切地问："都录下来了吧？"

舒志红一怔："录？我没带摄像机没法录像呀，只有相机，盲拍了几张，不知道效果怎么样。"

裴庆华倒吸一口凉气："谁让你拍照了？我是让你录音！"

"啊？你不是用手指头冲我比画按快门吗？"

"什么按快门，那是提醒你按下录音机上的录音键！"裴庆华顿足道,"这下真让姓胡的说着了,我这仨头算是白磕了……"

小戚安慰说:"赶紧把相片冲出来再看,也许能当作证据去告胡科长的状呢,我就不信他一个小小的科长真能一手遮天。"

舒志红难过地看着裴庆华:"都赖我,白让你受他欺负。其实你真不用那样,咱们可以回北京再想办法,我相信一定能找人制住他。"

裴庆华揉着膝盖苦笑一下:"咱们也别在这包房耗着了,找地方先吃饭吧,然后马上去找家彩扩店洗照片,多洗几张。"

第二天上午,裴庆华站在市经委办公楼外面,背着风拿大哥大往楼里拨电话,说:"胡科长,我是华研的裴庆华,想和您谈谈。"

"滚! 你有什么资格跟我谈!"

裴庆华笑道:"胡科长,我是专程又来给您磕头的。"

胡科长发出一声狞笑:"磕头,你还磕上瘾了。告诉你,你想磕爷爷我都不再给你机会。"

"胡科长,我手里有份东西,您肯定会有兴趣,我还是给您送上去吧。"

走进胡科长办公室,裴庆华把门关上,走到桌前站定,胡科长斜睨着问:"什么东西?"

裴庆华把手上的两张纸放在桌上,推到胡科长面前,是份合作协议,甲方是青城市经委,乙方是华研集团。裴庆华说:"前天晚上在酒桌上咱们说好要签这么一份协议,把双方的合作关系与具体内容确定下来,您看看我初步起草的文本有什么问题没有。"

胡科长见所谓的东西竟是这样两张纸,立刻恼羞成怒道:"姓裴的,你脑子有病吧! 你是从前天晚上直接蹦到今天早上的? 昨天的事你以为是做梦哪? 拿走,滚蛋!"

裴庆华见第一步目的已达到便淡淡一笑:"您要是对这个没兴趣,那我还有些东西给您看。"说着把手伸进西服左上侧的内兜里摸索两下,掏出几张照片摊在桌上。

胡科长往前探了探身子,瞟一眼便伸手把照片拿到眼前端详,越看脸色越紧张,低声喝问:"谁干的?"

"和我们同行的有位女记者,她拍的。怎么样胡科长,她的技术还行吧?"

胡科长捏着照片,像是在掂掇它们的分量,他最初的慌乱渐渐消弭不见,微微一笑:"姓裴的,把你下跪磕头的照片给我是什么意思?送给我留念?"

"胡科长,这照片可以证明,你因为一点儿小小的误会,就以封杀华研集团不得进入青城市场为要挟,逼迫我本人向你下跪磕头,这是一位堂堂政府工作人员应有的行径吗?"

"那是你的说法,我完全可以有另一种说法。让我想想,怎么说听上去更像真的……嗯,我可以这样讲:是你们华研集团企图向我本人行贿,让我帮你们的产品打入青城市场。我不仅严词拒绝并当场正告你,鉴于你们这种违反商业道德乃至违纪违法的行径,我代表市经委宣布取消你们公司进入本市所属系统的资格。你不甘心如此下场,堂堂总裁助理竟毫无廉耻地不惜下跪磕头,乞求我放你们一马,但我完全不为所动。你看,这张照片上的我,是不是一派凛然正气、掷地有声地正对你说这番话呢?哈哈哈……"胡科长显然已陶醉于猫玩老鼠的快感中,"你以为用这几张照片就能镇住我?哎哟真吓死我了,哈哈……你不介意我把这几张照片送到纪委去吧?反正你们可以洗很多张,我借花献佛,没准儿纪委还能把我树为廉政建设的典型呢,哈哈……"

裴庆华见第二步策略已见效就反问:"你说我行贿?你这是在暗示我,如果我想让你放我们一马,就得给你本人好处,是吗?"

"姓裴的,你以为谁给我好处我都会收?实话告诉你,如果没有昨天那档子事,这会儿咱们是可以坐下来算算账的。我原先还想问你,是一次性给我一笔呢还是你们卖出多少我抽多少。但如今我胡某人有更好的办法,干吗上来就找一棵树吊死?"已经得意忘形的胡科长眉飞色舞地说,"我会遍撒英雄帖,哪家公司想来我都欢迎,但都得先给我胡某人一笔入场费,比方说三万,不算多吧?给了钱才有资格搞研讨会、介绍会,日后做成生意再按金额跟我分成,五到十个点,不算多吧?姓裴的,我没让你掏钱就帮你张罗昨天的研讨会,让你们头一个进场,我已经悔得肠子都青了!实话告诉你,昨天哪怕你磕完头继续装孙子不跟我叫板,那三个头你也是白磕。我胡某人绝不会便宜你们,老子无论如何都要再把其他家公司引进来,挨家收钱,怎么样,现在服气不?"

裴庆华听到这里便转身向外走,拉开门又扭回头说:"胡科长,我现在只想说,今天这一趟真的是不虚此行。"不待一脸愕然的胡科长反应便径直离去。

走出院门,一辆出租车无声地开过来,裴庆华示意车跟着他再往远处走一段。等他停下脚步,舒志红和小戚忙从车里钻出来,异口同声焦急地问:"怎么样?"

裴庆华从西服左上侧的内兜里掏出一个小巧的采访用录音机递给舒志红,说:"不知道录得是否清楚……"

舒志红接过录音机熟练地倒带重放,欣喜地说:"还行,挺清楚的!你真棒,把他这些不该说的全套出来了!"

小戚也手舞足蹈地说:"就用后面这段,告死他!"

裴庆华让舒志红将录音带倒到最后一大段对话的起始处,然后拿大哥大再次拨通胡科长的座机,笑着说:"胡科长,真是不打不成交,你看刚分开没十分钟,我就又想你了。"

"怎么着姓裴的,又想来孝敬爷爷了?"

"我这儿有一段录音,放给你听听。"裴庆华说完便把录音机贴近大哥大下端,按下播放键,放完之后问,"怎么样胡科长,听着效果还行吗?"

对方没反应,裴庆华耐心地等,过了好一阵胡科长才恨恨地说:"一念之差啊,我早应该想到的,既然你们敢偷拍就一定敢偷录。唉,大意了,真是一念之差……"

裴庆华很体谅地说:"人非圣贤孰能无过,这也是人之常情嘛。如

330

果我昨天早上不是一念之差少等那十多分钟,咱们之间也不会闹出这么多纠葛。"

"你想怎么样?"胡科长阴沉地问。

"那几张照片你送到纪委了吗? 刚才下楼的时候我还特意去认了认门,要不咱们一起去吧,我把录音也给他们,这样有图像有声音,声情并茂,我估计你这回肯定能当上典型。"

电话里又安静了,裴庆华继续耐心地等。胡科长口气一转,热情地说:"裴总,你刚才把协议书落在我这里了,麻烦你现在过来一趟,咱们把它签了,各拿一份,好不好?"

裴庆华笑道:"不用了胡科长,我现在手里这份东西可比协议书更管用,你说对吧?"

胡科长旋即恶狠狠地说:"别忘了你现在人在哪儿,我让你回不去北京,你信不信?!"

"信啊,胡科长你向来说到做到。所以我刚才已经给北京打过电话,让他们把我大哥大里放的录音都录下来保存好,这样我不回北京也没关系,反正这边好几家企业我都要去拜访。"

胡科长转瞬间再一次软下来:"裴总,一起吃午饭吧。冤家宜解不宜结,低头不见抬头见的,你说呢?"

裴庆华很诚恳地说:"胡科长你讲得太对了,我还想补充一句,咱们之间最理想的状态是井水不犯河水。只要你不妨碍我们在青城销售微机,我们就不会给你制造危机。午饭就不吃了,时间来不及,我们还得赶去一家奶制品公司呢。"

当天晚上一起吃过晚饭,舒志红与小戚他们道别,由裴庆华陪着回她的住处。坐进出租车里,舒志红总算得到机会把脑袋靠在裴庆华的肩头,长叹一声:"真是太不容易了,难以想象你怎么能坚持到现在……"

两天下来裴庆华的头脑已经有些麻木,他疲惫地问:"你指什么?"

"你知道吗,昨天有三次我特别特别想劝你放弃。第一次是姓胡的逼你给他下跪磕头,第二次是你让我录音结果我却理解为拍照,第三次是晚上拿到照片你一看就说不好使。每次我都想拉着你转身就走,咱们回北京,这生意不做了,这辈子再也不来青城、不见这帮家伙。可你好像根本没有放弃的意思,连暂时退一步都不肯,人家早就说过的嘛,要当英雄不妨先当狗熊。"

裴庆华一怔:"人家是谁?"

"汪国真呀!"舒志红见裴庆华一脸"汪国真是谁"的表情便接道,"算了,你肯定没听说过他,你的世界里根本没有诗歌和诗人。"

"我何止是当狗熊,我当的是孙子!我退的又何止一步?"裴庆华苦笑道,"我都跪下了,还能怎么退?"

"你那不叫退,是以退为进。你知道我不是这个意思,我是说放下,至少暂时放下。"

裴庆华忽然变得激动:"放下,好不容易拿到手里又放下?后退,好不容易走到现在又退回去?退到哪儿算一站?哪儿的生意好做?哪儿没有胡处长、胡主任?哪笔生意想做成不得掉层皮?"

舒志红被这一连串抢白搞得不知所措,口不择言地开玩笑说:"可皮和皮还不一样呢,你这次掉的是脸皮。被姓胡的那么欺负,多伤你的自尊心呀,我看着都心疼死了,你可真能忍,不愧是金牛。"

裴庆华用手把舒志红的脑袋支起来,盯着她的眼睛问:"你觉得我那样做是丢脸?那咱俩的看法可太不一样了。那样做不仅不丢脸反而是长脸,替我们华研长脸,对我来说简直是种荣耀,我巴不得传得尽人皆知呢。越多人知道我们有多不容易,就会有越多人明白我们有多了不起。"

舒志红又叹口气:"看看你,为了你们华研,连荣辱观都跟正常人不一样了。"虽然嘴上这么说,但舒志红心里却像搬掉一块大石头似的立马轻松许多。从昨天到刚才她一直惴惴不安,生怕裴庆华会因为被她目睹自己受辱而介怀,毕竟绝大多数男人都不愿意旁人看到自己屈辱的一幕,何况舒志红不是旁人。她甚至有些担心裴庆华会迁怒于她,因为她仔细回想两人的每次见面似乎都伴随这样那样的不如意——初遇时裴庆华被她撞见自己以为飞机上的厕所分男女;在青岛那次招商裴庆华是彻底的无功而返;新年前夜吃顿未遂的涮羊肉,竟碰上华研集团前所未有的内部变故。至于此次两人头一回同行,竟把出差演变为出了个大差池。她真怕被裴庆华认定为丧门星。既然裴庆华至少在口头上对于昨天的受辱不以为耻反以为荣,那她舒志红即便无功也起码不会被视作红颜祸水吧。

到了舒志红住的旅馆,裴庆华本想让舒志红下车后他便原车原路回明妃饭店,舒志红不肯,直接付账把出租车打发走,然后让裴庆华送她上楼。进到房间裴庆华便说:"你赶紧休息吧,明天我过来接你一起去火车站。"

舒志红噘嘴道:"你干吗这么急着走?好像我是个累赘似的,丢下就跑。"

"连续折腾两天你还不累吗?我可是累坏了,心脏七上八下,神经都快崩溃了。"

舒志红拉着裴庆华把他按到沙发上坐下,说:"再累也可以聊会儿天吧。你算算,这两天咱俩有单独说话的机会吗?"

"回北京就可以经常单独说话了嘛,不在于这一时。"裴庆华说着便站起身。

"等一下!"舒志红喝住他,"我有话跟你说。"

裴庆华定住脚步,扭脸看着舒志红,一副"有话快说"的架势。舒志红嘴唇翕动一下,刚要开口却好像没了底气,拧着身子从笔记本里拿出一张折叠的小纸片递给裴庆华,咕哝道:"算了,还是你自己看吧。"

接过纸片摊开,裴庆华看见几行娟秀的小字:

我不去想,
能否赢得爱情,
既然钟情于玫瑰,

就勇敢地吐露真诚。

"你写的?"裴庆华问。

"当然,不错吧?"舒志红随即忍不住笑了,"算了,蒙你这种从来不读诗的人太缺乏技术含量,好像我欺负你似的。汪国真写的,由我亲笔抄录,送给你。"

"玫瑰……这应该是男人送给女人的诗吧?"

"这很重要吗?男人给女人和女人给男人有区别吗?拜托你关注一下重点好不好!这里面的关键词是爱情、钟情和真诚。"舒志红有些沮丧,"气死我了,我这何止是向你吐露,简直是秃噜,全盘彻底、毫无保留。"

"嗯,看出来了,你确实够真诚。"裴庆华笑道。

"喂!你这样有意思吗?你是不是特喜欢这种感觉?拜托你有一点儿真诚好不好!"

见舒志红真恼了,裴庆华忙说:"开句玩笑都不行,以往你拿我开玩笑还少啊?"

"开玩笑也得分场合吧?这种关键时刻谁跟你开玩笑!"

"正因为是关键时刻我才紧张,所以才想活跃一下气氛。哎对了,你真觉得此时此刻是聊这些的好时机?"

"当然,好得不能再好,咱俩这叫患难之交,我和你一起荣辱与共度过了两天,这会儿最合适不过。"

"嗯,所以你想和我肝胆相照?"

舒志红见裴庆华始终不肯正面回应,失望得没心思再生气,转过脸要走开,却感到一只手突然被抓住。她甩了一下没甩掉,反而被裴庆华用力拽向他,舒志红低着头,不愿意再看裴庆华。裴庆华张开双臂紧紧把舒志红抱在怀里,他能感觉到自己的心跳,也能感觉到舒志红的抽泣。裴庆华腾出一只手托住舒志红的下巴,把她的脸仰起来。舒志红倔强地紧闭双眼,竭力想把脸扭向一边。裴庆华情急之下干脆低下头,用蛮力把嘴贴在了舒志红的嘴唇上。

舒志红的身体瞬间僵直，眼睛一下子大大地睁开，因为嘴被堵住只能用鼻子急促地呼吸，此刻窜进她脑门里的是裴庆华奔波一整天的衣服、头发上沾满的土腥味儿，这厚重的气息让她觉得温暖和踏实，从头到脚都被这气息所裹挟，渐渐松弛下来的她愿意被这气息带到任何地方。

裴庆华百忙之中把嘴唇挪开一点儿间隙，咕哝道："你以为我真是个机器人？"

舒志红抱紧他，把嘴唇压上去更加用力地回吻，直到自己筋疲力尽才喃喃地说："我还想和你赤诚相见……"

裴庆华一听便松开舒志红，先把已在手心里揉皱了的那张纸片抚平，仔细折好放到贴近胸口的西装内兜里，然后整理一下西装说："我还是走吧，要不然小戚他们该议论了。"

"议论就议论呗，你以为他们傻呀，人家早都看出咱俩的关系了。"

"那就更不能再给他们提供新的谈资，我毕竟是头儿。"裴庆华走到门口又对紧跟上来的舒志红坏坏地一笑，"昨天早晨在饭店门口我要是再多待一刻钟就没事了，今天晚上在你房间我要是再多待一刻钟就出事了。嘿嘿，你以为我傻呀？"

舒志红又羞又恼，在裴庆华背上擂一拳，把他往门外一推，恨恨地说："滚！你个机器人！"

二十四

司机与扳道工

走进萧闯家小区的院门,刚经过一单元的小卖部,谢航便看到门洞外面站着个人,正时不时向楼上眺望。走近了谢航忽然发觉这人看着眼熟,便不由自主绕到对方侧面定睛细看,随即惊讶地脱口而出:"舒志红,你怎么在这儿?"

舒志红被吓一跳,转过脸来定定神才惊奇地叫道:"谢航,怎么是你?咱俩多久没见了,快一年了吧?"

"差不多,那趟从美国回来以后就在我们 IEM 中国公司成立庆典上打过一次照面,后来再没见过。"谢航随即又问一遍,"你怎么在这儿?"

"我?等个人。"舒志红含混作答之后反问,"你家住这儿?不会真这么巧吧……"

谢航大大方方地回答:"我来找我男朋友,他家就在这单元。"

"啊?真有这么巧的事!"舒志红不禁嘀咕,"我男朋友也住这单元。"

"啊？这单元总共只有十八户人家，咱俩的男朋友就都在里面，这也太巧了。那你怎么不上去？又开始刮风了。"

舒志红嗫嚅道："他让我在下面等，反正他很快就下来。"

"是吗？"谢航好奇心顿起，恶作剧地坏笑道，"那我陪你等一会儿。"

"你上去吧，风这么大。"

谢航不动："反正我男朋友八成还没起床呢。"

舒志红见状只好低声说："其实……你认识他。"

谢航脑袋嗡的一声，她瞬间醒悟过来，刚在心里暗叫一声"天啊！不会吧……"就见裴庆华一个大步从门洞里迈出来。

裴庆华一眼看见谢航与舒志红并肩站在一起，脑袋也嗡的一声登时站定，又觉得这样不妥，只得拖着僵硬的双腿走上前，勉强挤出一丝笑容："谢航，这么早你就来了？"

谢航冷笑一声："对不起啊，我确实来得有点儿太早了。"随即对舒志红说，"刚才我还是把范围放得太大，别看这单元有多达十八户人家，咱俩的男朋友居然同住一户。"她又回头冲着裴庆华挑衅似的问，"怎么着老裴，不打算介绍一下？"

裴庆华干笑道："不用介绍，你们认识。"

谢航板起脸："没错，我们不仅认识，你们俩还是因为我才认识的呢。"她从舒志红身边挪开一点距离，说道，"志红，当初我介绍他跟你联系的时候忘了多提一句，他是我铁杆儿闺蜜的男朋友。"

舒志红张开嘴摆出个标准的"O"字口型，点下头说："原来如彼……"

裴庆华与谢航竟下意识地异口同声纠正道："应该是'如此'。"

舒志红睁大眼睛看看裴庆华又看看谢航，笑道："真不愧都是工科生，同病相怜的强迫症患者。"

谢航不理她，问裴庆华："老裴，简英还好吗？你们俩最近怎么样？"

裴庆华干咽一口唾沫。舒志红抢先道："还能怎么样？都两年没联系了。"

裴庆华竟近乎机械地再次纠正道："不到两年，一年八个月。"

舒志红火了，狠狠地瞪着裴庆华说："四舍五入不懂吗？我就说两年！"

谢航愈发看不下去，忍不住说："不管多久，时间就能简单地说明什么吗？据我所知，老裴还在等简英回国，而简英还在等老裴出国。志红，你现在插进来，恐怕不太合适吧……"

"谢航，我和庆华纯属正常交往，你现在插进来阻挠，恐怕更不太合适吧。庆华和你那位铁杆儿闺蜜多久没见了？将近四年了吧。庆华出国了吗？你那位闺蜜回国了吗？你怎么知道他们在等对方？事实上，庆华是在等我的出现，这就叫天意。"

谢航见舒志红的气焰益发高涨，不想与她争执，干脆转向裴庆华问道："老裴，如果你已经决定跟简英分手，是否应该明确告知她？如果你有什么不便，我可以替你转告，现在打国际长途比以前方便多了。"

裴庆华看看舒志红又看看谢航，赔笑道："你赶紧上去吧，萧闯在等你呢。"说完就冲舒志红使个眼色，径自抬脚向院门走去。舒志红朝谢航翻个白眼便快步跟上去，夸张地用双臂紧紧箍住裴庆华的胳膊，像是在宣示自己的所有权。

谢航气呼呼地上楼推开门，萧闯正在刷牙，谢航告状说："老裴新交了个女朋友，正好被我撞见，气死我了。"

"在哪儿看见的？"

"刚才，就在楼下。"

萧闯一听顾不得满嘴牙膏沫就往阳台跑，谢航在后面喊："早走远啦！"

萧闯颇为失望地回来，漱完口问道："那女的什么样？漂亮吗？"

"你就关心这个。"谢航白他一眼，"你怎么不想想，老裴到底有没有正式和简英分手？他这算不算脚踩两只船？我要不要马上告诉简英？"

萧闯拿毛巾擦脸，纳闷道："他俩早分手了吧，这还有什么正式、非正式一说？都多久了连封信都没有。"

"唉……"谢航眉头紧锁，"最郁闷的是，那女的还是我介绍给老裴认识的，这让我将来怎么对简英解释啊？搞得我好像成了……"

"拉皮条的？"萧闯坏笑道。

"去你的，瞎说八道什么！你这一句把我们三个人都骂了，讨厌！"

萧闯见谢航真动了气忙岔开话题："这么说你认识那女的？她漂不漂亮？"

"只要老裴觉得她漂亮就足够了……"

"跟简英比呢？谁漂亮？"萧闯换个问法。

谢航摇头："没法比，完全不一样的两个人，丝毫不具备可比性。"

"那她干什么的？叫什么名字？"

"在报社工作，姓舒。"

"哪个叔？跟叔本华是本家？"

谢航被气笑了："喂，叔本华姓叔吗？舒服的舒，舒志红。"

"哇，他俩倒真般配！"萧闯忽然拍手笑道，"你想啊，一个老裴，一个老舒，赔个底儿掉，输个精光，这两口子怎么可能过得下去？肯定喝西北风！"

"你这张嘴也太损了，有你这么咒人家的吗？"

"嘿，这我就搞不懂了，你不是刚才还生气呢吗？我咒他们俩你应该觉得解气才对，你到底站哪一边？"

"这还用问？我当然站在简英一边。当初要是知道会有今天这么一出，我肯定不会把舒志红介绍给老裴，可谁能想得到啊……"谢航抓着萧闯的胳膊问道，"反正我觉得挺对不起简英的，如果我现在主动告诉她，她应该不会恨我吧？"

萧闯一脸的不以为然："你能不能别往里掺和？不管老裴和简英现在到底是什么状态，关你什么事？我问你，简英什么时候委托过你监视老裴?"谢航摇头,萧闯双手一摊,"就是嘛,简英都不在乎老裴有没有新的女朋友,你那么在乎干什么?"

"那……要不你跟老裴说一下,让他自己跟简英把话讲清楚?"

"我才不管呢。以我的观察,老裴和简英早就断了,他交不交新女友犯得着跟简英说吗?"

"可就我所知,简英从来没跟老裴正式提过分手。"谢航疑惑地问,"你知道老裴跟简英提过?"

"明摆着的事,还犯得着谁跟谁提? 彼此再也不联系,各忙各的,这就是分手,就是断了。你还不了解老裴? 他那么好面子,怎么可能冷不丁儿给简英写信说咱们分手吧,万一简英回一句咱们不是早就分手了嘛,他怎么下得来台? 老裴肯定是这么想的。"萧闯接着很笃定地说,"而且老裴和这个姓舒的也没怎么,至少还没那啥,老裴绝对还是个处男。"

谢航惊诧道:"这些你怎么能肯定? 老裴不可能跟别人说的,即便是对你。"

萧闯嘿嘿一笑:"你想啊,如果老裴已经和姓舒的有了咱俩那样的关系,他还用得着时常大半夜起来洗内裤吗?"

谢航一时没反应过来,懵懂地看着萧闯,而萧闯则一副诡秘的表情仿佛在说"你懂的"。等谢航琢磨一阵终于想明白萧闯所指,她立刻羞得满面通红,气恼地骂一句:"流氓!"然后背过脸去。

萧闯被谢航这副模样激得一时兴起,扑过去抱住谢航,手往谢航的衣服里探。谢航一边挣脱一边叫道:"别闹! 不是说好要去康乐宫玩的吗?"

"我改主意了,这大风天的,不如在家玩儿。"萧闯喘着粗气说。

谢航使劲抵住萧闯:"我不想! 正说老裴的事呢,没心思和你玩儿。"

见谢航一副誓死不从的架势,萧闯只得作罢。升腾的欲火被硬生生浇灭,他不禁烦躁得很,气鼓鼓地说:"你究竟是接受不了老裴和简英分手,还是接受不了老裴另找别人?"

谢航不明白,反问道:"两者有什么区别吗?"

"当然,区别大了!"萧闯竖起眼睛说,"依我看,你现在这么神不守舍的,与其说是因为老裴与简英分手,还不如说是因为他交了新女友。"

谢航仍没搞清萧闯话里的含义,一味顺着自己的思路说:"是啊,这有什么不对吗? 如果老裴和简英确定已经分手,这个既成事实即便我不愿接受可也只能接受,但是我当然不愿意看到老裴这么快就和舒志红好上呀。"

"这么说,你巴不得老裴一直找不到女朋友?"

"倒也未必一直找不到,但至少不应该这么快。"

"为什么?"萧闯逼问道。

"这不明摆着吗? 如果老裴一直单着,起码简英还有机会跟他复合;如果老裴确定和舒志红在一起了,简英就再也没机会了嘛。"

"恐怕是你再也没机会了吧?"萧闯冷冷地说。

谢航皱起眉头品味萧闯的一番话,猛然醒悟过来,噌地从床边站起身,怒目而视萧闯,胸脯一起一伏,咬牙切齿地说:"你这玩笑开得太过分了吧!"

萧闯居然不知死地嘴硬道:"我没开玩笑。"

"你真是这么想的? 这是你的心里话?"谢航用手指着萧闯的鼻子,"你今天必须向我道歉!"

萧闯还从未见过谢航这副样子,咕哝道:"我没打你又没骂你,干吗要道歉?"

"因为你侮辱了我,侮辱了我对你的感情! 告诉你萧闯,只可能是你对不起我,绝对不可能是我对不起你!"

萧闯暗自一惊,心虚地揣摩着谢航的话,试探道:"我怎么对不起你了?"

"你刚才那番话就是对不起我!"

萧闯心里一块石头立马落地，讪讪地笑道："我还以为你说我做了什么对不起你的事……"

"性质同样严重！这几年我是怎么对你的，你不知道吗？我对你的感情和我对老裴的，是一回事吗？能放在一起比吗？你竟然那样说我，你真的是够……"谢航几经努力想说出那个词，但终究还是说不出口。

萧闯低下头："我知道你想说什么，我有时候确实挺混蛋的。对不起，刚才是我想和你那啥可你偏不和我那啥，我可能就精虫上脑了吧……"

"真恶心！"谢航被气笑了，又重复一句，"恶心死了！"

科贸中心的一间会议室里座无虚席，谭启章神情严肃地走进来，满屋子人立刻全体起立，谭启章做个手势让大家坐下。他站在会议桌的一端放眼扫视，发现裴庆华猫在一个靠墙的角落里，便招呼道："庆华，坐那么偏干什么？到前面来。"当即有个挨近会议桌的小伙子起身要把位置让给裴庆华。

裴庆华笑着摆手："不用了谭总，我这儿挺好。今天来的都是造机器的，我这个卖机器的最好溜边儿待着。"

众人都笑，谭启章也不勉强，手一指裴庆华："你小子滑头，恶人让我一个人当，自己得便宜还卖乖。其实我们这一屋子人都是为你打工的。"他坐下，脸色变得凝重，先在桌子上敲一下才对众人说，"新机器的方案我看了，这么搞不行啊！咱们华研头一回做自己的微机，市场定位是什么？高端还是低端？商用还是家用？一线中心城市还是二三线城市？做微机不能只想着我要做个什么样的最好，你得想想你的客户是谁，他想要什么样的、他肯花多少钱。"谭启章伸着脖子找寻墙角里的裴庆华，点将道，"庆华，你代表市场讲几句。"

裴庆华坐着说："咱们华研做了几年康朴，小有名气，但更多人只知道康朴不知道华研，所以华研电脑是个新来者，咱们既没有品牌号召力也没有技术优势，只能靠一条，就是价格吸引力。什么人关心价格？我成天泡在代理商的门店里，和买电脑的、看电脑的人聊天，说句大言不惭的话，这方面我还是比较有发言权的。我的观点是，自掏腰包、花自己血汗钱的人才真正关心价格。所以咱们华研电脑最初的目标客户群是家庭，主要是父母花钱买给孩子用，还有一些自由职业者，包括在家写书、写稿子、做方案的文字工作者。这些客户对于电脑的要求就是两条——便宜、好用。"

"你们都听到了吧？这就是市场的声音、客户的声音、上帝的声音。咱们必须把成本降下来，把价格降下来。"谭启章连续敲着桌子强调。

"我连广告语都想好了，'只需一万八千八，华研电脑搬回家'。"裴庆华笑着插话。

众人一片哗然，主管研发的副总裁老许立刻摇头："拿不下来，这价格怎么拿得下来？总不能牺牲质量和性能吧，这样怎么把品牌做起来？第一批也会是最后一批！"

谭启章笑而不语，等场面恢复安静才说："所以咱们今天开这个会，就是要把质量与价格协调好。不要急，咱们一项一项来。"他拿过会议桌上放着的配置清单，问道，"先说这个显示器吧，占了整机价格的三分之一，为什么这么贵？"

老许冲他对面的产品工程师递个眼色，工程师忙回答："正因为家用客户往往不如商用客户那么专业，他们更倾向于关注直观的感受，比如画面漂不漂亮，所以我们选的是目前市场上最好的显示器，可靠性也是最高的，使用寿命达到三万小时。"

"三万小时？按每天开机八小时来估算，差不多能用十年！"谭启章微微一笑，"在座的从第一次接触微机到现在，恐怕没几位超过十年吧，你们已经用过多少代显示器了？尺寸先不说，从 CGA、EGA 到 VGA、SVGA 再到 XGA，显示卡的规格不断提升，分辨率越来越高，两三年就要迭代一次。你们卖给人家号称能用十年的东西结果不出三年就被淘汰不用,你们这是在让人家省钱还是在让人家花冤枉钱?"谭启章忽然沉下脸说,"十年?五年都太久,三年正合适,把寿命标准降到一万小时!要不然后面白白放着的七年都是浪费,是对消费者的犯罪!"

工程师迟疑道:"可是如果在显示器后面的标签或者产品规格里明确写上使用寿命一万小时,客户可能会觉得咱们质量不行……"

"那就写一个范围,两万小时左右。"谭启章一摆手,"你去对显示器厂家说,我们就要寿命一万小时的东西,也只肯出一万小时的价钱,我不信没人接这个生意。"

会议室内一片寂静,自副总裁以下所有参与产品研发、设计与生产的中层骨干都被谭启章这番言论所深深触动。谭启章显然有意舒缓一下气氛,笑着问:"在座的都是技术大拿,谁能告诉我,从286到386用了几年?"

"大概三五年吧。"有人回答。

"那从386到486呢?"

"差不多三四年?中间还有个80387。"

谭启章点头:"英特尔去年号称搞出了586,距离486也是三年左右,不过我估计成气候大概得等到明年。你们看,刚才我说的三年不离谱吧,今后技术发展会越来越快,周期只会进一步缩短。这还只是说的硬件,软件的迭代会更快,新款软件在老款机器上跑不动,怎么办?只能换机器,哪怕用得好好的也得换,这就是市场规律。咱们做机器一定要遵从同期迭代原则,既然要换一起换,就不要怕要坏一起坏,各关键设备与部件的寿命都要与整机寿命一致,不得超过三年。我的意见是,减寿命、降价格。咱们一定要记住,价格是由市场而不是由成本决定的。消费者肯花多少钱,你就给他多少钱的东西,否则未必是保护消费者,倒可能是侵害消费者。咱们的目标就是要让消费者今天兴高采烈地买电脑,将来心安理得地换电脑。"

众人都有些犹疑,谭启章的话听上去有理有据颇能自圆其说,但又好像有点强词夺理的诡辩意味。在这关键时刻裴庆华首先响应道:

"我完全赞同谭总的观点。根据我和用户交流的情况看,这第一代电脑用户是最好的用户,好就好在他们都特别谦卑,只希望买来的电脑好用,还顾不上要求保证用好。电脑一旦出问题,他们的第一反应都是'哎呀是不是被我给弄坏了',他们往往抱怨自己笨而不会想到埋怨机器差。所以只要咱们做到既便宜又好用,华研电脑的品牌就一定能树起来。"

老许观察谭启章的脸色说:"那我们研发这边重新调整,力争把第一批微机的成本控制在一万八千八。"

"别呀,"裴庆华立刻跳起来,"那咱们的利润在哪儿?"

老许一拍脑门:"瞧我这脑子。好吧,我们全力压成本,多压一块钱就能让你多赚一块钱。就像谭总说的,我们都是给你打工。"

裴庆华和众人都笑,他又说:"还有件事我想跟大家提一下。估计咱们都是被同一门课给深深毒害的,这门课就是《微机原理》。咱们如今不像以前单纯搞研究,而是做产品做市场,能不能不再沿用'微机'这个叫法,一律改叫'电脑'?广大消费者搞不懂什么微型计算机,他们也接触不到小型、中型、大型计算机,在他们心目中这东西就叫电脑,形象、上口、好记。"

谭启章立刻赞成:"这个提议好!咱们就是要像庆华一样,一切围绕着客户。我宣布,从我做起,从现在做起,只叫电脑,不提微机。"

"还有另一个原因,"裴庆华接道,"微机的谐音听着就是遇到了危机,宣传起来很不好听。华研微机,人家还以为华研出了危机快不行了;电脑要进入家庭,总不能变成危机进入家庭,谁还敢买?所以就按谭总说的办,'微机'二字今后要禁用,要变成忌讳。"

散会后,裴庆华前后脚跟着谭启章走进办公室,谭启章纳闷道:"怎么着?会上的结果你还不满意?"

"满意,当然满意。"裴庆华赶紧满面堆笑地声明。

谭启章也笑:"你这家伙,拿我当枪使还使出甜头来了。"

裴庆华很认真地说:"谭总,我就是想跟您提一下,其实我也不想总拿您当枪使,是现在这种架构有问题。"见谭启章神情变得专注,裴庆华接道,"您看见了吧,研发部专门负责各种产品的研发,制造部专门负责各种产品的生产,我作为渠道部的人专门负责各种产品的销售,可没有一个部门负责华研电脑的整个生命流程。铁路警察各管一段,有问题只能把您抬出来协调,这不是长久之计啊!将来很可能他赖我卖得不好,我赖他做得不行。所以现在我作为企划部的人向您郑重建议,组建一个事业部专门负责华研电脑,一竿子插到底,从头管到尾。"

谭启章看着裴庆华,沉吟道:"照你这意思,这个事业部产、供、销、人、财、物一手抓,简直就是个完整的公司,这不成了集团里的独立王国?"

"没错,我理解您的担心。但是如果不这样集中力量孤注一掷,咱们华研电脑恐怕很难打响。既然真要把自己的电脑作为整个集团的战略中心来做,那整个集团就应该围着中心转,否则做不大也做不好。"

"你是不是有意要负责这个事业部?"

"谭总,我还是那句话,希望您不要误解为我是在要官要权、想进一步扩大势力范围。无论谁来负责,华研电脑事业部都应该尽早搭起来,这对集团大有好处。"

谭启章想了想:"我考虑考虑,下次总裁办公会上再集体商议。"裴庆华点下头正要出去,谭启章又叫住他问,"康朴那边,你有什么建议?"

裴庆华回道:"咱们和康朴的协议中约定,在双方合作期内华研不会推出自有品牌,换句话说,咱们推出自有品牌的那一天也就意味着与康朴的合作终止。不过依我看康朴未必真会这么做,他们需要时间物色新的总代理,咱们的代理商网络恐怕宁愿跟着华研也不愿跟着康朴,所以康朴的整个渠道体系都得重建。这两年康朴靠咱们挣了不少钱,一方面越来越怕依赖咱们,另一方面又不得不更依赖咱们,既担心咱们甩开他却又总抱着侥幸心理,这就让咱们处于主动。谭总,您觉得呢?"

"康朴对咱们还是不错的。前一阵我听说林益民自己搞了个公司,去找康朴谈合作,康朴特意跟我打招呼,说他们明确表示只认华研。所以庆华,我的考虑和你差不多,先装傻充愣,只要康朴接着给咱们供货,有人愿意买康朴咱们照卖不误,如果康朴另寻代理商咱们也不必拦着。"

裴庆华犹豫一下,还是决定把话挑明:"谭总,您是不是也想留条后路,万一自己的品牌没打出去,再回头接着当康朴的总代理?"

谭启章意味深长地笑一下:"虽说破釜沉舟、背水一战确实可以激励士气,但做生意毕竟跟打仗不一样,总不能明天的饭还没见到就先把今天的碗砸了。"

裴庆华也笑道:"谭总,我跟着您这几年已经发现了,在战略上您是理想主义者,在战术上您是现实主义者。"

谭启章还在犹豫是否采纳裴庆华的建议,IEM 却已经着手行动,他们在全球范围内成立了个人电脑事业部,从各部门调配精兵强将,将个人电脑这一产品线的研发、设计、生产、采购、物流、市场推广和渠道营销全部整合在一个有机体内,而谢航便是这班精兵强将中的一员。

尽管谢航一向不太喜欢自己的顶头上司爱德华,但当人事部陈经理初次向她征询是否愿意调去新成立的个人电脑部时,她还是有些不太情愿。谢航挺喜欢做大客户销售,每个项目都好似一场战役,错综复杂、波诡云谲,拿下一个大单的刺激性与成就感远不是卖几台个人电脑所能匹敌的。而制造业的项目相比政府与金融业要零散得多,什么行业、什么地区都有,这让谢航总能保持一种新鲜感。

陈经理耐心地听完谢航道出的各种顾虑,不疾不徐地说:"Abby,你讲的这些都有道理,而且我也都能理解。但你想过没有,再过五年,最多十年,那个时候的你在做什么?如果你继续这样做下去,你会从小 sales(销售)做到大 sales 再做到老 sales,你真的这么喜欢做 sales 吗?如果你调到 PC 部去,从产品专员做起,你就是在做一个产品,所有与这个产品有关的都会接触到,慢慢就会发现,其实你可以做一家公司。这两条路会把你带到两个完全不同的地方,各有不同的风景,你好好想一想,更喜欢去哪里。"

陈经理的这番话让谢航立刻决定加盟个人电脑部,也让她这辈子头一次接触到什么叫职业规划。人的一生就像一列火车,起决定作用的与其说是车头处的司机,毋宁说是路边的扳道工。司机的勤奋能让火车跑得更快,司机的坚韧能让火车跑得更远,但路线与方向上的每一次转换却都是由扳道工完成的。人生之路并非单纯取决于你自身的努力与坚持,其实更多的是取决于在每个道岔等候你的究竟是你的贵人还是克星。

内心已经打定主意的谢航故意慎了片刻才说:"既然公司有这样的考虑,作为 IEM 的员工我当然理应接受公司的安排。但是我有一个要求,能不能把我的 title(头衔)定为 Product Manager,产品经理而不是产品专员?我相信根据我过往这三年的业绩来看,您肯定会认同我配得上这个 title。"说完她就竭力不动声色地看着陈经理。

陈经理面无表情,默默地直视着谢航的眼睛。谢航忐忑间都能感觉到自己的心跳越来越慌乱,她开始设想一旦被陈经理拒绝该如何找台阶下,暗忖只要陈经理微微皱一下眉头,她便应抢在陈经理开口之前主动把刚提的要求撤回来。陈经理慎了更长的片刻才无声地笑一下,然后终于开口道:"Abby,对我而言这没有任何问题,我相信你会证明自己是一位出色的产品经理。好好干,也许再过三年你会成为 IEM 最年轻的产品总监!"

IEM 中国公司个人电脑部最初的成员不算多,毕竟上游的很多业务都在美国,在中国主要是品牌推广、市场宣传与渠道管理。新部门成立的会上相距谢航不远坐着个白面书生,一看就是刚毕业的学生,一副诚惶诚恐的样子,对一切既新奇又紧张。听老板介绍这人时称他为"Hong",谢航有些纳闷,哪有男孩子叫"红"的,又一想大概是宏大的"宏"吧。因为"Hong"乍一听与"Hang"相近,谢航不禁回想起三年前的自己,也是被别人一口一个"航"地叫着,不由得对这个小伙子额外多了一分留意。

巧的是会后这个小伙子就被老板领到谢航的座位旁边,老板介绍说:"这个新来的实习生,你先带带他吧。"说完就把人像是一件包袱似的撂下走了。

谢航忙到邻座推过来一把椅子请小伙子坐下,不好意思直接问对方姓名,只好问:"你的名片印了吗?"

"还没呢。"

"你的名字是哪个'Hong'?"

"不是名字,是姓。我姓洪,洪水的洪,千钧一发的钧,洪钧。"

谢航奇怪道:"那他们应该叫你'Jun'嘛。"

洪钧笑了:"那些老外发不准这个音,听着像'June',现在都七月了,还六月六月地叫,不合适。"见谢航也笑了,他也就不再怕生,问道,"前辈,我该怎么称呼你呢? 叫谢小姐还是谢姐?"

"都不好听,你还是叫我 Abby 吧。"谢航颇为老到地建议说,"你也应该有个英文名字。这儿和学校可不一样,老师们要是念不好你的名字就不会点名叫你回答问题,你还巴不得呢。可在公司如果老板们念不好你的名字就不会经常把你挂在嘴边,那后果恐怕不太妙哟。"

"你的 Abby 是谁起的?"

"我自己起的呀,怎么样不错吧?"

"那就辛苦一下前辈,也给我起一个吧。"

"那本前辈就送你一份见面礼。"谢航歪头想了想,"就叫 Jim,怎么样? J-i-m。"

二十五
/
成功的代价

　　萧闯已经叫嚣了好久要请谢航和裴庆华吃大餐,而且指名道姓非去"三刀一斧"不可,可究竟是哪"三刀"他却与谢航一直存在分歧。萧闯心目中的"三刀"是明珠海鲜酒家、香港美食城和大三元,谢航却说大三元属正宗广东老字号,只有专门宰人的新贵才能算是"刀",她认定第三把刀应该是顺峰。至于那"一斧",毫无争议是山釜酒家,也同样毫无争议地首先被淘汰出局。谢航一向对烧烤的油烟退避三舍,而萧闯素来不喜辣,对韩式泡菜尤其抵触。

　　谢航不以为然地说:"随便找个地方吃就行,干吗非要去挨宰? 只有那些暴发户、傻大款才去那种地方,你又不需要在我和老裴面前摆阔气争面子。"

　　"此言差矣,最近几个月股市一直不好,如今咱们仨里最需要打肿脸充胖子的就是我。我比不了你,在外企大把银子挣着,如今手下也有实习生了,眼瞅着就要成资深高管;我更比不了某人,"萧闯斜眼瞟着裴庆华,"钱虽说挣得一般,但马仔过百人,前呼后拥,那阵势,可一进家门就装穷。我就是要给某人做个示范,挣了钱就该花。"

裴庆华眼皮也不抬,回应道:"我可没求你请我,你以为我愿意当电灯泡啊?"

谢航打圆场说:"行了萧闯,既然是你请客,你想去哪儿都行,我们不挑。"

"那就去大三元,你不是说它不算'三刀'之一嘛,去那儿不算我太显摆。"萧闯刚想问裴庆华要不要叫上舒志红,一转念还是算了,本来是花钱讨谢航欢心,总不能变成讨不痛快。

三人打车到了景山西街的大三元,虽说是萧闯请客,点菜的却是谢航,因为萧闯其实还没见识过几回高档宴请,怕露怯。谢航点了脆皮乳猪、烧鹅、澳洲带子,给每人叫了一份炖盅,还有几样点心。裴庆华忽然来一句:"干炒牛河有吧?给我来一盘。"

萧闯一边喝茶一边说:"我打算斥巨资买台电脑。"

谢航揶揄道:"你买电脑干吗?打扑克还是扫雷?"

"别这么瞧不起人,我有正事要干,你以为股市里赚钱全凭运气?我得分析行情和走势啊。报纸上和广播里的很多数据我得记录整理出来,那里面可有黄金屋。对了,我听说邮电局在筹建DDN数据专线呢。等一推出我就去申请,和证券公司的电脑系统直接连上,那可就是实时的啦,有这个利器想不赚钱都难。"萧闯眉飞色舞地憧憬完又问,"正好你们俩都做电脑,给我参谋参谋,是买IEM好呢,还是买康朴?"

谢航不说话,裴庆华以为她是不想自卖自夸推荐IEM,便说:"如果从性能上考虑,肯定是IEM好;如果从价格上考虑,肯定是康朴更实惠。"

"那性价比呢,谁更高?"萧闯追问。

裴庆华笑道:"这可不好说,有钱的会认为IEM性价比也不错,没钱的会觉得康朴性价比更好。"他刚想说其实性价比最高的当数即将横空出世的华研电脑,但他一忍再忍把话又咽了回去。

萧闯琢磨一下,看着谢航说:"要不我还是买康朴吧。你们IEM家大业大,不在乎有没有我这区区一台的单子,我要是买 IEM,老裴该骂我重色轻友,不照顾他生意了。"

谢航忽然笑出声:"萧闯你真逗,我怎么会在乎你这一台买不买 IEM? 说真的,就算老裴一下子卖出一千台康朴,IEM 该怎样还是怎样。"她立刻意识到这话有些不妥,忙对裴庆华说:"老裴你千万别误会,我没那意思,纯粹是有感而发。我越来越发现 IEM 的机制有问题,太死板太僵化。比如说,我辛辛苦苦搞了一番市场调查,把 IEM、AST、康朴、联想、浪潮还有长城的价格变化与销量走势做了相关性分析,然后把分析结果和建议都发给了总部,希望能对 IEM 制定在中国的价格体系有所帮助。可你能想得到总部给我的答复是什么吗? 两条,第一,IEM 从来没把中国的本土品牌列为竞争对手,因为 IEM 的价格是全球统一的,不会为中国市场单独定价,所以在 IEM 的 benchmark 中只有 AST 这些国际品牌,根本没有联想那几家……"

"benchmark 是什么?"萧闯插问。

"可以理解为基准轴、参照系一类的意思吧。就是我们 IEM 在决定自己产品卖多少钱的时候,总要参考一下竞争对手卖多少钱。"

"也就是说,联想、浪潮在中国推出什么机型、什么价格,对你们 IEM 根本不会产生任何影响?"裴庆华叮一句。

"没错,事实就是如此。"谢航接着说,"第二,总部告诉我,在考虑竞争因素的同时,IEM 的价格取决于两个指标:一个是成本,一个是利润。说白了,总部先算出所有的成本和费用加在一起是多少钱,再加上今年打算赚的钱,最后除以今年准备卖出去的台数,得出来的就是每台电脑的价格。"

萧闯笑了:"莫非这就是传说中的如意算盘?"

谢航苦笑一下,问裴庆华:"老裴,康朴也是这套做法?"

裴庆华正若有所思,被谢航这么一问忙回应说:"哦,也差不离,不过康朴毕竟比 IEM 小得多,总归灵活一点。中国市场的价格他们在亚太区的部门就能定,而且给我们华研一个比较大的浮动范围,我们能做的文章也就这么点。"

"IEM可不行,我们不允许代理商、经销商在价格上做出任何改动,一经发现立马取消代理资格。搞得我整天就像个农贸市场里戴红箍的管理员,逐个摊子巡查,就看有没有人擅自调价。唉,真挺没意思的。"

萧闯打趣道:"喂,您能告诉我,哪家农贸市场的管理员一个月工资九千块?我也想去。"

"讨厌!我就是打个比方。"谢航叹口气,"我觉得IEM这种机制太成问题,可没办法,谁让我人微言轻呢。"

裴庆华笑道:"那你应该挺轻松的,不用经常通知代理商调整价格。"

"看样子一年也调不了几次,新机型出来会把老机型的价格调降一下,再有就是年终为了冲业绩搞些返点折扣吧。"

裴庆华心情看似不错,正好干炒牛河端上来,他再三邀请萧闯和谢航一起分享,说这是他的最爱。筷子与瓷勺并用夹起一大口塞进嘴里,满心期望能大快朵颐,嚼着嚼着裴庆华不禁有些失望地嘀咕:"这大三元不是顶级粤菜馆吗,怎么还不如我在三元里吃的那家巷口小铺子?"

萧闯不高兴了:"你呀,就配吃街边巷口那些小铺子,上不得这种大台面。"

谢航笑道:"老裴,你这叫曾经沧海难为水。"

"说反了吧,"萧闯一脸鄙夷,"他是曾经水难为沧海,就这么点儿出息。"

星期一刚上班,裴庆华就兴冲冲地来找谭启章,上来就说:"谭总,咱们之前的那个担心看来不是问题,可以放手大干一场了。"

谭启章示意裴庆华把门关上,问道:"你指的是哪个?"

"上次讨论咱们华研电脑以超低价打开市场,大家都担心如果以IEM为首的这些国际品牌也随即降价应对,咱们很可能赔本赚不到吆喝,白白为他人作嫁衣。因为消费者毕竟更青睐那些名牌,他们降两三千比咱们降万八千还有吸引力。咱们好不容易搅动起来的人气都跑他们那边去了,事后他们可以再找个名头把价格抬上去,但咱们要想再用低价发动第二波攻势可就难了。"

"是啊,咱们只有一次机会,必须一炮打响,否则就是一锤子买卖。"

"谭总,我现在的判断是,IEM 很可能无法做出快速反应,咱们可以很从容地打响这一炮,甚至有机会争取扩大战果。"

谭启章眼睛一亮:"是吗?这么有把握。你是不是了解到什么新情况?"裴庆华便把从谢航那里听来的内幕详细对谭启章讲一遍,谭启章有些难以置信地问:"这么说,咱们即便在中国市场扔一颗原子弹,IEM 都未必正眼瞧咱们一下?"

裴庆华笑道:"恐怕真是这么回事。您想啊,连长城、联想、浪潮这些知名品牌都不在 IEM 的竞争对手名单里,咱们华研名不见经传的,人家哪儿知道咱们是谁啊。"

"太好了,我巴不得他们一直不把咱们放在眼里。庆华,你这个情报可是有战略价值哟! 如果确定 IEM 不会在短时间内回应咱们的价格战,咱们就离成功不远了。"

"是啊谭总,另一家是 AST,而他们的渠道都在联想手里,联想正在推自己品牌的电脑,即便 AST 迅速下决心跟随降价,联想也未必肯当回事吧。就像咱们和康朴的关系一样,联想不可能帮 AST 拼命挤压本土品牌的。"

"因此可以预见的情形是,在咱们以震撼价推出新品后,国际品牌基本不会有什么反应,而联想、长城有可能迅速跟进,形成本土品牌联手降价促销、共同拉抬市场人气的局面,媒体再煽风点火,消费者蜂拥而至。咱们与另几个本土品牌差距不大,消费者很可能只认价格,而他们的降价力度肯定比不过咱们。"谭启章搓着手说,"庆华,我决定了,干!"

"谭总,关于华研电脑的上市日期我有个新想法。之前咱们倾向于国庆假期,我现在建议提前到九月初,大中小学集中开学,正是家长最肯花钱为孩子购置学习用品的时候。"裴庆华凑近谭启章小声说,"另外,我今天一大早给美国使馆签证处打电话查询,九月的第一个星期一是美国的劳工节,是那边的法定假日,连续三天的长周末,我想IEM、AST包括康朴他们美国总部的人大多会去度假……"

"劳动节不是五一吗?而且是国际劳动节,美国人怎么搞到九月去了……"谭启章又一摆手,"算了不管它。庆华,我明白你的意思,趁他们的长周末发动攻势,即便他们中国公司的人第一时间向总部报告,总部那帮人也没心思工作都跑去休假了,能拖一天是一天,他们晚一天反应咱们就多一天扩大战果。具体日期你查到了?"

"嗯,今年的劳工节是9月6号,我建议咱们就在4号星期六全面推出华研电脑。"

谭启章有些疑虑:"等于提前将近四个星期,各方面准备工作来得及吗?"

"这就得靠您督战了。确定发布日期,各项工作从后往前倒推,一项项设定截止期限,各部门、各岗位从今天开始倒计时,每天检查进度,遇到问题马上解决,而且还得注意保密。"

"好!"谭启章往桌上一拍,"庆华,这才像是打仗的样子。你上次跟我说的搞电脑事业部的事,先拿这一仗练手。待会儿我就召集总裁办公会,马上成立华研电脑上市和价格战前敌指挥部,你来当这个指挥官。这一仗打赢了,你这个领军人物也就打出来了,成立事业部顺理成章。"

从谭启章办公室出来,经过渠道部办公区的时候,裴庆华发现小戚两眼无神兀自唉声叹气,他过去在小戚肩头拍一下,问道:"怎么着,行政部没给你订中午的盒饭?"

小戚翻起眼皮看一眼裴庆华,悲戚地说:"别提午饭了,以后我连晚饭也没得吃了……"

"怎么了?"

"沈太福那个王八蛋!毙他十次都应该,可就算把他毙了又有什么用?我找谁要回我那一万块啊?"

裴庆华明白过来,小戚这是又想起长城机电那场骗局加闹剧了,他俯下身小声说:"一个字,该;两个字,活该;三个字,你活该。谁让你贪便宜的?我怎么就不会上这种当?"

小戚又翻一下眼皮,这次露出更大一片眼白:"谁能跟你比呀,你们家祖上不是开票号就是开当铺的,你多鸡贼啊……"

"行了,别怨天尤人啦,上当的又不止你一个,像你这号的有十多万人呢。报纸上不是讲了嘛,有关部门正在全力追缴长城机电非法集资的款项,并将从速开展清退工作,你就踏实等着吧。"裴庆华已经走出几步又折返回来,神秘地说,"戚总,先跟你通个气。从今天开始你跟着我大干苦干二十天,力争年终奖金上十万!"

小戚噌地站起身,两眼放光:"老大,真的?"

9月1号和2号两天,北京、上海、广州和深圳等一线城市的晚报上都连续开出个不大不小的天窗,一片空白中只有几个小字,1号印的是"大后天",2号印的是"后天",3号这天终于显露峥嵘,大号字印着"明天!只需一万七千八,华研电脑搬回家!"下方是当地各处华研代理商与经销商的地址名录。

比原定的一万八千八又降了一千块,这是裴庆华一再力争的结果。他说人们习惯讲百八十、千八百、万八千,"八"这个数字很显大,一万八在人们的潜意识里就是两万来块,而一万七听上去就只有一万多块。不要小瞧这一千块的差距,这就是消费者心理上的一道坎。众人将信将疑,最后谭启章拍板说就按庆华的意思办。

9月4号星期六,风和日丽,清爽宜人。一大早裴庆华就拿着大哥大赶到中关村丁字路口一家最重要的代理商门口,见横幅醒目、彩旗轻扬、气球飘舞,大喇叭、宣传板都已就位。刚开门就有几位一看便是中学生家长的进来,围着华研电脑的样机转来转去。不时有人问华研是哪儿的牌子,业务员回答华研就是康朴的国产化,又问那质量过关吗,业务员回答东西都一样,就是换个中国牌子,很快便先后有人试机、交款。裴庆华问经理:"你估计今天的销量能到多少?"经理五指张开:"保证给你走五十台!"裴庆华拍拍他肩膀:"把你公司的姑娘小伙都轰到街上往里揽客,你今天要是能超过五十台,我无偿送你们一台!"经理喜出望外,裴庆华又说:"今天是工作日,可能有客户下班赶过来,你们能不能辛苦一下,晚两个小时收摊?"经理一拍胸脯:"没问题,挣钱谁不乐意啊。"

裴庆华又走了两家门店才回到科贸中心坐镇,随时询问各地销售数据,解决各种突发问题。中午谭启章特地把盒饭端到裴庆华桌上,问道:"那几家国产品牌有动静吗?"裴庆华说:"早上我在门店的时候,对面的人就进来转过一圈。他们肯定在时刻关注咱们的动作,不过今天未必就会做出反应,因为他们也要观望咱们第一天究竟成效如何。"谭启章既紧张又期待地问:"怎么样,今天能不能卖到八百台?"裴庆华笑道:"我盯着呢,随时向您报告。"

但裴庆华很快就忙得把他对谭启章的承诺抛诸脑后,傍晚六点谭启章又走过来,脸色严峻地问:"怎么回事庆华,是不是情况不太好,最终的数据还没出来?"

裴庆华一拍脑门:"哎哟对不起,谭总我都忙晕了,忘了跟您说。八百台早已经突破,现在全国整个渠道的数据还没汇总,但我估计应该在一千一百台左右。"

谭启章兴奋地叫道:"好,这一炮打响了!"他随即又笑着抱怨道,"你怎么一点儿高兴的样子都没有?我刚才看你焦头烂额的样子,还以为打了一发哑炮。"

裴庆华露出一副苦笑:"哪儿顾得上高兴啊,好几个地方的物流都出了问题,明天可能无货可卖,我正催呢。"

谭启章不能自已地在走道上来回踱步,连声说:"赏!重赏!今天晚上全体参战人员大撮一顿，论功行赏！"

"别啊谭总，现在还不到时候。"裴庆华急切地说，"您得赶紧亲自去盯生产那边，让他们连夜加班装机器，照这出货速度第三天咱们就得卖断货，这么旺的市场人气可就白白便宜那几家了。"

9月6号星期一，谢航一上班就来问老板看到新闻没有。老板一愣，说市场部的简报应该还没送来吧。谢航不由得暗气哪有指望市场部了解市场的，自己不会看电视读报纸吗？她尽量心平气和地说："华研集团前天推出了挂自己品牌的华研电脑，售价一万七千八人民币，这个价格超乎所有人的想象，有可能他们短短两天时间就卖出了两千台。更严重的是，联想、长城和浪潮几个品牌昨天开始跟进，纷纷调降价格。老板，这是一场价格战，咱们得马上应对！"

老板想了想说："这个情况很重要。你马上写一个 briefing（简报）给我，我转给总部。同时你密切关注一下 AST、康朴他们的动态，如果他们也跟着降价，事情才真叫更严重了。"

谢航克制一下情绪，提醒道："美国现在是星期天晚上，他们明天还要接着放假，等他们回复恐怕就太晚了。"

"那也不能擅自行事，这是公司的 policy（政策）！"老板强调过后又说，"我们要对 IEM 的品牌有信心，也要对中国的客户有信心，他们不会只看重价格、不看重品质。"

谢航无可奈何地回到自己位子上，开始埋头写简报。洪钧把一杯咖啡放在她桌上说："前辈，你的咖啡，祝你一周好心情。"

谢航苦涩地摇摇头："哪会有好心情，被人家打了一闷棍，连还手都不行。"

洪钧逗趣道："前辈挨谁打了？我替你去狠狠地骂他。"

"你可真有种……"谢航笑了，"不只是我，也包括你，是 IEM 被人家打了一闷棍，估计还有好几棍在路上。"

听谢航把情况大致一说，洪钧不由得皱起眉头："感觉这好像不只是一闷棍,人家这是向咱们宣战啊。"

"对呀,连你都能看明白,可咱们公司还是一副没睡醒的样子。你想,这场价格战已经把客户的心理彻底颠覆了,他们会突然意识到原来电脑这么神圣高贵的东西也可以只花一万多块钱就能买到手,这个市场从今往后就会是完全不同的另一种玩法。如果 IEM 还是一味拿自己所谓的品质品牌说事儿,端着一副高不可攀的架子,只会被市场抛弃。"

洪钧试探道:"前辈,等你把这份简报写完能不能让我学习一下?"

谢航叹口气:"在外企最需要学习的是分清什么可为、什么不可为,而这恰恰是本前辈做得最不好的地方。"

舒志红由裴庆华陪着从谭启章的办公室出来,笑盈盈地仰脸对裴庆华说:"你们真棒!这才一年多吧,你们就从蹭镜头的变为专访对象了。"

"这里也有你一份功劳,舒大记者功不可没、功不可没。"裴庆华由衷地说。

"你现在服气了吧?当初我说没办法给你们做专访,如今是我主动跑来做专访,说明两点,第一我专业,第二我敬业。"舒志红得意之余又叮嘱道,"不过你得答应我,我这个专访必须是独家首发,你们得等我的稿子见报再接受别人采访。"

"那可得拜托您麻利点儿,您的鸿篇大作要是迟迟不见报,总不能让我一棵树上吊死吧?"

"你想干吗?告诉你,你只能有我这一棵树,这辈子必须一直吊在我这棵树上。"舒志红一边说一边抬手掐裴庆华一下。

"那我请你吃中饭吧,先犒劳你一下,这样你有力气写稿子。"

"嗯,这态度还差不多。不过我还是赶紧回报社写稿子吧,争取明天就能见报。"正好走到楼梯拐弯处,舒志红偷瞄楼梯上下两端都没人影,拽住裴庆华的衣服坏笑着说,"不过你现在得吻我一下,要不然我没力气写。"

裴庆华扭头看着舒志红,脸上的笑意渐渐敛去,转而有些不快地说:"你又这样,我说过不喜欢你总把两件不相干的事扯到一起,听起来好像是对我的要挟。"

舒志红没想到裴庆华一言不合就变脸,委屈地说:"人家这是撒娇,懂不懂啊你?"

"撒娇也要讲究方式方法,你已经知道我不喜欢这种方式,为什么还老用?"

舒志红盯着裴庆华的脸看了半天才说:"明白了,你就是不喜欢我主动要求你做什么,因为我要求的往往是你不情愿的,只有你不情愿做的事才会觉得是要挟。你听好,今后我绝对不会要挟你什么,我也不会要求你什么,我没那么贱!"说完,她就甩开裴庆华的衣襟,快步跑下楼梯,径直往大门外走去。

当天晚上是华研集团声势浩大的庆功宴。谭启章把对面奥林匹克饭店的宴会厅包下来,不仅总部全体人员悉数到场,还把几个大区的负责人和重要代理商的老总从外地招来,乌泱乌泱坐了一大片。巨大的横幅上写着"热烈庆祝华研电脑两天热销两千台",几个大气球下面拖曳的条幅分别写着"一炮打响""一鸣惊人""横空出世""首战告捷"之类。

谭启章举着酒杯走到话筒前面致辞,从给康朴当代理的憋屈说起,再谈搞到自有品牌"准生证"的不易,说着说着竟然哽咽,台下一片肃然。谭启章见状忙振作情绪,转而大谈特谈此次战役的辉煌及其对华研集团乃至整个民族产业的伟大历史意义,最后一举杯,大喊一声:"为了华研,喝!"引得满场数百人同声应和。

接着便是各桌轮番互相敬酒,谭启章敬到裴庆华面前时忽然咂摸嘴说:"庆华,总感觉缺点儿什么,不够劲儿,你觉出来没有?"裴庆华猜不透,谭启章歪着头说,"缺首歌,缺一首'华研之歌'。你想想,这时候要是全体员工高举酒杯齐唱咱们公司的歌，这得多带劲！庆华，这任务交给你，明天就去找人，请诗人作词、请作曲家谱曲，多少钱咱都出，下次庆功会一定要唱响咱们自己的'华研之歌'！"裴庆华忙点头应承。

一圈下来谭启章又回到话筒前，满怀深情地开始历数各部门各岗位的有功之臣："研发不容易，就说咱们的副总裁老许，为了搞出华研自己的主板熬了多少日日夜夜，吃饭都是在实验台凑合，有一次迷迷瞪瞪差点儿把电烙铁当成筷子塞进嘴里，你们说吓不吓人？再说生产，为了赶工期大家两班倒，吃住都在装机车间，咱们的生产线拥有全中国平均学历最高的班组，一律名校本科以上，'拉长'都是教授级高工，你们说厉不厉害？还有物流，为了保证零配件万无一失，采购部从上到下全部到一线押车，那份辛苦，你们说感不感动？还有销售……"

公司上下从副总裁到最前线的业务员谭启章都如数家珍点到了，却始终没提裴庆华。直到最后谭启章特意把酒杯斟满，高声说："接下来我点到的这个人是咱们华研电脑的头号大功臣，你们猜猜他是谁？"远处有几个小子竟起哄怪叫"是谭总"，谭启章笑道，"这个人是你们中间第一个向我提议搞自己品牌电脑的人，也是始终坚持没有条件创造条件也要上的人，他在华研电脑的市场定位和价格策略的制定中起到了举足轻重的作用，他一手打造了华研电脑的全国销售网络，更是这次华研电脑上市和价格战的总指挥。这个头号功臣是谁？——他，就是咱们的庆华！"

众人齐声叫好，裴庆华红着脸微笑致意。谭启章把他招呼到跟前，裴庆华还以为是让他也讲两句，不料谭启章忽然转向众人问道："对咱们的头号功臣，你们是不是应该表示表示啊？来啊，把庆华抛起来！"

最先自告奋勇的是小戚和几个渠道部、企划部的下属，偏偏个个瘦小枯干，和裴庆华完全不在一个重量级，几个人均不知如何下手，裴庆华也不敢把自己交到他们手里。谭启章见状又喊道："咱们华研没人了吗？来啊，一米八以上的大个子，有几个上几个！"

这才有好几位身材魁梧的应声上前，众人合力把裴庆华托起，口中喊着号子将他连番抛向空中。按说这是裴庆华迄今为止的职业生涯中最为光芒四射的一瞬间,可他内心更多的不是喜悦而是紧张,他在半空中默念的竟是一句老话——抛得越高,摔得越狠。

裴庆华回到家时虽然疲惫不堪,但心里却是满满的成就感,不料等候他多时的萧闯立刻斜着眼睛阴阳怪气地说:"老裴,你嘴够严的哈。咱俩同在一口锅里吃饭,睡觉就隔这么一堵非承重墙,我是今天偶然抽空看一眼新闻才知道你们华研搞了自己的电脑;你这保密工作可以啊。"

裴庆华忙暗自提醒自己要低调要内敛,就红着脸讪笑:"没办法,公司要求的。"

"你是生怕我透露给谢航吧?算你小子明智,因为一旦我知道,谢航马上就会知道,我绝对不会保持中立。"见裴庆华不作声,萧闯愈发挑衅地说,"老裴你不觉得你这么做人有点儿不够意思?谢航刚调到他们PC部,屁股还没坐热呢,你们就勾结这么多国内厂商发动价格战,这不是给谢航一个下马威吗,你就真的一点儿都不考虑谢航的感受?"

裴庆华避重就轻地辩白:"没勾结,事先、事中、事后都没通过气。"

"但价格战这第一枪是你们打的吧?说你把IEM打个措手不及不算冤枉吧?你对谢航就不能留点儿余地,这几年她帮你还少吗?"

"这你确实冤枉我了,华研推自有品牌并不是专门针对IEM,降价促销也只是一种营销手段。我跟谢航关系自然没的说,更有你的面子在,但一码归一码。我们华研这次就好比是一竿子打落一船人,船上有IEM的也有AST和康朴的人,只是谢航偏偏不巧刚换到这条船上,实在这是误伤。要是谢航还做她的大型机就不会有这事了。"裴庆华说完冲萧闯作个揖。

"老裴,我发现真得对你刮目相看啊,能操盘这么大的行动而且干得这么漂亮、滴水不漏。说实在的,以前我真有点儿小瞧你了,看来在华研这种公司干确实挺能锻炼人。”裴庆华搞不清萧闯这是在褒奖还是在反讽，正不知如何回应，萧闯忽然仰天发出一声长叹，“唉——真没想到会有今天，一边是价格战的首要策划者，一边是价格战的直接受害者；一边是我同屋的兄弟，一边是我同床的女人。老裴，你说我萧闯是不是应该特别自豪啊？可我再怎么自豪再怎么骄傲，我都没法跟外人说，连一个能跟我分享的人都没有，真是要憋死我啊……”

裴庆华也有些伤感，却找不出更合适的话，只好说：“这纯属偶然，你别多想。”

“对了老裴，还记得我说要买台电脑吗？那会儿说好的要找你买康朴，可我现在改主意了，我必须找谢航买IEM！”

“应该，应该，我完全理解。不过新出来的华研电脑可要比IEM便宜一万块钱呢。”

“我不在乎！”萧闯脖子一梗，“我就是要表明一个态度，你们谁都可以背叛谢航，但我绝对不会、永远不会！”

裴庆华终于等来即日的《经济报》，迫不及待地摊到桌上在各版翻找，很快便看到署名抒见的长篇专访《是我打响了本土品牌保卫战的第一枪——记华研集团总裁谭启章》。读着读着，兴奋与喜悦转瞬间变为焦虑和愤懑，他抄起座机就拨舒志红的电话号码。舒志红一听是裴庆华的声音，还以为他是特意来为昨天的言辞道歉的，笑嘻嘻地说：“怎么着，想通了？明白你错在哪儿了？”

裴庆华强压住怒火，冷冷地问：“你写完稿子为什么不先让我看一遍？”

“哪儿来得及呀，这还是紧赶慢赶终于今天见报的，你不是要求越快越好吗？”舒志红又噘嘴说，“就你昨天那个德行，懒得给你看。”

“你给我惹大麻烦了你知不知道？！”裴庆华近乎咆哮道。

舒志红吓一跳，下意识地辩解说：“不可能，我们主编特意把带有火药味的字句都给删了，就是怕相关公司过度敏感。”

"看看你这段是怎么写的！"裴庆华读道，"谭启章特别提及，此次之所以能将往日不可一世的洋品牌打得措手不及，是因为华研集团从可靠渠道掌握了以 IEM 为代表的国际知名公司的应急反应与决策机制。据了解，IEM 等公司在制定产品价格时，从未将本土品牌列入他们对标的竞争对手名单，自然无法对本土品牌在中国市场推出的震撼价格做出快速反应。正因为如此，华研集团才得以毫无后顾之忧地放手一搏，从容发动价格战并一战成名。"

电话里半天没出声，舒志红皱着眉头仔细捋一遍，没觉出有任何不妥，只得试探道："是'不可一世'这个词太过了？还是'一战成名'的提法不合适？"

裴庆华气急败坏地说："你知道你这里写的'可靠渠道'是什么？是谢航！"

"谢航？她是你们在 IEM 的内线？"顿时舒志红不由得紧张起来。

"当然不是！谢航在聊天时无意中把这些内部情况透露出来，然后我讲给谭总，谭总又讲给你，你再写到报纸上。你让谢航怎么看我？你让我以后还有脸面对谢航吗？！"

"谢航跟你讲这些的时候还有其他人在场？会被 IEM 知道吗？"

"这倒不会，我担心的不是这个。原本谢航并不知道她在这件事里面的作用，你这么一写，她该立刻以为我是故意套她的话，在她眼里我就是个间谍。"

"不至于吧，我相信顶多就是说者无意、听者有心，各为其主罢了。"

"唉，即便如此她也会觉得我是在利用她，在她毫不知情、毫无防备的情况下利用她。你可把我害惨了……"

"那你究竟有没有利用她呢？"舒志红等了一阵，但裴庆华一直闷声不语，她又问，"如果确实是你做错了，你应该考虑的是如何补救，而不是指责我没替你掩盖吧？"

裴庆华无言以对，气得一下把电话扣上。

萧闯在电话里听出谢航情绪不佳，半开玩笑地说："是因为这几天被土八路们占了上风？告诉你一个特大利好，我已经决定在此关键时刻出手买一台你们 IEM 的电脑，大力拉抬一下你们的形势。"谢航不作声，萧闯劝慰道，"即便这一仗 IEM 输了，你也犯不上把 IEM 和你自己画等号，公司是公司你是你，又不是你一个人的责任。"

等了一会儿仍不见动静，仔细倾听竟隐约传来啜泣声，萧闯急了："怎么了谢航？我马上过去找你，你等着我。"

谢航嗓音喑哑地说："我不想在公司待着了，你直接去我家吧。"

等萧闯心急火燎地赶到谢航租的房子，推门就见谢航坐在小桌边，正两眼发直对着桌上的报纸出神。他登时放下心，笑着说："啥破报纸，还值当拿回家看。"他把双手搭在谢航的肩头，目光落在文章标题上，不以为然道，"这种小人得志的自吹自擂你也当真？八成是华研的公关部自己写的，再花钱找报社发，你至于为它生气吗？"

"这个抒见，就是舒志红的笔名。"谢航轻声说。

"哦，那估计老裴倒用不着给她钱，提供素材就行。"

谢航没接茬，手指在文章上点了点，然后起身走到床边，直挺挺地躺下，眼睛瞪着天花板。

萧闯莫名其妙，抄起报纸从头开始看，忽然一凛，有些不敢相信地问谢航："这几句话怎么像是那天在大三元你讲过的？"

谢航眼珠不动，嘴里轻轻吐出两个字："就是。"

"啊？老裴真够孙子的，丫干的这叫什么事！我好心好意请他吃饭，你诚心诚意跟他聊天，他居然用话故意套你，这家伙的心机也太深了！"

谢航微微摇下头："我仔细回想过，他应该不是有意的，是我自己话赶话说出来，只能怪我口无遮拦，脑子里缺根弦儿。"

"哪有那么巧的事？他们正想打探这方面情况，你就正好讲给他听？"萧闯一把抓起报纸怒道，"最可恨的是他们居然把这些都登出来，这不是成心羞辱你吗?!"

谢航又微微摇下头:"这倒不会,我相信他宁愿不让我知道。"

"为什么?让你还以为他是个君子,让你对他还是一点儿戒心都没有,这样就可以继续利用你打探消息?他伤害 IEM 我不管,但他休想一而再再而三地伤害你!"萧闯暴跳如雷地吼道,"这种人,我居然让他在我家白吃白住三年多,你更是帮过他不知道多少回。什么东西!我回去就让他卷铺盖滚蛋!咱们跟他从此一刀两断!"

谢航从床上直起身:"你把他撵出去,让他上哪儿找住的地方?"

"我管得着吗?他活该!再说如今他又不是没钱租房子,凭什么还赖在我那儿?"

"我不想看到事情走到那一步,"谢航果决地说,"即便他不仁,我也不想不义;即便他不珍惜这么多年的情谊,我也想保留一些美好的回忆。不是说你那么做不对,只是我实在做不出来。"

"不用你做,我做!"

"你做就是我做!你我分得清吗?"

萧闯满腹怒气无处发泄,像只困兽一样来回走,嘟囔说:"我开始还以为真像他说的那样,你属于无辜倒霉被牵连到的,城门失火,你只是被殃及的池鱼。哪知道他竟然先利用你再伤害你,拿你当炸药捻子去炸城门,太混蛋了!"

谢航拉住萧闯的手,让他停在自己面前,说道:"我求求你,这事你就别再掺和了,让我自己解决,行吗?"

萧闯反问:"你我分得清吗?"

谢航的眼泪一下子流出来:"我不想失去那么多。他不珍惜,你也不珍惜吗?给他一个机会,也是给咱们自己一个机会,你懂吗?"

萧闯笨拙地用手抹去谢航脸上的泪水,把她的头搂在自己怀里,长长地叹出一口气,问道:"你打算怎么解决?"

谢航仰起头说:"这要看他想不想解决、想怎么解决。"

IEM 中国区个人电脑事业部的全体人员突然接到通知,要求即刻到会议室开会。谢航在电梯里猜想或许是总部已经下达了应对价格战的最新部署,内心不禁涌起一股临战前的小小兴奋。亦步亦趋跟着谢航走出电梯的洪钧小声说:"总部的反应挺快嘛,刚一来就赶上这么一场大仗,我这运气到底算好还是不好?"谢航笑着扭头白他一眼,没有作答。

　　一走进会议室,谢航就发现老板的模样与平日迥然不同,虽说老板一向板着脸,但却从未像今天这样一脸杀气腾腾,进一步验证了方才谢航的预感,想必一场大战即将来临。人很快到齐,老板却没有开始的意思,谢航正暗忖他这是在刻意渲染一种肃穆的气氛,令在座的充分感受到血战前难得的寂静。不料此时又从外面步入两个人,一个是人事部的陈经理,一个是法务部的经理。

　　两位经理在员工们诧异的目光中落座,PC 部的老板这才声色俱厉地开口道:"叫你们来是因为出了件非常严重的事情。公关部负责媒体监控的同事注意到一则报道,里面提到华研电脑在发动价格战之前,从所谓的可靠渠道了解到,像我们 IEM 这样的公司的内部决策机制。我们仔细研究过了,文章里所说的'以 IEM 为代表的国际知名公司',与其把它理解为泛指,不如认定就是特指我们 IEM 一家。所以我们判断这是一起严重的泄密事件,有人向华研电脑出卖了 IEM 公司的核心机密,而这个人很可能就在你们中间!"

　　因为法务部经理是个美国人,所以老板用的是英语,在遣词用句上所花的心思不经意间已经使这番话的力道打了些折扣,但仍然令在座的一个个心惊肉跳,尤其是谢航。她这才意识到自己刚才是大错特错了,虽然老板确实如临大敌,但这个"敌"却并非外忧而是内患,而这个"患"正是她谢航。

　　或许老板也发觉用英语不足以表达其义愤,又改用汉语接道:"俗话说,胜败乃兵家常事,但内奸不除就会一败再败直到一败涂地! 如果能抓出这个内奸,即便让华研电脑抢走几千台的市场也划得来,算得上坏事变好事！但如果抓不出来，那你们每个人都会一直背着嫌疑！"

不知是不是错觉，谢航感到自己整个身体都在颤抖，她想在记事本上随便写点儿以图掩饰，结果在本子上一连画出的竟是几行波浪线。她忙把本子合上，竭力摆出一副"没做亏心事，不怕鬼叫门"的架势。

陈经理凑过去对法务部经理小声翻译一阵，法务部经理转向众人说："在你们与 IEM 签署的聘用合同中已有一则保密条款，公司还有一份专门的保密协议，我已经为你们准备好，要求你们现在当场签字。"他一边让助理把保密协议分发到每个人，一边进一步说明，"你们可以看到这份保密协议虽然是今天签的，但上面的日期我已经分别替你们填好，是你们各自的入职日期，想必你们不会认为有什么问题。"

谢航把协议接在手里，看一眼最后一页上的日期，果然是 1990 年7 月 2 日。旁边的洪钧指着他那份协议的日期低声说："在我这儿年份没错，就是日子往前提了两个多月，不算太过分吧……"谢航的脸还是僵的，想勉强笑一下竟没成功。

法务部经理见保密协议已经发到众人手上又高声说道："我想强调的是，你们有且只有两种选择，一个是签字，另一个是离开 IEM。请不要误会，这不是单单针对你们 PC 部，IEM 中国区的每一位员工都要签。"

谢航与在场的每个人都毫不犹豫地当即在保密协议上签了字，法务部经理把助理收上来的各份文件查阅一遍，满意地一笑，随即又说："我这里还有一份东西，需要你们每个人现在如实填写，也许你们要比刚才多花些时间，没关系，我们不急。"

再次发下来的文件只有一张纸，上面有一段不长的英文，下面有"Yes"和"No"两个选项，然后就是签名处与日期。法务部经理说："这份东西很重要，所以我不希望你们中间有任何人对其在理解上有任何误差，我想请你们的老板用你们的母语来解释一下，确保不会有人事后以此为借口反悔。"

老板拿起那张纸，用汉语例行公事地说："这是一份声明，声明你们是否曾在某个时间、某个地点以任何方式向 IEM 公司以外的任何人泄露过任何属于 IEM 的内部资料与信息，包括但不限于有关公司战略、政策、组织架构、技术数据、产品成本与利润数据、员工薪酬以及各类内部通讯记录。如回答'是'，请另行提供全部详情。"

法务部经理仿佛听得懂中国话似的衔接道："你们可以在另一张纸上用中文写出所有想写的东西，不必用英文。同样的道理，我不希望有人事后以语言问题为借口反悔或者抵赖。"

谢航的第一反应竟然是如果真要从实招来恐怕一张纸都不够她写的，满腹苦涩的她不得不暗暗承认自己罪无可赦，以她的违规次数之多、持续犯案时间之长、泄露资料之翔实丰富，恐怕不仅在本部门即便在全公司也无出其右，而对象却仅限于一个人，那就是裴庆华。她曾把一套又一套厚重的培训资料拿给裴庆华看，诸如如何培养高效的工作习惯、如何做好时间管理、如何实现卓有成效的沟通、顶尖销售员必备的九项素质、如何管理与激励销售团队、如何使用平衡计分卡评估员工绩效；她还把 IEM 的代理商管理体系详细介绍给裴庆华，甚至隐瞒裴庆华的真实身份把他引见给 IEM 的渠道部同仁，让他得以当面讨教；更不用说还有 IEM 在各地的签约酒店名录及房价折扣明细，以及 IEM 的《差旅费报销制度细则》也都给了裴庆华。简而言之，正是谢航持之以恒的不懈努力，使得裴庆华对于 IEM 的了解既全面又深入，相比之下谢航对于华研电脑或者康朴公司简直是一无所知。

她正沉浸于不堪回首的往事之中，忽听老板开口道："Jim，你有什么问题？别人都在认真地检讨自己，你却一直东张西望，难道是因为你觉得自己来的时间最短所以嫌疑最小？"

洪钧字斟句酌地说："我是在想，也许更可能是 IEM 的某家代理商中的某个人跳槽到了华研公司，然后把他所了解的 IEM 的各方面情况都告诉了他们……"

老板眼睛一亮，正要回应却被法务部经理抢先质问道："即便如你所说，但那个人又是从谁的口中得知 IEM 总部的决策机制的？难道代理商不属于'IEM 以外的任何人'？难道代理商等于自己人？"

谢航登时抓住这根救命稻草，马上插话说："这个尺度真的很难把握。在我们与代理商合作的过程中会把大量注明'仅限内部使用'的资料提供给他们，像《产品技术手册》和报价单，一直以来我们都是这么做的。在我们的意识里始终强调 IEM 与代理商是绑在一起的利益共同体，如果现在要这么严格地搞成内外有别，可能在座的每个人都需要好多张纸才够写。"

老板见机说道："Abby 和 Jim 讲的有一些道理，回想起来我自己就经常对代理商的老板们解释 IEM 总部的折扣政策为什么这么……死板，还向他们透露过新机型大致的推出日期。按说这些也都属于机密，但总要给他们一些甜头，显得我没有把他们当外人，对代理商还是要笼络的。"

一直作壁上观的陈经理开口对法务部经理说："也许我们的方向需要修正一下，也许并非如我们第一时间认定的那样是 IEM 的员工向华研公司泄露的，也许真是某家代理商中的某个人干的。如果你需要，我可以想办法了解一下有哪家代理商的人加入了华研。但这个有点难度，那么多家代理商，时间跨度又比较长，很可能漏掉那个人，而且即便查出来也拿他没办法，因为已经不在我们的控制范围以内，所以很难获得足够的证据。"

这时法务部经理也已经明白 PC 部的老板虽然表面上疾言厉色、一副不揪出内奸誓不罢休的姿态，实则色厉内荏，因为他并不愿看到内奸真的藏于自己的部门。事已至此他便给自己找台阶说："但无论如何我们现在做的仍很有必要，每个人都要仔细检讨是否有过违反公司规定的行为，这有助于今后不断强化保密意识。这份声明我要求你们慎重填写，同时还要提醒你们，这张纸公司是要永久保存的。如果你们现在不承认而将来一旦被发现确有泄密行为，则这张纸就是你们欺骗公司的证据。"

谢航应声再次低下头对着这张纸检讨，她刚才检讨的是自己的行为,现在检讨的是动机。扪心自问,她觉得过往的那些行为并非出于一己之私,更谈不上出卖公司利益以牟利。如果说她确实指望从中获得些许回报,也从未冀裴庆华给她什么好处,而是在这过程中带给她的愉悦,既有好为人师的满足感,又有居高临下的优越感,仅此而已。如果谢航还是过去的谢航,她很可能毫不犹豫就在答案中选择"Yes"然后详细列出她的诸多行为,因为她坚信自己的动机对于公司是无害的,那么公司对她的裁定也应该无害于她。但今天的谢航不会这么做,她已经明白正如陈经理多次开导她的那样,没人在乎她的动机,只会依据过程与结果做出评判。也许是做贼心虚的她有些神经过敏,谢航总感觉此刻的陈经理在暗地留意她,这令她脖子后面发凉,后背的衬衫都被汗湿透了。摆在她面前的是两种选择,选择"No"对不起公司,选择"Yes"对不起自己,她会戴着内奸的帽子被开除,没人理解她更无人同情她。既然所有人都只在乎结果,那她也应该不顾一切争取好的结果,那就是保住自己。先要对得起自己,才谈得上对得起关心她护佑她的人,才谈得上继续为她所热爱的公司效力,日后才能将功补过真正对得起公司。

拿起笔,谢航先签好名字、填上日期,然后认真地在"No"上面画了个圈,同时她在心底向过去的自己告别。别了,那个幼稚而单纯的谢航;别了,那个很怕对朋友说"No"的谢航;别了,那个靠取悦他人来证明自己的谢航。

刚回到座位不久就见桌上的电话分机指示灯闪烁,谢航条件反射地拿起问候:"您好! IEM谢航。"

对方没出声,谢航又"喂"一句,话筒里才传出一个熟悉的声音:"我是老裴。"

"哦,你好。"谢航机械地又问候一声便不知该说什么,她也不想说什么。

裴庆华沉默片刻才又开口:"有些话想和你聊聊。"

"哦。"

"可能当面聊比较好。"

"哦。"

"你待会儿有空吗？我现在离你们公司不远。"

"哦，嗯。"

"我去你们公司不太方便，附近有什么地方能坐一坐？"

"嗯——那你到对面燕翔饭店等我吧。"

结果是谢航坐在燕翔饭店的咖啡厅等了一阵才见裴庆华大步赶过来，站到跟前先解释："出租车司机在四元桥走错路了，有几个出口还没通，绕半天才绕过来。"

谢航淡淡地说："你来得真不巧，好像四元桥下礼拜就正式通车了。"

服务生过来问裴庆华喝什么，裴庆华习惯性地答道："她点的什么？跟她一样。"说完他和谢航都有些愕然，仿佛时光瞬间回到了当初的广州、沈阳、青岛，那时的裴庆华懵懂且惴惴地跟在谢航后面，一向是谢航点什么他也要什么。

两人心情复杂地默默坐着，最终打破尴尬的是裴庆华，他说："谢航，这几天我一直想来找你。"

谢航问道："是不是萧闯跟你说了什么？"

裴庆华苦笑着摇头："两天了，他跟我一句话都没有，眼睛也从来不看我，就好像我不存在一样。"

"哦，他就那样，你别太在意，过一段时间就过去了。"谢航说完就低着头搅弄咖啡，好像裴庆华不存在一样。

裴庆华说："谢航，我想跟你解释一下，舒志红的那篇文章发表之前没给我看，否则我一定会让她拿掉那一段，要不然咱们仨也不至于搞成现在这个样子。"

"哦，是吗？你的意思是只要我和萧闯一直被你蒙在鼓里，咱们仨的关系就还跟从前一样？"

"我不是这意思。我是说,在大三元吃饭的时候你讲的那些,不是我故意套出来的,是后来我和谭总商量怎么办,就想到你讲的情况,我和谭总都觉得可以利用一下。"

"我明白,事情的根源完全在我身上,都怪我自己从来没有意识到你既是我和萧闯的好朋友,同时也是我的竞争对手和敌人。"

"谢航,你别这么说,是我不对,是我做得太过分。"

"老裴,我就想问你一句,你当时犹豫过吗?"

裴庆华一愣:"你指什么?是说我们华研决定发动价格战的时候?"

"不是,我相信那个时候你肯定没有犹豫过。我指的是,当把我对你讲的那些告诉你老板的时候,你有没有过哪怕只是一丝丝的犹豫?"

裴庆华痛苦地垂下头,半天才微微摇一下,用几乎听不见的声音说:"没有。"

谢航轻轻叹口气:"谢谢你老裴,谢谢你的诚实和坦率。我之前一直还抱有一点幻想,就是在你伤害我之前,至少曾经有过片刻的犹豫,或者说,不忍心。"

"谢航,是我做得不对,我不应该利用你对我的信任,我不应该为了达到目的而不惜伤害你。"

谢航摇摇头:"我刚才说的不准确,你伤害的不是我,伤害的是咱们三个人之间的感情。你知道吗老裴,到现在最让我感到伤心和痛惜的不是 IEM 如何失利,也不是我谢航如何丢脸,而是从今往后,我跟你再也不可能像以前那样无话不说了。"

裴庆华连声说:"是我不好,都是我不好。"

"其实没有绝对的好坏,也没有完全的对错,只是咱们对一些事物的看法不太一样。你把成功看得重一些,我把情谊看得重一些。"谢航勉强挤出一丝微笑,"你以前总不肯对我说谢谢,说因为我姓谢,要避讳。你姓裴,那就也不用对我赔礼道歉,因为也应该避讳。"

裴庆华眼圈红了,他抬起眼睛看着谢航,发自肺腑地说:"谢航,对不起。在这个世界上我最不应该利用也最不应该伤害的人，就是你。"

谢航把脸仰起来，努力把眼睛睁得大大的，她不想让眼泪流出来。

一大早，洪钧一手端着咖啡一手拿着几张传真走到谢航的座位旁，把两样东西分别摆在谢航左右手的边上，说："总部给老板的传真，同时'CC'给你，我就直接复印一份给你拿过来了。"谢航拿起传真很快看完，洪钧问："总部怎么说？"

谢航笑道："装！你接着装！我才不信你刚才没看呢。"

洪钧嘿嘿一笑："只扫了一眼，没细看。感觉总部这份回应连亡羊补牢都谈不上，顶多算是马后炮。"

"唉，意料之中。不过起码总部已经决定把本土品牌的价格和销量都列入 benchmark 了，每一点进步我们都要看到。"

"我觉得意义不大，战场形势瞬息万变，每次都要向后方汇报请示，这仗太难打了。"

"这只是一个方面，而且不是最重要的。"谢航点拨道，"关键是从此以后台式机进入单纯比拼价格的阶段，不再比谁的最好，只比谁最便宜，IEM 在台式机的好日子一去不复返了。"

洪钧小声半开玩笑地问："前辈，那你看我是不是赶紧换个部门比较好？"

谢航白他一眼："反正你可以换几个部门实习，到时候哪儿舒服挑哪儿呗。"

"干什么只是一个方面，而且不是最重要的，关键是跟着谁干。"洪钧故意套用谢航的句式。

"哎，我有个想法，你想不想听？"谢航有些神秘地说，"我打算向老板建议，把咱们 PC 部门在中国的战略重心从台式机转到 laptop 笔记本电脑。台式机无论家用还是商用，很快就会陷入一场混战，最终很难讲有没有真正的赢家，顶多赖活着。而咱们 IEM 的笔记本电脑是一枝独秀、独步天下，海外厂商没几个对咱们有威胁，而本土厂商要想推出高质量的笔记本电脑恐怕还得有个三四年。这个时间差就是咱们的黄金时代。"

洪钧点头："这我理解,咱们的笔记本电脑从品牌到技术都是出类拔萃的,这个门槛短时间没人能跨越,咱们眼前是一片蓝海。但市场也没形成啊,咱们要花很大的力气让大家知道有这么一款产品,而且值得花大价钱去拥有,这恐怕有点儿超前吧?"

谢航按捺不住兴奋地说:"这就是咱们要做的工作,也正是咱们的价值所在,你不觉得开拓一个全新的市场能带来巨大的成就感吗? 反正我决定了,待会儿就正式向老板提出由我负责笔记本电脑。Jim,你记住我今天说的话,我要让整整一代中国人所拥有的第一部笔记本电脑都是 IEM!"

二十六

仿佛宿命在召唤

晚上十一点多，裴庆华洗漱完正准备上床睡觉，忽然一时兴起又掀起褥子拿出下面的信封，从里面抽出一沓工商银行的大额可转让定期存单赏玩。存单印刷精美、图案斑斓，他用手指在存单上一弹，挺括的纸张发出一声脆响，这声音令他百听不厌。每张存单的面额都是一万元，存期都是一年，年利息均在百分之十上下，最近存的几笔尤其高。他不用数也知道这一沓现有十二张，从明年开始每个月都能有一张乃至多张存单到期，届时他会把本金续存，而可观的利息就足够他的花销，更何况照这势头定会有新的存单源源不断地产生，看来必须马上换一个更大更厚的信封了。

盯着存单仔细端详，裴庆华的目光最终落在"户名"一栏，所有存单上的名字都是同一个——裴庆霞。他自己也不知是出于何种考虑，开第一张存单时他报的就是姐姐的名字，这种做法一直延续下来。也许是为安全着想，也许是不想露富，也许纯粹就是蕴含在他血液里的一种本能，以对姐姐的信赖他觉得这种做法只有好处而无风险。

心满意足地把信封掖回到褥子底下，裴庆华刚要起身去关灯，却听见布帘被唰地拉开，萧闯反常地趿拉着拖鞋晃悠到厅里，啪嗒一声打开电视，瓮声瓮气地说："我要看直播。"

"有球赛，足球吗？"

萧闯白裴庆华一眼："待会儿奥委会就要投票了。"

裴庆华一拍脑门："对哦，今天是表决 2000 年奥运举办城市，我怎么给忘了……"

萧闯没好气地说："不该忘的你全忘了。"

裴庆华听出萧闯话里有话，不想把气氛搞得更僵，便近乎讨好地说："那我也陪你看吧，这么大的事，历史性时刻啊。"见萧闯兀自盯着电视屏幕，他没话找话地问，"你觉得谁是北京最主要的对手？柏林吧？"

萧闯一撇嘴："什么脑子，怎么可能是柏林。三个欧洲城市都没戏，有威胁的就是悉尼。"

"为什么？"

"拜托你平时关心一点儿跟你那生意无关的事行吗？从五十年代开始奥运会就在几大洲轮流转，八十年代以后更是至少隔两届才能轮回同一个洲。莫斯科、洛杉矶、汉城、巴塞罗那、亚特兰大，看出来没有，欧洲、美洲、亚洲、欧洲、美洲……所以下一届不可能是欧洲，要么亚洲要么大洋洲，所以伊斯坦布尔、曼彻斯特和柏林就是陪绑的，关键是悉尼。"

裴庆华见自己抛出的砖成功引出萧闯这么一长串的玉，虽然备遭数落却仍然挺开心，趁势阿谀道："你就是见多识广，什么事情都能分析得头头是道。"

"嘁！这算什么，连北京的'的哥'都能讲一通，更深的东西还没跟你说呢。"萧闯嘴上虽不屑，兴致却已经被撩起来，他扭脸对裴庆华叫板道，"怎么样，赌一百块钱的？"

这还是多日来萧闯头一回正眼瞧裴庆华，裴庆华忙受宠若惊地说：

"好啊,赌什么?"

"我赌北京,你赌另外那四个。"

"这对你有点不公平吧,既然你都说了那三个没戏,那我就赌悉尼吧。"裴庆华又很诚恳地表示,"我衷心希望你能赢。"

"肯定是我赢,跟你希望不希望没关系。"

"在哪儿投票?"裴庆华过了一阵又问。

"蒙特卡洛啊!这么一会儿电视里已经说过好几遍,你听什么呢?"

裴庆华讪讪地笑道:"原来是在赌城,那确实应该赌一下,应个景。"

一天下来忙得脚不沾地的裴庆华早就困得不行,白天睡到自然醒的萧闯却很精神,津津有味地看着演播室里一拨接一拨的嘉宾白话。终于熬到将近凌晨两点半,萧闯激动地吆喝一句:"老萨来了!"

早斜靠在床上打了半天盹儿的裴庆华被这声喊惊醒,迷瞪着问:"谁?"

"萨马兰奇啊,快了快了,要宣布了!"

此刻两人连同守候在电视机前的上亿中国人,都紧张地盯着萨马兰奇打开一个白色信封,掏出一张卡片,直到确定他念出的不是"北京"而是"悉尼"的那一瞬间,上亿中国人的内心都被无尽的失望所淹没。

萧闯嗖地蹿过去把电视关掉,恨恨地骂一句:"这帮混蛋!老子从今天开始抵制奥运会,亚特兰大和悉尼的比赛我一概不看!"说话间他已经从裤兜里掏出一百块钱扔在茶几上,气呼呼地诅咒道,"喏,你的,拿去输!"

裴庆华说:"不用给我,逗着玩儿的。"

萧闯眼睛一瞪:"这是男人的原则问题,男子汉大丈夫这辈子赌资和嫖资概不能欠。"

"嫖资?"裴庆华诧异。

萧闯忙掩饰:"类比,懂不懂?"他捡起那张钞票甩到裴庆华的窄床上,"这一百块你拿走,留着下次赔。"

裴庆华不以为意,转而说:"很难头一次申办就成功吧,而且我觉得这次失利并不算很意外。"

"因为美国反对?"

"那只是一方面,有人捣乱很自然。我是觉得咱们自己有些策略好像不太对。"

萧闯皱着眉头问:"你指什么?"

"我也说不好,但总感觉过分强调中国需要奥运而不是奥运需要中国。反正根据我这几年做销售的经验,不能总讲对自己的好处,应该多讲给对方的好处。"

萧闯很不以为然:"你怎么知道没讲?北京奥申委对你这个中国人的宣传当然是办奥运对中国好,人家对国际奥委会尤其是其他国家都许了哪些好处怎么会告诉你?"

裴庆华摇头:"未必。我的体会是做销售特忌讳用力过猛,上赶着不是买卖,对方一旦发现你这么想做成这笔生意怎么可能不漫天要价?姿态应该高一点,让对方明白这笔生意能给他带来哪些好处,然后让他们自己掂量着办。"

"在你眼里什么都是生意!"萧闯鄙夷地说完便往自己房间走,嘴里还喃喃地说,"我会记住这一天,1993 年 9 月 23 日,哦不,24 日了。抓紧睡三个小时,还得去赶驾校的班车呢。"

"你今天又要学车?"

"今天路考!"

"我衷心希望你能过。"裴庆华隔着墙喊。

萧闯骂骂咧咧地说:"呸!闭上你的乌鸦嘴吧,真是好的不灵坏的灵!"

一辆改装加长的 212 吉普车,沿着西山脚下京密引水渠畔的一段林荫路时快时慢地行驶,开车的是萧闯,教练紧张地坐在副驾驶座上,后面车篷里两排长凳上坐着另外五位学员,正透过小窗户羡慕嫉妒恨地观摩萧闯操作。上午路考结束,这一组六位学员全部一次通过,按惯例要凑份子请教练大撮一顿。萧闯在六人中排行老四,论资历远不够格坐进驾驶室,连车篷里最靠前面的两个位子也轮不到他,但因为他主动豪爽地表示这顿饭他做东,老大只得在众人的压力下从副驾驶座挪到车篷里。教练正要开车,萧闯很周到地提醒说待会儿他们肯定要敬您酒,回程就不能还是您开了,教练挺痛快地说回来你开。萧闯忙说那我最好去的时候能先熟悉一下路况,回来就更有把握。教练心想回程自己已然微醺,路遇险情未必能及时保驾护航,让萧闯预先开一趟也没坏处,于是就挪到右前座。

向北开了一段便顺着河道折向正东,教练见萧闯表现逐渐稳定也约略放松了些,在沙阳路口经过一座壁垒森严的军营大门时他往右一指:"知道这里面干什么的吗?"随即自问自答,"坦克团。"

后面篷里的老大问道:"这里面真有坦克? 开出来过吗?"

"当然,经常的事,这条路上仔细看还能看出履带印儿呢。"教练说得很认真。

没走多远就再次向右转,拐向正南驶上温阳路。萧闯问教练:"您挑的馆子在苏家坨,应该不远了吧?"

"不远,直走就到了。"

"前面是什么啊?"萧闯目不斜视地问。

"'海看'。"

"什么?"萧闯没明白。

"海淀看守所。这条岔路一直奔西就是。"

萧闯不由得扭头往右看,只见一片田野上突然出现了一条不宽的无名道路,悄无声息地向远方延展,他正嘟囔怎么连块牌子也没有,就听教练大声训斥道:"看哪儿呢? 看路! 有你这么开车的吗?!"

国庆节刚过,裴庆华一到公司就被叫进谭启章的办公室,他内心一动,心想也许是谭启章终于决定让他挂帅组建华研电脑事业部了。但一见谭启章的脸色便知道自己想多了,等着他的一定不会是什么好消息。

谭启章先让裴庆华坐下,自己亲手把门关严,再走回来坐到裴庆华对面,神情严峻地说:"庆华,咱们华研遇到坎儿了!"

裴庆华一凛:"现金流出了问题?"

"不只是现金流。"谭启章点下头又马上摇了摇,叹口气,"这一波的宏观调控太狠了,真称得上史无前例。六月份中央下发的文件,一揽子推出十六条措施,咱们的脖子被卡住、手脚被绑死,这一关不好过啊。"

"好好的怎么突然开始搞宏观调控?"

谭启章反问:"今年物价涨得这么凶你没发现?"

裴庆华摇头:"我几乎不买什么东西,只知道电脑价格,对其他的价格都没概念。"

"储蓄利率又涨了知不知道?"

裴庆华一笑:"这个知道。华研发的工资奖金我都存了定期,利息真挺高的。"

"这说明国家在大力回笼资金,一方面让老百姓把钱存进银行,最好别花钱买东西;一方面不让银行把钱贷出去,最好别投资上项目。上个月银行天天堵门让我还贷,拍胸脯打包票说先还回去马上再贷出来,我被他们磨得不行便答应了,现在悔得我肠子都青了,还回去容易,再贷出来比登天还难,门儿都没有。"

"消费和投资都不让干,这经济不就停滞不前了吗? 如此下狠手有点儿走极端吧? 真是一放就乱,一收就死。"

"从去年到现在搞得太热太过火,不收不行了。另外,"谭启章压低声音说,"那个沈太福的长城机电非法集资案也把中央吓一跳,如果没有那起案子,或者案子没有大到那么邪乎,十几万人、十多个亿,这次宏观调控也不会来得这么快这么猛。"

"那咱们公司眼下的情况是……?"

谭启章苦着脸摇头:"上个月咱们形势还一片大好,一转眼就四面楚歌。卖出那么多华研电脑,回款还没捂热就被银行软硬兼施地收回去了,眼下研发我让他们先维持着,但生产已经全停了。康朴的货款我打算拉下脸皮再拖一阵,什么时候宽裕了再付,反正跟他们也合作不了多久。庆华,这样下去不行啊,咱们得想办法自救,无论如何得熬过这一关。"

"您指的办法是……?"

"辛辛苦苦好几年,一夜回到解放前,又得像刚起步那会儿,什么赚钱快就干什么。庆华,我考虑得从外面倒腾一些东西进来,虽然风险大一些,但救命要紧。"

"那……倒腾什么呢? 咱们一直做电脑这块,其他的都不熟悉。"

"对,所以还是围绕电脑做文章。"

裴庆华沉吟道:"我明白了。但电脑整机目标太大,很容易被发现被追踪,还是做部件吧。部件里面单位价值最高的当然是 CPU 和内存条,但价格非常敏感,新品一出来老款的价格掉得厉害,搞不好就砸在手里。所以我觉得应该做硬盘,3.5 寸的,希捷,只要能搞进来有多少卖多少,不仅组装整机的厂家要买,玩儿攒机的也要买,甚至普通用户都会需要,尤其是价格波动不大,慢慢出货也不怕。"

谭启章拍板:"好! 就做一批硬盘!"

"谭总,这里面的风险到底有多大?"

"应该在可控范围内吧,咱们这种形式算是比较典型的'国内买断',外面的人把货想办法弄到关里,咱们在关里把货一次性买下,之前的事咱们绝不参与。我记得去年市里和海关一起出过一个说法,就是像华研这样的高科技企业为了开发自己的产品,对于国内无法配套而必须进口关键零部件的,采用'国内买断'不算违规,那就更不算违法嘛。"

"但咱们搞进来的硬盘大多数肯定是要直接倒卖出去的,根本没打算装在咱们自己的华研电脑里,这个如果被追究起来恐怕……"裴庆华还是有些忐忑。

谭启章一挥手:"这么干的多了,真要追究的话中关村所有公司都有问题,难不成把中国的高科技公司都斩尽杀绝? 放心吧,法不责众,不会有问题。庆华,你回头看看过去这十几年,哪项改革的推出不是被倒逼出来的? 哪个雷区不是咱们这些创业者用血肉之躯蹚出来的? 今天说你违法违规,明天就会说你是改革的开路先锋!"

"谭总,"裴庆华犹疑地问,"除了这条路,真的没有其他办法可想了? 我倒不是担心我自己,我是担心华研。"

"唉……但凡还有其他门路,我怎么会让华研冒这个险? 银行收紧贷款,咱们手头这点儿钱根本不够让华研电脑再上批量,批量上不去,单台成本就下不来,那就是造一台赔一台,咱们这点家底想赔都没的赔。我拖着康朴的货款不付,康朴还会再给咱们发货吗? 眼看华研电脑停产,康朴电脑断货,咱们的正常生意怎么做? 只能喝西北风。我不是没想过找些其他产品卖,或者研发什么短平快的东西,但远水解不了近渴,鞭长莫及。与其公司上上下下几百号人干熬着等死,还不如搏一把。而且咱们动作还得快,中关村这么多家公司早晚都得想到这一步,到时候这条路要么挤死,要么被上面堵死。"

见裴庆华沉默不语,谭启章口风一转:"庆华,下海创业怎么可能一点儿风险都没有,但冒这点儿风险不是单单为了华研、为了我,更是为你自己。还记得之前我提到过的职工持股会吧,华研的创业者、管理层和员工都有股份。虽然现在还没明确到人,但你的股份肯定不少,因为你既是创业者也是管理层,而且林益民走后原本属于他的那一块会由咱们几个最早投身华研的分享,所以华研不是我的,是咱们的,这个蛋糕里有你很大一块啊。可是一旦华研过不去这道坎儿,咱们的所有努力、所有憧憬、所有财富就全成了泡影,你真愿意看到这一天? 反正不搏一把,我是死也不甘心呀!"

这些话虽然无法让裴庆华彻底踏实,但他已经很清楚华研当下的处境,他的使命感与责任感令他的心态与谭启章一样,与其坐以待毙不如铤而走险。心意已决,裴庆华便把思路转向执行环节,问道:"谭总,我一直负责渠道销售,货源和采购没接触过,这一块您看⋯⋯?"

"这块不用你管,我来想办法,关键是外面的人把货运到哪里、在哪里交接。"

裴庆华稍加思索便说:"让他们运到夏港吧,我和港务局很熟,就在夏港钱货两讫。"

"好!"谭启章很高兴,"你需要几个人手?"

裴庆华立刻摇头:"不用,知情的人越多出事的可能越大,除您之外我不希望还有其他人了解此事。"

谭启章想了想才说:"庆华,我百分之百信任你。这样,我把扣在咱们手里的康朴货款全数交给你,希望你跑的这一趟能让华研撑到宏观调控放松的那一天。"

回到座位上刚坐下,裴庆华正考虑如何与夏港港务局通气,小戚已经溜过来喜滋滋地说:"老大,我的钱差不多都回来了。"

"什么钱?出差报销的?"裴庆华没反应过来。

"不是。你忘啦,我被沈太福骗走的一万块钱啊,清退给我九千。谢天谢地,原本我还以为能回来一半就不错。"

"说得你好像特无辜似的,如果你不贪心,他能骗到你吗?"裴庆华胸中忽然生出一口恶气,"都是你们这帮一见便宜就上钩的家伙,要不是因为像你这样的人太多,长城机电能闹出那么大的动静?你们才是这波宏观调控最直接的导火索,害得咱们公司现在只能⋯⋯"

裴庆华急忙收住口,好在小戚只是愣一下并没多问,而是唯唯诺诺地说:"我去领钱的时候人家也是这么批评我的,说我们这号人正是骗子滋生的温床。"

裴庆华就势换个话题:"那你得请客吧,本来以为是五千,结果居然是九千,白赚四千。"

小戚立刻变得可怜巴巴的："老大,不能这么算吧? 我可是刚赔了一千块钱。再者说,不管是五千还是九千,这本来都是我自己的血汗钱啊……"

"你还知道是血汗钱,那当初干吗往坑里扔? 你可真够贪心的,到现在还惦记着能回来一万块。"

"老大,"小戚忸怩着说,"其实……我原本惦记的是回来……两万块。"

十月底,裴庆华在夏港给谭启章打电话,掩不住兴奋地说:"谭总,货已发往北京,我明天回去安排收货的事。"

"太好了! 最终的量是多大?"

"一万块。"

"庆华,你是华研的头号功臣,等你回来我给你庆功。"

裴庆华笑道:"心领了谭总,这事还是别张扬的好。"

谭启章也笑了:"放心,我单独给你庆功。这几天我一直吃不下饭、睡不着觉,提心吊胆咱们华研仅存的家当都交给了你,万一有个闪失,我跳楼的心都有。这下好了,等这批货都卖掉,就够咱们再坚持一阵子啦!"

裴庆华放下大哥大才开始琢磨谭启章最后这句话,忽然有些不是滋味。也许谭启章担心的不只是裴庆华有个闪失,比如被上家把钱坑了或者被海关把货扣了,会不会还包括裴庆华本身就是个闪失,比如他把款卷了跑路? 裴庆华联想到之前谭启章所谓的"百分之百信任",觉得越是这般强调越说明里面其实打了折扣,再想到自己近乎出生入死为华研卖命的种种不容易,心中不禁有些酸楚。但他很快让自己从这种情绪中摆脱出来,换位思考一下,谭启章即便真有这种猜忌也属人之常情,这也恰恰证明华研的危机到了何种程度。谭启章除非万不得已,怎么会把公司账上全部的钱乃至华研的一线生机都押在他裴庆华身上?

心情好转以后,裴庆华又抄起大哥大拨舒志红的号码,等电话刚接通便问:"你猜我现在在哪儿?"

"不是在夏港吗?"舒志红旋即兴冲冲地问,"你回北京啦?"

"没有,我是问你我在夏港什么地方。"

"哦,那我怎么知道。"舒志红显然有些失望。

"嘿嘿,我在麦当劳呢。点了一个巨无霸,还替你点了一个麦香鱼,待会儿替你吃掉。"

"咦,夏港也有麦当劳了? 很洋气嘛。"

"是啊,我特意问了,今年初开的,好像北京之后就是夏港。"

"你事情办得怎么样? 听着心情不错嘛。"

"还算顺利,具体的就不在电话上说了。"

"嘁,当面你也不怎么跟我说呀,你守口如瓶。"

裴庆华不接茬,挺神秘地问:"还记得去年的最后一天咱们怎么过的吗?"

"当然。亏你还有脸问怎么过的,是根本没过成,半道儿你就跑了。告诉你,直到今天我都恨你。"

裴庆华想象着舒志红噘嘴的样子,笑道:"那从今天以后你就不用恨我了。告诉你,我这次来实地侦察了一下,发现一个挺不错的地方,年底想和你一起来夏港跨年,怎么样?"

"真的啊? 那太棒了!"舒志红随即又不放心地问,"你是说,就咱俩?"

"当然,就咱俩。"

"哇,我开心死了! 你干吗提前这么早告诉我? 让我还得苦等两个月,你的心可真狠。"

裴庆华哭笑不得:"可如果我事到临头再给你惊喜,你又该埋怨我怎么不早告诉你,本来你能提前高兴好多天。"

舒志红笑道:"没错,我就是这样的'口非心是',虽然你怎么做我都开心,但嘴上就一定要抱怨你,哈哈。"

"跟你在一起总能让我学到新的成语。我刚才说挺不错的地方，是夏港海景大酒店，特豪华特气派，咱们可以住两个晚上。"

舒志红立刻问："咱俩订一个房间？"

裴庆华被问得有些退缩："你是觉得……订两个房间比较好？那也行。"

"行个屁。"舒志红笑骂道，"傻瓜，我当然希望只订一间房啦。刚才是乍一听简直难以置信，所以确认一下。对了，记得要大床房哟。"

裴庆华疑惑地问："这还能挑吗？给你哪个房间都是酒店定吧？"

"当然能挑，只要一张大床的，不要两张小床的。笨死了你，房间我负责订，你别管了。"

裴庆华忙表态："你负责订房，我负责结账。"

舒志红情不自禁地憧憬道："都等不及了，哪儿还有心思上班呀……要不我现在就坐飞机赶过去吧？"

"我明天就回北京了。"裴庆华忽然想起什么，笑问，"对了，你一个未成年人跟我出来玩儿，要不要家长同意？"

"去你的，你才未成年呢，心智未开。"舒志红竭力压低嗓音说，"我不是未成年人，我是未成女人，一直等着你呢。"裴庆华只觉得心里痒酥酥的，嘴上却不知说什么好。舒志红嘿嘿一笑，又小声说："到时候我要试试你，看看你怎么样。"

裴庆华憨憨地说："我也想试试自己，试了才知道行不行。"

舒志红不禁放声大笑，好不容易停下来又把气息调匀才含情脉脉地说："谢谢你，庆华，你让我觉得特别甜蜜特别美好。"

裴庆华本以为她接下去又会像以往那样甩出什么恶作剧戏弄自己，等了等不见包袱，这才敢一本正经地回应道："我相信将来会更美好。"

世事难料，裴庆华自然无从得知就在离他不远的一家餐馆里，林益富此时此刻也正拿着大哥大往北京打电话，他问道："益民，你猜我在这里看到谁了？……你们华研的小裴。"

林益民没好气地说："什么'你们华研'，华研如今跟我有什么关系？"

"哦，对对，他们的华研、他妈的华研。唉，时间过得真快，感觉前不久刚和小裴一起在海边吃海鲜，仔细一想这都一年多了。"

林益民发出一声叹息："从年初我就开始告状，一晃一年快过去了，白白长出好些白头发。"

"我就经常误以为你还在华研呢，而且我发现夏港这边的人也都不知道你和华研的过节，可能是华研故意对外面隐瞒吧。今天碰到一个港务局的熟人，他还挺热情地向我表功，说这次小裴买了一大批货，顺利得很，呵呵。"

"你这个普通话真够呛，到现在买和卖还分不清。"

"没有呀，是买，我这个音调没问题的。"

"应该是卖，裴庆华是卖电脑的，当然是卖了一大批货，买什么买！"林益民不禁有些烦躁。

"不是啦，小裴这次确实是来夏港找港务局私下帮忙买走一批东西，他是花钱的不是收钱的，当然是买的啦。"

林益民心头陡然一动："这可就有些反常了，裴庆华管销售不管采购，而且康朴微机都是从香港发到深圳报关，他到夏港干什么？"

"不是微机，我问了是硬盘，什么牌子没听清，听清了我也记不住，反正是美国货，买了好多。"

"具体买了多少？"

"这个他没说，我也没问，但港务局的人每天经手的都是大宗交易，他们嘴里的'好多'应该比一般人的'好多'还要多好多。"

林益民被林益富的绕口令搅扰得发急，近乎粗鲁地说："不行！益富，你得去问，不仅要问，最好能拿到某些真凭实据。"

"干什么，管他们的闲事干吗？"林益富有些不快。

"益富，我感觉这里面有文章可做。他们买那么多硬盘为什么？

装在他们自己的华研微机上？我特意去门店打开他们的机箱看过，没有一样是华研自己的，七拼八凑各种质次价廉的东西，硬盘配的是台湾的便宜货，所以他们进这批硬盘就是为了加价转手。为什么不派别人而是派从来不管采购的裴庆华？为什么不去以往报关的深圳接货而要到夏港？就是因为裴庆华与夏港港务局有关系。你刚才不是说港务局的人私下帮忙吗，这就对了，这肯定是一批水货！"

林益富不以为然："是水货又怎么样？满大街的水货。就算查到他们顶多罚一笔钱了事。"

"这可未必，眼下正在大力开展宏观调控，控制进口、严查走私贩私、打击偷漏税，华研这属于顶风作案。如果咱们能把足够的证据拿在手里，我可以直接去海关总署告他们，让他们吃不了兜着走！"

"益民，我一直想劝你一句，损人不利己的事情没什么意思，就算把华研搞得关门对咱们又能有什么好处？举报也拿不到赏钱。这都快一年了，咱们自己的生意一直不见起色，就是因为你的心思没用对地方。"

林益民心里五味杂陈，近一年来的挫折与屈辱再次涌上心头，他咬着牙说："哥，你说得没错，我也想过放手，但你弟妹一直让我告下去。她说得也有道理，只有让华研吃到苦头，我的心结才能解开，才能真正重新开始。哥，为了咱们自己的生意这一次你也应该帮我，我可以向你保证这是最后一次，无论什么结果这次都是我和华研的最终了断。"

听到自幼出类拔萃、心高气傲的林益民竟极其罕有地连叫自己两声哥，林益富的心软了，叹口气："好吧，那听你的，你说怎么办？"

"咱们分头行动，你负责夏港，我负责北京，即便做不到人赃俱获也要争取证据确凿。"

二十七

/

我不入地狱，谁入地狱

入冬了，朔风呼啸，虽说两周前已经开始供暖，但房间里并不暖和。萧闯穿着厚毛衣在厅里看电视，茶几上裴庆华的大哥大忽然响起，萧闯冲卫生间嚷道："你的电话！"

裴庆华回道："你替我接一下，问问是谁，我待会儿打回去。"

"懒得替你接。"萧闯嘟囔着拿起大哥大走到卫生间门口，把门拉开一道缝将大哥大递进去。

裴庆华接起来便听到谭启章的声音："庆华，还没睡吧？是这样，我刚在双榆树看好两套房子，准备长租下来。小的一套分给你住，大点儿的留给外地分公司来北京出差的当宿舍。你现在就过来看一眼吧。"

"现在？"裴庆华看一眼手表，已经过了十点，又问道，"明天上午我过去成吗？这会儿正闹肚子。"

"明天怕来不及，还有别人想租这房子，房东催咱们尽快做决定。"

"您要觉得挺好就定了吧，我看不看没关系。"

"那怎么行？是你要在里面住，又不是我。你还是过来看一眼吧，离你又不算远，你记一下地址。"

裴庆华一边穿外衣一边告诉萧闯自己要去双榆树看房子，萧闯板着脸说："这是你自己要搬出去，我可没撵你。"

"那是当然。我不好意思总赖在这里不走嘛，而且也妨碍你和谢航过二人世界。"

"你搬走了我们俩也没法在这儿过，年底我爸妈就要回国，这次不是为了看我，是外派结束回来准备退休的。"

"那我更得尽快找好地方搬出去，绝不能妨碍你们一家人天伦之乐。"裴庆华忽然意识到自己已在这处房子里栖身将近四年，不禁有些动情，他说，"萧闯，谢谢你这几年的收留和担待，你是我这辈子最铁的好哥们儿。"

萧闯显然没有思想准备，有些诧异裴庆华怎么会忽然说这些，转过头愣愣地看着裴庆华却不知如何回应，最后说："别骑车了，虽然没多远还是打车吧，大冷天的。"

裴庆华最终并没听萧闯所言，他估计谭启章给他的地址处于一片居民楼中，坐出租车兜来找去更不方便，就还是骑上车顶着北风沿白颐路向北，快到燕山大酒店再折向东，在双榆树的大片住宅楼群里转悠好一阵才找对楼门。锁好自行车上楼敲门，开门的是个很壮实的小伙子，走进来发现这是一套挺大的三室一厅，屋里除了谭启章还有另外两个人，也是一样的魁梧壮硕。裴庆华估计他们都是房东的人，毕竟大晚上让人来看房，该有的防备还是必要的。

谭启章把裴庆华领进一个房间，里面有一张单人床和两把折叠椅，裴庆华有些纳闷："谭总，这是给外地员工当宿舍那套吧？您定就行了，不用叫我来。"

谭启章没搭话，先把房门关上，拉过折叠椅与裴庆华面对面坐下，这才神色凝重地说："庆华，别管什么宿舍的事了，我叫你来是有很重要的事情得跟你商量。科贸中心那边人多眼杂，所以特意在外面找个地方。"

裴庆华不由得一阵紧张,他瞥一眼房门,问道:"外面那几个不是房东叫来的?"

"不是,是咱们华研的。我怕有人惹麻烦,以防万一。"

"华研的,我怎么不认识?"裴庆华愈发惊愕。

"咱们华研如今几百号人了,你哪儿能都认识。"谭启章又一笑,"再说你的企划部和渠道部都是像小戚那样瘦小枯干的主儿,关键时刻怎么能派上用场?"

"到底出什么事了?"裴庆华已经顾不得许多,忙不迭地问。

"林益民把咱们告了,说咱们走私贩私!"

"啊,他告的是以前的事?"裴庆华惊呼一声,"不会是这次的硬盘吧?"

谭启章黑着脸点下头:"就是这一批,而且被他搞到了证据,不仅有这批货在夏港转到你手里的单据,还有你们渠道部把硬盘分批卖给代理商的发票和运单。"

裴庆华眉头紧锁:"看来是我大意了,忘记夏港港务局的关系最早还是林益民的堂哥帮我介绍的。唉……要是我事先跟港务局通下气就好了,把林益民一直找咱们华研麻烦的事告诉他们,他们就不会这么轻易地泄露出去。"

"没用的。林益民他们哥儿俩一定是花了钱才搞到这些东西,不是简单地说漏嘴,就像你们渠道部谁不知道林益民的问题,还不是照样被他搞到了直接证据……"

"他上哪儿告的咱们?"

"海关总署和北京市。上面已经组成一个联合调查组下到咱们试验区,研究院也派了人,今天他们刚一起和我谈完话。"

"他们是什么说法?"

"性质已经认定,属于有组织的走私贩私。我解释过我们是迫不得已搞的'国内买断',但人家手里有证据,这批硬盘并没有装在咱们华研的电脑里,而是经由代理商渠道流散到市面上去了。"

裴庆华心里一沉:"您不是说中关村的公司都这么干、法不责众吗……"

"咱们倒霉啊,正赶上宏观调控这个节骨眼儿。以往是民不举、官不究,如今这个林益民不把华研整垮不罢休,扬言要告到中纪委去,上面就是想放咱们一马也怕引火烧身哪。"谭启章观察着裴庆华的反应,接道,"试验区和研究院都替华研说情,理解咱们这些创业公司的艰难,也提到应该保护本土的高科技企业,不能泼脏水把孩子一起泼出去。所以现在上面有些松动,但明确表示必须有人对此承担责任。"

裴庆华胸中立刻升腾出一股豪气,他站起身说:"谭总,事情是我经办的,就由我来承担这个责任。"

谭启章仰头问道:"你明白承担责任意味着什么吗?"裴庆华一怔,谭启章低声说,"恐怕是要进监狱待上几年。"

裴庆华一屁股坐回到折叠椅上,差点儿把椅子坐翻,他根本没想到后果会如此严重。本以为大不了罚款、降职、党内处分,却不知竟到了触犯刑法的地步。他很是不解:"如果我是个体户,赚的钱都进我自己腰包,这么判我就认了。我这么做完全是为了华研,又不是为个人私利而走私贩私,怎么会这么重? 这不是冤枉好人?!"

"庆华,你说得没错,但如今说白了只有两种选择,要么你进监狱,要么我进监狱,换第三个人都没用。坦白讲,我是宁愿自己进去也不想看着你进去,为了华研别说进监狱,就是掉脑袋我都愿意,但华研怎么办? 华研就像是我的儿子,等他有一天长大成人不再需要我,我死也能安心。但如果我现在出事,华研立刻就会完蛋,咱们的心血就全部付之东流了。庆华,华研不能成为第二个金通啊……"

"金通?"裴庆华脑子木木的,竟一时没反应过来。

"你看,这也就两年多点的时间,连你这个行内人都把金通忘得一干二净。金通当年多辉煌啊,也就四通能和它相提并论,联想都排不上号。可后来呢? 燕总刚身陷囹圄,金通就树倒猢狲散,那么大一家公司竟好像从来没存在过一样。为什么？因为燕总是金通的灵魂。一个公司的灵魂一旦没了，这家公司还能活得下去？庆华，你真忍心看到华研也落得这样的下场？"谭启章说完，便目不转睛地盯着裴庆华的脸。

裴庆华沉默不语。就在一片死寂中谭启章的大哥大骤然响起，他边起身走向门口边接起来说："喂……哦，是媛媛啊，这么晚了你怎么还不睡觉？……等我？你等我干什么？我这么晚不回家不是常有的事嘛……"说到此处他的手本已搭在把手上，却扭头瞟一眼裴庆华，灵机一动走回来重新坐下说，"哎对了媛媛，爸爸问你，我要是以后天天不回家，你会天天这样等我吗？……没有的事，别瞎猜，我跟你妈一点儿问题都没有……我是说如果，比方我要去深圳或者香港常驻一段时间，没法回北京没法回家，你能不能好好照顾自己、好好照顾你妈？……为什么非得我去不可？"他又抬眼一瞟裴庆华，嘴上接道，"我是公司负责人当然必须我去，别人不行，就像你的家长会我不去谁去？……什么，你巴不得别人替我去开家长会？臭丫头，没一句正经的。哎，我问你呢，你到底能不能让我放心地走？……什么，偏不让我放心？媛媛，你如今该懂事了，我再不放心，不能回家的时候还是回不去，你得明白，爸爸有时候真的是身不由己……"

裴庆华恍惚中眼前浮现出一幅画面，谭媛正趴在窗台上，脸贴着窗户，鼻尖紧紧压在玻璃上，两眼巴巴地望着夜空中的月亮，口中念念有词祈祷着爸爸早日归来。她口中的哈气在冰冷的玻璃上氤氲出一小片白雾，片刻就消失不见了。裴庆华的心像被揪了一下，仿佛谭媛如此痛苦一大半原因要归咎于他，仿佛是他的怯懦与逃避害得人家父女不得相见。这让他怎么忍心，又怎么担得起。裴庆华表情呆滞地问："得在里面蹲多久？"

"这我说了也不算，估计短则三年长则五载。"谭启章随即压低声音，"庆华，有一点你尽管放心，你在华研的股份不会受任何影响，我会替你留着，谁都别想碰，你永远是华研的股东。等三五年以后你出来，咱们继续把华研做大做强！"

裴庆华脑海里忽然涌现出一句话——"我不入地狱谁入地狱",他不记得这话究竟是谁说的,只隐约觉得冥冥之中有一股力量支持他、推动他,让他不由自主地再次站起身,慷慨激昂地说:"我裴庆华不入监狱谁入监狱,就当是大学回炉复读一遍!"

　　这番掷地有声、振聋发聩的话语讲完,裴庆华还没来得及被自己所感动,就感到小腹一阵痉挛。也许是路上灌了不少北风,也许是精神高度紧张,更可能是二者交互作用,令他的肚子又开始闹了。裴庆华忙转身奔向门口,嘴上说:"不行了,我得先上趟厕所。"

　　谭启章站起刚要说什么,裴庆华已经拉开门,守候在门外的两个壮汉立刻一拥而上堵在他面前。裴庆华吓一跳,随即脑袋嗡的一声,刹那间仿佛灵魂出窍一般,就像另一个自己飘浮在半空,俯视人间这一切。顷刻间他全明白了,原来之前谭启章口中所谓怕的"麻烦"与防的"万一"竟然正是他裴庆华!

　　裴庆华慢慢回过头,两道目光像箭一样射向谭启章。谭启章从来没见过这副样子的裴庆华,他忙冲门口挥手呵斥:"你们干什么? 他是要去厕所,赶紧让开!"裴庆华拨开那两个人,刚要迈步又听谭启章在后面叫他,一回头看见谭启章手心朝上向他伸出右手,裴庆华有些轻蔑地笑一下,把手中的大哥大交到谭启章手里。

　　从厕所回来重又坐在刚才那把椅子上,在裴庆华眼里谭启章再也不是以前的谭总,连这个世界都再也不是以前的世界,一切都变得那么可笑,而最可笑的正是他自己。刚才的慨然与壮烈已然恍如隔世,裴庆华淡淡一笑,问道:"其实我从一开始就没得选择,对吧?"

　　"庆华,你别多想,尤其不要把我往那方面想。咱们都是为了华研,只是分工不同,你受的委屈更大,但我要扛的责任更难。我会永远记得你为华研的付出,你是替我进去的,所以你放心,我会尽一切所能来帮你。"

　　"下一步做什么?"

　　"明天一早我陪你去公安局,我会把情况跟他们说清楚,这样你就是自首，他们会从轻处罚。后面的事情你都不用操心，我会帮你安排料理，你看怎么样？"

裴庆华冷笑一声："我操心有用吗？"

谭启章尴尬地赔着笑："我刚才说了，咱们只是分工不同。下面还有一项很重要很关键的环节，咱俩得把你的说辞捋一遍，必须简明扼要，绝不能拖泥带水；还得自圆其说，绝不能自相矛盾；对了，尤其要把握分寸，既不往自己头上扣帽子也不能把别人牵扯进来。"

"明白。我既然已经把这事扛起来，当然没必要再牵扯别人，尤其是您，对吧？"

"对嘛。我还得在外面四处帮你活动，让你的日子好过一点儿，还要争取你能早点儿出来。"

等谭启章花了很长时间替裴庆华把一套滴水不漏的口供设计好，又演练过各种可能的审问套路，裴庆华忽然感到极度疲惫，甚至有点虚脱的感觉。他站起身说："您定一下咱们明早碰头的时间地点，我得回家睡个觉了。"

谭启章立刻大喊一声："庆华！"屋门应声被推开，屋外的两个人同时堵在门口，刚才为裴庆华开门的小伙子也赶来支援。裴庆华愕然间意识到在前不久的庆功会上将他高高抛起的数人中也许就有这三位，如今他们的使命竟变为限制他的自由，而他也由那时的头号功臣变为头号危险分子，他瞬间感到锥心刺骨的悲凉，不由得回头盯着谭启章难以置信地问："我已经答应牺牲自己来挽救您、挽救华研，您竟然不信任我？"

"庆华你误解了。我希望你就在这里休息，等天一亮咱们就一起去公安局，这样的安排纯粹是为你好。你想嘛，如果明天万一闹出什么误会，是警察而不是我首先在什么地方找到你，那性质可就完全不一样了。"

"谭总，你这样可以管住我的腿脚，能管住我这张嘴吗？即便你管住我的嘴，能管住我的心吗？你一再说咱们只是分工不同，但如果你对我连起码的信任都没有,你让我如何相信你?"

谭启章怔住,他注意到裴庆华不再用"您"来称呼他,便明白他在裴庆华心目中的形象乃至两人的关系都已无可挽回地坍塌了,他再也无法凭借自己的权威来控制裴庆华。僵持一阵之后,谭启章有些颓然地挥挥手说:"你回去吧,明天一早我到你家门口等你。"

出乎四个人的意料,裴庆华走到门口却又折返回来,一句话不说径直走到床边躺在光秃秃的床垫上。他们无法了解更不可能理解裴庆华此刻心中的凄苦,所谓的家,也不过就是一张窄窄的床、一处仅供睡觉的地方而已,既然如此,在哪里躺下睡一觉又有何区别呢?

谭启章手搭在门把上说:"你睡吧,我们就在另两个房间,早晨我叫你。"然后便把门带上。

裴庆华自然睡不着,突遭如此重大的人生变故他怎能睡得着,他想到很多人、很多事,想到他如何经过二十七年半的路程走到今天,一幕幕像幻灯片一样在脑海里回放。他又想到将来,尤其是他想见的人与要做的事,想着想着他意识到这一切都是徒劳。从今夜开始他已经身不由己、无从选择,明天的事取决于门外的那四个人,以后的事取决于什么人尚不知道,但绝不会是他自己。这么一想他竟释然了、放下了,既然已经毫无保留地把自己交出去,就像风中的一根羽毛、水中的一片落叶,随它去吧……

大约七点裴庆华被叫醒,他用凉水洗把脸,问盯着他的四个人:"你们都一宿没睡吧? 辛苦了。"随即转向谭启章说,"我得打几个电话,通知一下亲朋好友。"见谭启章不理会,他又说,"如果他们没有我的消息会四处找我,动静搞大了更不好。"

谭启章想了想:"你把他们的联系方式写下来,我会在适当的时间告知他们。"

裴庆华原本打算写上三个人,但一转念舒志红的电话是报社的,而谢航的电话是 IEM 的,无论是媒体还是竞争对手都太敏感,想必谭启章一听对方报上单位名号就会直接挂掉,他便只留下萧闯的电话号码,说:"这是我借住的朋友家的电话,打给他就行,让他转告我的叔叔。"

两个人在前、两个人在后夹着裴庆华走下楼,裴庆华看到自己的自行车孤零零地靠在一棵树下便停住脚,从兜里掏出车钥匙说:"那辆自行车就留给你们吧。你们谁用得着?拿去卖了也行,只要能物尽其用就好。别瞧不上,那可是我唯一的固定资产。"昨晚为他开门的那个小伙子看看谭启章的脸色,犹豫着接过那把车钥匙。

萧闯已经在家等了三天电话,这是他目前首要且唯一的任务。前天傍晚他终于等到一个自称是华研集团的来电,说裴庆华因为涉嫌走私贩私正在公安局协助调查。萧闯震惊中想多问些具体情况,对方却一概不说,电话挂断前只提到裴庆华让转告他的叔叔。萧闯木然地放下电话,听说裴庆华失踪一天一夜便匆忙赶来的谢航急切地问:"他最后那句说的什么?我没听清。"

"老裴让我转告他的叔叔。"萧闯一头雾水,"可我压根儿没听他说过有什么叔叔,我上哪儿去转告?"

"你没听错?"

"就这么俩字我还能听错!"萧闯不由得烦躁。

"叔叔……他的叔叔……"谢航闷头思索,忽而眼睛一亮,"不是叔叔的叔,是姓舒的舒,舒志红!"

这两天谢航与舒志红负责四处打探消息,萧闯守着电话无聊之际时不常拨一遍裴庆华的手机号再呼一遍他的寻呼机,明知毫无希望却总觉得万一奇迹发生呢。天色已晚,眼见今天又将是毫无进展的一天,萧闯不禁心灰意懒。

就在这时门忽然被打开,谢航带着一股凉气冲进来喊道:"有消息了!老裴在海淀看守所,舒志红打听出来的。"

"消息可靠吗?她哪儿找的路子?"

谢航一边喝水一边说:"舒志红肯定有背景。你想啊,她当初毕业分配到报社才一年多就能有去美国的机会,报社那么多人,没点儿来头怎么可能轮得到她?"

"舒志红还打听到什么?要不要帮老裴请个律师?"

谢航摇头:"首先应该想办法见到老裴,听听他的主意。我来的路上问出租司机海淀看守所在什么地方,司机也不知道。咱们明天要先想办法查到看守所地址。"

萧闯立刻去拿羽绒服:"等什么明天,现在就走!我知道'海看'在哪儿。"

"啊?这黑更半夜的,看守所肯定不让见。"

"那也要去,起码站在墙外头冲里面喊几嗓子老裴,让他知道我们在救他。"

"就算现在有车肯拉你过去,人家也肯定不愿意等你,上哪儿找出租车回来?"

萧闯英姿勃发地一拍兜:"咱有车!我刚借了辆拉达,两天没动地方,正好练练开夜车。"

鼓捣半天总算磕磕绊绊地把车开上白颐路,萧闯双手死死把住方向盘,两眼盯着前方,谢航坐在右边比他更紧张,不停地替他观察前后左右的车辆与行人。萧闯忽然开口道:"你怎么不说话?"

"啊?"谢航一脸惊讶,"我以为你该嫌我分散你注意力了。"

"你得说点儿什么,随便说啥都行,旁边坐个大活人却一直不出声,大晚上的多瘆得慌。"

"哦。你说老裴会有事吗?不会真把他关进去吧?"

"你别聊这么严肃的事行不行?说点儿轻松的。"

"哦,可你刚让我随便说啥都行。"谢航动辄得咎,实在不知道还能说什么。

先后有几辆车从后面超过去同时狂按喇叭,萧闯恨恨地说:"牛什么!不就是嫌我开得肉吗,你们头回上路还不如我呢,再说是这车不行又不是我不行。哎谢航,你知道我打算买什么车吗?"

"不知道,你打算买什么车?"

"欧宝。你知道欧宝是哪国车吗?"

"不知道,欧宝是哪国车?"谢航发现当捧哏是个不错的策略,任由萧闯发挥又不至于被他抱怨是在说单口相声。

"德国的。我不想买日本车或者美国车,汽车这东西是德国人发明的,还是德国车地道。我也不想买桑塔纳或者捷达,那些车型太老还都是合资的,欧宝是原装进口,又不像奥迪那么古板,家庭用最合适。等我爸妈回来,咱们一家四口天天坐车出去转,多爽!"

谢航顾不上憧憬那其乐融融的温馨画面,此时车已驶过颐和园北宫门,她盯着前方诧异地问:"怎么忽然变得这么黑呀?"

萧闯猛地一脚刹车,全然忘了收油减速,好在谢航系着安全带,只是像个磕头虫似的被抻了下脖子。萧闯一拍方向盘:"唉呀,没开大灯! 我说之前那些车干吗冲我一个劲儿地按喇叭,原来人家是好心提醒我呢。"

惊魂未定的谢航抚着胸口说:"幸亏刚才那些大路上的路灯挺亮,要不然多危险呀。"

萧闯还嘴硬:"就是因为路灯太亮,要不然我早就发现忘开大灯了。"

摸索着打开大灯,昏暗的郊区道路总算有了光亮。萧闯也顾不得闲扯,生怕从两旁漆黑的暗夜中蹿出什么东西,而谢航更担心他一不留神歪进路边的沟里。开过温泉镇继续向北,又开过苏家坨,萧闯眼都不敢眨生怕错过那个小路口。还好,路口顺利地找到了,他向左拐进去,但往前没走多远就被一道横杆拦住去路。

谢航叹口气:"跟你说了晚上肯定不让探视,这倒好,连路都封上了。这么窄都没办法掉头,你能倒得回去吗? 不会歪到沟里吧?"

萧闯心有不甘地开门下车,周围一片黑黢黢的旷野,只有车头灯像剪刀似的在黑色天幕上撕开一道缝。萧闯顺着灯光向西张望,纳闷道:"怎么看不到一点儿建筑物的影子……看守所不会是建在地下吧……"

"说明这儿离看守所的大门还远着呢，要不然肯定会有武警在这儿守着。"谢航攒起胆子也下了车，绕过车头走过来挽住萧闯，说不清究竟是因为寒冷还是紧张，身体止不住地哆嗦。

萧闯迈步向前靠近栏杆，又往一端凑过去想探究一下如何抬起，谢航搋住他说："别碰！万一有电呢。"

萧闯搂住谢航，忽然很凄凉地说："也就两个多月前，人家告诉我从这条路往里走就是'海看'，我当时平白无故就觉得命中注定有一天我会来这个地方。之前还以为是我自己要摊上什么事，没想到竟然是老裴。你说老裴那么老实那么正的一个人，怎么会进到这种地方？即使我进去也不该他进去啊，真是太黑了，比这天还黑！"谢航无声地流泪，不时把脸在萧闯的肩膀上擦一下。萧闯忽然使出浑身的气力对着远处无尽的黑暗放声大喊："老裴，你回来吧！我再也不撵你走啦！"

前方的黑暗就像海绵一样把他的喊声全部吸收，没有丁点儿回音，茫茫冬夜重归万籁俱寂。唯一的生机在天上，夜空中群星闪烁，能依稀辨认出银河的模样。天边最亮的那颗星眨了一下，仿佛萧闯的精诚所至竟让老天爷也开了一下眼，但仅仅一下而已，转瞬就闭上了。

舒志红使出浑身解数也无法进入看守所见到裴庆华，人家给她的解释是，法律明文规定未决犯不得安排亲友探视。萧闯气鼓鼓地说她不是有路子吗，怎么会想不出办法？谢航只好解劝说她只是相比咱们有路子，真有路子的话还用进去探视吗，直接把老裴放出来不更好！萧闯干瞪眼没话说。

能进去的只有律师，而裴庆华的律师已由华研集团请好，如今华研集团早已有了正式的常年法律顾问，用不着谭启章再去麻烦他那位政法大学的朋友。不过谭启章这次还是与律师一同来了。

谭启章打量一番坐在桌子对面的裴庆华，说："看上去气色不错。"

裴庆华淡淡一笑："见不着太阳，有点儿惨白。"

"好像也胖了点儿。"

"这估计得感谢过年吃的那顿饺子,管够,不限量。"

"我们可没你这样的福气,这两三个月真是把我们累惨了,四处求爷爷告奶奶。"

裴庆华眉毛一扬:"那咱们换换?"

谭启章讪讪地笑道:"还不都是为了你的事,让严律师具体给你讲讲吧,法律上的事我也说不清楚。"

严律师接过话题:"这段时间确实在究竟适用什么罪名这个问题上费了很多周折。他们的意思就是要定走私贩私,但谭总和我都不希望看到这样的结果。因为谁都能想到走私不会是单纯的个人行为,一定是团伙行为甚至是公司行为,这个罪名虽然是扣在你身上,但整个华研集团的声誉都会受到极大影响,等于在华研集团的历史上留下一个无法去除的污点,所以我们就要争取找到一个比较适用于个人的罪名来替代。说来也巧,去年底刚刚颁布了《公司法》,虽然还没有正式施行,起码在法理上提供了根据。《公司法》里有一条,经理人员利用职权侵占公司财产而构成犯罪的,依法追究刑事责任。"

"明白了,就是为了洗脱公司而要把全部脏水扣在我一人头上!"裴庆华难掩心中的气愤,"说我走私把我送进来,我认了。但如果说我侵占公司财产,这就是对我本人道德和人品的玷污,将来让我怎么重新做人? 更何况我落到今天这一步都是为了华研,你们反倒污蔑我侵占公司财产,你们还有没有良心!"

谭启章赶紧缓颊:"庆华,你冷静一下。严律师才到公司不久,不了解你以往对公司的贡献,话说得直了些,你别介意。庆华,能不能换个角度考虑? 正如你所说,你落到今天这一步都是为了华研,可一旦你以走私罪被判刑,所有人都会说肯定是华研走私,背上这么个名声你让华研将来怎么发展? 咱们的初衷不就都落空了吗? 说得难听点儿,你这监狱也白蹲了。你想是不是这个道理?"

"因此你们就可以完全不顾及我个人的名誉?"

"顾及,怎么没顾及。你以为找出这个名目容易吗? 你琢磨一下,要是把贪污、受贿或者挪用公款这种罪名安你头上，是不是更难听？相比之下侵占财产听上去起码……"谭启章搜肠刮肚半天才接道，"……档次更高一些。"

"对的，"严律师补充说，"这个提法比较新，老百姓不一定搞得明白，而且听起来更有技术含量。"

裴庆华不由得冷笑："真得谢谢你们如此煞费苦心。不过没这么简单吧，我是因为涉嫌走私进来的，结果判的却是侵害公司利益，这哪儿挨哪儿啊……"

严律师很认真地回答："你的这种情况属于比较典型的'法罪错位'，其实这些年出现蛮多的。肯定是犯了事必须进去，但又因为这样那样的原因不好明说，只能另外找个罪名，总之能达到抓你判你的目的就行。比方说沈太福的案子，大家都知道他是因为非法集资、扰乱金融秩序进去的，但起诉他的罪名却是贪污罪和行贿罪。其实这些事不能太认真，彼此心里清楚就行了。"

"会判几年？"

"这也是我和谭总很花工夫的地方。他们坚持认定为'涉案金额巨大'，我们一直争取定为'较大'。'较大'就只判五年以下，'巨大'就会判五年以上。争执好久最终没办法只好承认'巨大'，但对方也让了步，虽然可以判五年以上但取下限，只提请判五年。"

裴庆华沉默了，五年，人这一辈子有多少个五年？而自己从二十七岁到三十二岁这最宝贵的黄金期却要在监狱里度过。人们常说不要跌倒在事业的起跑线上，自己这何止是跌倒，是跌入陷阱、跌入深渊，自己的后半生还能有出头之日吗？

谭启章观察着裴庆华的脸色说："庆华，时间过得很快的，一眨眼的事。媛媛大学毕业你就出来了。"

裴庆华回过神，不禁感慨道："媛媛今年都要高考了，记得我开始辅导她的时候刚上高一。"

"就是嘛，一晃三年，再一晃五年，所以你不要背什么包袱，不会耽误多少。"

"她想报哪个学校?"

"还没定呢,等到'一模'成绩出来掂量一下她大致水平再说吧。反正我对她期望不高,能有个大学上就挺好。对了,前些天她还问起你,我说你去深圳出差了,常驻。"

裴庆华苦笑一下:"这么大的事怎么可能瞒得住她。你就跟她实话实说吧,反正将来我这个刑满释放犯也没脸再见她。"

"哎,话可不能这么说。等她更懂事一点儿我会把全部实情讲给她听,让她明白你不仅是华研的功臣也是我谭启章的恩人。"

裴庆华摇了摇头,很多话堵在心口说不出来。严律师却以为这是个可以插话的当口,忙把一直憋着的话题抛出:"还有一点,就是等判决下来以后我们建议你不要上诉,这样对大家都好。"

谭启章见裴庆华脸色一沉便知不妙,顾不上指斥严律师忙劝慰裴庆华说:"庆华你不要误会,严律师的意思是如果上诉你就得继续待在看守所等着二审,而不上诉的话判决一生效就可以争取尽快转到监狱。毕竟监狱各方面的条件都要比看守所好不少,你看呢?"

裴庆华已经平复下来,再次摇摇头说:"无所谓,我如今对什么都已经无所谓了。"

"还有一点我也要提一下,"严律师却全然无视眉头紧锁的谭启章又开了口,"他们曾经考虑要没收财产并且大致查了一下,结果发现你名下好像没什么财产……"

"废话!我根本就没侵占过公司财产,哪儿有什么供他们没收!"裴庆华心头一紧,登时想起那些借用姐姐名义开户的大额存单。

"是啊是啊,所以就草草定论非法所得,已经被你挥霍一空了事。他们就又考虑要对你处以罚金。你真得好好感谢谭总,是谭总把你在华研的工资领取记录拿给他们看,证明你这个岗位的收入其实没多少,不具备缴纳罚金的能力,他们也就作罢了。"

裴庆华与谭启章对视一眼,谭启章默契地点下头,一切尽在不言中。华研一直采用两本账,公开纳税的工资数比原先在研究所时没高多少,大部分钱都是以各种津贴、劳务费乃至费用报销的名义发放。原本的意图只单纯在于避税,没想到会在此关头令裴庆华躲过罚金一劫。裴庆华再次想到那些大额存单,当初不知知道的哪根脑筋写了姐姐的名字,如今竟让他辛苦积攒的十几万血汗钱得以保全。

大概是为了安抚裴庆华,谭启章说:"你在华研应得的股份我都会替你保管好,这方面你尽管放心。"

裴庆华淡漠地问:"你觉得如今我还会在乎这些?"

谭启章提高声音:"眼下你可以不在乎,但等你出来以后肯定会在乎!"

见该说的已经说完,虽然还有些时间,谭启章与严律师也不想再待下去,正要收拾东西,不料裴庆华忽然问谭启章:"我最近有些想法,不知道你想不想听听?"

"当然,你说你说。"谭启章随口应道。

"之前公司里争论过好几次究竟应该'技工贸'还是应该'贸工技',我当时忙于具体业务没心思关心大战略,这段时间无事可干就琢磨,觉得无论是'贸'还是'技'都不该排在第一,华研的战略定位应该是'工贸技'。"

谭启章惊讶得瞠目结舌,他万万没想到裴庆华会跟他说这些,更想象不出如此境遇下的裴庆华居然还有心考虑这些问题。

裴庆华毫不理会谭启章的反应,他心知过了今时今日自己恐怕再也不会有心思讲出这些,便接着说:"'贸'不该放在第一位在于,华研一旦发展成纯粹的商社是没有前途的,渠道扁平化和信息透明化都会直接挤压贸易型公司的获利空间乃至生存空间。而'技'不放第一位不是因为不该,而是因为不能,这是华研的骨子里注定的。无论你还是我或者当初的林益民,都没有心思钻研技术,否则怎么会下海?一句话,咱们都有一颗躁动的心,这种心态已经成为华研的文化乃至基因,怎么可能有人沉下心来搞技术?将来公司实力强大了会不会搞自己的核心技术,我看恐怕也未必,因为买要省事得多,但能花钱买来的其实都不是核心技术。"

"照你的说法只剩下'工',所以搞'工'是不得已的选择?"

"不是不得已,是应该而且可能。过去一年我对物价上涨没感觉,但我对汇率下跌再清楚不过,人民币兑美元从1比6跌到1比11,贬了将近一半。在人民币大幅贬值和劳动力充裕这两个大背景下,最适合干的就是以出口为导向的加工型制造业,我估计可能有十年的高速发展机遇期。如果华研能下决心从卖电脑的彻底转型为造电脑的,就有机会成为世界数一数二的电脑工厂。华研电脑尽管未必是最好的,但可以做成最便宜的,效率和执行力相比创新能力更可能成为华研的核心竞争力。"

谭启章犹疑道:"可是按照微笑曲线那个理论,在各个产业环节中附加值最高的是位于两端的研发和服务,最低处正是中间的组装制造,吃力不讨好啊。如果按产品来划分,也是最左边的芯片和最右边的应用软件附加值最高、利润最大,中间的整机组装又是最低点。当世界工厂恐怕是个苦差事吧?"

裴庆华用手指在桌面上比画出一道弯弯的弧线:"一切都是相对的,从你那边看是两头高中间低,在我看来正好相反,外人眼里的苦差事也许正是自己的香饽饽、摇钱树。无论高与低,两端都只有依靠中间才能连接起来,否则嘴角翘得再高也会耷拉下去,研发必须经过制造转化为产品才能进入市场与服务环节,芯片只有组装成电脑才能装应用软件,不然怎么笑得出来?关键在于规模,一旦把规模做到具备话语权甚至定价权,就足以影响甚至决定两端的生存。这就是华研应该瞄准的战略目标。"

谭启章沉默好一阵才说:"庆华,你的眼光真是挺长远的。"

"闲着也是闲着。"裴庆华苦笑一下,"要不惦记将来,谁能撑过现在?"

谭启章有些激动:"庆华,这个战略要是能由咱俩一起实施该有多好。你放心,我先干起来,等你出来好让你看看那时的华研什么样!"

坐在回城的车里,谭启章望着窗外光秃秃的田野发呆,严律师忽然笑着说:"这个人真有意思。"

"什么?"谭启章扭头问道。

"我是说像裴庆华这样的人真少见,蹲在看守所里还有心思琢磨那些,他以为自己是诸葛亮呢,在茅庐里跟您做隆中对。"

"那是因为你不了解他,"谭启章直视着严律师的眼睛说,"他,就是这样的人。"

严律师沉默片刻才观察着谭启章的脸色说:"您既然这么器重他,是不是应该再跟他解释一下? 我感觉他对您还是挺有情绪的,您应该让他明白,您把他送进去不是为了保全您个人,而是为了保全华研。"

谭启章摇头:"没用的。除非哪一天他也坐在我这样的位子上,他自然就明白了。"

春暖花开的时节,裴庆华被从海淀看守所转到北京市第二监狱,他正在弯腰低头填写入监登记表,一位岁数挺大的狱警站在旁边看了一会儿说:"听他们讲今天转来的里头有个名牌大学的高才生,就是你呀。"

裴庆华抬起头看着他,不知是该自豪还是该自谦,只得笑了笑算是回应。

狱警竟似乎不无遗憾地感慨道:"眼下像你这样高学历的少了,要在多年前,这里面有学问的多的是,教授都不算啥。"

裴庆华没料到自己竟然对提升当下犯人的平均文化程度做出了贡献,惶恐地又勉强挤出一丝笑意。

狱警问:"你平时肯定特爱看书吧? 这儿的阅览室有阵子没进新书了。哎,你想看哪方面的书? 我们可以列上去向局里申请。"

裴庆华一愣,这还是好几个月以来从无自主选择余地的他,头一次有了选择的机会,他很不适应地想了半天,可脑子里乱乱的毫无头绪,只好随口说:"无所谓,开卷有益。"

"你说啥?"狱警没明白。

"哦,我是说什么书都行。"话音刚落,裴庆华的内心忽地陡然一动,仿佛鬼使神差一般又问,"这儿有《昆虫记》吗?法布尔写的。"

"你说啥?"狱警越发不明白。

"哦,有没有生物或者百科知识一类的书?我记得昆虫有三态和四态,三态属于不完全变态,四态属于完全变态,我想对照一下看看我现在处于什么态,距离化蛹为蝶还有多远。"裴庆华痴痴的口气和神情竟宛如当年在学校时向导师求教今后的课题方向。

狱警盯着裴庆华看了半天,甩出一句:"我看你确实够变态的……"

下一个环节是登记个人物品。裴庆华手里握着当年简英送给他的那只电子表,桌子后面的狱警查看了几眼,提醒道:"这表里的电池还是取出来的好,不然几年下来电池早化出水了,这表肯定得完蛋。"

裴庆华点头,把表接在手里看一眼上面的时间,默念一遍年月日时秒分,此日此时此刻就是他人生的分水岭。他用圆珠笔尖把背面的表盖撬开,把钮扣电池卸下来,又翻过去看一眼再无任何显示的电子表,那上面的读数已经刻在他的脑海里,他把表和电池一起递给狱警。

狱警把电子表放进一个塑料袋收好,说:"挺好的表,你出去以后装个电池还能接着用。"

裴庆华笑着说:"我不会再用了,它的纪念意义比使用价值更大。"

狱警误以为裴庆华是怕沾染晦气,训斥道:"你受了那么多年教育还挺迷信,你是因为戴这块表进来的吗?"

裴庆华忙点头表示接受教导,还没来得及表态就听见身后的门咣当一声关上,面前的一扇推拉门哗啦啦地打开。他在迈步走进去之前,脑子里忽然闪过一个念头——人这辈子往往如此,一扇门关上,总有另一扇门打开。无所谓,没什么大不了。

(第一部完)